mtb

Wintertraum und Weihnachtsbaum

MIRA® TASCHENBUCH
Band 20072

FSC MIX Papier FSC® C014496

2. Auflage: November 2017

Titel der amerikanischen Originalausgaben:
Silver Bells

Erschienen bei: Silhouette Books, Toronto

Her Mistletoe Man

Erschienen bei: Silhouette Books, Toronto

All She Wants For Christmas

Erschienen bei: Silhouette Books, Toronto

Umschlaggestaltung: büropecher, Köln
Umschlagabbildung: Andrew Howe, Josselin Dupont / Getty Images,
Elena Schweitzer / Shutterstock
Redaktion: Maya Gause
Satz: GGP Media GmbH, Pößneck
Printed in Germany
Dieses Buch wurde auf FSC®-zertifiziertem Papier gedruckt.
ISBN 978-3-95649-754-4

www.mira-taschenbuch.de

Werden Sie Fan von MIRA Taschenbuch auf Facebook!

Debbie Macomber

Silberglocken

Roman

Aus dem Amerikanischen von
Heike Warth

mtb

1. Kapitel

„Das verstehst du nicht, Dad."

„Mackenzie, es reicht!"

In diesem Moment eilte Carrie Weston durch die Halle zum Aufzug. „Halt!", rief sie. „Nehmen Sie mich mit!" Sie war mit Post, Lebensmitteltüten und Kartons voller Weihnachtsschmuck beladen. Die beiden anderen Liftinsassen, ein Mann und ein Mädchen, schienen einander nicht gerade freundlich gesonnen zu sein. Vielleicht hätte sie doch lieber warten sollen. Aber ihr taten die Arme weh, und Geduld war noch nie eine ihrer Stärken gewesen.

Der Mann hielt ihr die Lifttür auf.

„Danke", sagte Carrie atemlos.

Das Mädchen in seiner Begleitung war etwa dreizehn Jahre alt. Die beiden waren erst vor Kurzem in das Apartmenthaus gezogen, und soviel Carrie von anderen Mietern gehört hatte, wollten sie auch nur ein paar Wochen oder Monate bleiben, bis ihr eigenes Haus fertig war.

Die Lifttüren glitten langsam, fast zögernd zu. Aber die Menschen, die in dem dreistöckigen Ziegelbau von Anne Hill in Seattle wohnten, hatten es selten eilig. Carrie war die Ausnahme. Trotzdem lebte sie gern hier.

„Welches Stockwerk?", fragte der Mann.

Carrie verlagerte das Gewicht ihrer Päckchen. „Zweites. Danke", fügte sie dann hinzu.

Der Mann, er mochte Mitte dreißig sein, lächelte und drückte auf den entsprechenden Knopf. Dann wandte er den Blick ab. Carrie fand ihn ziemlich arrogant.

„Ich heiße Mackenzie", sagte das Mädchen jetzt und lächelte sie an. „Und das ist mein Vater. Philip Lark."

„Carrie Weston." Carrie stützte ihre Tüten auf einem Knie ab und gab dem Mädchen die Hand. „Willkommen in unserem Haus."

Philip Lark konnte nicht anders, als Carrie ebenfalls die Hand zu reichen. Sein Griff war angenehm fest. Er betrachtete seine Tochter düster. Offenbar nahm er ihr ihre Kontaktfreudigkeit übel.

Aber Mackenzie ließ sich davon nicht weiter beeindrucken. „Ich glaube, Sie sind der einzig normale Mensch im ganzen Haus."

Carrie musste gegen ihren Willen lächeln. „Daraus schließe ich, dass du Madam Fredrick schon kennen gelernt hast."

„Ist das eine echte Kristallkugel, die sie immer dabeihat?"

„Das behauptet sie wenigstens."

Madam Fredrick sagte alles voraus – vom Wetter bis zum bevorstehenden Schuhausverkauf in Nordstrom. Niemals traf man sie ohne ihre Kristallkugel, die sie auf einem kleinen Wagen hinter sich herzog. Über jeder Augenbraue klebte ein falscher grüner Smaragd. Gekleidet war sie ausnahmslos in kaftanähnliche, wallende Gewänder, und ihr langes silberweißes Haar hatte sie hoch auf dem Kopf aufgetürmt. Carrie fühlte sich manchmal an eine Ballkönigin aus den sechziger Jahren erinnert.

„Ich finde Madam Fredrick sehr nett", erklärte Mackenzie jetzt.

„Ich auch. Hast du Arnold auch schon kennen gelernt?", wollte Carrie wissen.

„Meinen Sie den Mann, der früher beim Zirkus war?"

Carrie nickte und wollte gerade zu einer Erklärung ausholen, als der Lift mit einem seufzenden Ruck zum Halten kam und die Türen sich öffneten. „Vielleicht sehen wir uns einmal wieder", sagte sie zum Abschied und setzte sich in Bewegung.

„Ja, vielleicht", brummte Philip Lark. Und obwohl er in ihre Richtung sah, hatte Carrie den Eindruck, dass er sie gar nicht wirklich wahrnahm. Vermutlich hätte er sie nicht einmal wahrgenommen, wenn sie nackt vor ihm gestanden hätte. Nicht dass sie das störte.

Die Lifttüren schlossen sich bereits, als Mackenzie ihr noch schnell nachrief: „Darf ich Sie einmal besuchen?"

„Ja, natürlich." Der Aufzug hatte sich schon wieder in Bewegung gesetzt, aber Carrie hörte noch, dass Mackenzies Vater etwas sagte. Seine Stimme klang gereizt und vorwurfsvoll. Aber ob die beiden nur ihren vorherigen Streit fortführten, oder ob ihm nicht passte, dass seine Tochter sich einfach bei ihr eingeladen hatte, bekam sie nicht mit.

Unter der Last ihrer Einkäufe musste sie eine Weile mit dem Schlüssel herumhantieren, bis sich ihre Wohnungstür endlich öffnete. Sie stieß sie mit dem Fuß zu und ließ dann den Weihnachtsschmuck einfach aufs Sofa fallen, bevor sie den Rest ihrer Last in die Küche brachte.

„Du wolltest ihn doch kennen lernen", sagte sie laut zu sich. „Jetzt hast du es geschafft." Sie gestand es sich nur ungern ein, aber Philip Lark hatte sich doch als ziemlich große Enttäuschung entpuppt. Sein Interesse an ihr war ungefähr so groß wie am Schaufenster einer Bäckerei. Aber was hatte sie sich denn vorgestellt? Dass sie überhaupt etwas erwartet hatte, lag nur an Madam Fredrick und ihren ewigen Weissagungen. Angeblich konnte sie in die Zukunft schauen und hatte dort gesehen, dass Carrie, noch bevor das Jahr ausklang, den Mann ihrer Träume kennen lernen würde, und zwar hier im Haus. Carrie wusste natürlich, dass es lächerlich war, an solche Prophezeiungen zu glauben, und sie tat es auch nicht. Madam Fredrick war einfach eine liebe alte Dame mit einer zu romantischen Fantasie.

Sie blätterte schnell ihre Post durch und warf den größten Teil gleich zum Altpapier. Sie hatte gerade angefangen, ihre Lebensmittel auszupacken, als es an der Tür klingelte.

„Da bin ich schon", verkündete Mackenzie Lark fröhlich, als Carrie ihr aufmachte.

„Das ging ja schnell."

„Sie haben doch gesagt, dass ich Sie besuchen darf."

„Ja, natürlich. Komm herein." Mackenzie wanderte ins Wohnzimmer, sah sich voller Bewunderung um und ließ sich dann mit Schwung aufs Sofa plumpsen.

„Hast du immer noch Streit mit deinem Vater?", erkundigte Carrie sich.

Als sie in Mackenzies Alter gewesen war, hatte sie sich auch oft und ziemlich heftig mit ihrer Mutter gestritten. Dauernd waren sie sich wegen Nichtigkeiten in die Haare geraten. Carrie wusste, dass sie daran durchaus ihren Anteil gehabt hatte, aber andererseits war ihre Mutter damals einsam und unglücklich und deshalb wenig belastbar gewesen. Jetzt, zehn Jahre später, war ihr klar, dass die Scheidung ihrer Eltern die Ursache für viele Spannungen gewesen war.

An ihren Vater konnte Carrie sich kaum noch erinnern. Er und ihre Mutter hatten sich getrennt, als sie vier oder fünf Jahre alt gewesen war, und zwar aus Gründen, die sie selbst nie richtig verstanden hatte. Damals hatte sie ihrer Mutter die Schuld daran gegeben. Später, als sie älter wurde, hatte sie sehr darunter gelitten, dass sie keinen Vater hatte, und das ihre Mutter deutlich spüren lassen. Heute wusste sie es besser und bereute ihr Verhalten sehr.

„Dad hat überhaupt keine Ahnung", erklärte Mackenzie jetzt schmollend.

„Wovon?", fragte Carrie aus der Küche nach. Sie packte ihre Einkäufe aus und verstaute sie im Schrank. Mackenzie stand auf und ging zu ihr. Sie legte die Arme auf die Küchentheke und stützte das Kinn darauf. „Von gar nichts. Er nörgelt nur noch an mir herum. Nie kann ich ihm irgendetwas recht machen. Es ist wirklich nicht leicht mit ihm."

„Du wirst es nicht glauben, aber er findet es mit dir vermutlich auch nicht ganz einfach."

Mackenzie hob mit einem Seufzer die Schultern. „Früher war es ganz anders. Wir hatten es richtig schön zusammen. Natürlich war es schrecklich, als Mom uns verließ, aber wir sind nach einer Weile richtig gut zurechtgekommen."

„Sind deine Eltern geschieden?"

Mackenzie kräuselte die Nase und nickte. „Es war echt furchtbar, als sie sich trennten."

„So etwas ist immer schlimm. Meine Eltern ließen sich scheiden, als ich erst ein paar Jahre alt war. Ich kann mich an meinen Vater kaum noch erinnern."

„Haben Sie ihn danach noch gesehen?"

„Nein." Carrie schüttelte den Kopf. „Erst viel später noch einmal." Als Kind hatte sie sehr darunter gelitten, aber inzwischen hatte sie sich damit abgefunden. Es tat weh, dass ihr Vater nichts von ihr wissen wollte, aber so hatte er es entschieden.

„Ich darf Weihnachten zu meiner Mom und ihrem neuen Mann", erzählte Mackenzie strahlend. „Ich habe sie seit fast einem Jahr nicht mehr gesehen. Mom hat nämlich furchtbar viel zu tun", fügte sie schnell erklärend und fast entschuldigend hinzu. „Sie hat eine furchtbar wichtige Stellung bei einer großen Bank mitten in Seattle und muss dauernd verreisen. Deshalb kann sie mich auch nicht bei sich haben. Dad ist Systemanalytiker. Das ist etwas mit Computern."

Ihre Stimme klang wie die eines unglücklichen kleinen Mädchens, das versuchte, vernünftig zu sein.

„Wie alt bist du? Fünfzehn?", fragte Carrie. Sie übertrieb absichtlich ein wenig, denn sie konnte sich noch gut daran erinnern, wie stolz sie selbst als Teenager gewesen war, wenn jemand sie älter geschätzt hatte.

Mackenzie schien um etliche Zentimeter zu wachsen. „Nein, ich bin erst dreizehn."

Carrie riss eine Tüte Kartoffelchips mit Käsegeschmack auf und schüttete sie auf einen Teller. Mackenzie bediente sich ungeniert. „Wissen Sie, was ich glaube?", begann sie, als sie und Carrie sich am Küchentisch gegenübersaßen. Ihre dunklen Augen blitzten. „Mein Vater braucht eine Freundin!"

Carrie wäre ihr Kartoffelchip fast im Hals stecken geblieben. „Er braucht eine Freundin?"

„Ja. Er hat nichts als seine Arbeit im Kopf. Als könnte er sein trostloses Privatleben vergessen, wenn er nur lange genug im Büro bleibt." Mackenzie nahm den nächsten Käsechip. „Das sagt Madam Fredrick übrigens auch."

„Madam Fredrick hat das gesagt?", wiederholte Carrie benommen.

„Ja. Sie hat in ihrer Kristallkugel jede Menge Veränderungen im meinem Leben gesehen. Ehrlich gesagt, darauf könnte ich ziemlich gut verzichten. Ich habe allmählich die Nase voll von Veränderungen. Meine ganzen Freundinnen und Freunde wohnen woanders, und das Haus scheint auch ewig nicht fertig zu werden. Dabei wollten wir Weihnachten eigentlich schon darin feiern. Wahrscheinlich können wir froh sein, wenn es nächstes Jahr Weihnachten klappt." Sie seufzte. „Dad ist das alles völlig egal, aber ihm fehlt ja auch nichts. Ich bin die, die in eine neue Schule gehen und neue Leute kennen lernen muss." Sie verzog den Mund. „Manchmal wünsche ich mir, dass alles wieder so ist wie früher."

„Das kann ich gut verstehen."

Mackenzie sah Carrie an. „Es könnte doch wirklich sein, dass Madam Fredrick recht hat." Begeisterung kehrte in ihre Stimme zurück.

„Womit?" Carrie hatte jeden Versuch aufgegeben, Schritt mit den Gedankensprüngen ihres jungen Gastes zu halten.

„Mit der Freundin für meinen Dad. Wie stellt man so was wohl an?"

„Wie meinst du das?“, fragte Carrie vorsichtig.

„Na ja, wie finde ich eine neue Frau für Dad?“

Carrie lachte ein wenig nervös. „Mackenzie, so etwas kann man nicht planen, schon gar nicht für den eigenen Vater.“

„Und warum nicht?“, wollte Mackenzie wissen. Sie schien ein wenig enttäuscht.

„Eine Beziehung ist eine ernsthafte Angelegenheit. Es geht dabei um Liebe und Vertrauen zwischen zwei Menschen und um …“

„Es wäre einfach für uns alle am besten, wenn Dad eine Freundin hätte“, meinte Mackenzie unbeeindruckt. „Dad und ich haben immer alles zusammen gemacht und waren meistens derselben Meinung, wenigstens bis vor Kurzem. Ich weiß besser, was er braucht und was ihm guttut, als er selbst. Also ist es doch nur vernünftig, wenn ich eine Frau für ihn suche.“

„Mackenzie …“

„Ich weiß, was Sie jetzt denken: dass mein Vater nicht besonders erfreut wäre, wenn er davon wüsste. Da haben Sie sicher recht. Aber ich weiß, wie man ihm unauffällig etwas unterjubeln kann. Das habe ich von ihm gelernt.“

Carrie lachte. „Ich glaube es einfach nicht.“ Sie hatte das Gefühl, als säße sie sich selbst gegenüber. Genauso war sie in diesem Alter gewesen. Sie schüttelte den Kopf.

„Was glauben Sie nicht?“, wollte Mackenzie leicht gekränkt wissen.

„Ich kann dir nur raten, dich aus dem Liebesleben deines Vaters herauszuhalten.“

„Was für ein Liebesleben? Das ist ja wohl ein Witz. So etwas hat er überhaupt nicht.“

„Aber er wird deine Hilfe kaum zu schätzen wissen“, warnte Carrie.

„Natürlich nicht, aber das ist nicht der springende Punkt.“

„Mackenzie, du hast mir erzählt, dass du zurzeit nicht besonders gut mit deinem Vater auskommst. Ich wage gar nicht, mir vorzustellen, was passieren wird, wenn er dahinterkommt, was du mit ihm vorhast. Meine Mutter bekam damals jedenfalls einen Tobsuchtsanfall, als sie erfuhr, dass ich einem Mann dafür Geld geben wollte, dass er mit ihr ausgeht."

„Sie wollten ihn allen Ernstes dafür bezahlen?"

Carrie merkte zu spät, was sie angerichtet hatte. „Es ist schon lange her", schwächte sie ab und hoffte, dass das Thema damit erledigt war. Aber natürlich hätte sie es besser wissen sollen. Mackenzies Augen leuchteten begeistert auf.

„Ist das wahr? Sie haben ihm Geld gegeben?"

„Ja. Aber falls du jetzt auf irgendwelche Ideen kommst: Er hat es nicht angenommen." Carrie konnte sehen, dass Mackenzies kleine graue Gehirnzellen auf Hochtouren arbeiteten. „Es war kein guter Einfall gewesen, und meine Mutter war bitterböse."

„Hat sie wieder geheiratet?" Carrie nickte, unwillig, ihrer kleinen Besucherin zu gestehen, dass ihre Mutter genau den Mann geheiratet hatte, den sie damals hatte bestechen wollen.

Mackenzie sah sie forschend an, und Carrie wandte den Blick ab. „Es war derselbe Mann!", rief ihre kleine Besucherin triumphierend. „Es hat funktioniert!"

„Ja. Aber das hatte nichts mit mir zu tun."

„Bestimmt doch! Sie haben ihm Geld angeboten, damit er mit Ihrer Mutter ausgeht. Er nimmt es nicht an, geht aber trotzdem mit ihr aus. Himmlisch! Wie lange danach haben sie geheiratet?"

„Mackenzie, du kannst das nicht einfach übertragen."

„Wie lange danach?" Das Mädchen ließ nicht locker.

„Ein paar Monate später."

„Und sie sind bestimmt sehr glücklich miteinander." Das war eine Feststellung. Mackenzie seufzte hingerissen.

Carrie nickte. Sie konnte nur hoffen, dass sie einmal einen Mann finden würde, mit dem sie so glücklich wurde wie ihre Mutter mit Jason Manning. Nach zehn Jahren Ehe und zwei Kindern machten die beiden immer noch den Eindruck eines frisch verliebten Paares. Ihre Liebe faszinierte sie, aber manchmal empfand Carrie sie auch als hemmend, denn sie wusste, dass sie sich nie mit weniger zufriedengeben würde. Ihre Freundinnen warfen ihr jetzt schon vor, sie sei viel zu wählerisch, was Männer betraf, und wahrscheinlich hatten sie recht.

„Sehen Sie?“, sagte Mackenzie triumphierend. „Genau das ist der Punkt. Sie kannten Ihre Mutter besser als jeder andere Mensch. Wer also wäre besser geeignet gewesen als Sie, den richtigen Mann für sie zu finden? Bei mir ist es genauso. Dad kommt aus seinem alten Trott von allein nicht heraus, also muss etwas geschehen. Und Madam Fredrick hat das genau gesehen. Sie hat gesagt, dass ihm ein erotisches Interesse fehlt.“

Carries Lächeln war ein wenig gezwungen. „Ich mag Madam Fredrick wirklich sehr, aber was sie sagt, ist mit großer Vorsicht zu genießen.“

„Das ändert nichts.“ Mackenzie stand auf, machte ein paar Schritte und drehte sich aufgeregt zu Carrie um. „Wie wäre es mit Ihnen?“, fragte sie unvermittelt.

„Mit mir?“ Carrie sah sie verständnislos an.

„Ja. Hätten Sie keine Lust, mit meinem Dad auszugehen?“

2. Kapitel

„Sie ist sehr hübsch, findest du nicht, Dad?"

Philip Lark sah auf. Er saß am Küchentisch und füllte gerade ein Kostenformular aus. Mackenzie saß ihm gegenüber und lächelte ihn gewinnend an. Irgendetwas am Ausdruck in ihren Augen warnte ihn. Sie führte ganz offensichtlich etwas im Schilde.

„Wer?", fragte er, obwohl er gleichzeitig an der Klugheit seiner Frage zweifelte. Besser wäre es gewesen, er hätte die Frage überhört.

„Carrie Weston."

Philip sah seine Tochter verständnislos an.

„Die Frau, die wir im Aufzug getroffen haben", erklärte sie ihm geduldig. „Ich war heute Nachmittag bei ihr, und wir haben uns unterhalten." Mackenzie stützte das Kinn auf und sah ihn hingebungsvoll an.

Philip sagte nichts darauf, sondern kehrte zu seinen Zahlen zurück. Seine Tochter wartete geduldig, bis er fertig war, obwohl Geduld sonst nicht gerade eine ihrer Stärken war. Meistens beklagte sie sich, wenn er Arbeit mit nach Hause brachte, und gebärdete sich, als wäre das eine persönliche Kränkung und ein tiefer Eingriff in ihre Persönlichkeit.

Carrie Weston, dachte er. Ob er sie hübsch fand, wollte Mackenzie wissen. Aber er konnte sich um alles in der Welt nicht mehr daran erinnern, wie die Frau ausgesehen hatte. Er hatte eine im besten Falle verschwommene Vorstellung von ihr und wusste eigentlich nur noch, dass ihm immerhin nichts Abstoßendes an ihr aufgefallen war.

„Sie gefällt dir, habe ich recht?", fragte er schließlich, obwohl es pädagogisch vermutlich nicht konsequent war, so bereitwillig auf

Mackenzies Annäherungsversuche einzugehen. Sie war in letzter Zeit manchmal reichlich unerträglich. Gut, er wusste natürlich, dass der Umzug in dieses Haus für sie nicht einfach gewesen war, aber sie würden schließlich nur sechs oder höchstens acht Wochen hier wohnen. Er hatte eigentlich angenommen, dass seine Tochter erwachsen und vernünftig genug war, um mit dieser Übergangssituation zurechtzukommen. Aber er hatte sich wohl geirrt.

Seit Wochen machte sie nur Schwierigkeiten, gerade, als befände sie sich in einer Art zweiter Trotzphase. Nicht einmal als ihre Mutter sie und ihn wegen eines anderen Mannes verlassen hatte, war sie so anstrengend gewesen.

„Carrie ist spitze, echt."

Philip freute sich zwar, dass Mackenzie eine Freundin gefunden hatte, aber lieber wäre ihm ein Mädchen in ihrem Alter gewesen.

Ihre derzeitige Wohnung war zum Glück nur ein Zwischenspiel. Sein Freund Gene Tarkington, dem das Haus gehörte, hatte sie ihm zur Verfügung gestellt, bis die Bauarbeiten an seinem neuen Haus am Lake Washington abgeschlossen waren. Es war zwar nicht besonders luxuriös hier, aber das hatte er auch nicht unbedingt erwartet – genauso wenig wie die merkwürdigen Gestalten, die das Haus bevölkerten.

Die Alte mit der Kristallkugel wirkte zwar immerhin noch ganz harmlos, selbst der Muskelprotz im Rentenalter, der immer mit unbekleidetem Oberkörper und mit schweren Hanteln beladen herumlief, war wohl ein harmloser Spinner. Aber bei den anderen war er nicht ganz so sicher. Sicher war nur, dass er ganz bestimmt nicht so lange hierbleiben würde, um sich mit irgendjemandem aus diesem Haufen von Verrückten näher anzufreunden.

„Dad." Mackenzie unternahm einen neuen Vorstoß. „Hast du schon einmal daran gedacht, wieder zu heiraten?"

„Niemals!"

Die Frage schockierte ihn. Er hatte diesen Fehler einmal gemacht und würde ihn ganz sicher nicht wiederholen. Zwölf Jahre hatte er es mit Laura ausgehalten und dabei mehr über die Institution Ehe erfahren, als er jemals hatte wissen wollen.

„Bist du jetzt sauer?"

„Nein." Philip verstaute die Papiere in seiner Aktentasche. „Ich habe nur keine Lust, mit dir über dieses Thema zu diskutieren."

„Daran ist Mom schuld, oder?"

Philip hatte keine Ahnung, was plötzlich in seine Tochter gefahren war. „Wie kommst du überhaupt darauf, dass ich wieder heiraten soll?"

„Vielleicht wünschst du dir ja noch einen Sohn."

„Was soll ich mit einem Sohn, wenn ich dich habe?"

Mackenzie war sichtlich geschmeichelt. „Madam Fredrick hat in ihrer Kristallkugel eine neue Frau in deinem Leben gesehen."

Philip musste lachen, so absurd erschien ihm allein die Vorstellung, er könnte wieder eine Frau haben wollen. Ausgerechnet er! Lieber watete er durch einen Sumpf voller Alligatoren oder sprang vom Zehnmeterbrett in fünf Zentimeter tiefes Wasser. Nein, solange er lebte, würde er nicht mehr heiraten.

„Carrie hat viel Ähnlichkeit mit mir."

Darauf also lief es hinaus.

„Schluss damit", sagte er und hob abwehrend die Hände. „Wahrscheinlich bin ich ein bisschen schwer von Begriff, aber allmählich dämmert mir, was du dir ausgedacht hast. Du willst mich mit dieser …" Er konnte sich wirklich nicht mehr an diese Frau erinnern, deshalb fiel ihm auch keine passende Beschreibung ein. „Mit dieser Nachbarin verkuppeln."

„Sie heißt Carrie und ist jung, attraktiv, intelligent und lustig."

„Aha."

„Ja. Und sie ist genau die richtige Frau für dich, wenn du mich fragst."

„Ich frage dich aber nicht."

„Ich bin nicht die Einzige, die das findet."

„Wer denn noch?" Er hatte es kaum gesagt, da wusste er schon, dass es ein Fehler gewesen war. Er lud seine Tochter damit regelrecht ein, ihn weiter mit dem Thema zu behelligen.

„Madam Fredrick zum Beispiel. Denk doch einmal darüber nach, Dad. Du bist im besten Alter und lebst nur noch für deine Arbeit. Du könntest dir ruhig einmal etwas gönnen."

Wo sie nur diese Weisheiten aufgeschnappt hatte? „Ich baue ein Haus."

„Ja, weil du Eindruck auf Mom machen willst. Damit sie merkt, was sie aufgegeben hat, als sie dich verlassen hat."

Philip räusperte sich. Er hoffte nur, dass seine Tochter nicht recht hatte. Er wollte dieses neue Haus aus vielerlei Gründen, und keiner dieser Gründe hatte mit seiner geschiedenen Frau zu tun. Das nahm er jedenfalls an.

„Warum sollte deine Mutter sich für mein Haus interessieren?"

„Denk einmal nach, Dad, vielleicht kommst du dann darauf."

Mackenzie schenkte ihm einen wissenden, verstehenden Blick, der ihn noch mehr irritierte und verärgerte.

„Wenn es dir recht ist, würde ich Laura gern aus dem Spiel lassen, ja?"

Seine Gefühle für seine frühere Frau waren längst tot. Er hatte lange genug versucht, eine gute Ehe zu führen. Selbst als er entdeckte, dass Laura eine Affäre hatte – die erste von einer ganzen Reihe –, war er noch willens gewesen, einen neuen Anfang zu machen. Eine Weile war es auch gut gegangen, aber wahrscheinlich hatte er sich auch das nur vorgemacht, weil er es unbedingt glauben wollte.

Die Scheidung war zu einem Zeitpunkt erfolgt, als schon lange nichts mehr zu retten gewesen war. Aber seine Tochter und seine Würde waren ihm geblieben, und darüber war er froh. Ganz bestimmt hatte er nicht vor, diesen mühsam errungenen Frieden zu riskieren.

„Willst du nicht wenigstens einmal mit Carrie ausgehen?"

„Was?" Er konnte gar nicht glauben, dass dieses Kind sein eigen Fleisch und Blut war. „Mackenzie, ich flehe dich an! Kannst du nicht endlich damit aufhören? Ich habe weder vor, mit Carrie Westchester oder sonst irgendeiner Frau auszugehen."

„Sie heißt Carrie Weston."

„Es ist mir egal, wie sie heißt." Philip schenkte sich eine Tasse Kaffee ein. Er schmeckte bitter, und er schüttete ihn weg.

„Aber du könntest es doch wenigstens einmal versuchen. Vielleicht macht es dir ja Spaß."

„Schluss damit! Ich will kein Wort mehr davon hören, verstanden?" Offenbar hatte er den richtigen Tonfall getroffen, denn Mackenzie verfolgte das Thema nicht weiter. Darüber war er mehr als dankbar.

Wenig später fand er seine Tochter mitten im Wohnzimmer auf dem Boden sitzend, die Arme um sich geschlungen und mit sauertöpfischem Gesicht.

„Was hältst du davon, wenn wir zusammen losziehen und einen Weihnachtsbaum kaufen?", schlug er vor. Was immer Mackenzie sich einreden mochte, es machte ihm alles andere als Spaß, mit ihr zu streiten.

Sie hob langsam und wie unter Schmerzen den Kopf. „Nein, danke", erwiderte sie tonlos. Es schien sie unendliche Mühe zu kosten.

„Gut, wenn du nicht willst, lassen wir es."

„Du hast doch selbst gesagt, dass es dieses Jahr viel zu lästig wäre."

Natürlich fand er einen Baum lästig, aber er war gewillt, diese Last auf sich zu nehmen, wenn er seine Tochter damit von ihrem derzeitigen Thema abbringen würde. „Wir können ja einen kleinen nehmen."

„Sie mag dich."

Philip brauchte nicht nachzufragen, wer mit „sie" gemeint war.

Er presste die Lippen zusammen, um eine Bemerkung zu unterdrücken, die er später bereuen würde.

„Sie hat mir erzählt, wie es bei ihr war, als sie in meinem Alter war." Mackenzie verfolgte ihr Ziel mit ungebrochenem Willen. „Ihre Eltern haben sich scheiden lassen, als sie ungefähr fünf Jahre alt war, und danach ging ihre Mutter nie mehr aus. Sie wollte von Männern nichts mehr wissen. Sie war genau wie du. Und deshalb beschloss Carrie, selbst etwas zu unternehmen. Das kann man ihr wirklich nicht übel nehmen, finde ich. Und mir auch nicht."

Mackenzie unterbrach ihren Redefluss nur so lange, wie sie brauchte, um neuen Atem zu schöpfen. „Als Carrie so alt war wie ich, war ihre Mutter nur noch unglücklich und völlig unausstehlich." Sie sah ihren Vater vielsagend an. „Es war genau wie bei dir."

„Übertreib es nicht!"

„Jedenfalls musste etwas passieren, und deshalb hat Carrie diesem Mann Geld angeboten, damit er ihre Mutter einlädt. Ihr ganzes Taschengeld und das Geld, das sie beim Babysitten verdient hatte, ging dafür drauf! Sie hat für diesen Mann jeden Pfennig, den sie besaß, zusammengekratzt. Sie hätte alles getan, um ihre einsame, traurige Mutter noch einmal glücklich zu sehen."

Philip hatte das seltsame Gefühl, als säuselten im Hintergrund romantische Geigen. „Wie edel", bemerkte er mit einem Hauch Sarkasmus.

„Aber das war noch nicht alles."

„Ach?"

Mackenzie ignorierte den Unterton in seiner Stimme. „Ihre Mutter war natürlich wütend, als sie davon erfuhr."

„Das kann ich mir lebhaft vorstellen." Philip verschränkte die Arme vor der Brust und lehnte sich an den Türrahmen. Ein Blick auf die Uhr machte mehr als deutlich, dass er nicht willens war, seine Geduld über Gebühr zu strapazieren, sondern dass er schon ziemlich nahe an seinen Grenzen angelangt war.

„Carrie ließ sich aber nicht einschüchtern. Sie wusste ja, dass sie recht hatte, und darum hat sie auch den zweiwöchigen Hausarrest klaglos hingenommen."

Die Geigenklänge wurden lauter.

„Carrie nahm selbstverständlich nicht einfach den nächstbesten Mann, sondern hat sehr sorgfältig ausgewählt. Und so kam sie auf James oder wie er hieß. Der Name tut nichts zur Sache. Wichtig ist, dass Carrie ihre Mutter so gut kannte, dass sie genau den richtigen Mann für sie fand."

Seine Tochter klang zunehmend wie eine Versicherungswerbung im Fernsehen. „Ich nehme an, diese Geschichte hat eine Pointe?"

„Klar." Mackenzies Augen leuchteten triumphierend auf. „Keine drei oder vier Monate später heiratete Carries Mutter diesen Jason."

„Hast du nicht gesagt, dass er James heißt?"

„Der Name ist doch nicht wichtig", entrüstete Mackenzie sich. „Es geht darum, dass er sie geheiratet hat und dass sie sehr, sehr glücklich zusammen sind."

„Das muss Carrie aber ganz schön teuer gekommen sein, wenn man bedenkt, wie viel sie schon für die erste Verabredung hat bezahlen müssen."

„Der Mann hat ihre Mutter natürlich umsonst geheiratet."

„Ah, ich verstehe. Sie war sozusagen ein Sonderangebot."

Mackenzie runzelte die Stirn. „Ich finde das nicht sehr komisch. Carrie hat mir erzählt, dass ihre Mutter jetzt schon seit elf Jahren sehr glücklich verheiratet ist. Dieser Jason ist ihre große Liebe. Jedes Jahr, zum Jahrestag der ersten Verabredung, schickt sie ihrer Tochter aus Dankbarkeit einen großen Blumenstrauß – derselben Tochter, die sie damals mit zwei Wochen Hausarrest bestraft hat und die sich trotzdem auf die Suche nach dem Traummann für ihre Mutter machte."

Die Geigen waren verstummt und von einem Jubelchor abgelöst worden. Philip war versucht, zum Dirigentenstab zu greifen, aber er hielt sich vornehm zurück. Seine Tochter war in absoluter Hochform.

„Also“, schloss sie. „Willst du jetzt mit Carrie ausgehen oder nicht? Sie ist wirklich genau die richtige Frau für dich, Dad. Ich weiß doch genau, welche Leute du magst und welche nicht, und sie wird dir gefallen. Ganz bestimmt. Sie ist sehr nett und lustig.“

„Nein!“

„Ich weiß, ich habe nie ein Wort gesagt, aber ich hätte so furchtbar gern noch ein kleines Geschwisterchen. Carrie hat auch noch zwei Halbbrüder bekommen.“

„Nein, danke.“ Das Kind fing an, ihm Angst zu machen. Nicht nur sollte er mit einer Frau ausgehen, an die er sich praktisch gar nicht mehr erinnern konnte, sondern jetzt sollte er auch noch Kinder mit ihr zeugen.

„Du sollst es auch nicht tun, nur weil ich dich darum gebeten habe. Tu es für dich. Tu es, bevor dein Herz versteinert und du ein alter, verknöcherter Mann bist.“

„He, so weit ist es noch lange nicht. Ich habe mindestens noch vierzig Jahre vor mir.“

„Vielleicht.“ Mackenzie erhob sich. „Aber wie werden diese Jahre aussehen?“ Sie schritt hocherhobenen Hauptes und in königlicher Haltung aus dem Wohnzimmer.

Philip musste lachen. Er öffnete seinen Aktenkoffer und nahm eine Akte heraus. Aber dann zögerte er. Es war eine Sache, wenn seine Tochter als große Tragödin agierte, aber wenn eine erwachsene Frau ihr solch einen Unsinn in den Kopf setzte, dann musste er das unterbinden. Er konnte sich so gut wie nicht an diese Carrie Weston erinnern, aber es schien, als wäre sie doch ziemlich an ihm interessiert, wenn er es recht bedachte. Vielleicht sollte er einmal ein ernstes Wort mit ihr reden. Wenn sie seine Tochter benutzte, um sich an ihn heranzumachen, dann konnte sie sich auf etwas gefasst machen.

Entschlossen klappte er seinen Diplomatenkoffer zu und ging zur Tür.

„Wo willst du hin?“, rief Mackenzie ihm nach.

„Zu deiner Freundin“, schnappte er.

„Zu Carrie?“, fragte seine Tochter aufgeregt. „Du wirst es nicht bereuen, Dad, das verspreche ich dir. Sie ist wirklich nett. Wenn du dich noch nicht entschieden hast, wohin du mit ihr zum Essen gehen willst, schlage ich Henry‘s vor. Das ist in einer Seitenstraße vom Broadway, da, wo wir an meinem Geburtstag waren.“

Philip verzichtete darauf, seine Tochter darüber zu informieren, dass er keineswegs eine Einladung zum Essen im Sinne hatte.

Als er aus der Tür trat, stieß er fast mit der alten Schrulle mit der Kristallkugel zusammen.

„Guten Abend, Mr. Lark“, grüßte ihn Madam Fredrick mit einem wissenden Lächeln. Sie sah ihn an, dann ihre Kristallkugel, und ihr Lächeln wurde breiter.

„Bleiben Sie mir damit vom Leib“, knurrte er. „Ich wünsche nicht, dass Sie meine Tochter mit diesem Hokuspokus belästigen. Haben wir uns verstanden?“

„Wie Sie wünschen“, erwiderte die alte Dame würdevoll und rauschte wie eine Diva an ihm vorbei. Philip sah ihr nach. Sie erinnerte ihn eindeutig an seine Tochter. Er seufzte resigniert und ging weiter zur Treppe. In seiner Ungeduld nahm er immer zwei Stufen auf einmal.

Carrie öffnete sofort.

„Mr. Lark.“ Ihre Augen wurden groß und zeigten genau das richtige Maß an Überraschung, als hätte sie die letzte Viertelstunde vor dem Spiegel verbracht, um diesen Gesichtsausdruck zu üben.

„Wir beide müssen uns unterhalten.“

„Jetzt?“, fragte sie.

„Jetzt.“

3. Kapitel

Carrie Weston war ohne Zweifel reizend. Warum ihm das nicht schon bei ihrem ersten Aufeinandertreffen im Lift aufgefallen war, war Philip ein Rätsel. Ihre Augen waren von einem klaren Blau, einem Aquamarinblau fast, und ihr Blick war sehr intensiv und erwartungsvoll. Sie wirkte offen und warmherzig.

Philip brauchte eine Weile, bis ihm wieder einfiel, dass er ja hier war, um ein ernstes Wort mit Carrie Weston zu sprechen. Vielleicht war doch nicht ganz auszuschließen, dass ein winziges Körnchen Wahrheit in dem lag, was Mackenzie über ihn gesagt hatte, und er verknöcherte tatsächlich langsam. Dieser Gedanke ernüchterte ihn auf der Stelle.

„Ich muss mit Ihnen über Mackenzie sprechen", brachte er ein wenig stockend hervor.

„Ihre Tochter ist ein reizendes Mädchen. Ich hoffe, ich habe sie nicht zu lange aufgehalten." Carrie griff nach ihrem Mantel.

„Nein, nein. Darum geht es auch nicht, sondern darum, dass Sie meiner Tochter erzählt haben …"

„Es tut mir leid, Mr. Lark, ich habe im Augenblick wirklich keine Zeit. Mittwochs bin ich immer mit Marias Katzen an der Reihe, und ich habe mich ohnehin schon verspätet."

Vielleicht wollte sie sich nur drücken, aber Philip war entschlossen, das nicht zuzulassen. „Haben Sie etwas dagegen, dass ich Sie begleite?"

Carrie zeigte sich zwar milde überrascht, hatte aber keine Einwände. „Nein." Sie hob ein Paket mit Katzenfutter hoch.

Fünf Kilo, las Philip. Er wusste, dass die pensionierte Lehrerin lächerlich viele Tiere hielt. Gene hatte sich mehr als einmal bei ihm darüber mokiert, wenn er auch nichts dagegen unternahm, dass sie ständig neue Katzen auflas. Die alte Dame wohnte schon über fünfzehn Jahre hier und hatte ihre Miete immer pünktlich bezahlt. Und bis jetzt hatte sich auch keiner der anderen Mieter beschwert.

„Vielleicht wäre es besser, wenn Sie Ihren Mantel holen“, riet Carrie, während sie ihre Tür abschloss.

Philip fand das ein wenig merkwürdig. So kalt konnte es in der Wohnung doch gar nicht sein. Aber er gehorchte. „Na gut.“

Carrie wartete, während er die Treppe hinauflief. Er nahm zwei Stufen auf einmal. Kaum hatte er die Tür aufgeschlossen, stand schon Mackenzie vor ihm. „Wie findest du sie?“, wollte sie wissen.

„Noch gar nicht.“ Er nahm seinen Mantel vom Haken. „Ich helfe ihr schnell beim Katzenfüttern.“

Seine Tochter wirkte sehr zufrieden mit dieser Auskunft. „Wirklich? Das ist ja praktisch schon eine Verabredung.“

„Du liebe Güte, nein.“ Er fuhr in die Ärmel.

„Sie hat mich gefragt, ob ich nicht am Samstag mit ihr und ihren zwei Brüdern Plätzchen backen will. Ich darf doch, Dad?“

„Darüber unterhalten wir uns später.“ Carrie Weston war also schon dabei, sich bei seiner Tochter einzuschmeicheln. Das gefiel ihm ganz und gar nicht.

Mackenzie nickte nur, aber sie wirkte ein wenig besorgt, als er zur Tür ging.

Philip konnte nicht genau sagen, warum er vorgeschlagen hatte, Carrie zu begleiten. Zwar war es wichtig, einige Dinge klarzustellen, aber dafür musste er nicht unbedingt mit einer Tüte Katzenfutter hinter ihr herdackeln.

„Maria liebt Tiere“, erklärte Carrie, als sie in den Lift traten und nach unten fuhren. „Aber ich finde es nicht gut, wenn sie nachts allein draußen herumläuft, um streunende Katzen zu füttern.“ Philip fing an zu begreifen. „Maria nennt sie immer ihre Straßenkinder.“

Er hoffte nur, dass die Hausverwaltung nichts von diesen Zuständen erfuhr.

Sie traten in die kalte Nachtluft hinaus, und ihr Atem kristallisierte sofort zu einer weißen Nebelwolke.

„Wie oft füttert sie die Katzen?“, fragte Philip, als er Carrie die schlecht beleuchtete Straße hinunter folgte.

„Jeden Abend.“

Wenig später bogen sie in eine fast völlig dunkle Allee. Wenn Carrie es nicht ratsam fand, dass Maria nachts allein hier herumwanderte, dann konnte man das auch von ihr sagen.

Sie hatten etwa die Hälfte der Allee hinter sich gebracht, als Philip das erwartungsvolle Miauen hörte. Carrie schüttete großzügig Futter auf den Boden, und im nächsten Augenblick stürzten die Tiere sich schon darauf. Ein großer Kater rieb sich an ihrem Bein, und sie bückte sich, um ihn zu streicheln. „Das ist Brutus“, stellte sie vor. „Und das sind Jim Dandy, Knopfnase, Falke und die Bienenkönigin.“

„Haben Sie sie so getauft?“

„Nein, das war Maria. Die meisten Katzen leben schon so lange auf der Straße, dass sie sich nicht mehr umgewöhnen können. Maria hat Brutus gesund gepflegt, nachdem er in einem Kampf ein Auge verloren hatte. Er war halb tot, als sie ihn fand. Er ließ sich zwar ihre Fürsorge gefallen, aber kaum war er wieder gesund, zog es ihn wieder hinaus. Ich glaube, er war Marias erster Pflegling. Danach fing sie an, die streunenden Katzen zu füttern. Inzwischen wechseln wir uns ab. Einmal die Woche helfe ich ihr, an den anderen Tagen Arnold und zwei andere Hausbewohner.“

All dieses Gerede über Katzen war zwar gut und schön, aber Philip hatte im Moment etwas anderes im Kopf. „Wie schon gesagt, möchte ich mich mit Ihnen über Mackenzie unterhalten.“

„Ja, gern.“ Carrie streichelte jede Katze zum Abschied und richtete sich dann wieder auf.

„Sie kam gestern nach Hause und präsentierte mir diesen albernen Vorschlag, dass wir beide zusammen ausgehen sollten."

Carrie hatte immerhin genug Anstand, um zu erröten. Das befriedigte ihn. „Ich fürchte, den Floh habe ich ihr ins Ohr gesetzt, Mr. Lark. Es ist mir wirklich sehr peinlich. Eigentlich hatten wir uns nur über meine Eltern unterhalten."

„Ja, ich weiß. Sie haben sich scheiden lassen, als Sie vier oder fünf Jahre alt waren", sagte Philip. Er gab es ja nur ungern zu, aber er genoss Carries Verlegenheit. Schließlich kannte er seine Tochter nur zu gut und wusste sehr wohl, wie geschickt sie einem Gespräch genau die Wendung geben konnte, die ihr passte. Die arme Miss Weston hatte keine Chance gehabt. „Mackenzie hat mir auch erzählt, dass Sie einen Mann dafür bezahlt haben, dass er mit Ihrer Mutter ausgeht."

„Oje." Carrie schloss für einen Moment die Augen. „Kein Wunder, dass Sie davon nicht begeistert waren." Sie sah Philip schuldbewusst an. „Aber Jason hat von meinem Angebot natürlich keinen Gebrauch gemacht."

„Aber er hat sich mit Ihrer Mutter verabredet."

„Es war alles ein bisschen anders, aber das tut nichts zur Sache. Ich wollte Ihre Tochter nicht auf dumme Gedanken bringen, obwohl ich so etwas schon befürchtet hatte, und ich werde mein Möglichstes tun, sie wieder davon abzubringen. Natürlich hatte ich nicht damit gerechnet, dass sie jedes Wort brühwarm weitererzählen würde."

„Meine Tochter hat einen eigenen Kopf, und Sie gefallen ihr." Mackenzie brauchte unbedingt ein positives weibliches Leitbild. Ihre Mutter hatte sich wahrhaftig nicht besonders viel um sie gekümmert, und er selbst konnte diesen Mangel nicht ausgleichen, auch wenn er es noch so gern getan hätte. Es tat ihm immer weh, wenn er hörte, dass Mackenzie Laura auch noch zu entschuldigen versuchte.

Carrie führte ihn auf ein unbebautes Grundstück. Auf dem Weg erzählte sie ihm einiges von sich: Sie arbeitete für eine Computerfirma, hatte ihre Familie hier in der Gegend und betete ihre zwei kleinen Halbbrüder an.

Sie hatten das Grundstück kaum betreten, als etwa ein Dutzend Katzen aus dem Schatten auftauchte. Offensichtlich hatten sie schon auf Carrie gewartet. Sie sprach leise zu ihnen und verteilte dann das Futter auf einige Stellen.

„Mackenzie hat mich sehr daran erinnert, wie ich selbst in diesem Alter war", gestand sie, als sie fertig war. „Das hat nicht nur mit der Scheidung meiner Eltern zu tun. Aber man könnte sagen, dass ich in gewisser Weise auch keine Mutter hatte. Natürlich war sie da, aber ich hatte nicht viel von ihr. So ähnlich geht es Ihrer Tochter wohl mit Ihnen."

„Wollen Sie damit sagen, dass ich kein guter Vater bin?", fragte Philip ein wenig beleidigt.

„Nein, natürlich nicht. Am besten sage ich gar nichts mehr, nachdem Sie anscheinend so entschlossen sind, mich dauernd falsch zu verstehen. Ich entschuldige mich dafür, dass ich Mackenzie auf abwegige Gedanken gebracht habe. Aber seien Sie versichert, Mr. Lark, dass ich nicht die Absicht habe, Ihre Tochter dazu zu benutzen, um mir sozusagen eine Verabredung mit Ihnen zu erschleichen."

„Bleibt es beim Plätzchenbacken am Samstag?", fragte Philip. Er hoffte es sehr, denn sonst bekam er ernste Schwierigkeiten mit seiner Tochter.

„Heißt das, dass Sie nichts dagegen haben?"

„Nein, natürlich nicht. Ich wollte nur für klare Verhältnisse zwischen uns sorgen. Ich bin an Ihrer näheren Bekanntschaft nicht interessiert. Das ist nicht persönlich gemeint. Sie sind jung und attraktiv und werden eines Tages einen Mann sehr glücklich machen. Aber dieser Mann werde nicht ich sein."

„Ich würde nicht im Traum daran denken …“ Carrie unterbrach sich und sah Philip böse an. „Keine Angst, Mr. Lark. Sie haben nichts von mir zu befürchten.“

„Gut. Dann verstehen wir uns ja.“

Das war ja wohl der Gipfel! Carrie zerrte die Handschuhe von den Fingern und hängte ihren Mantel auf. Dann setzte sie sich in einen Sessel und verschränkte die Arme vor der Brust. Aber lange hielt sie es nicht so unbewegt aus, und sie sprang auf und ging wütend auf und ab.

Philip Lark besaß die Unverfrorenheit, sie zu beschuldigen, sie benutze seine Tochter, um ihn kennen zu lernen! Was für ein aufgeblasener und eingebildeter Kerl. So ein selbstverliebtes, eitles Exemplar Mann war ihr bisher noch nicht untergekommen. Und wenn er der letzte Mann auf Erden wäre, würde sie nicht mit ihm ausgehen!

Das Telefon klingelte, und sie sah es vorwurfsvoll an, bevor sie schließlich doch den Hörer abnahm.

„Carrie?“, flüsterte ihr Stiefvater.

„Ja?“, gab sie ebenso leise zurück. „Gibt es einen Grund dafür, dass du so flüsterst?“

„Deine Mutter soll nicht mitbekommen, dass ich dich anrufe.“

„Aha.“ Carrie lächelte.

„Ich habe heute Nachmittag für Charlotte ein Weihnachtsgeschenk bestellt“, verkündete er stolz.

Carrie wusste, wie schwer er sich mit dem Schenken tat. Bevor er ihre Mutter kennen gelernt hatte, war er überzeugter Junggeselle gewesen und völlig ungeübt darin, gerade Frauen Geschenke zu machen. Zum ersten Weihnachtsfest nach der Hochzeit hatte er Charlotte eine Kegelkugel, eine Jahreskarte fürs Baseballstadion und einen Staubsauger gekauft. Danach hatte Carrie dafür gesorgt, dass seine Geschenke ein wenig persönlicher ausfielen.

„Du weißt doch, wie leidenschaftlich deine Mutter Flohmärkte und Haushaltsauflösungen liebt." Leidenschaftlich ist noch milde ausgedrückt, dachte Carrie. „Ein Freund von mir hat vor Kurzem einen Mietwagenverleih mit Chauffeur aufgemacht, und ich habe mit ihm vereinbart, dass er deine Mutter an einem Samstag von einem Flohmarkt zum anderen kutschiert. Die Route bestimmt sie. Wie findest du das?" Vor Aufregung wurde seine Stimme lauter. „Darüber freut sie sich doch bestimmt, oder?"

Carrie musste lächeln. „Sie wird begeistert sein."

„Das dachte ich mir auch", sagte Jason stolz. „Jeff gibt mir außerdem zwanzig Prozent Nachlass."

„Ich finde es übrigens sehr nett von dir, dass du mit Mom Weihnachtseinkäufe machen willst."

„Was tut man nicht alles, um seiner Frau eine Freude zu machen." Dem Klang seiner Stimme nach zu schließen, schien seine Vorfreude trotzdem nicht besonders groß zu sein.

„Doug und Dillon kommen in der Zeit zu mir. Wir wollen zusammen Plätzchen backen."

„Es gibt keinen anderen Menschen auf der Welt, von dem ich mich so kurz vor Weihnachten zum Einkaufen in die Stadt schleppen ließe."

„Das ist wahre Liebe." Carrie hatte noch nie an dieser Liebe gezweifelt. Ihre Mutter und Jason passten zusammen, als wären sie füreinander geschaffen. Das stellte sie selbst manchmal vor ungeahnte Schwierigkeiten. Seit Jason ihr Stiefvater geworden war, maß sie jeden Mann an ihm.

Jason war vielleicht nicht unbedingt der große romantische Held – sie musste jedes Mal lachen, wenn sie an das Gesicht ihrer Mutter dachte, als sie die Kegelkugel ausgepackt hatte –, aber er war ein sehr liebevoller Ehemann. Und sie selbst hätte sich keinen besseren Vater wünschen können. Es war nicht einfach, einen Mann zu finden, der ihm das Wasser reichen konnte.

Es klingelte an Carries Tür.

„Ich verabschiede mich", sagte Jason. „Versprich mir, dass du deiner Mutter nichts verrätst."

„Meine Lippen sind versiegelt", erklärte Carrie feierlich. Eine Luxuslimousine mit Chauffeur, um ihre Mutter zu Flohmärkten und Haushaltsauflösungen zu fahren! Sie schüttelte mit einem Lächeln den Kopf und legte den Hörer auf. Was für ein Einfall.

Sie lief zur Tür. Hoffentlich kam kein Besuch. Sie war müde und hatte Hunger und nicht die geringste Lust auf Unterhaltung.

„Hallo!", sagte Mackenzie und sah Carrie erwartungsvoll an. „Wie war es mit Dad?" Carrie betrachtete sie düster. „So schlimm?" Mackenzie lachte fröhlich. „Machen Sie sich nichts daraus. Es wird sicher besser, wenn er sich erst daran gewöhnt hat."

„Jetzt hör mir einmal zu, Mackenzie. So geht das nicht. Dein Vater ist nicht sehr glücklich über deinen Kuppelversuch, und ich bin es auch nicht, wenn ich ehrlich bin. Ich …"

„Ich muss leider gleich wieder weg. Mein Vater weiß nicht, dass ich hier bin. Aber ich musste einfach mit Ihnen reden, bevor Sie Ihr Herz an ihn verlieren. Lassen Sie sich nicht entmutigen. Er braucht einfach nur Zeit." Sie lachte breit und schenkte Carrie einen aufmunternden Blick. „Ich finde das alles ja so wahnsinnig aufregend. Wenn ich Jane erst erzähle, wie ich eine neue Frau für Dad gefunden habe! Jane war nämlich meine beste Freundin, bis wir umgezogen sind. Bis Samstag dann." Damit war sie verschwunden.

Carrie machte die Tür zu und schloss die Augen. Sie fühlte sich ausgelaugt und niedergeschlagen.

Jemand klopfte laut an die Tür, und sie fuhr zusammen.

„Was ist denn jetzt noch?", fragte sie ungeduldig.

Diesmal standen Madam Fredrick und Arnold, der Muskelmann, draußen. Beide betrachteten sie freundlich und mit unverhohlener Neugier.

„Hat sie ihn schon kennen gelernt?“, fragte Arnold.

Madam Fredrick lächelte geheimnisvoll. „Schauen Sie selbst.“ Sie hob ihre Kristallkugel hoch und strich mit der Hand über die schimmernde Oberfläche. „Ein Blick, und Sie wissen alles.“

4. Kapitel

Eine feine Mehlschicht lag über der Küche. Carrie wedelte hüstelnd mit der Hand, um die Luft ein wenig klarer zu machen. Würziger Lebkuchenduft zog durch ihre Wohnung. Es roch heimelig nach weihnachtlichem Backvergnügen.

Der sechsjährige Dillon stand auf einem Stuhl und schaute fasziniert in die Küchenmaschine, die den Plätzchenteig durchknetete. Sein Bruder Doug wartete an der Arbeitsfläche, die Ärmel bis über die Ellbogen hochgerollt und mit einem Nudelholz in der Hand, auf den fertigen Teig, während Mackenzie gerade frisch gebackene Plätzchen vom Blech nahm und sie zum Abkühlen auf ein Gitter legte.

„Ob man die Eierschalen nicht doch herausschmeckt?", fragte sie ein wenig zweifelnd.

„Im Rezept stand ‚zwei Eier'", rechtfertigte Dillon sich ein wenig trotzig. „Und Carrie hat gesagt, ich soll das ganze Ei nehmen. Woher soll ich wissen, dass sie es ohne Schale gemeint hat?"

„So etwas weiß man einfach", erklärte Doug mit milder Verachtung und spielte die ganze Überlegenheit des älteren Bruders aus. Niemals wäre ihm ein so dummer Fehler unterlaufen.

Carrie griff vorsichtshalber ein. „Nur keine Aufregung. Niemand wird etwas merken. Außerdem können ein paar Proteine extra nie schaden." Sie hatte den größten Teil der Eierschalen wieder aus dem Teig fischen können, und der Rest war so zerkleinert, dass jede sichtbare Spur verschwunden war.

Mackenzie verdrehte ausdrucksvoll die Augen. Aber sie war glücklich, auch wenn sie sich jetzt etwas enerviert gab. Sie erinnerte Carrie immer mehr an ihre eigene Teenagerzeit vor über zehn Jahren. Mit den beiden kleinen Jungen war sie vom ersten Moment an gut ausgekommen, und es dauerte keine Stunde, da waren die drei die dicksten Freunde.

„Ich will die Plätzchen verzieren", rief Dillon, als er sah, dass Carrie mit dem Zuckerguss fertig war.

„Aber du leckst immer das Messer ab", warf Doug ihm sofort vor. „Das geht nicht, wenn wir die Plätzchen verschenken wollen."

Carrie machte dem drohenden Streit ein Ende, noch bevor er angefangen hatte. „Wer probiert den ersten Lebkuchen?"

Die drei Kinder sahen sich gegenseitig an. „Dillon", beschloss Doug dann.

„Mir macht es gar nichts aus", erklärte der tapfer. „Außerdem hat Carrie gesagt, dass man die Eierschalen überhaupt nicht merkt." Er kletterte von seinem Stuhl auf den Boden und nahm sich einen Lebkuchen. „Vielleicht sollten wir vorsichtshalber Zuckerguss daraufstreichen", schlug er hoffnungsvoll vor.

Carrie folgte seiner Anregung und gab ihm das Plätzchen dann. Dillon schloss die Augen und biss vorsichtig ein kleines Stück ab. Die anderen warteten gespannt auf seine Reaktion. Ein zweiter Versuch folgte.

„Vielleicht sollte ich noch eines essen, damit ich nichts Falsches sage", meinte Dillon. „Sicherheitshalber."

Carrie blieb ernst und reichte ihrem kleinen Bruder eine weitere Kostprobe.

„Es ist wohl besser, wenn ich auch probiere", sagte Doug und steckte sich selbst einen Lebkuchen in den Mund. „Nicht schlecht", erklärte er dann mit vollem Mund und lächelte breit.

„Wir dürfen auch welche behalten, oder?", fragte Dillon.

„Ja, natürlich. Aber ihr wisst, dass ich Arnold, Maria und Madam Fredrick einen Plätzchenteller versprochen habe."

„Kann ich jetzt mit dem Verzieren anfangen?" Dillon schob seinen Stuhl zu Carrie.

„Ich auch!"

„Ich auch!" Mackenzie stimmte in den Chor mit ein.

Zwei Stunden später war Carrie völlig erschöpft. Doug und Dillon hatten abgewaschen und lagen nun vor dem Fernseher und schauten sich ihren Lieblingsvideofilm an. Mackenzie verwandelte Plätzchen mit kandierten Fruchtstückchen und Liebesperlen hingebungsvoll in Gesichter.

„Dad kommt schon wieder zu spät", sagte sie mit dem Seufzer einer an langes Leiden gewöhnten Tochter. „Es ist immer dasselbe. Das ist wirklich kein Leben, das er da führt." Sie riskierte einen schnellen Blick zu Carrie.

„Was haben wir beide vereinbart?" Carrie drohte ihr mit dem Finger.

„Ja, ich weiß." Tiefe Hoffnungslosigkeit klang aus Mackenzies Stimme.

Carrie und sie hatten ein Abkommen getroffen, dass Philip Lark in ihren Unterhaltungen nicht mehr auftauchen würde. Das war zwar eine ziemlich drastische Maßnahme, aber Carrie wusste genau, dass Mackenzie sonst jede Gelegenheit ergreifen würde, das Klagelied über ihren armen, einsamen Vater, der praktisch vor ihren Augen versauerte und vergreiste, anzustimmen. Carrie konnte den Text fast wörtlich aufsagen.

Sie hatte zwei lange Tage damit verbracht, Mackenzie beizubringen, dass sie keinerlei romantisches Interesse an Philip hatte, auch wenn sie angeblich noch so ideal zusammenpassten. Von ihrem Vater bekam Mackenzie vermutlich etwas ganz Ähnliches zu hören. Philip war so wenig wie Carrie davon angetan, dass seine Tochter ihn verkuppeln wollte. In den drei Tagen seit ihrem ersten Zusammentreffen waren sie sich betont aus dem Weg gegangen, um in Mackenzie keine unsinnigen Hoffnungen zu nähren und ihr womöglich die Illusion zu vermitteln, dass ihr Plan Erfolg hatte.

„Es ist ein Jammer", meinte Mackenzie jetzt und sah Carrie dabei vorwurfsvoll an. „Madam Fredrick findet das auch, genauso wie Arnold und Maria."

„Es reicht!", sagte Carrie laut genug, um vorübergehend die Neugier ihrer Brüder zu wecken. Aber als nichts nachkam, schwand ihr Interesse schnell wieder.

Als Mackenzie mit dem Verzieren ihrer Plätzchen fertig war, füllte Carrie drei Pappteller, spannte eine Folie darüber und wickelte zum Schluss ein buntes Band darum.

„Ich will zu Arnold gehen", rief Doug, der eine heftige Zuneigung zu dem ehemaligen Gewichtheber gefasst hatte. Von seinem glänzenden Glatzkopf über den dichten Schnurrbart bis hin zu den sich massiv wölbenden Muskeln bot Arnold das leibhaftige Bild eines ehemaligen Zirkushelden. Sein einziges Zugeständnis an die moderne Zeit waren knallrote Kunststoffshorts, die er über seinen blauen Strumpfhosen trug. Doug sah in ihm die Verkörperung seines Idols Superman.

„Und ich will zu Maria. Darf ich ihre Katzen streicheln?", wollte Dillon wissen.

„Bestimmt." Damit stand auch sein Ziel fest.

„Dann bleibt für mich Madam Fredrick", stellte Mackenzie fest und wirkte mit ihrem Los außerordentlich zufrieden. Carrie lächelte.

Die drei Kinder verschwanden mit ihren Plätzchentellern, und Carrie ließ sich ermattet aufs Sofa fallen. Sie lehnte sich zurück, schloss die Augen und gab sich ganz der Ruhe und dem Frieden hin. Der Genuss währte nicht lange. Nur Minuten später tauchten Mackenzie und Dillon wieder auf, dicht gefolgt von Doug.

„Sie ist da drin", hörte Carrie ihren Halbbruder sagen, und als sie die Augen aufschlug, entdeckte sie, dass er Philip Lark im Schlepptau hatte.

Sie sah bestimmt entsetzlich aus. Nicht nur war sie über und über mit Mehl bestäubt, sondern sie hatte sich heute Morgen auch nicht die Mühe gemacht, sich zu schminken, und trug zu allem Überfluss ausgerechnet ihre ältesten Jeans. Was musste Philip von ihr halten! Sie sah bestimmt wie eine Vogelscheuche aus!

„Dad!“, begrüßte Mackenzie ihren Vater begeistert.

Carrie sprang verlegen auf und zog schnell ihre Schürze aus. Viel half das vermutlich auch nicht. Philip betrachtete sie mit Interesse.

„Ich hätte klingeln sollen“, stellte er fest und sah Doug an. „Aber Ihr kleiner Freund bestand darauf, dass ich einfach mitkomme.“

„Das ist schon in Ordnung.“ Carries Zunge war wie gelähmt, und sie wrang nervös die Hände. Genauso hatte ihre Mutter sich Jason gegenüber auch verhalten. Das hatte sie damals nie verstanden. Mit keinem Menschen konnte man sich leichter unterhalten als mit Jason, niemand war umgänglicher als er. Aber jetzt bekam sie eine Ahnung davon, was ihre Mutter durchgemacht hatte.

„Hat meine Tochter sich anständig benommen?“, fragte Philip.

„Sie war mir eine sehr große Hilfe“, erwiderte Carrie ein wenig steif.

„Hat Mom angerufen?“, wollte Mackenzie voller Hoffnung von ihrem Vater wissen.

Philip schüttelte den Kopf, und Enttäuschung trat in Mackenzies Blick. „Sie hat um diese Zeit immer so viel zu tun“, erklärte sie, ohne jemanden im Besonderen anzusprechen. „Kein Wunder, dass sie nicht angerufen hat, wenn sie den Kopf so voll hat.“

Carrie musste an sich halten, um sie nicht in den Arm zu nehmen und zu trösten. Für ihre dreizehn Jahre war sie rührend tapfer.

„Hast du Lust, mit mir ins Kino zu gehen?“, fragte Philip unvermittelt. „Es muss schon eine Ewigkeit her sein, seit wir beide uns zum letzten Mal zusammen einen Film angeschaut haben.“

Mackenzies Miene hellte sich sichtlich auf. „Meinst du das im Ernst?“

„Ja, natürlich. Du darfst dir den Film aussuchen.“

„Können wir Doug und Dillon mitnehmen?“

„Ich habe nichts dagegen.“ Philip lächelte.

„Und Carrie?“

„Ich sollte nicht …“, begann Carrie, um ihm die unvermeidliche Peinlichkeit zu ersparen.

Doug sprang in die Bresche. „Du hast doch gesagt, dass wir mit dem Plätzchenbacken fertig sind. Da kannst du doch mit ins Kino gehen.“

„Sie sind natürlich auch sehr herzlich eingeladen“, sagte Philip und sah Carrie an. Er wirkte ehrlich. Offenbar war er der Überzeugung, dass ihm mit drei Anstandsbegleitern keine Gefahr drohte.

„Störe ich Sie bestimmt nicht?“

„Quatsch“, erklärte Mackenzie entschieden. „Mein Vater sagt nie etwas, wenn er es nicht so meint. Das stimmt doch, Dad, oder?“

„Ja.“ Das klang nicht mehr ganz so sicher, aber sein Lächeln war aufrichtig.

Carrie war halb versucht, ihn allein mit den Kindern ziehen zu lassen, aber dann überlegte sie es sich doch anders. Doug hatte recht. Ein Kinobesuch war nach all der Hektik jetzt genau das richtige Mittel zum Entspannen. Und was sollte schon passieren, wenn sie drei Kinder dabeihatten? In ihrer Naivität vergaß sie, dass Kinder sich im Kino gern von Erwachsenen distanzierten. Und ehe sie und Philip sich noch versahen, strebten Doug, Dillon und Mackenzie auch schon von ihnen weg und ließen sich einige Reihen vor ihnen nieder.

„Aber ich dachte, wir wollten alle zusammensitzen“, rief Carrie mit einem Hauch Verzweiflung in der Stimme.

Dillon drehte sich zu ihr um. „Wir sind doch keine Babys mehr“, teilte er ihr mit der ganzen Würde eines Sechsjährigen mit.

Carrie ließ sich ein wenig unglücklich neben Philip in den Kinosessel sinken. Er schien so wenig glücklich wie sie über diese Entwicklung.

„Popcorn?“, fragte er schließlich und hielt ihr seinen überdimensionalen Topf hin.

„Nein, danke.“ Carrie sah auf ihre Uhr. Hoffentlich fing der Film bald an und erlöste sie aus dieser Lage. „Sie denken jetzt doch hoffentlich nicht, dass ich das alles arrangiert habe“, flüsterte sie kaum hörbar.

„Was sollen Sie arrangiert haben?“

„Dass wir beide allein hier sitzen.“

Bei seiner Neigung, Vorwürfe auszuteilen, war genau das zu befürchten. Nicht dass sie es ihm übel genommen hätte. Schließlich hatte sie, wenn auch, ohne es zu wollen, Mackenzie erst so richtig auf die Idee gebracht, die Kupplerin zu spielen. Als hätte sie sich nicht gleich denken können, dass das Mädchen sich ihre eigenen Kuppelversuche mit ihrer Mutter zum Vorbild nehmen würde.

„Wie kommen Sie denn darauf?“

„Vielleicht darf ich Sie an unsere letzte Unterhaltung erinnern“, erwiderte Carrie etwas pikiert. „Sie schienen zu befürchten, dass ich Sie verführen will.“

Philip lachte laut heraus und besaß nicht einmal den Anstand, Reue zu zeigen. „Ich habe mich nicht um mich gesorgt, sondern schlicht darum, dass Mackenzie uns beiden das Leben zur Hölle macht. Ich entschuldige mich, wenn ich unhöflich war. Aber ich wollte uns nur vor den Launen und Eskapaden meiner dickköpfigen Tochter bewahren.“

Ganz so hatte Carrie das Gespräch nicht in Erinnerung.

„Ich würde es niemals meiner Tochter überlassen, eine Frau für mich zu suchen“, fügte Philip hinzu, als erklärte das alles. „Und jetzt entspannen Sie sich endlich und genießen Sie unseren kleinen Ausflug.“ Er hielt ihr noch einmal seinen Popcorntopf hin, und diesmal bediente Carrie sich großzügig.

Er lächelte, und dann ging langsam das Licht aus, und der Vorhang glitt zur Seite.

Sie hatten sich für einen Zeichentrickfilm entschieden, und er war wirklich ausgesprochen lustig. Carrie ließ sich bald völlig in seinen Bann ziehen. Ihr fiel auf, dass Philip an denselben Stellen wie sie lachte, und wenn noch ein Rest Spannung zwischen ihnen bestanden hatte, dann war er im gemeinsamen Lachen bald verschwunden.

Carrie fand, dass der Film viel zu schnell zu Ende war. Und das lag nicht nur daran, dass sie sich so gut amüsiert hatte, sondern sie fand es einfach schön, neben Philip zu sitzen. Zu ihrer Überraschung entdeckte sie, dass sie ihn mochte. Fast wünschte sie sich, sie hätte etwas an ihm finden können, was sie abstieß.

Er hatte mehr als deutlich gemacht, dass er nicht an einer näheren Bekanntschaft mit ihr interessiert war. Mit ihr nicht und auch mit keiner anderen Frau. Aber das half ihr auch nicht weiter. Sie wünschte ihn sich arrogant, schroff und abweisend. Aber stattdessen hatte er Humor und konnte richtig nett sein. Sie wusste, warum er mit Mackenzie ins Kino gegangen war: um ihr über die Enttäuschung mit ihrer Mutter hinwegzuhelfen. Er liebte seine Tochter und wollte sie vor dem Schmerz schützen.

„Der Kinobesuch war eine nette Idee“, sagte Carrie, als sie das Kino verließen. Die Kinder waren schon vorausgelaufen. „Der Film hat Mackenzie von ihrer Enttäuschung abgelenkt.“

„Ich weiß nicht, ob die Idee wirklich so gut war“, gab Philip ein wenig düster zurück und warf seinen Popcornbehälter in den Abfalleimer.

„Warum nicht?“

Er drehte sich zu ihr um und sah sie lange an. „Weil ich feststelle, dass ich Sie mag.“

Ihre Reaktion musste sich in ihrem Blick widergespiegelt haben, denn seine Augen wurden schmaler. „Sie haben es auch gespürt“, stellte er fest.

Sie hätte gern gelogen, aber sie konnte es nicht. „Ja“, flüsterte sie.

„Aber ich bin nicht der Richtige für Sie“, teilte er ihr streng mit.

„Mit anderen Worten, ich bin die Falsche für Sie."

Er antwortete nicht sofort. „Ich möchte Ihnen nicht wehtun, Carrie."

„Keine Angst", gab sie leicht zurück. „Dazu werde ich Ihnen keine Gelegenheit geben."

5. Kapitel

„Wie findest du es?“ Mackenzie hielt stolz ein etwas schiefes weißes Gebilde hoch, das an einem Faden von einer Häkelnadel baumelte und entfernt an eine überdimensionale Schneeflocke erinnerte. Dem Leuchten in ihren Augen nach hätte man meinen können, dass sie ein Werk geschaffen hatte, das mindestens den künstlerischen Rang einer „Mona Lisa“ erreichte.

„Carrie hat an ihrem Weihnachtsbaum auch lauter Schneeflocken hängen“, erklärte sie. „Sie hat das Häkeln von ihrer Großmutter gelernt, als sie so alt wie ich war. Heute kann kaum jemand noch häkeln. An der Schule lernen wir es auch nicht.“ Sie wickelte das Garn um ihren Zeigefinger und hantierte umständlich mit der Häkelnadel. Dabei wanderte ihre Zunge von einem Mundwinkel in den anderen.

„Sehr hübsch, mein Schatz.“

„Glaubst du, dass Mom sich freut?“

„Ganz bestimmt.“ Philip presste einen Augenblick die Lippen zusammen, als er an seine geschiedene Frau dachte. Sie hatte, vermutlich aus einer Laune heraus, Mackenzie über Weihnachten ein paar Tage zu sich eingeladen. Und seitdem schien seine Tochter nur noch zu schweben. Philip wusste nicht, was er tun würde, wenn Laura nicht auftauchte. Er traute ihr durchaus zu, dass sie das fertigbrachte, aber er hoffte inständig, dass sie nicht so grausam war.

„Carrie kann einfach alles“, teilte Mackenzie ihm jetzt mit und sah ihn wieder an. „Ich mag sie furchtbar gern, Dad.“

Auf eine Bemerkung dieser Art hatte er schon gewartet. Das Problem war, dass seine Gefühle sich genau in die Richtung zu entwickeln begannen, auf die Mackenzie hoffte. Zwar mied er jede Begegnung mit Carrie, aber aus seinen Gedanken konnte er sie nicht verbannen. Mackenzie brachte bei jeder Gelegenheit das Gespräch auf sie und pries ihm ihre Vorzüge mit leuchtenden Augen.

Sie hatte sich richtiggehend mit Carrie angefreundet. Vor Kurzem hatte sie sich noch darüber beklagt, dass ihr die Wohnung nicht gefiel und dass ihr ihre Freunde fehlten und sie sich langweilte. Jetzt steckte sie entweder bei Carrie, half Maria beim Katzenfüttern, trank Tee bei Madam Fredrick und ließ sich aus den Teeblättern ihr Schicksal weissagen oder ging zu Arnold zum Gewichtheben. Er konnte froh sein, wenn er sie noch zu Gesicht bekam.

„Am Heiligen Abend ist im Gemeinschaftsraum im Keller ein Weihnachtsfest für das ganze Haus", berichtete sie. „Carrie und Madam Fredrick gehen hin und die anderen auch alle. Es wird sicher spitze." Sie hob die Schultern. „Aber ich bin natürlich lieber bei Mom. Schade, dass sie immer so furchtbar viel zu tun hat."

„Ja, sehr schade." Philip hatte die Weihnachtsfeier schon wieder vergessen. Vor ein oder zwei Tagen hatte er den Zettel im Briefkasten gefunden und hätte ihn gleich weggeworfen, wenn Mackenzie darüber nicht in solche Begeisterung geraten wäre. Nach ihrer Reaktion hätte man annehmen können, dass sie von ihrem Märchenprinzen zu einem Ball eingeladen worden war. Ihn interessierte die Feier nicht. Er hatte Besseres zu tun, als seine Zeit mit einer Handvoll von Verrückten zu vergeuden.

Er holte seine Sporttasche. „In einer Stunde bin ich wieder da", versprach er.

„Gut. Ich bin sowieso noch nicht fertig." Mackenzies Zunge bewegte sich so flink wie die Häkelnadel. „Ach, jetzt hätte ich es fast vergessen." Sie warf ihre Schneeflocke auf den Tisch, sprang auf und rannte in ihr Zimmer. Einen Moment später tauchte sie mit einem weißen Briefumschlag wieder auf. „Der ist für dich", sagte sie eifrig. „Mach ihn auf."

„Soll ich nicht bis Weihnachten warten?“

„Nein.“

Eine silberne, bunt verzierte Karte in Form einer Glocke steckte in dem Umschlag.

„Lies vor“, drängte Mackenzie und hätte es selbst übernommen, wenn er nicht gehorcht hätte. Die Karte war eine Einladung zum Essen in dem kleinen Restaurant um die Ecke. „Ich möchte mich bei dir bedanken, weil du so ein toller Vater bist“, hatte sie geschrieben. „Auch wenn wir manchmal streiten, habe ich dich sehr lieb.“

„Ich dich auch“, sagte Philip gerührt. „Aber die Rechnung für das Essen übernehme ich.“

„Das kommt überhaupt nicht infrage“, widersprach Mackenzie. „Ich habe mein Taschengeld gespart und bei Madam Fredrick und Arnold ein bisschen dazuverdient. Du musst ja nicht gerade das Teuerste essen.“

„Ich kann ja vorsichtshalber besonders ausgiebig frühstücken“, meinte Philip und gab ihr einen Kuss auf die Wange, bevor er ging.

Als er auf den Liftknopf drückte, ertappte er sich bei einem breiten Lächeln. In letzter Zeit lächelte er überhaupt oft, fiel ihm auf. Anfangs hatte er diesen Umzug für einen Fehler gehalten. Das dachte er längst nicht mehr. Mackenzie hatte sich sehr zu ihrem Vorteil verändert, seit sie Carrie kannte.

Die Lifttüren glitten auf, und er trat ein. Ein Stockwerk tiefer hielt der Lift schon wieder an, und Carrie stieg mit einem Wäschekorb unter dem Arm ein. Sie zögerte, als sie ihn sah.

„Ich beiße nicht“, versicherte er ihr mit einem Lächeln.

„Das behaupten alle“, gab sie keck zurück. Sie griff an ihm vorbei und drückte auf den Knopf für den Keller. Dann trat sie einen Schritt zurück. Die Tür schloss sich wieder, und der Aufzug setzte sich in Bewegung. Dann gab es unvermittelt einen scharfen Ruck, und die Kabine sackte einen Meter ab.

Carrie verlor das Gleichgewicht und fiel gegen die Wand. Philip konnte sich gerade noch auf den Füßen halten. Im nächsten Moment ging das Licht aus.

„Philip?“, fragte Carrie unsicher.

Es war so dunkel, dass man die Hand vor den Augen nicht sah. „Offenbar haben wir einen Stromausfall“, sagte Philip überflüssigerweise.

„Oje.“ Carries Stimme klang dünn.

„Haben Sie Angst im Dunkeln?“

„Natürlich nicht“, gab sie empört zurück. „Jedenfalls nicht viel. Jeder wäre … Ich meine, es wäre ja ganz normal, wenn man unter diesen Umständen ein wenig beunruhigt wäre.“

„Natürlich“, pflichtete er ihr bei und musste lächeln.

„Wie lange dauert es, bis der Strom wiederkommt?“

„Ich weiß es nicht. Geben Sie mir Ihre Hand.“

„Warum?“, fragte sie misstrauisch.

„Vielleicht hilft es.“

„Oh. Hier.“ Er streckte den Arm aus und bekam ihre Hand zu fassen. Sie klammerte sich an ihn wie an einen Rettungsanker. Ihre Finger waren eiskalt.

„Sie brauchen keine Angst zu haben.“

„Ich weiß“, erwiderte sie trotzig.

Er konnte nicht sagen, wer sich zuerst bewegt hatte, aber auf einmal hatte er schützend den Arm um sie gelegt und sie an sich gedrückt. Wenn er ganz ehrlich war, dann wünschte er sich seit ihrem gemeinsamen Kinobesuch nichts anderes, als Carrie in den Armen zu halten. Er hatte sich zwar nicht erlaubt, diesen Gedanken in seiner Fantasie nachzugehen, aber es fühlte sich gut an, sie so nahe bei sich zu haben. Es fühlte sich sogar viel zu gut an, wenn er ehrlich war.

Sie schwiegen beide. Philip wusste nicht genau, was in ihm vorging. Vielleicht wollte er nicht, dass die Wirklichkeit in seine

Träume eindrang. In der Dunkelheit fühlte er sich sicher. Da konnte er seinen Schutzschild einmal für kurze Zeit ablegen. Carrie hatte wahrscheinlich wirklich Angst und sagte deshalb nichts. Er spürte, wie sie zitterte, und nutzte die Gelegenheit, sie noch enger an sich zu ziehen.

„Es ist bestimmt gleich vorbei."

„Bestimmt", wisperte Carrie.

Er schob die Hände in ihr Haar. Es fühlte sich wunderbar an und duftete so frisch und sauber. Er versuchte, an etwas anderes zu denken, aber es gelang ihm nicht.

„Vielleicht sollten wir uns unterhalten", schlug Carrie vor. „Dann vergeht die Zeit schneller."

„Und worüber wollen Sie sich unterhalten?" Er fühlte ihren warmen Atem aufreizend über seinen Hals streichen. Und da wusste er, dass er sie küssen würde. Es war lange her, dass er eine Frau in den Armen gehalten hatte. Bevor er noch einmal das Risiko einer schlechten Ehe einging, hatte er lieber wie ein Mönch gelebt.

Er hätte sofort von ihr abgelassen, wenn sie Widerstand geleistet hätte. Aber das tat sie nicht. Ihre Lippen waren weich und warm und nachgiebig. Und sehr einladend. Er stöhnte leise auf.

„Ich dachte, wir wollten uns unterhalten?", flüsterte Carrie ein wenig heiser.

„Später", murmelte er und küsste sie wieder. Er konnte kaum glauben, wie gut sie schmeckte, besser als jede andere Frau, die er je geküsst hatte.

Am Anfang waren es leichte, aufreizende, verführerische Küsse. Dann wurden sie fast unmerklich intensiver. Das würde nie passieren, wenn wir hier nicht in diesem dunklen Lift gefangen wären, redete Philip sich ein. Er hatte das Bedürfnis, Carrie auf diesen wichtigen Sachverhalt aufmerksam zu machen, aber die Pausen zwischen den Küssen waren nie so lang, dass er zu Wort gekommen wäre.

Er hatte nicht damit gerechnet, dass sie sich so gut anfühlen würde. Wenn er nicht aufhörte, würde er noch süchtig nach ihr und ihren Küssen werden. Er hatte jetzt schon das Gefühl, als wäre er ganz von ihr erfüllt.

„Philip …“

Er strich aufreizend leicht und kreisend mit den Lippen über ihren feuchten Mund. Dann drängte er sie, ihm den Mund zu öffnen. Er stieß tief mit der Zunge vor und bewegte sie lustvoll hin und her.

Carrie stieß ein leises Wimmern aus, schlang die Arme um seinen Nacken und klammerte sich an ihn, als würden ihre Beine sie nicht mehr tragen.

Philip drängte sie an die Wand und küsste sie wild und mit verzehrender Leidenschaft. Carrie spürte an ihrem Schenkel, wie erregt er war, und bewegte sich an ihm. Philip drückte sie an sich, dann umfasste er ihre Hüften und hob sie ein wenig an, damit er sie noch deutlicher fühlte.

Ob das alles weise war, mochte er jetzt nicht entscheiden. Er fuhr mit den Händen unter ihren Pullover, über ihre weiche, seidige Haut. Ihre Brüste waren voll und fest, und unter seinen Fingerspitzen wurden die zarten Knospen hart. Er musste sie mit den Lippen ertasten, sonst würde er vor Verlangen wahnsinnig werden.

Er hatte das Gefühl, als hätte er zwei linke Hände, als er am Verschluss ihres Büstenhalters nestelte. Es dauerte eine schiere Ewigkeit, bis er endlich ihre nackten Brüste umspannte.

Was geschehen wäre, wie weit dieses Liebesspiel noch gegangen wäre, erfuhr er nie, denn im selben Augenblick ging flackernd das Licht wieder an, wenn auch nur, um sofort wieder zu verlöschen.

Sie standen beide wie erstarrt. Ihnen war, als stünden sie auf einer Bühne und jeden Augenblick müsse der Vorhang hochgehen und sie den Blicken eines erwartungsvollen Publikums preisgeben.

Carrie zog hastig ihre Kleider zurecht, während Philip sich schwer atmend an die Wand lehnte und zu verarbeiten versuchte, was da gerade passiert war. Er hatte sich benommen wie ein hilflos seinen Hormonen ausgelieferter liebeshungriger Siebzehnjähriger.

Zum ersten Mal seit seiner Scheidung spürte er, dass die schützende Wand, die er um sein Herz errichtet hatte, zu bröckeln begann. Er war hart geworden und verbittert, ein Opfer seiner Ängste. Das hatte er nicht gewollt, als er sich nach seiner Scheidung geschworen hatte, sich nie mehr mit einer Frau einzulassen. Carrie war jung und süß und verdiente keinen Mann, der solche seelischen Narben besaß und noch dazu ein Kind im Schlepptau hatte.

Er war dankbar, dass der Strom noch ein wenig auf sich warten ließ. Er brauchte diese Minuten, um sich wieder zu fassen.

„Alles in Ordnung?", fragte er schließlich, als er seiner Stimme wieder halbwegs traute.

„Ja, alles ganz wunderbar." Es hörte sich nicht so an.

Er wollte sich entschuldigen, aber er fürchtete, sich damit zu verraten. Carrie brauchte nicht zu wissen, was sie in ihm angerichtet hatte.

„Ich hoffe, Sie nehmen einem Mann nicht übel, dass er die Dunkelheit ausgenutzt hat", sagte er schließlich leichthin. „Ich muss sagen, Sie haben es in sich. Alle Achtung." Er hatte das Bedürfnis, den Vorfall herunterzuspielen, damit sie ihm keine Bedeutung beimaß.

Das Licht ging in genau diesem Augenblick wieder an, und der Lift setzte sich in Bewegung. Philip blinzelte. Carrie stand ihm gegenüber, an die Wand gedrückt. Ihre Augen waren groß, und sie war blass. „Ist das alles, was Ihnen dazu einfällt?"

„Ja, sicher." Er hob die Schultern. „Was sonst?"

Bevor sie darauf antworten konnte, hielt der Lift im Erdgeschoss an, und die Tür öffnete sich. Philip war heilfroh darüber.

„Nichts." Ihr Blick war ausdruckslos, und sie sah an ihm vorbei.

Philip stieg ohne ein weiteres Wort aus. Er hatte ein schlechtes Gewissen, und zugleich war er auch ein wenig traurig. Er wollte

Carrie nicht wehtun. Sie war ein liebes, nettes Mädchen, und sie tat seiner Tochter gut.

„Mist“, stieß er hervor. Er war wirklich ein unglaublicher Idiot. Offenbar hatte er völlig den Verstand verloren.

„Gehen Sie ihr nach“, sagte da jemand hinter ihm.

Philip drehte sich um und fand sich Madam Fredrick und Maria gegenüber.

„Sie ist eine gute Frau“, sagte Maria. Sie hatte eine dicke, gescheckte Katze unter dem Arm. „Eine Frau wie sie finden Sie so schnell nicht mehr.“

„Sie könnten es schlechter treffen“, meinte auch Madam Fredrick und kicherte. „Aber wer wüsste das besser als Sie.“

„Darf ich Sie beide höflichst bitten, sich gefälligst aus meinen Angelegenheiten herauszuhalten.“

Die beiden Frauen wichen unwillkürlich ein wenig zurück.

„Wie kommen …“, begann Maria empört, aber Madam Fredrick schnitt ihr das Wort ab. „Lassen Sie nur, meine Liebe. Manche Männer wollen sich eben einfach nicht helfen lassen.“

Verärgert und böse auf sich selbst hastete Philip aus dem Haus, fest entschlossen, in Zukunft nur noch die Treppe zu benützen und nie mehr mit dem Lift zu fahren. Dann traf er wenigstens niemanden mehr.

6. Kapitel

„Habe ich Ihnen je von Randolf erzählt?“, wollte Madam Fredrick wissen, während sie Carrie eine Tasse Tee einschenkte. „Ich war zwanzig Jahre alt, als wir uns kennen lernten, und unglaublich naiv. Als ich ihn sah, wusste ich sofort, dass meine Tugend in Gefahr war.“

Sie lachte, und ihre Augen funkelten in der Erinnerung. „Vierzig Jahre ist das jetzt her. Eine Woche später waren wir verheiratet. Wir wussten beide sofort, dass wir füreinander bestimmt waren. Warum soll man sich gegen sein Schicksal wehren? Das kostet nur unnötige Energie. Wir waren dreißig Jahre verheiratet und sehr glücklich. Wir stritten und wir liebten uns. Und wie wir uns liebten! Wenn er mich nur anschaute, wurden meine Knie weich. In einem Blick von ihm stand mehr, als ein Dichter in einem dreihundert Seiten dicken Buch untergebracht hätte.“

Carrie nahm einen Löffel Zucker und rührte ihren Tee um. Ihre Finger zitterten ein wenig, als sie an Philips Küsse dachte. Seit diesem Vorfall mied sie den Lift und benützte nur noch die Treppe. Sie war auch früher schon geküsst worden, ziemlich oft sogar, aber nie hatte sie auch nur annähernd so empfunden wie bei Philips Küssen. Es beunruhigte sie, dass sie genau verstand, was ihre Nachbarin ihr gerade zu erklären versuchte.

„Nach Randolfs Tod habe ich nicht wieder geheiratet“, sagte Madam Fredrick und setzte sich neben Carrie. „Ich hätte es nicht tun können. Nicht viele Frauen finden so viel Glück in ihrer Ehe wie ich.“

Carrie trank einen Schluck Tee. Sie musste sich anstrengen, damit ihre Gedanken nicht wieder auf Abwege gerieten und zu Philips Küssen wanderten. Sie wollte diese Küsse vergessen, nie wieder daran denken. Aber gegen ihre Erinnerungen war sie machtlos. Immer wieder drängten sie hoch und quälten sie. Wie hatte sie nur so schamlos reagieren können? Wenn sie nur daran dachte, wäre sie vor Verlegenheit noch nachträglich am liebsten im Boden versunken.

„Ich wollte Ihnen Ihr Weihnachtsgeschenk jetzt schon geben", verkündete Madam Fredrick und legte Carrie ein kleines Päckchen in den Schoß. „Machen Sie es auf."

Sie sah gespannt zu, wie Carrie das goldene Band aufknüpfte und das Papier auseinanderschlug. Ein Glas mit getrockneten Kräutern und Blumen war darin.

„Das ist ein Fruchtbarkeitstee", erklärte Madam Fredrick.

„Fruchtbarkeits…!" Carrie hätte das Glas vor Schreck fast fallen lassen.

„Sie müssen die Blätter einfach mit kochendem Wasser überbrühen und …"

„Madam Fredrick, ich habe nicht die Absicht, in nächster Zeit schwanger zu werden!" Ihre Gastgeberin lächelte nur. „Ich freue mich sehr über das Geschenk, wirklich." Sie wollte nicht undankbar erscheinen, aber in absehbarer Zukunft wollte sie eigentlich kein Kind haben. „In ein paar Jahren werde ich es sicher gut brauchen können." Sie trank ihre Tasse aus und sah auf die Uhr. „Oje", sagte sie und stand schnell auf. „Ich habe mich verspätet." Mackenzie hatte sie zum Essen eingeladen. „Nochmals vielen Dank." Sie schlüpfte schnell in ihren Mantel und steckte ihr Päckchen in die Tasche.

„Kommen Sie bald wieder", lud Madam Fredrick sie ein.

„Ganz bestimmt", versprach Carrie. Sie besuchte die alte Dame gern, wenn ihr auch deren Gedankengänge manchmal ein wenig unheimlich waren. Dass ihre Nachbarin ausgerechnet heute von ihrem Mann erzählt hatte, kam ihr vor, als wüsste sie, was zwischen ihr und Philip passiert war. Als sie jetzt wieder daran dachte, stieg ihr das Blut in die Wangen, und ihr wurde heiß. Wie hatte sie nur zulassen können, dass er ihre nackte Brust berührte! Da musste sie völlig von Sinnen gewesen sein. Sie wagte gar nicht daran zu denken, was noch passiert wäre, wenn das Licht nicht wieder rechtzeitig angegangen wäre.

Carrie eilte gegen den eisigen Wind zu dem kleinen Restaurant an der Ecke. Diese Einladung war wirklich rührend, aber sie schien Mackenzie wichtig zu sein, sonst hätte sie sich nicht solche Mühe mit der Karte gegeben.

Das kleine Restaurant war sehr beliebt in der Nachbarschaft, nicht zuletzt, weil das Essen wirklich vorzüglich war. Allein der Duft ließ einem das Wasser im Mund zusammenlaufen. Die Gäste drängten sich auch heute um das reichhaltige Buffet.

„Hier bin ich!"

Carrie sah sich um und entdeckte Mackenzie an einem kleinen Tisch im hinteren Teil des Restaurants. Sie winkte aufgeregt.

Carrie winkte zurück und bahnte sich einen Weg durch Tische und Stühle zu ihrer kleinen Freundin. Erst als sie schon fast an ihrem Ziel angekommen war, sah sie, dass Mackenzie nicht allein war. Philip saß neben seiner Tochter, und seinem Gesichtsausdruck nach zu schließen war er ebenso überrascht wie Carrie.

Mackenzie strahlte. „Ich dachte schon, du kommst vielleicht zu spät." Sie und Carrie waren mittlerweile beim Du angelangt. „Sag mir, was du willst, dann stelle ich mich für dich an."

Carrie war einen winzigen Augenblick in Versuchung, die Flucht zu ergreifen, aber sie wollte Mackenzie nicht enttäuschen. Philip hatte sich offenbar zu demselben Schluss durchgerungen.

„Es muss ja nicht gerade das Teuerste sein", fügte Mackenzie jetzt noch hilfreich hinzu. „Ich nehme ein Sandwich mit Rauchfleisch und Salat."

Carrie legte die Speisekarte zur Seite. „Ich auch."

„Du magst Rauchfleisch auch?", fragte Mackenzie begeistert, und das klang, als wäre es ein geradezu überirdischer Zufall, dass zwei Menschen tatsächlich dieselbe Fleischsorte gern aßen. Sie stand auf. „Ich bin gleich wieder da." Mackenzie lächelte ihren Vater und Carrie wohlwollend an, bevor sie sich trollte.

Carrie wickelte sich aus ihrem Schal und zog ihren Mantel aus. Sie würde dieses Essen ganz souverän und erwachsen hinter sich bringen. Zwar hatte sie nicht damit gerechnet, Philip hier zu treffen, aber irgendwann wäre es ja doch passiert, und deshalb ging die Welt nicht unter.

Sie schwiegen. Schließlich hielt Carrie es nicht mehr aus. „Es war sehr nett von Ihrer Tochter, dass sie uns eingeladen hat", sagte sie.

„Fallen Sie nur nicht darauf herein", warnte Philip grimmig. „Sie hat es faustdick hinter den Ohren und weiß sehr genau, was sie tut."

„Und was ist das?", fragte Carrie. Sein Ton oder was er da andeuten wollte, missfiel ihr.

„Sie will uns zwangsweise zusammenbringen." Aus seinem Mund klang das, als wäre das schlimmer als eine Steuernachzahlung.

„Seien Sie nicht albern, Philip. Sie werden es schon aushalten. Ich bin schließlich kein Schreckgespenst."

„Genau das ist das Problem."

Seine Antwort hob Carries Lebensgeister beträchtlich. Sie nahm sich ein Knabberstäbchen aus dem Glas auf dem Tisch und brach es durch. „Wollen Sie damit sagen, dass ich Sie tatsächlich in Versuchung führe?", fragte sie ein wenig kokett.

„Bilden Sie sich nur nichts ein."

„Keine Angst." Er konnte sie nicht täuschen. „Wenn jemand sich etwas einbildet, dann sind Sie das. Ich bin acht Jahre jünger als Sie und habe reichlich Gelegenheit, Männer kennen zu lernen. Wie kommen Sie darauf, ich könnte ausgerechnet an einem misslaunigen, unfreundlichen, ältlichen Stoffel interessiert sein?"

Philip sah sie verblüfft an. „Autsch!"

„Dieses Spiel kann man durchaus zu zweit spielen, Philip."

„Welches Spiel?"

„Wissen Sie, dass ich Ihnen fast geglaubt hätte? Sie haben im Lift die Dunkelheit ausgenutzt? Wirklich, Philip, etwas Originelleres hätten Sie sich schon einfallen lassen können." Seine Augen wurden schmal. „Aber natürlich ist nicht jeder so ein guter Schauspieler. Sie fühlen sich zu mir hingezogen, aber Sie haben eine geradezu panische Angst davor, Gefühle zu zeigen. Ich weiß nicht, welches Problem Sie haben, es wird vermutlich mit Ihrer Scheidung zu tun haben. Aber gut. Wenn Sie den Rest Ihres Lebens allein verbringen wollen, dann bin ich die Letzte, die Sie davon abhält." Sie biss in ihr Knabberstäbchen.

Mackenzie kam zurück. Sie trug das Tablett hoch über dem Kopf, stellte es auf dem Tisch ab und verteilte die Teller.

„Wunderbar." Carrie war sehr dankbar, dass Mackenzie genau in diesem Augenblick zurückgekommen war, denn sie wusste nicht, wie sie den Bluff noch länger hätte durchhalten können. Jetzt hatte Philip zum Glück keine Möglichkeit, ihr irgendetwas zu entgegnen. Besser hätte sie es sich gar nicht wünschen können.

Mackenzie schob das Tablett beiseite und setzte sich auf den freien Platz zwischen Philip und Mackenzie. „Ist Weihnachten nicht wunderbar?", fragte sie und biss mit Genuss in ihr Sandwich.

Philip sah Carrie an. „Großartig", sagte er, und Carrie hatte den Eindruck, als knirschte er dabei mit den Zähnen. Er biss so heftig in sein Brot, als hätte er die ganze Woche schon nichts mehr gegessen. Carrie hatte den Eindruck, als trügen sie eine Art Wettbewerb aus, wer am schnellsten mit dem Essen fertig war.

Philip gewann. Er kaute noch an seinem letzten Bissen, als er auch schon aufstand, sich bei seiner Tochter bedankte und eilends verschwand.

„Er muss wieder ins Büro", erklärte Mackenzie traurig und sah ihm nach. „Für ihn ist die Arbeit sehr wichtig."

„Es war nett von dir, dass du uns beide zum Essen eingeladen hast", meinte Carrie. „Aber dein Vater scheint zu glauben, dass du damit einen ganz bestimmten Zweck verfolgt hast."

Mackenzie senkte den Blick. „Das stimmt ja auch. Aber warum ist das so schlimm? Ich mag dich eben so gern. Und Dad wird sich von allein nie mehr eine Frau suchen. Meine Eltern sind jetzt seit zwei Jahren geschieden, und seitdem hat Dad keine Verabredung mehr gehabt."

„Mackenzie, dein Vater braucht eben einfach noch Zeit."

„Zeit hat er mehr als genug gehabt. Er kann nicht immer nur den Kopf in den Sand stecken. Manchmal kommt er mir wie eine ausgestopfte Mumie vor. Ich will, dass er dich heiratet."

„Ach, Mackenzie." Carrie seufzte. Sie wollte ihre kleine Freundin nicht enttäuschen, aber sie konnte auch nicht zulassen, dass sie sich Illusionen machte. Gefühle ließen sich nicht so einfach befehlen. „Ich kann doch deinen Vater nicht heiraten, nur weil du es willst."

„Magst du ihn denn nicht?"

Das wurde offenbar komplizierter, als sie angenommen hatte. „Doch, ich mag ihn sogar sehr. Aber zu einer Ehe gehört viel mehr."

„Aber er hat dich auch gern, das weiß ich. Er traut sich nur nicht, es dir zu zeigen."

Das hatte Carrie zwar auch schon vermutet, aber es konnte andererseits auch sein, dass sie es sich nur einfach so sehr wünschte und sich deshalb etwas vormachte.

„Mom sieht wirklich toll aus", sagte Mackenzie und sah auf ihre Hände hinunter. Sie hatte eine Papierserviette zerknüllt, ohne es zu merken. „Ich glaube, sie ist enttäuscht, weil ich Dad ähnlicher sehe als ihr. Das sagt sie natürlich nicht, aber sie wäre sicher bei Dad geblieben, wenn ich hübscher wäre."

„Das ist ganz bestimmt nicht wahr." Carrie tat das Herz um ihretwillen weh. „Aber ich verstehe dich. Mir ist es früher genauso gegangen wie dir. Mein Vater wollte nie etwas mit mir zu tun haben. Er hat mir nie geschrieben und mir nie ein Geburtstagsgeschenk oder zu Weihnachten auch nur eine Karte geschickt. Ich dachte immer, ich wäre Schuld daran, weil ich nicht gut genug war und seine Erwartungen nicht erfüllte."

Mackenzie hob den Kopf und sah Carrie an. „Aber du warst noch ein kleines Mädchen, als deine Eltern sich getrennt haben."

„Ja. Ich verstand einfach nicht, was passiert ist. Jetzt weiß ich natürlich, dass ich nichts dafür konnte. Und auch deine Eltern haben sich nicht scheiden lassen, weil du einem von ihnen ähnlicher siehst als dem anderen. Die Probleme deiner Eltern haben nichts mit dir zu tun."

Mackenzie sagte lange nichts. „Du weißt immer alles. Deshalb wünsche ich mir so, dass du Dad heiratest. In den letzten zwei Wochen warst du mehr wie eine Mutter für mich als Mom die ganzen Jahre über." Carrie drückte ihre Hand. „Weißt du, dass ich bei dir das erste Mal Plätzchen gebacken habe? Dad und ich haben einmal einen Kuchen gemacht, aber das war eine Fertigmischung."

Etwas Ähnliches hatte Carrie schon vermutet, so ungeschickt hatte Mackenzie sich angestellt.

„Ich bin so gern mit dir zusammen. Du verstehst mich immer so gut." Mackenzie lächelte Carrie etwas unsicher an. „Ich bin die Einzige in unserer Klasse, die häkeln kann, und das hast auch du mir beigebracht. Unser Haus ist bald fertig, dann müssen wir wieder umziehen. Und wenn du Dad nicht heiratest, werde ich dich nie wiedersehen. Warum kannst du ihn denn nicht heiraten?"

„Ach, Liebes", flüsterte Carrie und nahm sie in die Arme. „Das ist nicht so einfach. Kann ich denn nicht einfach nur deine Freundin bleiben?"

Mackenzie schniefte ausdrucksvoll. „Besuchst du mich denn wenigstens in unserem neuen Haus?"

„Darauf kannst du Gift nehmen!"

„Und Madam Fredrick und ihre Kristallkugel?“, fragte Mackenzie.

Carrie stöhnte innerlich auf. „Madam Fredrick meint es gut, und sie ist auch ein sehr lieber Mensch. Aber jetzt sage ich dir etwas, was du ihr nicht weitersagen darfst.“

„Versprochen.“

„Madam Fredrick kann in Wirklichkeit überhaupt nichts in ihrer Kristallkugel sehen.“

„Aber …“

„Ich weiß. Sie sagt, was sie denkt, und so kommt man auf die abenteuerlichsten Ideen. Wenn ihre Vorhersagen sich erfüllen, dann vor allem deshalb, weil die Leute sich unbewusst danach richten.“

„Aber sie ist so davon überzeugt.“

„Das gehört dazu.“

Mackenzie dachte einen Augenblick nach. „Das heißt dann also, dass ich am besten überhaupt nichts glaube, was sie sagt.“

7. Kapitel

Wenn Carrie es nicht schon so oft erlebt hätte, hätte sie nicht geglaubt, dass zwei Jungen ihrem Vater so ähnlich sein konnten. Doug und Dillon saßen neben Jason auf dem Sofa und schauten sich mit ihm im Fernsehen ein Fußballspiel an. Drei Paar Füße in weißen Socken, übereinandergeschlagen, lagen auf dem niedrigen Tisch. Jason hatte die Fernbedienung neben sich liegen, auf seinem Schoß hatte er einen Becher mit Popcorn abgestellt. Genau wie Doug und Dillon. Sie wirkten wie Miniaturausgaben ihres Vaters. Und alle drei waren so in das Fußballspiel vertieft, dass sie Carrie gerade ein flüchtiges Nicken auf ihren Gruß hin gönnten.

Jason und seine Söhne, das war ein Bild, das Carrie immer wieder von Neuem verblüffte und anrührte.

Sie fand ihre Mutter in der Küche beim Kuchenbacken. „Das ist aber eine schöne Überraschung, dass du uns besuchen kommst", begrüßte Charlotte Manning sie mit einem erfreuten Lächeln.

„Ich brauche deinen mütterlichen Rat", gestand Carrie. Sie sah keinen Anlass, den Grund ihres unangemeldeten Auftauchens zu bemänteln. Vor einer guten Stunde hatte sie sich von Mackenzie verabschiedet und seitdem an nichts anderes mehr denken können als an Philip, an ihre Unterhaltung und seine Reaktion auf sie.

Er hatte gar nicht schnell genug flüchten können, als sie an seinem Tisch aufgetaucht war.

„Was ist passiert?" Charlotte rührte weiter in ihrer Schokoladencreme und sah ihre Tochter dabei an.

Carrie kletterte auf den gepolsterten Hocker vor der Küchentheke. „Ich habe Angst, dass ich dabei bin, mich zu verlieben."

„Angst?“

„Ja.“ Das war genau das richtige Wort für ihre Gefühle.

„Das hängt nicht zufällig mit deiner kleinen Freundin Mackenzie zusammen?“

„Doch.“ Carrie nickte ein wenig verwundert. Sie hatte gar nicht geahnt, dass ihre Mutter von Mackenzie wusste. Aber natürlich hatten ihre beiden kleinen Jungen ihr von ihrer neuen Nachbarin erzählt. „Wie war es, als du Jason kennen gelernt hast?“

Charlotte hielt in ihrer Arbeit inne und lächelte leicht. „Besonders beeindruckt hat er mich nicht. Ich war mir nicht einmal sicher, ob ich mit diesem Mann überhaupt etwas zu tun haben wollte. Und du hast ständig nach irgendeinem Vorwand gesucht, um uns zusammenzubringen.“

„Anfangs hast du dich überhaupt nicht für ihn interessiert, wenn ich mich richtig erinnere.“

Charlotte lachte. „Das ist sehr freundlich ausgedrückt. Ich fand wirklich nichts an ihm. Aber Jason war sehr geduldig, und steter Tropfen höhlt den Stein, wie es so schön heißt. Irgendwann hatte er gewonnen.“

Da war bestimmt noch mehr gewesen. Carrie hatte von Anfang an den Verdacht gehabt, dass die erste Zeit zwischen Jason und ihrer Mutter ziemlich stürmisch verlaufen war.

Charlotte fing wieder an zu rühren. Ihr Lächeln war breiter geworden. „Jasons Ausdauer war ich einfach nicht gewachsen. Außerdem konnte er unglaublich gut küssen“, fügte sie hinzu. „Wenn je ein Mann ein Talent zum Küssen hatte, dann dein Stiefvater.“ Sie lachte und wurde ein wenig rot.

„Philip auch“, sagte Carrie mit einem Seufzer. Es berührte sie ein wenig seltsam, dass sie mit ihrer Mutter eine solche Erfahrung teilte.

Charlotte sagte lange nichts, als müsse sie erst darüber nachdenken. „Daraus schließe ich, dass du Mackenzies Vater sehr häufig siehst.“

„Nicht so oft, wie ich möchte“, gab Carrie zu. „Er ist seit zwei Jahren geschieden, und Mackenzie sagt, dass er seitdem von Frauen nichts mehr wissen will.“ Sie war davon überzeugt, dass wohlmeinende Freunde schon öfter versucht hatten, ihn mit alleinstehenden Frauen im passenden Alter zusammenzubringen. So wie seine Tochter es jetzt mit ihr versuchte.

„Das heißt, dass er noch einiges an Altlasten mit sich herumträgt, wenn ich das einmal so ausdrücken darf. Hat er dir je erzählt, warum seine Ehe gescheitert ist?“

„Nein.“ Carrie wollte nur ungern zugeben, wie selten sie Philip sah und wie wenig sie von ihm wusste. Sie waren ja noch nicht einmal miteinander ausgegangen. Die einzige Gelegenheit, die man mit viel Fantasie als Verabredung bezeichnen konnte, war dieser Abend gewesen, an dem sie gemeinsam Marias Katzen gefüttert hatten. Wie sie den Vorfall im Lift in diesem Zusammenhang sehen sollte, wusste sie nicht so recht. Sie hatte Philip gegenüber zwar behauptet, dass sie ihn durchschaue, aber in Wirklichkeit hatte sie keine Ahnung, was sie von seiner abweisenden, schroffen Art halten sollte.

„Du hast Angst, dass er dir schon mehr bedeutet, als es nach dieser kurzen Zeit vernünftig wäre. Habe ich recht?“

„Ja. Ich muss praktisch ununterbrochen an ihn denken, Mom. Ich träume jede Nacht von ihm, und wenn ich am Morgen aufwache, denke ich zuerst an ihn.“

„Und empfindet er für dich denn auch etwas?“

„Ich glaube schon, aber ich weiß es nicht. Auf jeden Fall wehrt er sich dagegen. Er will sich nicht in mich verlieben. Am liebsten wäre ihm wahrscheinlich, ich würde auf einem anderen Stern leben und nicht im selben Haus wie er. Wir gehen uns nach Möglichkeit aus dem Weg, und wenn Mackenzie nicht wäre, würden wir uns vermutlich überhaupt nicht mehr sehen. Aber Mackenzie hat es sich zur Lebensaufgabe gemacht, uns zusammenzubringen.“

Charlotte strich die warme Schokoladenmasse auf einen Biskuitboden. „Das kommt mir doch sehr bekannt vor“, meinte sie und kicherte. „Ach, Carrie, wie mich das an dich erinnert! Weißt du noch, wie du mich mit aller Energie in eine Beziehung mit Jason gedrängt und geschubst hast? Wenn es nicht Jason gewesen wäre, es wäre fürchterlich peinlich gewesen. Aber er hatte zum Glück eine Engelsgeduld, und ich hatte keine Angst vor ihm. Ich war damals, wie dein Philip vermutlich heute, einfach ein gebranntes Kind. Wenn man eine gescheiterte Ehe hinter sich hat, wird man sehr vorsichtig. Jason war genau der richtige Mann für mich. Aber du warst eben als Kind schon immer sehr sensibel und intuitiv und hast genau den Mann für mich ausgesucht, den ich gebraucht habe.“

Charlotte streckte die Hand aus und legte sie an Carries Wange. Ihr Blick war warm und liebevoll. „Und deshalb bin ich davon überzeugt, dass du jetzt auch auf dem richtigen Weg bist. Philip braucht dich ebenso, wie ich damals Jason gebraucht habe. Hab Geduld mit ihm, Carrie. Es wird sicher manchmal wehtun, aber fürchte dich nicht davor, ihn zu lieben. Denn er braucht diese Liebe, und Mackenzie auch. Ich bin davon überzeugt, dass es sich lohnt zu warten.“

Als Carrie sich am Nachmittag auf den Nachhauseweg machte, ging es ihr viel besser. Ihre Mutter war einfach wunderbar. Und so klug. Nicht zum ersten Mal war Carrie glücklich darüber, dass sie eine Mutter hatte, mit der sie sprechen konnte, zu der sie Vertrauen hatte, eine Mutter, die nicht verurteilte, sondern zuhörte und riet.

„Was tust du denn hier?“, fragte Gene Tarkington. Er lehnte in lässiger Haltung am Türrahmen von Philips Büro. Alle anderen Zimmer auf der Etage waren dunkel und verwaist.

„Ich wollte einfach noch einmal die Zahlen durchgehen“, murmelte Philip und sah angestrengt auf den Computerbildschirm. Gene war zwar einer seiner besten Freunde, aber im Augenblick wäre ihm lieber gewesen, er würde ihn allein lassen.

„He, wir haben praktisch Weihnachten. Hast du da nichts Besseres zu tun, als im Büro herumzuhängen?"

„Und du?", gab Philip zurück. Er war schließlich nicht der Einzige hier, der viel arbeitete.

„Ich wollte nur ein paar Papiere holen, und da habe ich bei dir Licht gesehen. Ich dachte, du wolltest heute mit Mackenzie zum Essen gehen und einen auf Vater und Tochter machen. Deine Kleine ist wirklich rührend. Weißt du das überhaupt?"

„Wir waren auch beim Essen", berichtete Philip und verzog das Gesicht. „Aber meine Tochter hatte leider nicht nur mich eingeladen."

„Willst du damit sagen, dass sie diese Nachbarin angeschleppt hat, von der du mir erzählt hast?"

„Haargenau." Philip runzelte die Stirn. Er hatte sich sehr über Mackenzie geärgert. Aber natürlich hätte er zumindest ahnen müssen, dass so etwas passieren würde. Was ihn viel mehr beunruhigte, war sein Herzklopfen bei Carries Anblick.

Er wollte das nicht. Es hatte ihn genug Anstrengung gekostet, sich gegen seine Gefühle immun zu machen. Seine Ehe war die Hölle gewesen, und noch einmal wollte er sich das nicht antun. Carrie Weston konnte ihm gefährlich werden, das wusste er instinktiv. Jedes Mal, wenn er in ihrer Nähe war, fühlte er sich wie neben einem Vulkan.

„Mackenzie hat immer schon ihren eigenen Kopf gehabt. Was hast du eigentlich gegen diese Nachbarin? Sie ist doch nicht alt und hässlich, oder?"

„Nein." Philip dachte daran, dass es ein regelrechter Schock für ihn gewesen war, als er gemerkt hatte, wie reizend Carrie war. „Im Gegenteil."

„Du solltest dich glücklich schätzen. Sie ist offenbar ein Geschenk des Himmels. Ich kenne eine Menge Männer, die würden viel darum geben, wenn ihre Kinder einer neuen Frau so offen begegnen würden. Denk nur an Cal. Seine Tochter und seine zweite Frau hassen sich abgrundtief. Cal leidet sehr darunter."

„Ich bin aber nicht Cal."

„Ich finde, du solltest dich mit deiner Nachbarin ruhig ein bisschen anfreunden, wenn deine Tochter sie so gern hat. Finde heraus, was Mackenzie an ihr mag. Ich bin zwar kein Fachmann für Beziehungen, aber ..."

„Allerdings", sagte Philip ein wenig spitz. Er war ins Büro gegangen, um Carrie zu entkommen, nicht, um sich mit seinem Freund über sie zu unterhalten. „Doch ich weiß deine Anteilnahme zu schätzen."

Gene lachte. „Das bezweifle ich. Aber ich finde es trotzdem nicht gut, wenn du so kurz vor Weihnachten hier im Büro herumhängst. Wenn du dich verkriechen willst, dann gibt es wahrhaftig angenehmere Möglichkeiten als gerade hier."

Das war zwar durchaus freundlich gemeint, aber Philip ärgerte sich trotzdem. Er presste die Lippen zusammen, um nicht etwas zu entgegnen, was er später doch nur bereuen würde. Ausgerechnet Gene musste ihm gute Ratschläge erteilen. Schließlich gehörte ihm das Haus, in dem er jetzt wohnte, und nur Gene war Schuld daran, dass er Carrie überhaupt kennen gelernt hatte. Ohne seinen Freund wäre das alles nicht passiert.

„Wie auch immer. Ich muss los. Meine Frau wartet unten im Auto. Du weißt ja, wie das am letzten Wochenende vor Weihnachten ist. Die Stadt ist das reinste Tollhaus, aber Marilyn findet, jetzt sei der ideale Zeitpunkt, um die letzten Weihnachtseinkäufe zu erledigen. Und allein schafft sie das angeblich nicht. Anschließend werde ich mich um die Auszeichnung ‚Ehemann des Jahres' bewerben." Gene lachte. „Immerhin hat sie mir eine Belohnung versprochen." Er sah aus wie ein kleiner Junge vor der Bescherung.

„Bis dann", sagte Philip. „Und viel Spaß."

„Danke. Versprich mir, dass du nicht zu lange hierbleibst", meinte Gene dann noch.

„Versprochen.“

Gene ging, und Philip blieb allein zurück. Er fühlte sich einsamer denn je. Sein Freund hatte recht. Um diese Zeit des Jahres verkroch man sich nicht in seine Arbeit. Das tat er ohnehin schon viel zu lange. Während Gene mit seiner Frau dem Alltag trotzte, grub er sich sein eigenes Grab und wollte nichts sehen und hören, wenn das Leben ihn herausforderte oder ihm etwas schenken wollte.

Und Gene schien der Ansicht zu sein, dass Carrie so ein Geschenk war: eine Frau, die Mackenzie nicht nur nett fand, sondern geradezu anbetete. Andere Männer hätten ihrem Schicksal gedankt, und statt das auch zu tun, hatte er seine Tochter vor den Kopf gestoßen, nur weil sie versucht hatte, ihn mit Carrie zusammenzubringen.

Carrie.

Jedes Mal, wenn er ihren Namen nur dachte, fing sein Puls an zu rasen, und ihm wurde heiß. Dabei kannte er sie kaum. Aber seine Tochter verbrachte viel Zeit mit ihr. Eine vierundzwanzigjährige Frau war ihr mehr Mutter, als ihre eigene Mutter es je gewesen war.

Philip rollte seinen Stuhl vom Schreibtisch, stand auf und trat ans Fenster. Vom zwanzigsten Stock des Bürohochhauses war der Blick auf Seattle und den Puget Sound spektakulär, geradezu atemberaubend. Das Ufer und der Anlegeplatz der Fähre, der Pike Place Market pulsierten vor Leben. Philip konnte nicht sagen, wie oft er schon hier gestanden und hinuntergeschaut und nichts dabei empfunden hatte.

Er ging zu seinem Schreibtisch zurück und schaltete den Computer aus. Es verwirrte ihn, dass seine dreizehnjährige Tochter ihm Ratschläge gab und auch noch recht hatte damit. In den beiden letzten Jahren hatte er sich regelrecht in seiner Arbeit vergraben und darüber das Leben vergessen. Statt mit seiner Vergangenheit Frieden zu schließen und wieder in die Zukunft zu schauen, hatte er vor allem seine Ängste genährt und in Selbstmitleid geschwelgt.

Er hatte zu jung, zu unüberlegt geheiratet, und das hatte Spuren hinterlassen.

Philip verließ sein Büro, schloss ab und fuhr heim. Er stellte den Wagen in der Tiefgarage ab, und als er über die Straße zum Haus ging, sah er Carrie. Sie wirkte frisch und lebendig, voller Lebensfreude. Manchmal fragte er sich, worüber sie wohl so glücklich war. Auf einmal fasste er den Entschluss, an diesem Glück teilzuhaben.

„Carrie?" Er lief hinter ihr her, noch ganz unsicher, wie er sie ansprechen sollte.

Carrie blieb auf den Stufen zur Eingangstür stehen und drehte sich um. Ihr Gesichtsausdruck änderte sich, als sie ihn entdeckte. Er hatte den Eindruck, dass sie auf der Hut war. „Ich hatte keine Ahnung, dass Mackenzie uns beide zum Essen eingeladen hatte", sagte sie. „Das müssen Sie mir glauben."

„Ja, ich weiß", antwortete er. Es tat ihm ja bereits leid, wie er reagiert hatte.

„Im Ernst?"

Jedes Mal, wenn er sie sah, traf es ihn wie ein Schock, wie schön sie war. Aus ihren klaren blauen Augen sah sie ihn offen an.

„Ich dachte, vielleicht … Ich weiß, es kommt ein bisschen plötzlich, und sicher haben Sie auch schon etwas anderes vor, aber …" Er unterbrach sich. Dieses Gestottere würde ihn nicht sehr weit bringen. „Würden Sie mich zum Einkaufen begleiten?", fragte er. Wenn er sie zum Essen oder ins Kino einlud, lehnte sie vielleicht ab, und er konnte es ihr nicht einmal übel nehmen. „Für Mackenzie", fügte er als Anreiz hinzu. „Ich habe noch kaum Weihnachtsgeschenke für sie und könnte ein paar Anregungen brauchen. Sie haben bestimmt bessere Ideen als ich."

Er hatte sie offenbar überrascht, denn eine Weile sagte sie gar nichts. „Wann?", wollte sie dann wissen.

„Würde es Ihnen gleich passen?", fragte Philip hoffnungsvoll. Gene hatte recht. Es war natürlich verrückt, ausgerechnet heute, im größten Trubel, einkaufen zu gehen. Er konnte es ihr nicht übel nehmen, wenn sie ablehnte.

„Gleich“, wiederholte sie, dann lächelte sie, und sein Herz schlug schneller. „Ja. Gern.“

‚Gern‘. Es war unglaublich, welche Glücksgefühle so ein kleines Wort auslösen konnte. Stünden sie auf der Bühne, er würde jetzt ein Lied schmettern. Am liebsten hätte er auch jetzt und hier gesungen.

Carrie hüpfte die drei oder vier Stufen zu ihm herunter, und dieses Hüpfen sagte ihm, dass sie das Leben schön fand und dass sie gern mit ihm zusammen war.

Philip nahm ihren Arm und führte sie zum Auto.

Das Leben war gut zu ihm. Es war lange her, dass er davon überzeugt gewesen war.

8. Kapitel

Vor ein paar Stunden noch hatte Carrie ihrer Mutter erzählt, dass sie Philip Lark kaum kannte, und jetzt hatte sie das Gefühl, als gäbe es praktisch keinen Mann, der ihr vertrauter war als er. Sie saßen in einem italienischen Restaurant, umgeben von Päckchen und Tüten, und unterhielten sich angeregt. Ihre Teller waren längst abgeräumt, und Philip schenkte den letzten Rest Rotwein in die Gläser.

Der Raum schien sich um Carrie zu drehen, aber daran war nicht der Pinot Noir schuld, sondern ganz allein Philip. Er hatte ihr so viel von sich erzählt, zögernd oft, von seinem Beruf, seiner Ehe, an deren Scheitern er sich die Schuld gab. Nicht einmal andeutungsweise gab er zu erkennen, dass auch er enttäuscht worden war.

„Dann stehen Sie auf freundschaftlichem Fuß mit Laura?", fragte Carrie irgendwann einmal.

„Vielleicht nicht gerade auf freundschaftlichem Fuß, aber wir kommen miteinander aus. Das ist mir sehr wichtig, weil Mackenzie ihre Mutter braucht. Ich habe in dieser Ehe viel falsch gemacht und denke manchmal, wir hätten gar nicht heiraten sollen. Aber über meine Tochter bin ich sehr glücklich. Für sie werde ich meiner früheren Frau immer dankbar sein."

Carrie war so gerührt über seine Aufrichtigkeit und die faire Art, wie er über seine gescheiterte Ehe sprach, dass ihr fast die Tränen gekommen wären. Wie leicht wäre es für ihn gewesen, alle Schuld seiner Frau zuzuschieben. Sie war ganz sicher nicht ganz unschuldig am Misslingen ihrer Ehe gewesen. Das war ihr schon aus allem klar geworden, was Mackenzie ihr erzählt hatte. Laura war ganz offensichtlich keine besonders gute Mutter und auch keine sehr gute Ehefrau gewesen.

„Was haben Sie morgen vor?“, fragte Philip unerwartet.

„Morgen ist Sonntag“, sagte Carrie langsam und ging in Gedanken ihren Terminkalender durch. „Morgen ist großes Familientreffen der Mannings. Mom hat in eine Riesenfamilie hineingeheiratet. Jason hat noch vier Geschwister, und es sind so viele Kinder da, dass man kaum auseinanderhalten kann, wer zu wem gehört. Haben Sie nicht Lust, mich mit Mackenzie zu begleiten?“ Carrie konnte es selbst kaum fassen, dass sie ihn so kurzerhand einlud. Aber sie stellte es sich schön vor, wenn er mit seiner Tochter kam, obwohl ihr bewusst war, dass dieser Besuch Anlass zu Spekulationen geben würde.

„Meinen Sie das im Ernst?“

„Ja. Nur … ach, nichts.“ Sie hielt sich gerade noch zurück und sah ihn an. „Ich würde mich sehr darüber freuen, wenn Sie und Mackenzie mitkämen.“

„Dann kommen wir gern.“ Er nahm ihre Hand und drückte sie.

Philip hatte es längst aufgegeben, sich irgendwelche Namen merken zu wollen. Bei den ersten zehn Verwandten, die Carrie ihm vorgestellt hatte, hatte er sich noch ehrlich bemüht, aber die Namen der anderen waren längst in einem großen Nebel aufgegangen.

Sie waren noch keine Minute im Haus gewesen, als Mackenzie schon mit Doug und Dillon verschwunden war. Philip nahm sein Glas und suchte sich eine ruhige Ecke, von der aus er das Geschehen beobachten konnte. Er schätzte sich glücklich, dass er noch einen freien Sessel fand.

Von seinem Beobachtungsposten aus sah er Carrie zu, wie sie sich in der großen Familie bewegte. Er fand es schwierig, auch nur für Sekunden den Blick von ihr zu wenden. Ihr Gesicht war gerötet, die Augen glänzten vor Freude. Sie mochte in diese Familie erst durch die Heirat ihrer Mutter mit Jason gekommen sein, aber sie war ganz eindeutig als vollwertiges Familienmitglied anerkannt und fühlte sich wohl in all dem Trubel.

„Darf ich Ihnen einen Augenblick Gesellschaft leisten?“, fragte da eine schöne Frau mit dunklen Haaren neben ihm.

„Gern.“ Er stand auf, um ihr seinen Platz anzubieten.

„Bleiben Sie doch bitte sitzen. Ich bin ohnehin ständig in Bewegung. Sie müssen Philip sein.“

„Ja. Und Sie sind Mrs. Manning.“

Sie gab ihm die Hand, und er betrachtete sie forschend. Sie hatte dieselben leuchtend blauen Augen wie Carrie, und auch in ihren Gesichtszügen entdeckte er viele Ähnlichkeiten. Sie unterhielten sich eine Weile über dieses und jenes, und Philip hatte das unbestimmte Gefühl, dass er einer kleinen Prüfung unterzogen wurde. Aber er spürte auch, dass er diese Prüfung bestand. Charlotte Manning gefiel ihm, und das war kein Wunder, denn Carrie gefiel ihm auch – und zwar immer mehr.

„So, Sie sind also Carries junger Mann.“ Jason Manning war aufgetaucht und legte den Arm um seine Frau. „Willkommen bei uns. Wo ist Carrie? Hat sie euch allein gelassen, damit ihr euch ein bisschen beschnuppern könnt?“

„Ich glaube, sie war auf der Suche nach Ihnen beiden.“

Sie unterhielten sich eine Weile, dann sah Jason sich um und rief: „Paul, komm, ich möchte dir Carries Freund vorstellen.“

Bald hatten sich mehrere Familienmitglieder um Philip versammelt, deren Namen er sich ganz bestimmt nicht alle merken konnte. Die Neugier war groß, aber er spürte, dass er freundlich aufgenommen wurde.

Im Hintergrund gab es einen kleinen Tumult und Gelächter. Jasons Vater hatte sich einen roten Mantel angezogen und eine Zipfelmütze aufgesetzt und paradierte als Weihnachtsmann durch den Raum. Ein mit bunten Päckchen gefüllter Sack hing über seiner Schulter. Die Kinder rannten begeistert zu ihm.

Philip war froh, dass die Aufmerksamkeit nicht mehr ihm galt. Er machte es sich wieder in seinem Sessel bequem und entspannte sich. Kurz darauf tauchte Carrie auf und setzte sich zu ihm auf die Armlehne. Sie sah ihn um Entschuldigung bittend an.

„Es tut mir leid, dass ich Sie so lange allein gelassen habe, aber ständig wollte jemand etwas von mir."

„Das habe ich gesehen." Er legte die Hand auf ihre. „Ich habe inzwischen Ihren Stiefvater und zwei Onkel und noch ein paar andere Leute kennen gelernt."

„Sind sie nicht wunderbar?", fragte Carrie mit sichtlichem Stolz.

„Ich glaube, ich bräuchte ein Computerprogramm, um mir zu merken, wer mit wem verheiratet ist und sonst irgendwie zusammengehört."

„Mit der Zeit lernt man, sie alle auseinanderzuhalten. Es dauert nur ein bisschen. Seien Sie dankbar, dass heute nicht alle gekommen sind."

„Soll das heißen, dass es noch mehr gibt?"

Carrie lachte. „Ja. Taylor und Christy. Sie leben mit ihren Familien in Montana und konnten nicht kommen. Sie haben zusammen sechs Kinder."

„Du liebe Güte." Noch einmal zehn Namen mehr. Das hätte ihn endgültig überfordert. „Mackenzie scheint sich prächtig zu unterhalten."

„Doug und Dillon sind absolut hingerissen von ihr. Mackenzie kommt für sie gleich nach einer Riesenportion Eis. Außerdem macht es sie für ihre Cousins und Cousinen interessant, dass sie die Einzigen sind, die Mackenzie vorher schon gekannt haben."

Die kleineren Kinder umschwirrten aufgeregt ihren Großvater, und Mackenzie kam zu Philip und Carrie. Mit ihren dreizehn Jahren fühlte sie sich zu erwachsen, um sich unter die Kleinen zu mischen, die noch an den Weihnachtsmann glaubten. Andererseits ließ sie sich noch von der Stimmung mitreißen und hielt es nicht aus, dass für sie bestimmt kein Geschenk im Sack war.

„Na, gefällt es dir?“, erkundigte Philip sich, als sie sich zu ihm auf die andere Sessellehne setzte.

„Es ist super“, erklärte sie hingerissen. „Ich wusste gar nicht, dass es so große Familien gibt. Und alle sind so nett.“

Der Weihnachtsmann griff tief in seinen Sack und zog ein Päckchen heraus. Er las den Namen auf dem Anhänger, und Doug sprang auf und sauste zu ihm, als müsste er ein Hundertmeterrennen gewinnen.

Das nächste Päckchen kam zum Vorschein. „Was steht denn da?“, fragte der Weihnachtsmann und schob seine Brille zur Nasenspitze, um den Namen darauf lesen zu können. „Das ist für jemanden mit Namen Mackenzie Lark! Hoffentlich gibt es da keine Verwechslung mit einer anderen Familie! Ich muss doch mal ein ernstes Wort mit den Engeln sprechen.“

„Das da drüben ist Mackenzie“, rief Dillon aufgeregt.

„Für mich?“ Mackenzie glitt von der Sessellehne und legte die Hände auf die Brust. „Ich kriege auch ein Geschenk?“

„Wenn du Mackenzie heißt.“

Mackenzie brauchte keine zweite Einladung, sondern legte denselben Eifer an den Tag wie zuvor Doug.

Philip sah zu Carrie auf. „Dafür hat meine Mutter gesorgt“, sagte sie.

„Wir haben uns eben ein bisschen unterhalten“, berichtete Philip.

„Und worüber?“, wollte Carrie wissen.

„Über nichts Besonderes. Ihr Stiefvater hat mir mehr zugesetzt.“

„Jason? Oh weh. Was immer er gesagt hat, vergessen Sie es. Er meint es gut, und ich liebe ihn auch sehr. Aber manchmal wäre es gut, er würde seine Zunge besser hüten.“

Philip fand Carrie hinreißend in ihrer Verlegenheit. „Befürchten Sie etwas Bestimmtes?"

Carrie schlug die Hand vor den Mund. „Ich – na ja, ich weiß es natürlich nicht. Aber es würde ihm ähnlich sehen, wenn er Ihnen den guten Rat gegeben hätte, ins kalte Wasser zu springen und mich zu heiraten."

„Ach, das. Nun ja …"

„Sagen Sie nicht, er hat allen Ernstes …"

Philip hatte größte Mühe, nicht zu lachen. „Nein, das hat er nicht gesagt, keine Angst."

Mackenzie kam stolz mit ihrem Päckchen zurück.

„Mach es auf", drängte Carrie.

„Jetzt gleich?" Mackenzie brauchte keine zweite Aufforderung. Sie riss das Papier auf, als wäre es die reine Folter, noch einen Augenblick länger warten zu müssen. Ein Taschenspiegel mit Bürste und Kamm kam zum Vorschein. „Das habe ich mir immer gewünscht!", hauchte sie selig. „Es ist so … so damenhaft."

„Woher wusste Ihre Mutter das?", wollte Philip von Carrie wissen. Er wäre nie auf so eine Idee gekommen.

„Ich habe so etwas Ähnliches", flüsterte Carrie zurück. „Mackenzie hat sich schon stundenlang damit amüsiert."

„Oh." Philip fühlte sich völlig unzulänglich. Nie würde er seine Tochter verstehen. Sie war jetzt in diesem komplizierten Alter, in dem sie oft selbst nicht wusste, was sie wollte. Einmal wünschte sie sich sehnlichst ein Pferd, dann wieder mussten es unbedingt Ballettstunden sein. Philip hatte manchmal das Gefühl, dass er sie gar nicht mehr kannte. Sie war halb Kind, halb Frau.

Es waren ja auch nicht die Ballettstunden oder das Pferd, die ihn überforderten, es waren ihre Stimmungsschwankungen. In einem Augenblick war sie lieb und vernünftig, im nächsten brach sie wegen irgendeiner banalen Kleinigkeit in Tränen aus oder verbreitete schlechte Laune. Er wünschte, Laura würde sich mehr um sie kümmern. Er fühlte sich seiner Tochter manchmal einfach nicht gewachsen.

Später, als es Zeit war zu gehen, bedankte Philip sich bei Jasons Eltern für die Einladung.

„Sie sind uns jederzeit herzlich willkommen“, sagte Charlottes Schwiegermutter Elizabeth Manning und nahm seine Hand zwischen ihre. Dann beugte sie sich vor und küsste ihn sanft auf die Wange. „Sie sind eine Bereicherung für unsere Familie“, flötete sie ihm ins Ohr. „Wollen Sie mir noch etwas versprechen?“

„Gern. Wenn ich kann.“

„Ich wünsche mir eine schöne, große Hochzeit“, verkündete sie dann so laut, dass es alle hören konnten.

Allgemeine Zustimmung klang auf. „Äh …“, begann Philip, um gleich darauf wieder hilflos zu verstummen.

Carrie kam ihm zu Hilfe. „Nochmals vielen Dank, Grandma“, sagte sie und ersparte ihm damit die Antwort.

Sie umarmte Jasons Eltern. Charlotte, Jason und ihre beiden kleinen Halbbrüder begleiteten sie zum Auto, und alle küssten und umarmten sich noch einmal. Philip hatte noch nie eine Familie erlebt, die so liebevoll miteinander umging. Es gefiel ihm. Und auf einmal merkte er, dass er sich das sein Leben lang gewünscht hatte. Er und Laura waren beide Einzelkinder gewesen und hatten dann selbst auch nur ein Kind bekommen. Vielleicht wäre vieles anders gekommen, wenn sie eine größere Familie gewesen wären.

Auf dem Heimweg sangen sie Weihnachtslieder. Carries und Mackenzies helle Stimmen klangen harmonisch zusammen, Philip brummte recht und schlecht mit. Aber niemand störte sich daran, am wenigsten Mackenzie, die einfach rundum glücklich war. Er stellte den Wagen in der Tiefgarage ab, und sie überquerten gemeinsam die Straße zu ihrem Haus.

„Es war himmlisch!“, schwärmte Mackenzie und umarmte Carrie, als sie auf den Lift warteten.

„Ich fand es auch schön."

„Ich bin so froh, dass das Fest schon heute war, weil ich mich morgen mit meiner Mutter treffe. Dann hätte ich nicht mitgehen können."

„Ja, ich weiß", sagte Carrie. „Es ist nur schade, dass du unser Hausfest verpasst. Aber ich werde dir genauestens Bericht erstatten", versprach sie.

„Glaubst du, dass Madam Fredrick mir etwas weissagen wird, auch wenn ich nicht da bin?"

„Ganz bestimmt", versicherte Carrie.

„Dann soll sie für mich auch gleich in die Zukunft schauen", bat Philip.

„Sie kommen auch nicht?" Carrie war überrascht und ein kleines bisschen enttäuscht.

„Nein." Er drückte auf den Liftknopf.

„Aber ich dachte … ich hatte gehofft …" Ihre Enttäuschung war nicht zu übersehen.

Philip wollte nichts Abwertendes über das Haus sagen, er hielt seine Bewohner für zwar harmlose, aber doch lästige Spinner. Er hatte im Grunde nichts gegen sie, aber er hatte auch keine Lust, sich näher mit ihnen abzugeben. Mit seiner Zeit hatte er Besseres anzufangen.

„Vielleicht kannst du ihn noch überreden", meinte Mackenzie aufmunternd, als der Lift in Carries Stockwerk hielt.

Er wollte, er hätte nichts gesagt.

„Haben Sie noch Lust, auf einen Kaffee zu mir zu kommen?", lud Carrie ihn ein.

Er hatte vor allem Lust darauf, mit ihr allein zu sein.

„Klar", sagte Mackenzie und schob ihn kurzerhand aus dem Lift. Die Türen hatten sich schon geschlossen, bevor er noch eine Antwort formulieren konnte.

„Ich denke schon", sagte er dann und lachte.

Carrie sah ihn ein wenig schüchtern an. „Das freut mich." Sie schloss ihre Wohnungstür auf und trat ein. Aber als sie das Licht anmachen wollte, hinderte er sie daran, indem er sie ohne weitere Umstände in die Arme zog. „Darauf warte ich schon den ganzen Abend", flüsterte er und begann sie zu küssen.

Es hatte ein sanfter, zärtlicher Kuss werden sollen, ein Kuss, der ihr sagte, wie gern er bei ihr war, wie sehr ihm dieser Abend mit ihr und ihrer Familie gefallen hatte. Aber im selben Moment, in dem er ihre Lippen berührte, verspürte er ein Verlangen, das er kaum beherrschen konnte. Keine Frau hatte jemals diese Wirkung auf ihn gehabt wie Carrie. Er schob die Finger in ihre Haare und zog ihren Kopf ein wenig nach hinten, um sie besser küssen zu können.

Carrie stöhnte leise auf, und er stieß mit der Zunge tief in ihren Mund vor und ließ sie darin tanzen. Ihm wurde ganz schwach in den Knien, als sie ganz unmittelbar darauf reagierte. Diese Frau hatte die Macht, alle seine Schutzbarrieren zu durchbrechen. Und er hatte sich immer für so stark gehalten!

„Warum willst du morgen Abend nicht zu unserem Hausfest kommen?", fragte sie atemlos zwischen zwei Küssen.

Das Hausfest war wirklich das Letzte, was Philip im Augenblick interessierte. Er zog Carrie hinter sich her in ihr Wohnzimmer, setzte sich in den Sessel und holte sie auf seinen Schoß. „Lass uns das später besprechen", bat er. Er gab ihr gar keine Zeit zu antworten, sondern begann sofort wieder, sie zu küssen.

„Warum später?", wollte sie wissen und strich mit den Lippen über seinen Hals. Winzige Wonneschauer durchliefen ihn.

„Ich bin nicht ganz sicher, ob ich Madam Fredrick mag."

Carrie lachte leise, und er spürte ihren warmen Atem auf seiner Haut. „Sie ist völlig harmlos."

„Ja, vermutlich." Er zog ihren Kopf zu sich herunter und küsste sie wieder. Es wurde ein langer, sehr tiefer Kuss, der ihn nach Luft ringend zurückließ. „Die Leute hier im Haus haben alle eine

Schraube locker. Die Hälfte ist reif für die Anstalt, wenn du mich fragst“, meinte er, als er halbwegs wieder sprechen konnte.

Carrie versteifte sich in seinen Armen. „Das sind meine Freunde.“

Er hatte sie nicht kränken wollen, aber sie musste doch selbst wissen, dass er recht hatte.

Carrie löste sich aus seinen Armen und stand auf. „Ich lebe auch in diesem Haus“, erklärte sie und sah auf ihn hinunter. „Ist das vielleicht auch deine Meinung über mich?“

„Nein, natürlich nicht. Aber wenn es dir so wichtig ist, komme ich natürlich zu diesem albernen Fest.“

„Darauf kann ich verzichten“, gab sie spröde zurück. „Nur um mir einen Gefallen zu tun, brauchst du nicht zu kommen. Das möchte ich nicht.“

Philip hörte an ihrer Stimme, dass er sie verletzt hatte. Das hatte er nicht gewollt. Er hätte sich am liebsten die Zunge abgebissen. Gene hatte ihm klargemacht, dass Carrie ein Geschenk war, dass sie für ihn der Weg zu einem neuen Leben war. Das wollte er nicht aufs Spiel setzen.

„Carrie, es tut mir leid. Ich wollte das nicht sagen.“

„Aber du denkst es, nicht wahr?“, fragte sie. Ihre Stimme klang dünn und ein wenig unsicher.

Er antwortete nicht gleich, um es nicht noch schlimmer zu machen. Aber sein Schweigen war ihr Antwort genug.

„Ich habe verstanden. Ich bin müde und wäre dir dankbar, wenn du mich jetzt allein ließest.“

„Carrie, ich bitte dich. Sei doch vernünftig.“

Sie ging zur Tür und öffnete sie. Das Licht aus dem Treppenhaus blendete ihn, und er kniff die Augen zusammen. „Wir werden später darüber sprechen“, bat er. „Ja?“

„Ja, sicher“, gab sie zurück.

Philip lief die Treppe zu seinem Stockwerk hinauf, statt auf den Lift zu warten. Er würde Mackenzie um Rat fragen. Vielleicht wusste sie, was er jetzt tun sollte. Seiner Tochter fiel bestimmt eine Lösung ein bei ihrer Fantasie. Er musste unwillkürlich lächeln. Nie hätte er gedacht, dass er sich in Liebesdingen einmal Rat suchend an seine Tochter wenden würde.

Die Wohnung war dunkel und still. Er machte das Licht an und ging in Mackenzies Zimmer. Ihr Bett war verdrückt, als hätte sie darauf gesessen.

„Mackenzie?“, rief er.

Er bekam keine Antwort.

Schließlich fand er die Nachricht auf dem Küchentisch.

„Dad, Mom hat eine Nachricht auf dem Anrufbeantworter hinterlassen. Sie holt mich morgen doch nicht ab, und an Weihnachten kann ich auch nicht zu ihr kommen. Sie hat einfach zu viel zu tun. Ich hätte es mir denken müssen. Immer hat sie für alles Zeit, nur für mich nicht. Ich muss jetzt allein sein, um nachzudenken. Mach dir keine Sorgen, Mackenzie.“

9. Kapitel

Carrie hätte gar nicht genau sagen können, warum Philips Bemerkung über Madam Fredrick und die anderen Hausbewohner sie eigentlich so tief getroffen hatte. Natürlich waren sie alle ihre Freunde, aber es war auch unbestreitbar, dass sie wirklich ein wenig merkwürdig und verrückt waren. Trotzdem. Sie waren alle so liebevolle, warmherzige Menschen, und es tat sehr weh, wenn Philip sie einfach so abtat.

Sie dachte noch immer darüber nach, als es an der Tür klingelte. Wer auch immer es war, viel Zeit schien er nicht zu haben. Denn sie war kaum aufgestanden, als es erneut klingelte, mehrmals hintereinander, kurz und ungeduldig.

„Ich komme!“, rief sie.

Zu ihrer Überraschung stand Philip vor ihr. „Hast du Mackenzie gesehen?“, wollte er ohne Einleitung wissen.

„Nein. Seit wir nach Hause gekommen sind, nicht mehr.“

Philip stieß geräuschvoll den Atem aus und rieb sich den Nacken. „Ihre Mutter hat ihr auf dem Anrufbeantworter hinterlassen, dass sie sich leider nicht in der Lage sieht, sie wie vereinbart über die Feiertage zu sich zu holen“, erklärte er.

An seinem Kinn zuckte unkontrolliert ein kleiner Muskel. Ganz offenbar konnte er nur mit Mühe den Ärger über seine frühere Frau in Schach halten. „Sie hatte sich so auf ihre Mutter gefreut“, sagte er. „In den letzten Tagen hat sie über nichts anderes mehr gesprochen.“

Das hatte Carrie selbst mitbekommen. Mackenzie war viel bei ihr gewesen, und sie hatten lang und breit besprochen, was sie für den bevorstehenden Besuch anziehen, wie sie sich frisieren sollte.

Für Mackenzie war es unendlich wichtig, wie sie aussah. Sie wollte ihre Mutter damit beeindrucken, wie erwachsen sie geworden war und welch erlesenen Geschmack sie besaß. Laura sollte stolz auf ihre große Tochter sein.

„Mackenzie ist weg. Sie möchte allein sein, hat sie mir geschrieben." Philip sah auf die Uhr. Das hatte er vermutlich alle fünf Minuten getan, seit er den Brief seiner Tochter gefunden hatte. „Das war vor ungefähr einer Stunde. Hast du eine Vorstellung, wo sie sein könnte?"

„Keine Ahnung." Carrie tat das Herz weh vor Mitgefühl mit dem Mädchen. Diese wenigen Tage mit der Mutter hatten ihr so viel bedeutet, und sie hatte sich so darauf gefreut. Seit Tagen hatten sich alle ihre Gespräche fast nur noch um ihre Mutter und die geplanten Ferien gedreht. Wie groß und schmerzhaft musste jetzt die Enttäuschung sein.

„Ich dachte, sie wäre vielleicht zu dir gekommen." Philip rieb sich müde die Augen. „Ich weiß einfach nicht, wo ich nach ihr suchen soll. Fällt dir denn wirklich nichts ein?"

„Sicher ist, dass sie im Augenblick offenbar niemanden um sich haben möchte." Carrie dachte angestrengt nach.

„Ob sie vielleicht einen Spaziergang macht?", meinte Philip. „Allein im Dunkeln?" Der Gedanke jagte ihm Schauer über den Rücken.

„Ich helfe dir suchen."

Philip sah sie dankbar an, und Carrie schlüpfte in ihre Jacke und nahm die Tasche vom Haken. Dann machten sie sich eilig auf den Weg.

Kurz nachdem sie mit der Highschool fertig geworden war und gerade achtzehn Jahre jung war, hatte Carrie den Entschluss gefasst, sich auf die Suche nach ihrem Vater zu machen. Und sie hatte ihn auch gefunden. Aber seine Begeisterung über ihr Auftauchen war nicht sehr groß gewesen, um es milde zu beschreiben. Er glaubte offenbar, dass sie etwas von ihm haben wollte, und in gewisser Weise hatte er damit recht gehabt.

Aber es war kein Geld, das sie sich erhoffte, sondern Liebe. Er sollte stolz auf sie sein, ihr Anerkennung schenken. Es hatte Monate gedauert, bis sie sich endlich eingestanden hatte, dass Tom Weston völlig unfähig war, ihr irgendetwas zu geben, nicht einmal Zuneigung. Sie war ihm ganz einfach gleichgültig, er interessierte sich nicht für sie.

In den Jahren bis dahin war ihr Jason Manning mehr Vater gewesen, als es ihr leiblicher Vater jemals gewesen war. Danach hatte sie den Kontakt zu ihm endgültig abgebrochen. Es tat weh, dass der Mann, der sie immerhin gezeugt hatte, nichts mehr mit ihr zu tun haben wollte. Aber nach einiger Zeit fand sie sich damit ab, und inzwischen war sie ihm fast dankbar für seine Ehrlichkeit. Damit konnte sie leichter umgehen als mit unerfüllten Sehnsüchten.

Carrie und Philip liefen ziellos durch die nächtlichen Straßen und versuchten, sich in Mackenzie zu versetzen. Wohin mochte sie sich geflüchtet haben? Ihre Angst wuchs, aber sie gaben sich beide Mühe, ihre Gefühle vor dem anderen zu verbergen, und sprachen sich gegenseitig Mut zu.

„Eine schreckliche Vorstellung, dass sie da ganz allein und unglücklich im Dunkeln und in der Kälte herumläuft“, murmelte Philip. Er hatte die Hände tief in den Manteltaschen vergraben.

„Ja, schrecklich“, gab Carrie ihm recht und zog fröstelnd die Schultern hoch.

„Ich könnte Laura umbringen“, erklärte Philip heftig. „Wie kann sie Mackenzie das antun? Sie kann mich schlecht behandeln, wenn es ihr Spaß macht, aber nicht ihre Tochter!“

Carrie wusste, dass es keinen Sinn hatte, sich dazu zu äußern. Es würde ihm nicht helfen und auch Laura nicht dazu bringen, sich in Zukunft anders zu verhalten. Was hätte sie auch sagen sollen?

„Auf Laura war noch nie Verlass. Vielleicht hätte ich Mackenzie darauf vorbereiten sollen, dass so etwas passieren könnte“, meinte Philip jetzt. „Aber andererseits möchte ich sie nicht gegen ihre Mutter beeinflussen.“

„Das ist auch richtig, glaube ich“, meinte Carrie.

„Ich weiß nicht. Vielleicht wäre ihr einiges erspart geblieben.“

„Mackenzie ist intelligent genug, um ihre Mutter zu durchschauen“, sagte Carrie. „Da muss sie ganz allein durch. Dabei kannst du ihr nicht helfen. Du kannst nur für sie da sein.“

Philip sah sie an. „Ich hoffe, du hast recht.“

Als sie ihre Suche endlich aufgaben und wieder nach Hause gingen, war es fast Mitternacht. Das Haus war dunkel und still.

„Sie würde doch nichts anstellen?“, fragte Philip zutiefst beunruhigt. „Meinst du, dass sie vielleicht auf eigene Faust zu ihrer Mutter gefahren ist?“

„Philip, ich weiß es einfach nicht. Möglich ist es.“

Als sie in die Halle traten, fiel Carrie auf, dass die Tür zum Keller offen stand. Sie traten näher und hörten Stimmen.

„Schauen wir nach, was da los ist“, sagte Philip, und Carrie folgte ihm die Treppe hinunter. Allmählich kristallisierten sich einzelne Stimmen heraus. Carrie erkannte Madam Fredrick und Arnold. Vermutlich legten sie letzte Hand an die Weihnachtsdekoration für das bevorstehende Hausfest.

Mackenzie war bei ihnen und voll Eifer damit beschäftigt, rote und grüne Girlanden aufzuhängen. Sie blinzelte nicht einmal, als sie Carrie und Philip entdeckte.

„Hallo, Dad. Hallo, Carrie“, rief sie fröhlich und ohne jedes erkennbare Schuldgefühl und sprang von ihrem Stuhl.

„Darf ich fragen, wo du gesteckt hast, junge Dame?“, erkundigte Philip sich streng.

Carrie legte ihm bittend die Hand auf den Arm. Im Augenblick war es sicher besser, nicht allzu hart mit Mackenzie umzuspringen und ihr vor allem Zuneigung zu zeigen. Sie spürte, wie er sich ein wenig entspannte, aber sie wusste, was es ihn kostete, ruhig zu bleiben.

„Entschuldige, Dad. Ich habe vergessen, dir zu schreiben, wo ich bin."

„Carrie und ich suchen seit über einer Stunde nach dir."

„Wirklich?" Mackenzie sah ihn zerknirscht an. „Das tut mir sehr leid."

„Alles in Ordnung?", fragte Carrie. „Ich habe gehört, dass du Weihnachten doch nicht zu deiner Mutter fährst. Bist du sehr traurig darüber?"

Mackenzie zögerte, und ihre Unterlippe zitterte leicht. „Enttäuscht bin ich schon", gestand sie dann. „Aber wie Madam Fredrick sagt: Die Zeit heilt alle Wunden." Sie lachte ein wenig verlegen und schniefte einmal kurz. „Mom ist eben anders, und da passe ich nicht dazu. Ich habe ja Dad und meine Freunde." Sie sah sich voller Stolz und Zuneigung um.

Arnold war da, wie immer in seine Nylonshorts gehüllt, und seine prallen Muskeln waren so schön wie eh und je. Madam Fredrick, alt und weise, hatte ihre unvermeidliche Kristallkugel dabei. Und dann war da noch Maria, die nur für ihre Katzen lebte. Philip wurde es mit einem Mal ganz warm ums Herz.

Mackenzie schlang die Arme um ihren Vater und drückte sich an seine Brust. „Ich möchte morgen gern auf das Fest gehen", sagte sie. Ihre Lebensgeister stiegen schon wieder. „Du musst nicht kommen, Dad, wenn du nicht willst. Ich verstehe das."

„Ich möchte aber gern", sagte er und sah zu Carrie hinüber. Er hielt ihr die Hand hin, und sie nahm sie. „Manchmal braucht man solche Abende, um zu erkennen, wie viel Glück man hat und wo die wahren Freunde zu finden sind."

Mackenzie fing an zu kichern und schaute sich zu Madam Fredrick um.

„Na, was habe ich dir gesagt?“, meinte die alte Dame und lächelte breit. „Die Kristallkugel sieht alles.“

„Als es darum ging, wie ich mein Geld anlegen soll, hat sie überhaupt nichts gesehen“, erinnerte Arnold sie leicht gekränkt. „Und beim Lottospielen auch. Meinetwegen können Sie mit Ihrer Kugel kegeln gehen. Zu mehr taugt sie sowieso nicht.“

„Ich habe Ihnen gleich gesagt, dass sie nicht hilft, wenn man sich nur persönlich bereichern will“, erwiderte Madam Fredrick hoheitsvoll.

„Wofür soll das dumme Ding dann gut sein, wenn es nicht einmal Ihre Freunde reich machen kann?“

„Sie erfüllt ihren Zweck“, sagte da ausgerechnet Philip zur Überraschung aller und legte den Arm um seine Tochter. „Ich würde sagen, für einen Abend haben wir genug Aufregung gehabt. Was meinst du?“

„Gute Nacht allerseits“, rief Mackenzie.

„Gute Nacht“, sagte Arnold.

„Lass dich nicht von den Wanzen beißen“, riet Madam Fredrick.

„Gute Nacht, meine Kleine.“ Das war Maria. „Du kommst mich doch einmal besuchen?“

„Ganz bestimmt“, versprach Mackenzie.

Carrie begleitete Vater und Tochter. „Morgen früh backe ich wieder Plätzchen“, verkündete sie, als der Lift an ihrem Stockwerk angekommen war. „Da könnte ich ein bisschen Hilfe brauchen.“

„Darf ich dir helfen?“, fragte Mackenzie eifrig. „Diesmal landen die Eierschalen bestimmt nicht im Teig.“

„Ich würde mich freuen, wenn du kommst.“

Carrie verabschiedete sich und ging in ihre Wohnung. Sie war müde und zog sich gleich aus. Es war ein anstrengender Abend gewesen. Sie schlüpfte gerade in ihr Nachthemd, als das Telefon klingelte. Philip war am anderen Ende.

„Wir haben uns zwar erst vor zehn Minuten voneinander verabschiedet, aber ich wollte mich noch bei dir bedanken."

„Wofür? Ich habe doch gar nichts getan."

„Du hast mir geholfen, meine Tochter zu finden – und das auf mehr als eine Weise."

„Ich wollte, ich könnte mir das ans Revers heften. Aber es stimmt nicht. Nicht ich habe dir geholfen, sondern die Liebe zu deiner Tochter."

Philip zögerte ein wenig. „Ich habe deinen Freunden unrecht getan. Das tut mir leid." Carrie verzog den Mund zu einem breiten Lächeln und wartete. „Es war eine schlimme Enttäuschung für Mackenzie, dass ihre Mutter sie im Stich gelassen hat. Sie war völlig am Boden zerstört. Ich weiß nicht, wie Madam Fredrick sie getröstet hat, aber sie hat offenbar genau das Richtige getan. Ich kann eine Menge von ihr lernen, fürchte ich."

„Das glaube ich auch. Aber ich habe den Eindruck, dass du ziemlich schnell lernst."

Philip lachte. „Glaub das nur nicht. Ich war in der Schule ein ausgesprochener Spätzünder, und es dauerte ewig, bis ich endlich einigermaßen lesen konnte. Und wenn es um Beziehungen geht, habe ich manchmal auch ein Brett vor dem Kopf. Meine Ehe ist dafür das beste Beispiel."

„Dann kommst du morgen also wirklich zu unserer Weihnachtsfeier?", fragte Carrie. Ihr war ganz warm ums Herz geworden.

„Ich hänge mir sogar Flügel um, wenn es sein muss." Philip zögerte und lachte dann wieder. „Ich fürchte, ich passe ganz vortrefflich zu deinen verrückten Freunden."

Epilog

Sechs Monate später

„Das ist der aufregendste Tag in meinem Leben", verkündete Mackenzie und drehte sich in dem kleinen Ankleidezimmer übermütig im Kreis. Sie trug ein bodenlanges rosafarbenes Chiffonkleid und einen Haarkranz aus Frühlingsblumen. Ein Seidenband fiel ihr auf den Rücken. „Du wirst wirklich meine Stiefmutter, genau wie Madam Fredrick vorausgesagt hat!"

„Für mich ist es auch ein wunderschöner und sehr aufregender Tag." Carrie presste einen Augenblick die Hände auf den Magen, um ihre Nerven zu beruhigen. Die Kirche war voll besetzt, und alle warteten auf sie und Jason, der sie zum Altar führen würde.

„Dad war so süß heute Morgen", erzählte Mackenzie mit einem fröhlichen Lachen. „Beim Frühstück dachte ich schon, ihm wird schlecht. Er ist so verliebt in dich, dass er kaum etwas hinuntergebracht hat."

Carrie schloss die Augen und atmete tief durch. Sie hatte erst gar keine Anstalten gemacht, etwas zu essen, und fand Philips Versuch bereits mehr als heldenhaft. Verliebter als sie konnte er gar nicht sein! Sie war ganz einfach verrückt nach ihm.

Heute wurde für sie ein Traum wahr, und sie fühlte sich wie im Märchen. Und draußen wartete der Märchenprinz auf seine Fee.

Mackenzie steckte den Kopf durch die Tür und begutachtete die versammelten Gäste. „Gene und seine Frau sind hier und viele Leute aus dem Büro", berichtete sie flüsternd. „Ich wusste gar nicht, dass Dad so viele Leute kennt." Sie war sichtlich beeindruckt und drehte sich im Kreis um Carrie. „Du bist die schönste Braut, die ich je gesehen habe. Das hat Dad auch gesagt."

„Danke, mein Herz."

„Ich finde es toll, dass ich deine Brautjungfer sein darf. Das hätte niemand sonst erlaubt. Habe ich dir schon erzählt, dass das meine allererste Hochzeit ist?" Ihr Blick wurde verträumt.

„Dann wollen wir hoffen, dass sie dir gefällt."

„Wenn ich nicht wäre, hättest du Dad wahrscheinlich nie geheiratet." Mackenzie platzte schier vor Stolz auf sich. „Natürlich hat mich erst Madam Fredrick darauf gebracht. Aber ohne mich hätte es trotzdem nicht geklappt."

„Du weißt doch noch, was ich dir gesagt habe?"

„Ja, natürlich. Man kann die Zukunft nicht in Kristallkugeln sehen. Aber diesmal ist es trotzdem genau so gekommen, wie sie gesagt hat. Dabei konnte sie gar nicht wissen, dass ihr so gut zusammenpasst, du und Dad."

„Es freut mich, dass du das findest."

„Wenn ich mir selbst eine Mutter hätte aussuchen müssen, hätte ich auch dich genommen." Mackenzies Augen verdunkelten sich, und sie wurde ernst. „Ich freue mich so für Dad. Er braucht dich fast so wie ich. Ich bin am allerliebsten mit dir zusammen. Außer vielleicht mit Les Williams." Sie hob ausdrucksvoll die Schultern. „Aber Les hat überhaupt noch nicht gemerkt, dass ich existiere."

„Da wäre ich mir nicht so sicher." Carrie lächelte.

„Seid ihr zwei so weit?", rief Jason von draußen.

Carrie holte tief Luft. „Ja. Wir sind fertig."

Mackenzie gab ihr den Brautstrauß, Carrie straffte die Schultern und öffnete die Tür. Jason steckte den Finger zwischen Hals und Hemdkragen, als wäre ihm die Krawatte plötzlich zu eng geworden.

„Du siehst wunderhübsch aus", sagte er leise zu seiner Stieftochter.

„Tu nicht so überrascht", meinte Carrie mit einem Lächeln.

„Du siehst aus wie deine Mutter an unserem Hochzeitstag. Ich kann es gar nicht glauben …"

Mackenzie strahlte Carrie an und lief dann zu den anderen Brautjungfern, die sich schon aufgestellt hatten.

„Ich wünsche dir, dass du sehr, sehr glücklich wirst, meine Kleine", flüsterte Jason mit verdächtig brüchiger Stimme. Dann zog er Carries Hand unter seinen Arm.

Carrie warf ihm einen schnellen Blick zu und sah, dass seine Augen feucht schimmerten.

„Du wirst immer mein Mädchen bleiben", sagte er und zupfte wieder an seiner Krawatte. „Ich kann dir gar nicht sagen, wie stolz ich auf dich bin. Du hast deiner Mutter und mir immer viel Freude gemacht."

„Danke, Dad", wisperte sie gepresst.

Sie standen am Ende des Kirchenschiffs und warteten auf das Einsetzen der Orgel. Carrie tat den ersten Schritt in ihre neue Zukunft, in eine Zukunft mit Philip, in eine Zukunft voller Glück. Heute begann ihr gemeinsames Leben.

– ENDE –

Carolyn Green

Im hellen Schein der Kerzen

Roman

Aus dem Amerikanischen von
M.R. Heinze

mtb

Prolog

Die blinkende Leuchtreklame vor seinem Bürofenster ging Robert Tucker Maddock schrecklich auf die Nerven.

Fröhliche Weihnacht! Fröhliche Weihnacht! Fröhliche Weihnacht! Und das auch noch im Abstand von einer Sekunde. Dabei kannte er keine fröhliche Weihnacht seit …

Nein, er wollte nicht mehr an die vielen Verluste denken, die er ausgerechnet zur angeblich glücklichsten Zeit des Jahres erlitten hatte. Die Überstunden, die er in seinem Büro in Alexandria, Bundesstaat Virginia, leistete, halfen kaum gegen das Unbehagen, das ihn seit einiger Zeit ständig verfolgte.

Als Manager genoss er einen hervorragenden Ruf. Weil er sich in schwierigsten Situationen bewährt hatte, bekam er häufig Angebote anderer Firmen. Leider gelang es ihm nicht, im Privatleben genauso erfolgreich Probleme aus der Welt zu schaffen wie in der Wirtschaft.

Im letzten Jahr hatte er zu Weihnachten einen besonders harten Schlag erlitten. Sein bester Freund Chris und dessen Eltern waren ums Leben gekommen. Die drei waren für Tucker wie seine eigene Familie gewesen. Sie fehlten ihm, und irgendwie wollte er die Leere ausfüllen, die ihr Verlust in seiner Seele hinterlassen hatte.

Tucker stand auf und packte seine Sachen zusammen. Die grünrote Leuchtreklame schickte pausenlos ihre unerwünschte Botschaft zu ihm herüber und verstärkte die Sehnsucht nach der liebevollen Familie, die ihn aufgenommen hatte und die nun für immer verloren war.

Es reichte! Wenn er schon nicht mit den geliebten Menschen zusammen sein konnte, wollte er doch wenigstens den Ort aufsuchen, der von Erinnerungen an sie erfüllt war.

Tucker schrieb eine Nachricht für seine Sekretärin, öffnete eine Schublade und warf alles von der Schreibtischplatte hinein. Wenn er zurückkam, würde er die Sachen wieder herausholen und sortieren, doch im Moment ertrug er keine einzige Weihnachtskarte mehr. Er konnte auch nicht lächeln, wenn jemand Weihnachtslieder sang, und die allgemeine fröhliche Stimmung trieb ihn ohnedies zum Wahnsinn.

Er musste raus aus der Stadt und seinem Herzen folgen – zurück nach Willow Glen.

1. Kapitel

Willow Glen Plantation war Tucker beim ersten Besuch wie ein wahres Herrenhaus vorgekommen. Auch heute beeindruckte es ihn noch mit der runden Auffahrt, der breiten Veranda, den Zinnen und den Giebelfenstern. Hier hatte er vom zehnten Lebensjahr bis zum College die glücklichste Zeit seines Lebens verbracht, und es hatte ihn tief getroffen, dass Chris' Eltern das Haus verkauften, als Chris und er zum College gingen.

Will Carlton, ein Antiquitätenhändler, hatte damals die Immobilie erworben. Er hatte nur wenige Veränderungen durchgeführt und eine Pension daraus gemacht.

Da Tucker ohnedies irgendwo unterkommen musste, konnte er sich genauso gut auch hier auf Willow Glen Plantation einmieten. Ein älterer Mann, der offenbar von einer Einkaufstour zurückkehrte, betrat vor ihm das Haus und hielt ihm die Eingangstür auf.

„An Ihrer Stelle, junger Mann, würde ich mich beeilen. Es gibt bald Abendessen, und das sollten Sie wirklich nicht versäumen."

Girlanden und Tannenzweige schmückten den Eingangsbereich, das Treppengeländer und sogar den Lüster in der Diele. Abgesehen vom Empfangstresen mit einer altmodischen Registrierkasse hatte sich nicht viel geändert. Es roch sogar noch immer nach Cranberries und Tannenholz und …

Wonach roch es noch? Tucker stellte die Reisetasche neben dem Tresen ab, schloss die Augen und sog die Luft ein. Dabei sah er förmlich Mr. und Mrs.Newland und Chris vor sich. In diesem Haus hatte er öfter geschlafen als daheim und war sozusagen zu einem Familienmitglied geworden. Die Newlands hatten ihm sogar verschiedene Arbeiten zugeteilt, wie ihrem eigenen Sohn. An einem bestimmten Samstag im Monat hatten er und Chris regelmäßig weiche Lappen und eine Flasche Möbelpolitur erhalten und mussten alle Holzflächen einreiben.

Tucker öffnete die Augen. Genau danach roch es. Nach Möbelpolitur. Vielleicht war es sogar dieselbe Marke.

Eine alte Frau tauchte in der Diele auf. „Mein lieber Oren, wie schön, dich zu sehen", sagte sie zu dem Mann, der vor Tucker eingetreten war, begrüßte ihn mit einem Kuss auf die Wange und hinterließ dort einen rosigen Lippenabdruck. „Deine Frau wartet schon sehnsüchtig auf dich", fügte sie hinzu und zeigte zum Aufenthaltsraum, in dem sich etliche Gäste versammelt hatten.

Der ältere Mann, vermutlich ein Stammgast, beeilte sich, zu seiner Frau zu kommen.

„Was für ein attraktiver junger Mann", stellte die Frau fest und musterte Tucker vom Scheitel bis zur Sohle. „Ich bin Tante Shirley."

Es kam ihm seltsam vor, wie sie einen neuen Gast begrüßte. Aber er schrieb es ihrem hohen Alter zu, dass sie ihn so vertraulich behandelte. „Tucker Maddock, Ma'am. Ich hoffe, es gibt noch ein freies Zimmer für mich."

Tante Shirley lachte so herzlich, dass es geradezu ansteckend wirkte und die Aufmerksamkeit der Leute im Aufenthaltsraum erregte. „Er fragt, ob wir für ihn ein freies Zimmer haben", erklärte sie den anderen, die das offenbar auch lustig fanden. Jedenfalls lachten alle.

Eine dunkelhaarige Schönheit von Mitte zwanzig, die gerade Popcorn zu einer Kette auffädelte, hob den Kopf. Tucker wurde schlagartig heiß, als sich ihre Blicke trafen.

Ein junges Mädchen tauchte in der Tür auf, entdeckte ihn, wurde rot und zog sich wieder zurück.

Die schöne Brünette betrachtete ihn so eingehend, als käme er ihr bekannt vor, ohne dass sie ihn einordnen könnte. Dabei war

Tucker sicher, ihr noch nie begegnet zu sein. Diese Frau hätte er bestimmt nicht vergessen.

Sie saß auf einer Couch, die schlanken Beine untergeschlagen. Der graue Pullover war für sie viel zu weit. Das dunkle Haar fiel ihr offen auf die Schultern, ihre braunen Augen waren faszinierend, und ihre Lippen schienen wie zum Küssen geschaffen.

Ruth Marsh hatte sich große Mühe gegeben, um dieses möglicherweise letzte Familientreffen schön zu gestalten. Der Mann, der als Letzter unerwartet aufgetaucht war, machte es vielleicht sogar zum interessantesten Treffen überhaupt. Sein forschender Blick wirkte auf sie geradezu hypnotisierend, und es fiel ihr schwer, sich lässig zu geben und keine Reaktion zu zeigen.

Halt, befahl sie sich. Auf der Schiene durfte sie nicht weiterdenken, schließlich handelte es sich um einen Verwandten, wenn auch um einen entfernten. Also spielte es keine Rolle, wie groß und breitschulterig der Mann war, wie verlockend das dunkelbraune Haar und wie durchdringend der Blick aus seinen dunklen Augen sein mochte. Es war fast, als könnte er ihre Gedanken lesen.

Ganz bewusst sah sie zu ihrer Schwester Vivian hinüber, die den Neuankömmling noch nicht bemerkt hatte. Lächelnd wandte sie sich wieder dem gut aussehenden Fremden zu, der ihr Lächeln erwiderte. Dieser tolle Mann war für ihre ältere Schwester tabu, für sie selbst aber leider auch.

Vielleicht sollte sie gemeinsam mit ihrer Tante das letzte der Familienmitglieder begrüßen, die aus allen Gegenden zu dem Weihnachtstreffen gekommen waren. Diese Zusammenkunft war zu einem alljährlichen Ereignis geworden, seit sie vor acht Jahren die ehemalige Pension gekauft hatten. Ruth war zwar in Willow Glen aufgewachsen, hatte aber erst in dem alten Herrenhaus ein wirkliches Heim gefunden.

Tante Shirley wandte sich erneut an Tucker. „Was für ein wundervoller Humor. Natürlich haben wir ein Zimmer, und selbst wenn keines mehr frei wäre, würden wir eines frei machen."

„Vielen Dank, Ma'am." Er griff nach seiner Reisetasche. „Wenn Sie mir den Weg beschreiben und den Schlüssel geben, ziehe ich mich sofort zurück."

„Ich bin Tante Shirley, und hier duzen wir uns alle", erklärte sie, trat hinter den Tresen und befestigte ein Bild des Weihnachtsmannes, das sich von der Wand gelöst hatte. „Bei uns braucht man keinen Schlüssel, mein Lieber. Niemand wird an deine Sachen gehen. Oren schlafwandelt zwar gelegentlich, aber man kann bei den Zimmern von innen einen Riegel vorschieben."

Tucker kannte zwar ähnliche Familienbetriebe, doch diese Pension war unvergleichlich. Die Sicherheit seines Zimmers stellte für ihn jedoch kein Problem dar, weil er sich ohnehin die ganze Zeit dort aufhalten wollte. Sollte es keinen Videorekorder geben, würde er einen kaufen, sich während der Feiertage mit Actionfilmen betäuben und an vergangene schöne Zeiten denken, bis diese schreckliche Fröhlichkeit endlich nachließ. Am ersten Weihnachtsfest, das er ganz allein verbrachte, war das genau die richtige Medizin.

„Maddock?" Tante Shirley strich sich nachdenklich über die Wange. „An den Namen Maddock erinnere ich mich gar nicht."

Wahrscheinlich überlegte sie, ob er schon früher hier abgestiegen war. Oder sie ging davon aus, dass er aus Willow Glen stammte. In einer solchen Kleinstadt waren die meisten Leute miteinander verwandt oder hatten zumindest dieselbe Schule besucht. Tante Shirley würde sich hoffentlich nicht an seinen Namen erinnern. Seine Eltern waren erst kurz vor seiner Geburt nach Willow Glen gekommen. Nach dem Tod seiner Mutter vor ungefähr zwanzig Jahren hatte sein Vater das ganze Geld vertrunken, und danach hatten sie von der Fürsorge gelebt. Das würde er Shirley jedoch bestimmt nicht auf die Nase binden.

„Ich bin in der Gegend groß geworden“, erklärte er stattdessen, „aber ich war seit zehn Jahren nicht mehr hier.“

Die Brünette kam gerade in diesem Moment in die Diele. Tante Shirley hatte aus purer Neugierde gefragt, doch die junge Frau wirkte skeptisch.

„Wie heißen deine Eltern?“

Tucker nutzte die Gelegenheit, sich die hübsche Frau aus der Nähe anzusehen. „Helen und Bob“, erwiderte er und öffnete die obersten Knöpfe seiner Jacke.

Sie fasste sich ihrerseits an den Ausschnitt des T-Shirts, und Tucker ließ ihre Finger nicht aus den Augen.

„Wir haben eine Helen in der Familie“, bemerkte Tante Shirley, „aber ich erinnere mich an keinen Bob. War er vielleicht der zweite Ehemann deiner Mutter?“

„Wie bitte?“

„Lass doch den Jungen in Ruhe, Shirley“, rief Oren aus dem Aufenthaltsraum, „und komm zu uns, damit wir endlich den Baum aufstellen können!“

„Ja, ja, schon gut, nur keine Ungeduld!“

Tucker schüttelte verwundert den Kopf über den familiären Umgangston, der hier herrschte. Wahrscheinlich fühlten sich die Gäste in diesem Haus so wohl, dass sie sehr oft herkamen und sich deshalb schon wie richtige Verwandte benahmen. Möglicherweise lag es an dem Haus und der Liebe, die in diesen Mauern gelebt hatte, wenn sich die Leute hier so heimisch fühlten.

„Komm“, forderte Shirley ihn auf, „ich zeige dir das Zimmer. Hoffentlich stört es dich nicht, dass es im zweiten Stock liegt. Ursprünglich wollte ich einen Aufzug einbauen lassen, aber dann habe ich mein Geld doch lieber vernünftiger angelegt.“

„Lass ruhig, Tante Shirley, ich zeige ihm den Weg.“

Die hübsche junge Frau führte ihn die dunkle Holztreppe hinauf. Oben angekommen, betrat Tucker das Zimmer und fühlte sich sofort in die Vergangenheit zurückversetzt. Zahlreiche Erinnerungen stürmten auf ihn ein, als er die Reisetasche abstellte. Die Vorhänge, die handgenähte Bettdecke und die einzelnen Teppiche waren zwar neu, entsprachen aber durchaus dem Stil des Hauses.

Das Bett war eindeutig zusammen mit Willow Glen Plantation an den neuen Besitzer übergegangen. Tucker entdeckte sogar noch die eingeritzten Initialen R. T. M. für Robert Tucker Maddock. Mrs. Newland war damals zuerst ärgerlich geworden, als sie merkte, was er angerichtet hatte. Nach einigem Überlegen hatte sie ihm jedoch versprochen, die Initialen nicht zu entfernen. Zu der Zeit hatte Tucker nicht verstanden, woher der Gesinnungswandel seiner Ersatzmutter kam. Rückblickend begriff er, dass sie aus reiner Liebenswürdigkeit einem verängstigten, einsamen Jungen erlaubt hatte, sich in ihrem Zuhause, ihrer Familie und ihrem Herzen zu verewigen.

Tante Shirley war nicht bereit, ihre Pflichten als Gastgeberin zu vernachlässigen, und stieß zu ihnen. „Es ist wirklich schön, dass du zu Weihnachten bei uns bist", versicherte sie, als sie den kleinen Raum betrat.

Die junge Frau ging ans Fenster, schob die duftigen weißen Vorhänge zurück und ließ das dämmrige Nachmittagslicht hereinfallen. Danach drehte sie sich um, betrachtete Tucker eine Weile forschend und sagte schließlich widerstrebend: „Ja, es sind wohl die Augen."

Er hatte keine Ahnung, was sie meinte. Vielleicht erinnerte sie sich an seinen Vater. In einer so kleinen Stadt kannte so gut wie jeder jeden, wenn auch nur vom Sehen. „Ich habe schon oft gehört, dass ich die Maddock-Augen habe", bemerkte er. Dabei hätte er liebend gern auf ein Merkmal verzichtet, das so viel Aufmerksamkeit erregte, aber ein letztes Verbindungsglied zu seinem verstorbenen Vater darstellte.

Tante Shirley kam mit ausgebreiteten Armen auf ihn zu, drückte ihn mütterlich an sich und küsste ihn auf die Wange. „Wir sind sehr froh, dass du bei uns bist", verkündete sie und ging zur Tür. „Wenn du irgendeinen Wunsch hast, sagst du uns einfach Bescheid. Wir kümmern uns dann sofort darum."

Sie schenkte ihm noch ein strahlendes Lächeln, winkte, verließ das Zimmer und schloss hinter sich die Tür.

Die junge Frau verschränkte die Arme und musterte Tucker weiterhin eingehend.

Verwirrt über die unerwartete Geste der alten Frau, rührte Tucker sich nicht von der Stelle, fasste sich an die Wange und fragte sich, ob die junge Frau ihn ebenfalls gleich küssen würde. Dagegen hätte er sicher nichts einzuwenden gehabt.

Im nächsten Augenblick öffnete sich die Tür erneut, und Tante Shirley steckte den Kopf herein. „Beinahe hätte ich es vergessen! Beeil dich mit dem Auspacken und komm ganz schnell zu uns hinunter, damit du uns mit dem Weihnachtsbaum helfen kannst."

Am besten schob er gleich einen Riegel vor, sonst ließ sie ihn noch mit den anderen Gästen Weihnachtslieder singen und Plätzchen backen.

„Tut mir leid, Tante Shirley, aber in diesem Jahr ist mir nicht danach, einen Weihnachtsbaum zu schmücken." Die Rückkehr in dieses Haus mit all seinen Erinnerungen empfand er zwar als tröstlich, doch alles, was mit Weihnachten zu tun hatte, führte ihm nur vor Augen, wie viele geliebte Menschen er verloren hatte.

„Du musst einfach mitmachen", erklärte die junge Frau. „Tante Shirley kann zukünftig nicht mehr so viele Leute unterbringen. Darum bemühe ich mich, dieses Weihnachten zu einem unvergesslichen Fest zu machen, und es ist wichtig, dass sich alle beteiligen." Sie überlegte einen Moment. „Möchtest du lieber den Kranz oder die Lichterketten aufhängen?"

Die beiden waren fest entschlossen, ihn in die Feier einzubeziehen. Natürlich verstand er, dass sie künftig weniger Gäste im Hotel aufnehmen wollten. Natürlich war es ein Opfer, auf ein privates Fest zu verzichten und sich stattdessen um so viele zahlende Gäste zu kümmern. Trotzdem hatte er nicht die Absicht, seine eigenen Pläne zu ändern. Darum schüttelte er entschieden den Kopf.

„Ach, du möchtest die Mistelzweige aufhängen, nicht wahr?", stellte Tante Shirley lächelnd fest. „Ich habe mir sofort gedacht, dass du eine romantische Ader besitzt."

Unwillkürlich sah er die Brünette an und fragte, ohne zu überlegen: „Helfen Sie … hilfst du auch mit?"

„Natürlich", entgegnete sie, als würde sie nicht begreifen, wieso er überhaupt fragte.

Zögernd strich er sich über die Bartstoppeln am Kinn und bewunderte, was für eine makellose Haut sie hatte. „Vielleicht komme ich kurz hinunter", räumte er ein.

„Sehr schön", lobte Shirley. „Dann sage ich den anderen, sie sollen noch warten." Energisch nahm sie die Brünette am Arm und führte sie aus dem Zimmer.

Im Erdgeschoss holte Ruth die staubige alte Familienbibel hervor, und ihre Verwandten scharten sich interessiert um sie, um Einblick in den Stammbaum der Familie zu nehmen, der darin aufgezeichnet war.

„Er sieht süß aus", stellte die vierzehnjährige Brooke fest.

„Der ist viel zu alt für dich", behauptete Vivian, obwohl das jedem im Raum klar war. „Bestimmt zieht er jemanden vor, der seinem Alter besser entspricht, wie zum Beispiel mich."

Ruth überflog in dem Buch die Eintragungen über Eheschließungen und Geburten und suchte nach dem Namen Maddock. „Ihr macht euch beide lächerlich", sagte sie dabei, ohne ihre Tätigkeit zu unterbrechen. „Falls er wirklich ein Verwandter ist, was ich bezweifle, müsst ihr ihn wie jeden anderen Cousin auch behandeln."

„Aber dieser Cousin küsst bestimmt gut", rief Brooke lachend.

Ruth strich sich das Haar über die Schultern zurück und bemühte sich, nicht auf die Bemerkung ihrer Cousine zu achten. „Genau wie ich es mir gedacht habe. Hier ist kein Maddock eingetragen."

Oren schob sie mit seinem Stock zur Seite, beugte sich über das aufgeschlagene Buch auf dem Tisch und blätterte darin. Die mittlerweile verstorbene Lilly Babcock war die Matriarchin ihrer Familie. Obwohl sie durch Heirat einen anderen Namen bekommen hatte, betrachteten sich doch alle ihre Nachkommen auch heute noch als Babcocks.

Oren zeigte auf einen Strich, der von Ruths Urgroßmutter Lilly zu einem Kästchen gezogen war. „Hier ist eine Helen, die einen Cousin dritten Grades geheiratet hat. Von Maddock oder einem Sohn namens Tucker steht da allerdings nichts."

Tante Shirley kam nun ebenfalls zu ihnen und beugte sich über die vergilbten Seiten. Ihr Freund Boris trat zu ihr und griff nach ihrer Hand.

Ruth freute sich, dass ihre Tante einen Mann gefunden hatte, den sie liebte und von dem sie geliebt wurde. Und sie hoffte, dass eines Tages auch sie mit einem Mann so glücklich werden würde, wie Boris und Shirley es waren.

Erst jetzt kam ihr der Gedanke, dass Tante Shirley vielleicht wegen Boris in Zukunft keine Familientreffen zu Weihnachten mehr wollte. Das bedeutete jedes Mal viel Planung und Arbeit, und es war durchaus verständlich, dass ihre Tante Zeit und Energie lieber in ihre ganz persönlichen Interessen investierte.

Aus diesem Grunde war Ruth in diesem Jahr eingesprungen und hatte die vollen Pflichten der Gastgeberin übernommen. Wenn sie ihrer Tante die Arbeit abnahm und gleichzeitig für eine besonders schöne Feier sorgte, überlegte Shirley es sich vielleicht noch einmal.

Dieses jährliche Treffen entsprach Ruths Wunsch nach familiärem Zusammenhalt. Da sie schon sehr früh ihre Eltern verloren hatte, waren ihr diese Bande besonders wichtig. Und eines Tages wollte sie heiraten und dafür sorgen, dass etliche neue Namen ins Familienstammbuch eingetragen wurden.

„Glaubst du, Tante Shirley", fragte sie nun, „dass Helen wieder geheiratet hat? Vielleicht hast du sie dadurch aus den Augen verloren."

„Falls das stimmt", bemerkte Vivian höchst interessiert, „ist Tucker Maddock bloß sehr, sehr entfernt mit uns verwandt beziehungsweise sogar nur angeheiratet. Ein Stiefcousin, wenn man so will."

„Ich weiß es nicht", meinte Tante Shirley verunsichert. „Ich glaube, Helen und ihr Mann sind noch immer zusammen, aber ich könnte mich auch irren. Seit Brooke auf die Welt kam, habe ich nichts mehr von den beiden gehört, und das ist jetzt vierzehn Jahre her."

Ruth wurde immer skeptischer. Selbst wenn Helen nach einer Scheidung einen Maddock geheiratet hatte, konnte sie unmöglich einen ungefähr dreißig Jahre alten Sohn aus dieser zweiten Ehe haben. Dieser Mann war nicht echt, obwohl er sagenhaft aussah.

Normalerweise war Ruth Marsh völlig locker und unkompliziert. Deshalb hatte sie von ihren Schülern sogar den Spitznamen „Miss Marshmallow" erhalten. Allerdings konnte sie nicht untätig zusehen, wie sich ein Fremder mit vielleicht finsteren Absichten in ihre Familie einschlich. Und das auch noch zu Weihnachten!

Wie alle Mitglieder der Familie Babcock war Tante Shirley vertrauensselig und nahm jeden mit offenen Armen auf. Sie hatte sogar Ruth und deren ältere Schwester nach dem Tod ihrer Eltern zu sich genommen.

Tante Shirley hatte Ruth damals beschützt, und nun war Ruth entschlossen, das Gleiche für sie zu tun. Sie würde dafür sorgen, dass es nicht wieder einen dermaßen gemeinen Betrug wie bei der Reparatur des Daches oder bei dem Aktiengeschäft gab, auf das Tante Shirley in ihrer Leichtgläubigkeit hereingefallen war.

„Weißt du, Tante Shirley“, brachte Ruth vorsichtig vor, „mit diesem Verwandten stimmt etwas nicht. Wir wissen nichts über ihn. Er könnte sogar ein gesuchter Mörder sein.“

„Unfug“, wehrte Tante Shirley ab und schloss die Familienbibel. „Ich möchte nicht, dass du so über deinen Cousin sprichst. In jeder Familie kommen drei Pferdediebe auf einen Prinzen, sagt man. Es ist mir gleichgültig, ob sein Stammbaum mit Wappen geschmückt ist oder ob von seinem Hauptast eine Schlinge hängt. Er gehört jedenfalls zur Familie.“

Die gute Tante schlug einen so entschiedenen Ton an, dass klar wurde, wie wenig sie aus den Betrügereien gelernt hatte, auf die sie hereingefallen war.

„Ich bin sicher, dieser nette junge Mann kann absolut glaubwürdig erklären, wieso sein Name nicht in unserem Familienstammbaum vorkommt“, fügte sie abschließend hinzu.

Ruth schüttelte über so viel Gutgläubigkeit nur den Kopf. Tante Shirley galt in Willow Glen als wohlhabend und ziemlich exzentrisch, und es war durchaus denkbar, dass das wieder jemand skrupellos zu seinem Vorteil ausnützen wollte.

„Cousin Tucker ist ein anständiger Kerl“, versicherte Tante Shirley. „Gib ihm doch eine Chance.“

Eine Chance, alle auszunehmen oder vielleicht im Schlaf umzubringen? Da Ruth bei ihren Verwandten jedoch nur auf taube Ohren stoßen würde, verfolgte sie dieses Thema vorerst nicht weiter. Es war besser, sie stellte dem unerwarteten Neuankömmling einige gezielte Fragen nach seiner Herkunft und seinen Absichten.

Als Tucker die geschwungene Treppe herunterkam, waren alle um ein großes Buch geschart. Vermutlich lasen sie gerade die Geschichte von Bethlehem. Mit seinem Verstand stimmte eindeutig etwas nicht, sonst hätte er sich nicht bereit erklärt, an den Weihnachtsvorbereitungen teilzunehmen. Schließlich hatte er sich gerade in diesem Jahr um das Fest drücken wollen. Hätte ihn nicht die Brünette mit den dunklen Augen interessiert, wäre er jetzt oben in seinem Zimmer und würde sich einen Film ansehen.

Bei seinem Eintreten beendeten die Leute abrupt das Gespräch oder das Gebet, was immer es auch gewesen war, und drehten sich zu ihm um. Es war Tucker unangenehm, wie sie ihn musterten. Hastig blickte er an sich hinunter. Der Rollkragenpulli war okay, der Reißverschluss seiner Hose zu, und er trug nicht zwei verschiedene Socken. Alles war in Ordnung.

Trotzdem starrten ihn die Leute an, vor allem die Brünette – sie sogar ganz besonders eindringlich.

Ein junges Mädchen mit hellbraunem Haar und zu viel Make-up im Gesicht sprach ihn an. „Hey, Cousin!"

Cousin? Tucker war mit dem Jargon der heutigen Jugend nicht vertraut, aber er hoffte wenigstens, dass die Bezeichnung Cousin positiv gemeint war.

„Schön, dass du endlich bei uns bist." Tante Shirley strahlte. „Hat sie dir Daumenschrauben angesetzt, mein Bester?", fragte Oren. „Shirley ist schrecklich! Das herrischste Frauenzimmer, dem ich jemals begegnet bin."

Die anderen nickten und lächelten, und Tante Shirley sah zufrieden aus, als würde sie sich über diese Charakterisierung auch noch freuen.

„Mit den Daumen ist alles in Ordnung", versicherte Tucker, aber mit seinem Gehirn stimmte etwas nicht. Er war hergekommen, um allein zu sein, und nun stand er vor zehn Fremden, die ihn wie ihren ältesten und besten Freund behandelten und einen unglaublich vertraulichen Ton anschlugen.

„Gut", stellte Tante Shirley fest. „Dann steigst du jetzt auf die Leiter und befestigst die Lichterketten am Baum."

„Nun kommandiert sie schon wieder herum", beschwerte sich Oren und wandte sich an die Pensionsinhaberin. „Du könntest uns wenigstens vorstellen, bevor du ihn arbeiten lässt."

„Ist schon gut, ich übernehme das", erklärte die Brünette, zeigte auf die einzelnen Leute und nannte dabei ihre Namen.

Tante Shirley kannte Tucker schon. Ihr Freund hieß Boris Schmidt. Dann waren da noch Oren Cooper, seine Frau Ada May und ihr Sohn Dewey, den Tucker auf fünfzig schätzte. Danach kamen Eldon und Rosemary Givens und ihre Tochter Brooke. Vivian Marsh, die Schwester der Brünetten, hatte so große blaue Augen, dass sie Tucker an eine Siamkatze erinnerte.

„Ich bin Ruth", stellte sich schließlich die Brünette vor und reichte ihm die Hand, eine zierliche, aber kräftige Hand. „Sagen dir diese Namen etwas?", erkundigte sie sich und deutete auf die Leute.

Schmidt, Cooper, Gates, Marsh. Nein, die Namen waren ihm fremd, aber er war schließlich schon lange nicht mehr in Willow Glen gewesen. Allerdings waren fast alle diese Leute älter als er mit seinen einunddreißig Jahren oder die Marsh-Schwestern, die er sogar etwas jünger einschätzte. Tucker schüttelte den Kopf.

Na schön, sie hatten ihn nach seiner Familie ausgefragt, und nun stellte er einige Fragen. „Ich habe gehört, dass man in Willow Glen zu Thanksgiving traditionell ins Restaurant *Checkered Tablecloth* geht und dort Truthahn verspeist. Gibt es jetzt einen neuen Brauch, sich zu Weihnachten auf Willow Glen Plantation zu treffen?"

„So ungefähr", antwortete Ruth.

Gleich darauf verwandelte sich das vorher ordentlich aufgeräumte Wohnzimmer in ein Chaos aus Baumschmuck, Schleifen, Kränzen, Lichterketten und allem möglichen Flitterzeug. Ruth wickelte die scheinbar endlos langen Lichterketten ab, die Tucker am Baum befestigte.

Das Ganze erinnerte ihn an die Newland-Familie, die genau in diesem Raum vor vielen Jahren einen Baum geschmückt hatte.

Mr. Newland hatte damals die Lichter befestigt, während Tucker und Chris den Schmuck aufhängten und Mrs. Newland sie auf kahle Stellen hinwies. Nur wegen der Frau an seiner Seite, die ihm geduldig die Lichterketten Stück für Stück hochreichte, hielt er überhaupt noch durch.

Jedes Mal, wenn ihre Hände sich berührten, durchfuhr es ihn wie ein elektrischer Schlag.

Die ganze Zeit löcherte Ruth ihn mit Fragen. Tucker fand dafür nur eine einzige Erklärung, nämlich dass er ihr irgendwie bekannt vorkam und sie herausfinden wollte, wo sie sich schon einmal begegnet waren.

Natürlich hätte er ihr sagen können, dass sie einander noch nie gesehen hatten, doch er mochte ihre Stimme. Trotz des ursprünglichen Wunsches, allein gelassen zu werden, genoss er jetzt die Gesellschaft dieser attraktiven Frau mit der unstillbaren Neugierde.

Da er keinen der Namen kannte, die sie ihm nannte, merkte sie wohl nach einiger Zeit, dass sie einander doch fremd waren. Jetzt wirkte sie nicht mehr neugierig, sondern eher abweisend. Zuletzt schmückten sie den Baum schweigend. Dabei war Tucker sich nicht bewusst, etwas Falsches gesagt zu haben.

Er hatte seinerseits einige Fragen gestellt, zum Beispiel danach, aus welchem Teil von Willow Glen sie kam, doch das machte sie nur noch abweisender. Darum achtete er nun mehr auf die anderen Gäste und stellte überrascht fest, dass es ihm hier gefiel. Für kurze Zeit vergaß er sogar, wieso er nach Willow Glen und vor allem Willow Glen Plantation gekommen war.

Sobald der Baum fertig war, half Tucker noch mit, nicht mehr benötigten Schmuck wegzuräumen, und zog sich dann in sein Zimmer zurück.

Ruth sah ihm nach, als er die Treppe hinaufging.

„Von hinten genauso attraktiv wie von vorne, stimmt's?", meinte Vivian anzüglich.

„Ja, aber er hat hier nichts verloren", erklärte Ruth.

„Lässt du noch immer nicht locker?" Vivian strich sich durchs blond gefärbte Haar. „Wieso kannst du den armen Kerl nicht in Frieden lassen? Er macht doch einen netten Eindruck, und Charme hat er auch, wenn du mich fragst."

„Das kann man von so manchem Kriminellen sagen, aber ich würde trotzdem nicht wollen, dass einer von ihnen unser Familientreffen stört."

„Wer stört unser Familientreffen?", fragte Brooke. „Cousin Tucker?"

„Er ist nicht unser Cousin", behauptete Ruth.

Brooke strahlte. „Cool! Dann schnappe ich ihn mir."

„Sei nicht albern", fuhr Ruth ihr über den Mund. „Wir wissen nichts von ihm. Womöglich ist er ein entflohener Sträfling."

„Er könnte auch von der Steuerfahndung sein und wegen nicht versteuerter Einnahmen herumschnüffeln." Vivian strich über ihren weichen roten Pullover. „Von mir aus könnte er mich jederzeit sehr eingehend kontrollieren."

Brooke lachte, doch das ärgerte Ruth nur noch mehr. „Ihr zwei findet das offenbar lustig, aber mich stört irgendetwas an dem Kerl." Sie blickte zur Treppe. „Ich werde ihn jetzt offen zur Rede stellen." Vor den anderen hatte sie das vermieden. Die waren viel zu leichtgläubig und hätten sich sofort auf seine Seite geschlagen, wenn sie ihn einen Betrüger genannt hätte. Beim Baumschmücken hatte er mit Scherzen, unbekümmertem Lachen und Charme die Herzen ihrer Verwandten gewonnen.

Vivian lachte. „Klopf vorher an. Wenn du Glück hast, zieht er sich gerade aus."

Ohne weiter auf ihre Schwester und ihre Cousine zu achten, die sich prächtig amüsierten, stieg Ruth die Treppe hinauf. Im zweiten Stock, in dem auch ihr Zimmer lag, hörte sie, wie ein Möbelstück verrückt wurde. Leise ging sie den Korridor entlang und ließ dabei den Blick über die Zahlen auf den Türen wandern, die noch aus der Zeit stammten, da das Haus eine Pension gewesen war.

Sie klopfte leise an Nummer neun, bekam keine Antwort, öffnete lautlos die Tür und sah hinein.

Tucker war nicht da.

Sie schloss die Tür wieder und ging zu ihrem eigenen Zimmer. Hier hatte sich nichts verändert. Alles war noch so, wie sie es zurückgelassen hatte. Erst als sie den Blick suchend durch den Flur schweifen ließ, bemerkte sie, dass die Tür zum Dachboden nur angelehnt war.

Von oben fiel ein Lichtschein durch den Türspalt herunter. Dann hörte sie erneut Geräusche. Ein Poltern. Jemand war auf dem Dachboden, und Ruth konnte sich gut vorstellen, wer das war.

Vorsichtig schlich sie die enge Treppe hinauf und war betroffen, wenn auch nicht sonderlich überrascht, dass ihr verdächtiger Gast mit den Händen über die lockeren Dielenbretter strich, genau an der Stelle, an der Tante Shirleys Truhe gestanden hatte. Er suchte offenbar nach einem Versteck.

Diese Unverfrorenheit war empörend!

Ruth stützte die Hände in die Hüften. „Was machen Sie da?"

2. Kapitel

In Willow Glen hatte sich herumgesprochen, dass Tante Shirley vor Kurzem ein neues Auto mit leicht vermodertem Papiergeld bezahlt hatte. Offenbar hatte sie die Scheine auf dem Grundstück vergraben und wieder ausgegraben, als sie sich etwas kaufen wollte. Für Ruth war klar, warum Tucker auf dem Dachboden Gegenstände von ihrem Platz gerückt hatte. Er hatte anscheinend von Tante Shirleys ungewöhnlichem Umgang mit Geld gehört und wollte nun von ihrem „Konto" eine größere Abhebung vornehmen. Er war nicht nur ein Schwindler, sondern auch ein Dieb.

Tucker stand so schnell auf, dass er sich den Kopf an einem Deckenbalken stieß. Er rieb sich die Stelle, zerzauste dabei das Haar und wirkte dadurch noch eine Spur verwegener.

Ach was! Die anderen mochten sich von seinem Charme und dem guten Aussehen beeindrucken lassen, doch Ruth war dagegen völlig immun. Das galt besonders, seit Tante Shirley von dem windigen Dachdecker und dem sogenannten Anlageberater über den Tisch gezogen worden war. Und bei Tucker brauchte man gar keine besonderen Fähigkeiten, um zu merken, dass etwas nicht stimmte.

„Es ist nicht so, wie es aussieht", behauptete er und legte die Hand an den Balken, an dem er sich gestoßen hatte.

Sie stieg die letzten Stufen zum Dachboden hoch, auf dem sie im Gegensatz zu ihm nicht gebückt stehen musste. „Ich möchte wissen, was du hier suchst."

„Das ist eine lange Geschichte." Tucker überlegte, ob er wirklich erzählen sollte, was ihn in dieses Haus geführt hatte. Als Ruth jedoch nach unten schrie, Tante Shirley sollte den Sheriff anrufen, hielt er es für besser, alles zu erklären. Er wusste nur nicht, wo er anfangen sollte.

„Also, ich warte.“ Sie klopfte mit dem Fuß auf den Boden und verschränkte die Arme, wodurch ihre Brüste besonders gut zur Geltung kamen.

Bevor er etwas sagen konnte, kam Eldon die Treppe herauf. Brooke folgte ihm dicht auf den Fersen. „Bleib hinter mir, Brooke. Ich möchte nicht, dass dir etwas passiert.“

In der Hand hielt Eldon eine kleine Pistole mit Perlmuttgriff, sah sich auf dem Dachboden um und wandte Tucker den Rücken zu. Tucker war heilfroh, dass die Pistole nicht länger auf ihn zielte.

„Was ist denn los, Ruthie?“, fragte Eldon. „Hast du eine Maus gesehen?“

„Nein, eine Ratte“, erwiderte sie und zeigte auf Tucker. „Und die steht genau hinter dir.“

Brooke verzog das Gesicht. „Ätzend. Ich mach die Fliege.“

Neugierige versperrten ihr jedoch den Weg, wie Tucker feststellte, während Eldon mit der Pistole auf Tante Shirleys Truhe zielte. Ja, alle waren versammelt – Tante Shirley und sämtliche Gäste.

Ruth zupfte Eldon am Ärmel, damit er ihr zuhörte. „Ich habe keine tierische, sondern eine menschliche Ratte gemeint.“

„Und warum hast du das nicht gleich gesagt?“, fragte Eldon und sah auf der Suche nach einem Einbrecher an Tucker vorbei.

„Ich meine ihn!“, rief Ruth und klopfte Tucker auf den Arm. „Er ist die Ratte!“

Völlig verwirrt schob Eldon die Pistole in den Hosenbund. „Cousin Tucker? Was hat er denn getan?“

„Du liebe Güte, Ruth“, sagte auch ihre ältere Schwester, „wenn du mit einem Mann auf den Dachboden gehst, darfst du dich nun wirklich nicht beschweren, wenn er etwas versucht.“

Ruth seufzte genervt. „Er hat nichts versucht.“

„Wer hat ihn besucht?“, fragte Boris von der Treppe her.

„Du musst dein Hörgerät richtig einstellen“, rief Tante Shirley.

Ruth war mittlerweile ziemlich rot angelaufen. Tucker wusste nicht, ob das von der Kälte hier oben oder von ihrem Zorn herrührte. Ihm gefiel jedenfalls, wie Vivian die Lage hier oben einschätzte, und er überlegte, ob Ruth vielleicht später bereit war, noch mal mit ihm auf den Dachboden zu gehen. Der Schlafzimmerblick war jedoch aus ihren Augen verschwunden und eindeutig durch Zorn ersetzt worden. Vielleicht war jetzt doch nicht der richtige Zeitpunkt, um ein solches Treffen vorzuschlagen.

„Ich bin nicht mit ihm auf den Dachboden gegangen, sondern habe ihn hier gefunden“, erklärte sie und deutete anklagend auf ihn. „Der Mann ist ein Betrüger. Er ist bei uns aufgetaucht und hat so getan, als würde er zur Familie gehören. Dabei will er uns nur ausrauben.“

„Familie? Was denn für eine Familie?“, fragte Tucker, trat auf Ruth zu und bückte sich unter dem Balken. Als Eldon nach der Pistole tastete, hielt Tucker es für besser, endlich zu reden – und zwar ganz schnell. „Ich kann das alles erklären.“

„Großartig“, erwiderte Ruth. „Dann fang damit an, wie du in die Babcock-Familie passt.“

„Ich kenne keine Babcocks“, beteuerte er. „Ich bin nur hergekommen, um Ruhe und Frieden zu finden.“

„Ha!“, schrie Ruth und wandte sich an die anderen. „Habe ich euch nicht gleich gesagt, dass er kein Cousin ist?“

„Du hast recht“, meinte Vivian. „Würde er unsere Familie kennen, hätte er hier bestimmt weder Ruhe noch Frieden gesucht.“

Tucker strich sich durchs Haar und setzte sich auf die alte Truhe. „Ihr alle seid miteinander verwandt?“, fragte er und erhielt von sämtlichen Seiten Kopfnicken als Bestätigung. „Und was macht ihr dann in einer Pension?“

Jetzt wirkte Ruth völlig verwirrt. „Dieses Haus ist seit ungefähr acht Jahren keine Pension mehr.“

„Aber die Newlands haben es doch vor zehn Jahren an jemanden verkauft, der eine Pension …"

„Richtig", bestätigte Ruth, „aber der Besitzer hat Pleite gemacht, und Tante Shirley hat das Haus dann gekauft. Seither treffen wir alle uns hier zu Weihnachten."

„Dann bist du tatsächlich kein Cousin von uns?", fragte Vivian und wirkte auf einmal höchst interessiert.

Tucker schüttelte den Kopf. „Ich habe gar keine Familie."

„Du verbringst Weihnachten ganz allein?", erkundigte sich Ruth, blieb bei der vertraulichen Anrede und vergaß für einen Moment ihre Sorge, ob er vielleicht ein Dieb war. Sie dachte nur noch daran, dass er über die Feiertage einsam war.

„Das wollte ich." Tucker stand wieder von der Truhe auf. „Tut mir aufrichtig leid, dass ich in euer Familientreffen geplatzt bin. Ich hole meine Sachen und verschwinde wieder."

„Wohin willst du denn?", rief Tante Shirley von der Treppe. „Die Hotels in der Gegend sind bestimmt voll."

„Ja, Ma'am. Ich fahre einfach wieder nach Hause."

„Und mit wem feierst du Weihnachten?", fragte Ruth.

Tucker zuckte mit den Schultern. „Ich könnte im Büro arbeiten. Man schafft erstaunlich viel, wenn man dort allein ist und nicht gestört wird."

„Du wirst Weihnachten aber nicht allein sein", entschied Tante Shirley. „Du bleibst bei uns und feierst mit uns!"

„Das ist wirklich sehr freundlich, Ma'am, aber ich gehöre nicht hierher."

„Das stimmt", bekräftigte Ruth. „Übrigens hast du noch nicht erklärt, wieso du auf Tante Shirleys Dachboden herumgeschnüffelt hast."

„Es ist lausig kalt hier oben", wandte er ein. „Wenn wir nach unten gehen, beantworte ich gern alle Fragen."

Während die anderen schon die Treppe hinunterstiegen, wandte

Ruth sich an Eldon. „Du solltest ihn durchsuchen, bevor er den Dachboden verlässt. Wer weiß, was er schon eingesteckt hat, bevor ich ihn ertappt habe."

Tucker nahm es ihr nicht übel, weil er an ihrer Stelle auch misstrauisch geworden wäre, hätte ein Fremder in seinem Haus und in seinen Sachen herumgewühlt.

Eldon schüttelte jedoch entschieden den Kopf. „Ich denke gar nicht daran, Cousin Tucker zu durchsuchen!"

Im Wohnzimmer waren zehn Augenpaare auf Tucker gerichtet. Er war soeben darüber aufgeklärt worden, dass man ihn für einen lange verschollenen Cousin gehalten hatte, und nun warteten die Leute auf eine Erklärung.

Tucker fand alle nett. Er hätte sich vermutlich nicht so verständnisvoll verhalten, hätte sich jemand in sein Haus eingeschlichen. Wahrscheinlich hätte er ihn gepackt und hochkantig hinausgeworfen.

Nachdenklich zog er einen Lamettafaden vom Baum und spielte damit. „Mit zehn Jahren war ich das erste Mal auf Willow Glen Plantation", berichtete er und erklärte, dass er die Newlands als seine Familie und dieses große alte Haus als sein Zuhause betrachtet hatte. Und er fügte hinzu, dass er durch die Rückkehr schönen alten Erinnerungen nachgehen wollte.

Ruth war noch immer misstrauisch. „Was ist mit dem Dachboden?", fragte sie.

„Dazu komme ich gleich." Tucker wickelte den Lamettafaden um den Finger. „Chris Newland war mein bester Freund. Für mich war er wie ein Bruder. Als wir elf wurden, schlossen wir sogar offiziell Blutsbrüderschaft. Wir unterschrieben einen Pakt, steckten ihn in einen Umschlag und besiegelten ihn mit unserem Blut." Jetzt wandte er sich direkt an Ruth. „Nach diesem Umschlag habe ich auf dem Dachboden gesucht. Wir haben den Vertrag unter einem lockeren Bodenbrett versteckt."

Für einen Moment empfand Ruth tiefes Mitgefühl für ihn, weil er so aufrichtig gerührt wirkte, doch dann dachte sie daran, wie raffiniert manche Betrüger waren.

„Und wieso kommst du nach so vielen Jahren schließlich her, um diesen Vertrag zu suchen?“, fragte sie streng.

„Nun lass doch den Jungen endlich in Ruhe“, verlangte Tante Shirley. „Siehst du denn nicht, wie mitgenommen er ist?“

„Ist schon in Ordnung“, sagte Tucker zu Tante Shirley, sah jedoch Ruth an. „An ihrer Stelle würde ich die gleichen Fragen stellen. Ich bin allerdings nicht wegen dieses Briefes hergekommen, sondern weil ich Ruhe und Frieden suchte, wie ich schon sagte.“ Seufzend fügte er hinzu: „Chris und seine Eltern kamen letztes Weihnachten bei einem Verkehrsunfall ums Leben. Dieses alte Haus hat zahlreiche Erinnerungen in mir geweckt, unter anderem auch die an den Pakt zwischen Chris und mir.“

Tante Shirley stand energisch auf, um zu zeigen, dass die Befragung beendet war. „Wenn du hergekommen bist, um Ruhe und Frieden zu finden, mein Lieber, bekommst du das auch. Geh wieder in dein Zimmer, und ich verlange von allen, dass sie dich nicht stören. Wenn du zum Essen nicht herunterkommen willst, sagst du mir einfach Bescheid, und ich lasse dir etwas hinaufbringen.“

„Tante Shirley!“ Ruth traute ihren Ohren nicht. „Du kannst doch keinen Fremden in unserem Haus wohnen lassen! Du weißt nicht einmal, ob er die Wahrheit gesagt hat. Womöglich hat er ein langes Vorstrafenregister oder ist geisteskrank.“ Erst im Nachhinein wurde ihr bewusst, wie das für Tucker klingen musste. „Tut mir leid, aber wir sind gebrannte Kinder.“

Oren lachte und entspannte damit die Situation. „Also, wenn er freiwillig in diesem Haus bleibt, ist er wirklich krank im Kopf.“

Tucker lächelte, weil ihn der Umgangston dieser Leute an die schönen Zeiten mit den Newlands erinnerte.

„Ich kann ihn nicht in die Stadt zurückschicken, wo er die Feiertage über doch nur arbeiten würde“, erklärte Tante Shirley. „Zu Weihnachten darf niemand allein sein, und da wir genug Platz haben, kann er bei uns bleiben.“

„Ja, Ruth“, meinte auch Vivian, „sei keine Spielverderberin.“

Ruth warf ihrer Schwester einen vernichtenden Blick zu. Tucker achtete nicht darauf. Tante Shirleys Angebot klang zwar verlockend, doch er konnte es nicht annehmen. Es wäre einfach nicht richtig gewesen.

Andererseits lockte es ihn gar nicht, während der Feiertage zu arbeiten, und in seiner Wohnung würde er sich ohnedies nur elend fühlen. Gut, das tat er überall, aber hier befand er sich wenigstens in einer anderen Umgebung, und zu dieser Umgebung gehörte auch die attraktive junge Frau, die ihn noch immer musterte, als wollte er das Tafelsilber klauen.

Zugegeben, er wollte etwas von ihr, aber mit dem Tafelsilber hatte das nichts zu tun.

„Ich bestehe darauf, dass du bleibst“, verlangte Tante Shirley.

„Dann bestehe aber ich darauf, den normalen Preis für ein Hotelzimmer und auch für das Essen zu bezahlen.“

Tucker konnte sich nicht erklären, wieso er nun doch zugestimmt hatte. Vermutlich hing das mit Ruth zusammen. Es ging nicht darum, was sie sagte oder tat, sondern um ihre Ausstrahlung. Obwohl sie beide aus unterschiedlichen Welten stammten, spürte er doch eine starke Anziehung zwischen ihnen, eine seelische Verbindung, die seine und ihre Gefühle in Aufruhr brachte. Bei ihm ging dieser Aufruhr sogar so weit, dass er ihn wie ein Strudel zu verschlucken drohte, und Tucker schon fürchtete, sich nicht mehr befreien zu können. Trotzdem erschien ihm das weniger gefährlich als die Leere ohne Ruth.

„Über Geld reden wir am Abreisetag“, meinte Tante Shirley lächelnd und fügte noch, kaum hörbar, etwas über einen Platz hinzu, den Fremde in Bethlehem gefunden hatten. Offenbar freute sie sich sehr, ihn im Haus zu haben.

Ganz im Gegensatz zu Ruth, wie Tucker nicht verborgen blieb.

Ruth holte einen Stapel Teller aus dem Schrank und verteilte sie auf dem Tisch. Danach wollte sie sich um die Gläser kümmern, sah jedoch durch das Fenster über der Spüle, wie Tucker in Jeans und Lederjacke sein zweisitziges Sportcoupé in das zur Garage umgebaute ehemalige Kutschenhaus fuhr. Typisch! Der Kerl wollte nicht, dass ihm jemand das Auto klaute, während er ihre Tante bestahl.

Ruth lehnte sich an die Spüle und sah zu, wie er das Kutschenhaus wieder verließ, stehen blieb und sich umblickte. Tucker war ein unbeschreiblich gut aussehender Mann. So viel stand fest.

Vivian trat neben sie und stieß sie an. „Ein echt scharfer Typ, was?“

Ruth ärgerte sich darüber, dass ihre Schwester ihr Interesse völlig falsch auslegte. „Ich traue ihm nicht über den Weg.“

„Vergiss es“, meinte Vivian. „Übrigens, Tante Shirley möchte, dass auch für ihn gedeckt wird. Sie hat Cousin Tucker überredet, sich uns zum Abendessen anzuschließen.“

„Er ist nicht unser Cousin“, stieß Ruth hervor.

„Na und?“

Es hatte keinen Sinn, mit diesen Leuten zu reden. Sobald sich ihre starrsinnigen Angehörigen etwas in den Kopf gesetzt hatten, waren sie nicht mehr davon abzubringen. Eine knappe Stunde lang hatten sie Tucker für ihren Cousin gehalten, und darum blieb er das für ewige Zeiten.

Ruth holte also noch einen Teller, und Vivian half ihr, die Gläser ins Esszimmer zu bringen.

Bei der Mahlzeit ging es im Gegensatz zur gediegenen und eleganten Atmosphäre des Speisezimmers locker und laut wie in einem Zirkus zu. Tante Shirley musste sogar mit dem Löffel gegen ihr Teeglas klopfen, damit Stille für das Tischgebet eintrat.

Hinterher machte Brooke sich die Mühe, Tucker die einzelnen Familienmitglieder genauer vorzustellen, und fing mit Ada May an. „Hast du übrigens gewusst, dass Tante Ada ganz eifrig anschafft?“, fragte sie beiläufig.

Tucker blickte zu der reizenden weißhaarigen Frau, die er auf achtzig schätzte. Sie war beim Baumschmücken tödlich verlegen geworden, als Ruth von einer ehemaligen Schülerin erzählte, sie wäre schwanger. Ada May hatte darauf bestanden, von „anderen Umständen“ zu sprechen.

Jetzt war vom Anschaffen die Rede, doch Ada nickte bloß freudig dazu.

Tucker starrte Brooke ungläubig an. „Du meinst, sie hat es früher gemacht?“

„Nein, nein, sie schafft noch immer an“, versicherte Brooke. „Nicht wahr, Tante Ada?“

Ada May nickte erneut, dass ihr Doppelkinn wackelte. „Ich wollte auch Oren dazu bringen, aber das ist nichts für ihn. Er meint, für das wenige Geld, das es einbringt, lohnt sich die Mühe nicht.“

Tucker konnte es einfach nicht glauben. „Du hast tatsächlich … Kunden? Und Oren stört das nicht?“

„Sie stehen bei mir sogar Schlange“, versicherte Ada. „Oren hat selbstverständlich nichts dagegen“, fuhr sie fort und warf ihrem Mann einen liebevollen Blick zu. „Er sieht mir sogar gern bei der Arbeit zu. Das entspannt ihn, wie er selbst sagt.“

„Das kann doch nicht wahr sein!“

„Oh doch, Cousin Tucker, ich belüge dich nicht. Wenn du willst, zeige ich dir heute Abend im Wohnzimmer die Technik, die ich mir im Lauf der Jahre angeeignet habe. Von dir nehme ich nicht einmal Geld wie von anderen.“

„Das … also, das ist sehr großzügig“, murmelte Tucker.

Ruth lächelte ihm zu und tätschelte die Hand der neben ihr sitzenden Tante. „Falls du keine Zeit für eine Unterrichtsstunde hast“, sagte sie zu ihm, „könntest du dir einen der Teppiche ansehen, mit denen Tante Ada Geld *anschafft*.“

Brooke kicherte, als die Katze endlich aus dem Sack war. Ruth hatte sich offenbar bewusst vorsichtig ausgedrückt, damit ihre alte Tante nicht merkte, dass sie auf einen bösen Scherz hereingefallen war. Vermutlich wäre sie vor Verlegenheit tot umgefallen.

Tucker wechselte rasch das Thema, damit Ada nicht doch noch dahinterkam, was die anderen dermaßen amüsierte. „Also“, sagte er zu dem Mädchen neben sich, „ich habe früher einmal einer Motorradbande angehört.“

„Wirklich?“, fragte Brooke zweifelnd.

„Ja. Mit acht Jahren habe ich mich einer Gruppe von Jungs angeschlossen, die sich Motorräder wünschten. Wir haben uns sogar abwaschbare Tätowierungen gemacht.“

Brooke verdrehte zwar die Augen, aber Ruth lächelte Tucker dankbar zu.

Er mochte ihr Lächeln, das offenbar typisch für die Familie Babcock war, weil er es bei etlichen am Tisch auch schon gesehen hatte. Ruth lächelte jedoch anders. Ihre Schwester strahlte mehr, doch bei Ruth war es eher ein Leuchten, das von innen kam.

Trotz ihrer verständlichen Zurückhaltung ihm gegenüber wollte Tucker sie näher kennenlernen und auch diese wunderschönen Babcock-Lippen erforschen, bis sie endlich unbekümmert und zufrieden lächelten.

Ruth wandte den Blick von ihm ab und widmete sich dem Kartoffelpüree. Tucker sah gebannt zu, wie sie die Gabel an diesen herrlichen Mund führte und die vollen Lippen öffnete.

„Wann hast du eigentlich das letzte Mal so ein richtiges Essen wie dieses gehabt?“, fragte Oren.

Widerstrebend riss Tucker den Blick von der reizvollen Frau los, die ihn mit einem Bann belegt hatte, und betrachtete seinen Teller. Kartoffelpüree, grüne Bohnen, Maispudding, das für die Südstaaten typische Bohnen-Mais-Püree, frisch gebackene und noch warme Brötchen und Hackbraten mit Zwiebelsoße. Das letzte Mal hatte er solche Hausmannskost genau hier gegessen, damals bei den Newlands.

„Ach, das ist schon elf oder zwölf Jahre her“, erwiderte er.

„Armer Schatz.“ Tante Shirley reichte ihm die Schüssel mit den Kartoffeln. „Greif zu, mein Bester. Es ist genug da, und als Nachtisch gibt es Kürbiskuchen.“

So ging das bis zum Ende der Mahlzeit weiter. Jeder drängte ihn, noch mehr zu essen. Hinterher wollte er wie damals bei den Newlands sein Geschirr in die Küche tragen, blieb jedoch an der Tür stehen. Die allgemeine Vertraulichkeit im Umgang mit ihm hatte ihn mutig gemacht, die Gelegenheit zu nutzen.

Ruth merkte zu spät, dass er nicht weiterging, und stieß gegen ihn. „Was ist denn?“, fragte sie und versuchte, an ihm vorbei in die Küche zu blicken.

Tucker drehte sich um, blockierte den Durchgang und zeigte lächelnd auf den grünen Zweig über ihren Köpfen. Ruth saß in der Falle. Sie warf ihrer kichernden Cousine einen wütenden Blick zu, doch es war schon zu spät. Die anderen hatten gemerkt, worum es ging, und jubelten.

Tucker lächelte aufmunternd. „Der erste Kuss zu Weihnachten bringt Glück“, behauptete er.

„Tatsächlich? Davon habe ich noch nie etwas gehört.“

„Ich auch nicht“, räumte er ein. „Das habe ich soeben erfunden.“

Die Verwandten scharten sich im Halbkreis um sie beide, um sich nichts entgehen zu lassen. Tucker reizte es zwar, Ruth zu küssen, er wäre dabei jedoch lieber mit ihr allein gewesen.

„Nun macht schon!“, drängte Tante Shirley. „Wenn wir alten Leute noch lange herumstehen, platzt bestimmt bei einem von uns eine Krampfader.“

Tucker sah Ruth fragend an.

Sie seufzte resigniert. „Bringen wir es hinter uns, sonst geben sie doch keine Ruhe.“

Daraufhin nahm er ihr den Teller aus der Hand und stellte ihn zusammen mit seinem auf die Anrichte. Dann breitete er die Arme aus, konnte sich jedoch nicht entscheiden, ob er Ruth an sich ziehen oder ihr nur ein Küsschen auf die Wange drücken sollte. Als sie jedoch auf ihn zutrat und die Lippen leicht spitzte, vergaß er auf der Stelle das Wangenküsschen.

Sie hob die Arme nicht, um zu zeigen, dass sie den Kuss nicht sonderlich wichtig fand. Tucker legte ihr die Hände auf die Schultern und fühlte unter dem dicken Pullover schlanke und feste Arme.

Obwohl jeder von ihnen den Kopf leicht schräg legte, stießen sie mit den Nasen zusammen. Ruth blickte verlegen zur Seite, und in diesem Moment küsste er sie auf den Mund.

Es fühlte sich traumhaft an. Ihre Lippen waren warm und weich, und für eine Sekunde schloss sie die Augen. Beinahe hätte Tucker die Zuschauer vergessen.

Ruth öffnete die Augen wieder, und ihr Blick verriet ihm, dass ihr der Kuss ebenfalls gefallen hatte.

Der erste Kuss zu Weihnachten unter dem Mistelzweig. Tucker war davon überzeugt, dass er Glück bringen würde. Jedenfalls dankte er seinem Glücksstern und dem grünen Zweig, der über ihren Köpfen hing.

„Hoppla, mein Fehler“, räumte er ohne die geringste Spur von Reue ein. „Das ist gar kein Mistelzweig, sondern eine Stechpalme.“

3. Kapitel

Auch zwei Tage später hatte Ruth noch nicht die geringste Ahnung, wieso sie sich bei Tucker auf diesen albernen Weihnachtskuss eingelassen hatte.

Zuerst redete sie sich ein, sie hätte das nur getan, weil ihre hartnäckigen Verwandten sonst keine Ruhe gegeben hätten. Doch dann, allein im Bett, hatte sie sich eingestanden, dass sie Tucker eigentlich hatte küssen wollen.

Leider war dadurch aber keineswegs die Neugierde gestillt, wie sie das unerklärliche Sehnen nannte, das sie seit „Cousin" Tuckers Ankunft nicht mehr losließ. Im Gegenteil, jetzt sehnte sie sich nach weiteren Kostproben. Das war ähnlich wie mit den Appetithäppchen, die in Läden angeboten werden, noch dazu meistens um die Mittagszeit, sodass die Kunden gar nicht genug von den Leckereien bekommen.

Und lecker war Tucker. Für einen so toll aussehenden Mann küsste er sogar erstaunlich gut, noch dazu wenn man bedachte, dass er sich wegen der Zuschauer zurückgehalten hatte. Trotz ihrer nicht so zahlreichen Erfahrungen hatte Ruth herausgefunden, dass durchschnittlich aussehende Männer meistens besser küssen als die umwerfenden, weil sie sich zum Ausgleich besonders anstrengen.

Eine Gänsehaut lief ihr über den Rücken. Vielleicht versuchte Tucker mit seinen Küssen, sie in die Falle zu locken. Falls er doch ein Betrüger war, ließ er bestimmt keine Gelegenheit verstreichen, um sein nächstes Opfer in seinen Bann zu ziehen.

Sie stand vom Sofa auf und warf das letzte Holzscheit ins Feuer.

Schon in den letzten Wochen war es sehr kühl gewesen, doch in dieser Nacht war es bitterkalt, und es hatte geschneit.

„Vergiss nicht, Holz ins Haus zu bringen", sagte Tante Shirley zu Boris. „Heute Nacht soll es noch kälter werden als gestern."

Wie durch einen glücklichen Zufall – oder vielleicht war es doch raffiniert berechnet – ging Tucker soeben am Wohnzimmer vorbei und hörte die Bitte ihrer Tante.

„Ich wollte gerade etwas frische Luft schnappen", erklärte er. „Bei der Gelegenheit bringe ich Holz mit."

Boris war sichtlich erleichtert und zeigte dem Gast das volle künstliche Gebiss.

„Ich mache mir heiße Schokolade. Möchte noch jemand eine?", fragte Ruth.

„Gern", sagte Tucker sofort. „Ich beeile mich mit dem Holz." Er zog die Lederjacke und Handschuhe an, schenkte ihr ein hinreißendes Lächeln und ging ins Freie. Prompt bekam sie Herzklopfen.

Sie füllte zwei Tassen mit Milch, fügte Kakaopulver aus der Speisekammer hinzu und stellte die Tassen in die Mikrowelle. Dabei überlegte sie, was Tucker schon alles für ihre Verwandten getan hatte.

Mit Brooke hatte er sich für Videospiele Zeit genommen und dabei gewonnen, was ihre Cousine sehr beeindruckte. Dann hatte er sich, ganz der gute Kumpel, mit dem Motor von Eldons Geländewagen beschäftigt. Rosemary war begeistert, weil er die Dusche putzte, nachdem er sie benützt hatte.

Unter Tante Adas sorgfältiger Anleitung hatte er sich im Teppichknüpfen versucht. Weil Onkel Orens Stock auf dem glatten Holzfußboden rutschte, hatte Tucker so lange in Tante Shirleys Werkzeugkiste gesucht, bis er eine neue Gummispitze fand. Dewey, der stets gern lachte, hatte Tucker eine Stunde lang Witze erzählt.

Ruth holte die Tassen aus der Mikrowelle und rührte den Kakao um. Tucker hatte an der hinteren Veranda eine lockere Stufe befestigt und Tante Shirley versprochen, sich um eine Ecke des Wohnzimmerteppichs zu kümmern, die sich immer wieder aufrollte. Damit hatte er sich einen unauslöschlichen Platz im Herzen ihrer exzentrischen Tante erobert. Und ihre Schwester Vivian hatte er mit Komplimenten überschüttet, womit er unweigerlich ihr Herz gewonnen hatte.

Nur Ruth selbst bildete noch immer eine Ausnahme. Der Kuss zählte ihrer Meinung nach nicht, obwohl er doch eine sehr starke Nachwirkung hatte.

Sie hatte soeben den Kakao auf den Tisch gestellt, als der Märchenprinz auf der hinteren Veranda den Schnee von den Schuhen stampfte. Ruth lief zur Tür und hielt sie ihm auf, damit er seine Last ins Wohnzimmer tragen konnte.

Hastig schloss sie die Tür gegen den kalten Winterwind und setzte sich an den Küchentisch.

Tucker zog die Handschuhe aus und warf sie auf den Tisch. Die Jacke hängte er über die Rückenlehne des Stuhls. Ruth wartete geduldig, bis er saß.

Über den Rand der Tasse hinweg sah er sie lächelnd an. „Wieso kommt es mir so vor, als würde ich gleich zum Direktor geschickt werden?“, fragte er.

„Möchtest du lieber wieder nach oben gehen?“, entgegnete sie und griff nach ihrer Tasse.

„Auf keinen Fall.“ Er schwieg eine Weile, dann fragte er offen: „Wäre es dir vielleicht lieber, wenn ich abreise?“

Hatte er eine Ahnung, dass ihre Familie sie mehr oder weniger verstoßen würde, falls sie ihn wegschickte? Sollte sie ihn wirklich aus dem Haus weisen, würden ihre Angehörigen versuchen, das auszugleichen, und dabei womöglich die größten Fehler begehen. Vermutlich würde ihn keiner ins Testament aufnehmen, aber es war durchaus denkbar, dass er zu allen Hochzeiten und sämtlichen hohen Feiertagen eingeladen wurde.

„Nein, natürlich nicht“, antwortete sie, stand auf und holte eine Tüte mit Marshmallows, die Tante Shirley für die süßen Kartoffeln am Weihnachtsabend besorgt hatte. Falls ihre Tante darüber schimpfte, brauchte sie nur zu sagen, Tucker hätte sie zum Kakao bekommen. Dann wäre alles vergeben und vergessen.

Tucker nahm dankend ein Marshmallow und lächelte sie an, sodass ihr Herz schneller schlug. „Eines reicht“, meinte er. „Ich möchte nicht, dass mich Tante Shirley in den Holzverschlag schickt, weil ich die Marshmallows für den Weihnachtsabend geklaut habe.“

Ruth verbot sich die Vorstellung, ihn in den Holzschuppen zu begleiten. Stattdessen konzentrierte sie sich auf seinen lockeren und unkomplizierten Umgang mit ihren Verwandten. „Du und Tante Shirley, ihr kommt sehr gut miteinander aus.“

Er lächelte, als hätte er die alte Dame tatsächlich ins Herz geschlossen. „Es ist schwer, Tante Shirley nicht zu mögen“, entgegnete er und runzelte die Stirn. „Hier stürmen überall Erinnerungen auf mich ein. Sogar deine Angehörigen erinnern mich an die Menschen, die früher in diesem Haus gelebt haben.“

„Du sprichst über die Newlands, als wärst du mit ihnen verwandt gewesen“, warf sie ein.

„Sie waren altmodisch und gehörten noch nicht zur heutigen Wegwerfgesellschaft“, berichtete er verhalten und tauchte sein Marshmallow in den Kakao. „Uns Kindern hat das gefallen. War etwas kaputt, hat Mr. Newland es repariert. Das Gleiche galt auch für Menschen“, fügte er mit einem betrübten Lächeln hinzu. „Sie waren nicht der Meinung, ich würde auf den Müll gehören.“

Das rührte Ruth so sehr, dass sie die Befragung abbrechen wollte. In ihrem Beruf als Lehrerin musste sie häufig Schüler trösten. Die Gründe reichten von schlechten Noten bis hin zur Scheidung der Eltern. Sie achtete nicht einmal auf die Warnungen der Schulverwaltung, körperlichen Kontakt mit den Kindern zu vermeiden, und nahm Schüler in den Arm, wenn sie es nötig hatten.

Die Kinder dankten es ihr, indem sie sich mehr bemühten und sich auch besser benahmen. Ihre Kollegen dachten, sie hätte den Spitznamen Miss Marshmallow bekommen, weil sie so weich war und auf alles hereinfiel. Ein Schüler hatte ihr jedoch anvertraut, der eigentliche Grund wäre, weil sie so süß und zart wie ein Marshmallow war.

Am liebsten hätte sie Tucker jetzt in die Arme genommen, bis der Schmerz verging, doch in seinem Fall hätten ihre Lehrerkollegen vermutlich recht gehabt. Bei ihm wäre sie hereingefallen. Trotzdem drückte sie seine Hand.

Er sah sie an und erwiderte den Druck. „Schon gut, du brauchst dir um mich keine Gedanken zu machen."

Sie tat es trotzdem. Sie hätte sich sogar um einen verwundeten Löwen Sorgen gemacht, der hinter ihr her war. Der Mann, der ihr gegenübersaß, erinnerte sie stark an ein verwundetes Raubtier.

Es klingelte an der Haustür, und kurz darauf tauchte Brooke in der Küchentür auf. „Besuch für dich, Ruth."

Tucker konnte den Blick nicht von Ruths Gesicht abwenden. In diesem Augenblick, da sie sehr erstaunt und verwirrt wirkte, war sie einfach hinreißend schön.

Neugierig folgten er und Brooke ihr in die Diele, in der ein junges Paar mit einem Jungen von ungefähr zehn oder elf und einem kleinen, etwa halb so alten Mädchen stand. Das Mädchen war blond wie die Eltern und hatte helle Haut. Der Junge erinnerte Tucker mit dem dunklen Haar und der ziemlich dunklen Haut daran, wie er selbst als Kind ausgesehen hatte.

„Nicky!", rief Ruth und umarmte den Jungen, der nach kurzem Zögern die Umarmung erwiderte. Danach lächelte sie dem Mädchen herzlich zu.

„Ms. Marsh, es tut uns schrecklich leid, dass wir Sie und Ihren Mann während der Weihnachtsferien stören", sagte die Frau und nickte Tucker zu.

Brooke kicherte leise. Tucker räusperte sich und rückte ein Stück von Ruth ab. „Ich bin nur ein Freund der Familie."

Ruth warf ihm einen Blick zu, als wäre sie noch immer nicht davon überzeugt, dass das stimmte. „Sie stören ganz bestimmt nicht", versicherte sie der Frau. „Das sind Tucker Maddock und meine Cousine Brooke Gates. Das sind Nicky Bartucci, ein ehemaliger Schüler von mir, und seine Eltern."

„Charles und Natalie Johnson", fügte die Frau hinzu und legte ihrer blonden Tochter die Hände auf die Schultern. „Und dies ist Nickys Schwester Angela."

Die unterschiedlichen Familiennamen erklärten das dunkle Aussehen des Jungen. Der viel zu ernst wirkende Junge erregte Tuckers Aufmerksamkeit. Darum blieb er und wartete auf die Erklärung, wieso diese Leute hergekommen waren. Und er war froh, dass die anderen Babcocks beschäftigt waren. Tante Shirley hätte die Leute mit tausend Fragen überschüttet.

„Wir haben soeben erst erfahren, dass Charles ein wunderbares Stellenangebot hat", erklärte Natalie eine Spur zu fröhlich. „Das einzige Problem ist, dass es nicht in diesem Staat ist."

Ruth strich sich das Haar über die Schultern zurück. Auch sie merkte, dass mehr hinter der Sache steckte, als Mrs. Johnson aussprach. „Brooke, könntest du mit den Kindern ins Wohnzimmer gehen und ihnen den Weihnachtsbaum zeigen?", bat sie.

Sobald die Kinder es nicht mehr hören konnten, erklärte Charles die Lage. „Ich bin arbeitslos geworden. Die Stelle in der Fabrik in Kentucky wäre unsere Rettung."

„Wollen wir uns nicht in die Küche setzen?", bot Tucker an. „Dort sind wir ungestört."

Es war Ruth peinlich, dass sie nicht selbst daran gedacht hatte. „Wir haben gerade Kakao getrunken. Möchten Sie auch welchen?"

„Danke, aber wir müssen gleich weiter." Natalie hakte ihren

Mann unter. „Ich weiß, dass wir Sie damit überfallen … Könnten Sie vielleicht einige Tage auf die Kinder aufpassen?"

Charles drückte die Hand seiner Frau. „Nur lange genug, damit ich mich vorstellen und Natalie sich nach einer Wohnung umsehen kann."

„Wir haben schon alle unsere Freunde gefragt", fügte Natalie hinzu, „aber entweder sind sie auch arbeitslos geworden und suchen verzweifelt nach einer neuen Stelle, oder sie haben Mühe, ihre jetzige zu behalten. Dann hat Nicky seine Lieblingslehrerin erwähnt, und wir dachten, dass Sie in den Ferien zu Hause sein könnten."

Ruth holte tief Atem. Ihr Plan, ein unvergessliches Familienweihnachtsfest zu feiern, löste sich allmählich in nichts auf. Zuerst war Tucker aufgetaucht, und nun schneiten ihr diese beiden Kinder ins Haus, die bestimmt spürten, wie unsicher und nervös ihre Eltern waren. Doch natürlich würde sie nicht ablehnen. Sie musste eben umdisponieren und noch mehr Personen für die Feier mit einplanen.

„Natürlich können Nicky und Angela bei uns bleiben", versicherte sie.

Die Eltern der Kinder waren grenzenlos erleichtert. Natalie umarmte Ruth, und während sie sich im Wohnzimmer von den Kindern verabschiedete, holte Charles die Sachen der beiden herein. Tucker nahm ihm die Einkaufstüten mit der Bekleidung der Kinder ab und stellte sie an die Treppe.

„Wir kommen noch vor dem Heiligen Abend zurück", versprach Natalie.

Sobald die Eltern fort waren, warf Tucker einen nachdenklichen Blick auf den Jungen, der ihn auch jetzt unglaublich an seine Kindheit erinnerte. Dabei war die Ähnlichkeit gar nicht so groß, abgesehen von dem dunklen Haar und dem dunklen Teint. Es lag an dem Ausdruck in den Augen des Jungen, dass es Tucker so vorkam, als würde er sich selbst sehen.

Nicky erwiderte prüfend den Blick.

„Nick, Schatz, trägst du zusammen mit Mr. Maddock eure Sachen in euer Zimmer hinauf?", bat Ruth.

„Ich heiße Tucker", sagte er und reichte dem Jungen die Hand.

„Sag ihnen, wer ich bin", bat seine kleine Schwester, die hinter dem Jungen stand.

Nicky wich zur Seite und zog sie neben sich. „Das ist meine Schwester Angie. Sie ist fünf."

Angie schob den Daumen in den Mund. „Fast sechs."

„So alt?" Tucker beugte sich zu ihr herunter. „Bist du auch schon verheiratet?"

Angie kicherte verschämt und eroberte damit sein Herz.

Ruth lächelte und gestand sich ein, dass er mit Kindern gut umgehen konnte. Unvermittelt stellte sie sich vor, wie es wäre, eigene Kinder zu haben, und sie hoffte, dass der Vater dieser Kinder dann so gut mit ihnen umgehen konnte wie Tucker.

Er richtete sich wieder auf und bezauberte Angie restlos mit seinem Lächeln. Die Kleine verfiel ihm sofort mit Haut und Haaren und klammerte sich an seinem Bein fest. Tucker strich ihr behutsam übers Haar.

Einen Moment lang wünschte sich Ruth, er würde das mit ihr machen.

„Wie alt bist du?", fragte Angie und legte den Kopf in den Nacken, um zu ihm hochzublicken.

Er zwinkerte Ruth zu. „Einunddreißig."

„Und wie alt ist sie?", fragte die Kleine und zeigte auf Ruth.

Um dem Mädchen eine Freude zu bereiten, tat Tucker, als müsste er ganz angestrengt nachdenken. Er legte den Kopf schief und rieb sich das Kinn.

Ruth wusste, dass die meisten Leute sie älter als fünfundzwanzig schätzten. Sie war neugierig, was Tucker gleich sagen würde, obwohl das natürlich nicht weiter wichtig war.

„Alt genug, um deine Lehrerin zu sein“, entschied er letztlich.

Damit war Angies Neugierde gestillt, und Ruth lächelte ihm anerkennend zu.

„Wohin fahren sie denn?“, fragte Angie, als sie ihre Eltern ins Auto steigen sah.

Tucker übernahm die Antwort. „Dein Daddy sucht sich eine neue Arbeit, und darum bleibst du mit deinem Bruder in unserem Haus. Sie kommen aber noch vor dem Weihnachtsabend wieder.“

Ruth fiel sofort auf, dass er Willow Glen Plantation auch als sein Haus bezeichnete, als würde er ständig hier wohnen. Noch vor einer Stunde hätte sie sich daran gestört und gedacht, dass er ein Außenseiter war, der sich schon viel zu sehr mit ihrer Familie angefreundet hatte. Jetzt klang es eher beruhigend, als wäre er für alle da, wenn sie ihn brauchten.

Tante Shirley kam in die Diele und riss Ruth aus ihren Überlegungen. „Das hätte ich fast vergessen“, sagte sie zu Tucker. „Hoffentlich hast du morgen Abend etwas anzuziehen für die Weihnachtsfeier bei den Foutches.“ Zu Ruth gewandt, fügte sie hinzu: „Tina hat vorhin angerufen und mich daran erinnert, dass es um acht Uhr losgeht. Ich habe ihr gesagt, du bringst Cousin Tucker mit.“

Der neue „Cousin“, warf Ruth einen Blick zu, der deutlich zeigte, dass ihm diese unerwartete Einladung ähnlich unangenehm war wie ihr.

Ruth war überrascht, als Tucker sich den ganzen Vormittag über mit den Kindern beschäftigte und mit ihnen spielte. Er erklärte es damit, dass er sie ablenken wollte, damit sie ihre Eltern nicht vermissten.

Sie war jetzt überzeugt, dass er ein anständiger Mann war. Vielleicht lag es daran, wie er die Kinder betrachtet hatte, als er von der schwierigen Lage der Familie hörte. Vielleicht hatte es auch mit der behutsamen Autorität zu tun, mit der er die beiden behandelte. Er war jedenfalls ein Mann, dem man vertrauen konnte.

Seit Nickys und Angies Ankunft hatte sich etwas geändert. Tucker konnte nicht verbergen, dass er sich um zwei Kinder sorgte, die er vorher nicht gekannt hatte. Genauso wenig aber konnte er auch verbergen, dass er stumm litt. Ruth, die sich um alle Menschen in ihrer Umgebung kümmerte, hätte ihm gern geholfen. Dazu musste sie aber herausfinden, was ihn quälte.

Sie legte ihm die Hand auf den Arm. „Ich möchte mich bei dir für alles bedanken, was du getan hast", sagte sie und versuchte, ihm ihre Gefühle nicht zu zeigen, doch ihre Stimme klang verräterisch heiser.

„Das ist doch nicht nötig", wehrte er ab, nahm sie in die Arme und drückte ihren Kopf gegen seine Brust.

Obwohl sie sich sagte, dass es verrückt war, entspannte sie sich und schlang die Arme um ihn. Es fühlte sich sicher und tröstlich an, von ihm gehalten zu werden und sich an seine breite Brust zu lehnen. Dabei war er derjenige, der Trost brauchte. Doch er hielt still und schob ihr die Finger ins zerzauste Haar.

Er streichelte ihren Rücken und sagte mit seiner tiefen Stimme: „Wir müssen mit den Kindern einkaufen gehen."

„Weihnachtsgeschenke?", fragte sie und hob den Kopf.

„Bekleidung", erwiderte er. „Wir können sie nicht so herumlaufen lassen."

Das stimmte. Nicky war im ganzen letzten Jahr mit Sachen in die Schule gekommen, die schlecht saßen oder nicht zusammenpassten. „Ist denn nichts Anständiges in den Tüten?"

Er schüttelte den Kopf. „Die Sachen sind geflickt oder zu klein. Wir sollten für jedes Kind zwei bis drei komplette Garderoben zusammenstellen, angefangen von Unterwäsche bis hin zu Schuhen und Mänteln."

Mit einer solchen Ausgabe hatte Ruth nicht gerechnet, doch Tucker hatte recht. Die Kinder brauchten etwas anzuziehen.

Sie rechnete rasch nach. Wenn sie bei den Geschenken für ihre Verwandten sparte, konnte sie es sich gerade noch leisten.

Sie löste sich von ihm. „Ich hole mein Scheckbuch."

„Mit ‚wir' habe ich gemeint, dass du die Sachen aussuchst und ich sie bezahle", widersprach er. „Ich habe keine Ahnung, was Kinder brauchen", fügte er hinzu.

„Das ist sehr lieb von dir, danke", sagte sie und küsste ihn auf die Wange.

Er überraschte sie, indem er den Kuss erwiderte – auf den Mund. Es dauerte nur eine oder zwei Sekunden, doch es fühlte sich schön an. Seine Lippen waren fest, und man spürte schon die Bartstoppeln am Kinn. Der Kuss fiel so zärtlich aus, dass Ruth sich nach mehr sehnte – nach viel mehr.

Schritte auf dem Korridor störten die romantische Szene.

„Nun sieh sich einer das an!" Vivian stützte lächelnd die Hand in die Hüfte. „Ich wollte euch anbieten, die Kinder in ihr Zimmer zu bringen, aber ich glaube eher, ihr beide braucht ein eigenes Zimmer."

„Wir wollten gerade für Nick und Angie etwas zu essen machen", gab Ruth vor.

„Ich bin zwar zehn Monate älter als du, Schwesterchen", erwiderte Vivian amüsiert, „aber ich brauche trotzdem noch keine Brille. Mag schon sein, dass ihr beide gekocht habt, aber dabei ist bestimmt kein Essen heiß geworden."

Nicky und Angie hatten etwas von Essen gehört und liefen begeistert mit Ruth nach unten. Sie rechnete eigentlich damit, dass Tucker sich anschloss, doch er blieb oben und sprach leise mit Vivian.

Ruth sagte sich, dass es ihr nichts ausmachte. Tucker gehörte ihr schließlich nicht. Auch wenn sie sich gemeinsam um die Kinder kümmerten, war das keine Basis für eine Beziehung. Das Gleiche galt für die beiden Küsse. Wieso war sie trotzdem enttäuscht?

Vielleicht lag es an der ewigen Rivalität mit Vivian, der älteren, attraktiveren und charmanteren Schwester, die stets bekam, was sie wollte. Ruth hatte immer vergeblich versucht, sie zu übertrumpfen.

Die Kinder saßen schon am Tisch, als Tucker hereinkam. Brooke lächelte ihm im Hinausgehen zu. „Hey, Cousin Tucker, hat Tante Shirley dich in die Finger gekriegt?"

Ruth stellte einen Teller mit gegrillten Käsesandwiches auf den Tisch und beobachtete Tuckers Reaktion auf diese Bemerkung.

„Du hast Spuren von Shirley im Gesicht", erklärte Brooke, und als er noch immer nicht begriff, fügte sie laut und deutlich hinzu: „Lippenstift."

„Oh." Tucker fasste sich lächelnd an die Stelle, während Brooke endgültig ging.

Angie kniete sich fasziniert auf ihren Stuhl und sah zu, wie er sich langsam über die Wange strich. „Wischst du das jetzt weg, Cousin Tucker?"

„Er ist nicht dein Cousin, Dummerchen", mahnte Nicky. „Du sollst ihn Mr. Maddock oder Tucker nennen, nicht wahr, Ms. Marsh?"

Ruth stellte Schalen mit Tomatensuppe auf den Tisch und lächelte den Jungen an. „Du hast ja doch in meinem Unterricht aufgepasst und mitbekommen, was ich euch beigebracht habe."

„Aber alle nennen ihn Cousin Tucker", wandte Angie ein.

Tucker setzte sich neben die Kleine und strich ihr über das duftige blonde Haar. „Wir sind nicht miteinander verwandt, aber wenn du mich Cousin nennen willst, ist mir das recht."

Daraufhin lächelte sie ihn mit dem ganzen Charme einer Fünfjährigen an und zeigte ihrem Bruder die Zunge, ehe sie Tucker fragte: „Hast du schon den Lippenstift von Shirley weggewischt?"

Er warf einen amüsierten Blick zu Ruth hinüber, die beinahe die Milch verschüttete, die sie soeben eingoss. „Ich habe ihn fester in die Haut gerieben", vertraute er Angie gedämpft an, sprach dabei aber so laut, dass es doch alle hörten.

Ruth bekam Herzklopfen, weil sie an den Kuss von vorhin dachte.

„Warum denn?“, fragte Angie flüsternd.

„Weil ich gern Küsse von hübschen Frauen bekomme“, erklärte er.

Ruth fiel der Löffel aus der Hand und landete in der Suppenschale. Sie überspielte die Verlegenheit, indem sie die Suppenspritzer vom Tischtuch wischte.

„Tante Shirley ist hübsch?“, fragte Nicky ungläubig.

Angie hüpfte vor Tucker auf und ab. „Bin ich auch hübsch?“

Ruth fragte sich, ob der Abdruck des Lippenstifts vielleicht von ihrer Schwester war. Schließlich waren die beiden oben allein gewesen. Der Gedanke tat ihr ganz gemein weh.

„Du bist sogar sehr schön“, versicherte Tucker der Kleinen, und einen Augenblick lang dachte Ruth, er würde von ihr sprechen. Dann fiel ihr allerdings ein, dass die Antwort dem Mädchen galt.

Angie schlang Tucker die Ärmchen um den Nacken, warf dabei fast ihr Milchglas um und bedeckte sein Gesicht mit kleinen Küsschen. Ruth lächelte, als er auf eine Stelle am Kinn zeigte, die das Mädchen übersehen hatte, und malte sich aus, wie sie selbst ihre Lippen auf die leichte Kerbe in seinem Kinn drückte. Es weckte eine unstillbare Sehnsucht in ihr.

In diesem Moment wurde ihr auch klar, wodurch ein Weihnachtsfest für sie wirklich perfekt sein würde – durch einen Mann, der zu ihr gehörte und mit dem sie eine Familie gründen konnte.

„Hör mit der Schmatzerei auf“, sagte Nicky. „Und lass uns endlich mit dem Essen anfangen.“

4. Kapitel

Die Kinder waren über die neuen Sachen so selig, dass es Tucker glücklich machte. Er gestand es sich nur ungern ein, aber er mochte Nicky und Angie schon jetzt viel zu sehr. Wenn er nicht vorsichtig war, würden ihm die beiden nicht mehr aus dem Sinn gehen, wenn er Willow Glen Plantation wieder verließ.

Während Ruth der Kleinen beim Anprobieren von Schuhen half, die Angie nicht gefielen, nahm er rosa und purpurfarbene Schuhe vom Regal. Angie war von ihnen sofort begeistert gewesen, als sie die Abteilung betraten, aber Ruth versuchte, ihr ein billigeres Paar schmackhaft zu machen.

„Zieh die hier an“, sagte Tucker. „Der kleinen Lady stehen die Farben bestimmt gut.“

Prompt schob Angie die anderen Schuhe von sich und probierte die bunten an.

Ruth sah fragend zu ihm hoch. „Die kosten aber doppelt so viel.“

„Wenn es sie glücklich macht, ist es das wert“, erwiderte er. Für ihn war es, als würde er auf diese Weise einen Teil dessen zurückgeben, was die Newlands für ihn getan hatten.

Nicky hatte während des Einkaufs bisher noch nicht viel gesagt. Jetzt saß er auf einer Bank. Der Ausdruck in den Augen des Jungen erinnerte Tucker daran, wie er mit Chris das erste Mal das Haus der Newlands betreten hatte. Die Familie wollte in einen nahe gelegenen Vergnügungspark fahren, und er hatte damit gerechnet, dass Chris’ Eltern ihn heimschicken würden. Zu seiner Überraschung hatten sie ihn jedoch mitgenommen, obwohl er nicht einen Penny in der Tasche hatte. Sie bezahlten für ihn den Eintritt und das Essen und jede Menge Andenken.

Bis heute hatte er sich gefragt, wieso sie einem Kind wie ihm ihre Herzen, ihr Haus und ihre Brieftaschen geöffnet hatten. Jetzt, bei dem vorsichtigen, aber hoffnungsvollen Ausdruck auf Nickys Gesicht, verstand er allmählich die Beweggründe der Newlands.

„Das ist mein verfrühtes Weihnachtsgeschenk", erklärte er ganz beiläufig. „Hey, Nicky, worauf wartest du?", fragte er und deutete auf das Regal hinter dem Jungen. „Auf den Schuhen dort steht dein Name."

Er setzte sich neben Nicky, griff nach Turnschuhen mit batteriebetriebener Beleuchtung und fädelte die Schnürsenkel ein.

Gleich darauf kam ein Paar mit drei Kindern herein und suchte Schuhe für die beiden älteren Jungen aus, die etwa so groß waren wie Nicky und Angie. Das Baby mit dem rosa Strampelanzug, vermutlich ein Mädchen, lag im Arm des Vaters, während die Mutter die Schuhe der Jungen abtastete, um festzustellen, ob die Zehen auch genug Platz hatten.

Der Mann mit dem Baby lächelte ihm plötzlich zu. „Tucker Maddock", sagte er, „ich hätte nie damit gerechnet, dich hier zu treffen."

Tucker gab seinem ehemaligen Klassenkameraden die Hand. „Schön, dich zu sehen, Neil."

„Ich habe das von Chris und seinen Eltern gehört", sagte Neil sehr ernst. „Schrecklicher Autounfall. Es tut mir sehr leid."

Tucker schnürte es die Kehle zu. „Ja, mir auch."

Neil wechselte rasch das Thema. „Eine nette Familie hast du. Dabei hätte ich gar nicht gedacht, dass du der Typ für so etwas bist. Sie können sich glücklich schätzen", sagte er zu Ruth. „In der Schule hat Tucker stets nur nach seinen eigenen Regeln gespielt, ist dabei aber immer fair geblieben."

„Ich bin wirklich nicht der Typ für eine Familie", räumte Tucker ein und fühlte sich gleich darauf schuldig, weil Ruth verletzt aussah. Es war ähnlich wie damals, als er Chris beim Footballspiel im Garten ungewollt eine Rippe geprellt hatte. Es war nicht mit Absicht geschehen, aber er hatte jemandem wehgetan. „Das sind meine Freundin Ruth, ihr ehemaliger Schüler Nicky und Nickys Schwester Angie.“

Es gab eine allgemeine Begrüßung. Ruth und Evelyn schienen sich sofort gut zu verstehen.

„Wir geben zu Silvester in unserem Haus eine Party“, sagte Evelyn. „Hoffentlich kommt ihr beide.“

„Ja, das wäre toll“, meinte auch Neil. „Matt und Herbie werden mit ihren Frauen da sein. Sie würden sich auch über ein Wiedersehen freuen.“

Tucker bückte sich und tastete an den Schuhen nach Nickys Zehen, wie er das bei Ruth und Evelyn gesehen hatte. Da die Schuhe groß genug waren, sagte er dem Jungen, er sollte sie gleich anbehalten. Danach wandte er sich wieder an seinen alten Freund. „Ich glaube zwar nicht, dass ich zu Silvester noch in Willow Glen sein werde, aber vielen Dank für die Einladung.“

Sie verabschiedeten sich, und an der Kasse sagte Ruth zu Tucker: „Mach kein so finsteres Gesicht. Es gibt Schlimmeres, als für einen verheirateten Mann gehalten zu werden.“

Das stimmte, und dazu gehörte, sein Herz an eine schöne und reizende Frau sowie zwei wunderbare Kinder zu verlieren und genau zu wissen, dass man nur enttäuscht werden konnte.

Tucker war klar, dass er sich gegen die Weihnachtsfeier bei den Foutches hätte wehren sollen. Tante Shirley hatte ihn jedoch völlig überfahren. Sie redete nur noch davon, was er anziehen sollte. Da er nur eine Jeans mitgebracht hatte, holte sie ihm eine Hose von Onkel Oren.

Als sie ihm den Kragen zurechtrückte und das Haar über dem linken Ohr zurückstrich, erinnerte sie ihn an Mrs. Newland, die ihm beim Abschlussball geholfen hatte, so gut wie möglich auszusehen. Darum brachte er es nicht über sich, die Teilnahme an der Weihnachtsfeier einfach abzulehnen.

Obwohl es nicht weit war und sie zu Fuß hätten gehen können, nahmen sie wegen der Kälte Ruths Wagen. Als Ruth vor Tucker vorsichtig den vereisten Weg zum Haus betrat, umschmeichelte der Seidenrock ihre schön geformten Beine und ließ Tucker an ein aufreizendes Negligé denken. Die Vorstellung von Ruth im Bett erregte ihn trotz der Kälte.

„Hast du das gehört?", fragte sie plötzlich und blieb unvermittelt stehen.

Tucker stieß mit ihr zusammen und hielt sie fest, damit sie nicht stürzte.

Jetzt nahm er es auch wahr. Ein jammerndes Heulen.

„Meinst du das?"

Sie nickte, und er nahm die Hände nicht von ihrer Taille. Ihr Atem erzeugte eine kleine Wolke vor den Lippen. Sie standen einander sehr nahe. Er fühlte ihre schlanken Hüften unter dem Mantel und stellte sich vor, was sie wohl machen würde, wenn er sie jetzt küsste. Dann hörte er erneut das Heulen. Es kam aus der Garage der Foutches. Vermutlich war der Hund während der Feier dort eingesperrt worden.

„Genauso fühle ich mich", murmelte er.

„Wie bitte?"

Die Haustür öffnete sich. Weihnachtliche Musik und laute Stimmen waren zu hören. „Da seid ihr ja endlich", empfing sie eine kleine Frau mittleren Alters und rief ins Haus hinein: „J. C., du kannst Tante Shirley sagen, dass sie hier sind!" Danach wandte sie sich wieder lächelnd den neuen Gästen zu. „Tante Shirley hat sich wegen der vereisten Straßen Sorgen gemacht und angerufen. Sie möchte wissen, ob alles in Ordnung ist."

Ruth betrat das Haus und zog den Mantel aus. „Meine Tante macht sich ständig Sorgen. Begreift sie denn nie, dass ich schon erwachsen bin?"

Heute Abend sah man deutlich, wie erwachsen Ruth war. Das Oberteil war wie der Rock weit geschnitten, und die Seide umspielte verführerisch ihre Kurven. Man sah durch das duftige Gewebe sogar die Brustspitzen.

Tucker atmete tief durch. Wie sollte er einen ganzen Abend in ihrer Nähe überstehen, ohne sie zu berühren?

„Das ist also Cousin Tucker, von dem ich schon so viel gehört habe.“ Die Gastgeberin reichte ihm die Hand. „Ich bin Tina Foutch. Mein Mann J. C. ist da drüben und kümmert sich um die Getränke. Sagen Sie ihm, was Sie haben möchten.“

Was Tucker haben wollte, hatte nichts mit einer Flasche zu tun. Unwillkürlich wanderte sein Blick zu Ruth.

„Hier sind einige junge Frauen, die Sie gern kennenlernen würden“, fuhr Tina fort. „Machen Sie sich doch mit allen bekannt, während ich die Mäntel ins Schlafzimmer bringe.“ Sie nahm Ruth am Arm. „Komm, Ruthie, ich möchte dir die neuen Vorhänge im Gästezimmer zeigen.“

Ungefähr zehn Minuten später rettete Ruth ihn vor dem Ansturm von etlichen Brünetten, Blondinen und Rothaarigen.

„Du bist offenbar Hahn im Korb“, bemerkte sie. „Tut mir leid, dass ich deine Verehrerinnen verscheucht habe.“

„Ich unterhalte mich viel lieber mit dir“, versicherte er.

„Stets charmant“, stellte sie spöttisch fest.

„Ich meine es ehrlich“, versicherte er und griff nach ihrer Hand. „Du siehst heute Abend hinreißend aus.“

Sie zuckte mit den Schultern, und der Ausschnitt verrutschte. Tucker betrachtete die zarte helle Haut, die er gern geküsst hätte, angefangen beim Ohr und tiefer über Hals und Schulter und noch tiefer …

„Das Kleid ist eigentlich nicht mein Stil“, bemerkte sie und zog den Stoff wieder hoch. „Vivian hat es mir geradezu aufgedrängt.“

„Erinnere mich daran, dass ich mich später bei ihr bedanke.“

Ruth wurde rot.

Die nächste Stunde verlief, wie das bei solchen Partys üblich ist. Ruth machte Tucker mit den Eltern einiger ihrer Schüler bekannt und stellte ihn Freunden aus ihrer eigenen Schulzeit und dem Mann vor, mit dem sie im letzten Jahr kurz zusammen gewesen war.

Er hieß Dillan, und Tucker verspürte sofort eine tiefe Abneigung gegen ihn. Erstens starrte der Kerl ständig auf Ruths Brüste, was Tucker allerdings verstand. Trotzdem störte es ihn. Außerdem lächelte Dillan sogar mehr als ein Versicherungsvertreter, und Tucker vertraute niemandem, der so viel lächelte.

Endgültig schlug es dem Fass den Boden aus, als Dillan damit anfing, gemeinsame Erinnerungen mit Ruth auszugraben. Tucker war nahe dran, etwas sehr Unhöfliches zu sagen, wurde jedoch daran gehindert, als etwas an seinem Bein entlangstreifte und ins Esszimmer flitzte.

„Komm sofort her, Bitsy!“, rief Tina.

Alle sahen fassungslos zu, wie ein kleiner brauner Beagle auf einen Stuhl sprang, sich abstieß und auf den Esstisch zusegelte, auf dem das Buffet aufgebaut war, ganz zu schweigen von einem Weihnachtsmann aus Porzellan.

Sein Ziel war der große Schinken. Einen Moment zitterte der Tisch unter dem Aufprall des Hundes. Im nächsten Augenblick flogen Teller, Weihnachtsmann und Hund durch die Luft.

Wäre der Beagle ein Mensch gewesen, hätte er sofort ein Football-Stipendium erhalten, weil er einen perfekten fliegenden Angriff auf den Schinken hingelegt hatte. Der Hund arbeitete schon in der Luft mit den Beinen, berührte schließlich den Fußboden und schleppte den Schinken, der fast so groß war wie er selbst, aus dem Esszimmer in den Wohnraum.

Ruth versuchte, den Dieb aufzuhalten, doch der wich ihr aus. Andere beteiligten sich an der Jagd, aber der Hund schoss um Möbelstücke und Beine herum und ließ dabei den Schinken nicht los.

„Bitsy! Bitsy!“, schrie Tina ständig.

Tucker sah dem Hund bewundernd entgegen, als dieser mit flatternden Ohren auf ihn zurannte. So viel Zielstrebigkeit und Hartnäckigkeit waren einfach toll. In diesem Moment stellte Tucker sich auf die Seite der Schwachen und Verfolgten und hätte den Hund beinahe noch angefeuert.

Dann beschloss Dillan, den Helden zu spielen, wandte sich an Ruth und verkündete, dass er den Hund fangen würde.

Tucker überlegte blitzschnell, ob er sich einmischen sollte, um den Schinken und seine Chancen bei Ruth zu retten. Eine Sekunde später traf der kleine Hund für ihn die Entscheidung. Er jagte zwischen den beiden Männern durch und versuchte, mit seiner Beute unter den Geschirrschrank zu kriechen.

Dillan bückte sich zwar, doch Tucker kam ihm zuvor und griff zu. Der Hund jaulte erschrocken auf, als Tucker ihn packte. Der Geschirrschrank mit Glastüren wackelte und schwankte, weil Tucker dagegenprallte, blieb jedoch stehen.

Erleichtert richtete Tucker sich wieder auf und drückte den keuchenden Hund an seine Brust.

„Bitsy, ach meine arme Bitsy“, rief Tina, nahm ihm den Hund ab und ließ sich von der dankbaren Bitsy küssen.

Ruth kam zu Tucker. „Alles in Ordnung?“

„Ja, sicher, aber ich fürchte, der Schinken hat es nicht überlebt.“

„Wenigstens hast du deinen Humor nicht verloren“, erwiderte sie lächelnd und klopfte sein Hemd ab. „Wie gut, dass Dillan so schnell reagiert hat. Er hat den Schrank festgehalten, damit er nicht auf dich stürzt.“

Tucker machte sofort wieder ein finsteres Gesicht und hätte gern ausprobiert, ob Dillan auch schnell genug reagierte, um einem Faustschlag auszuweichen.

Ruth biss sich auf die Unterlippe und betrachtete Tucker sekundenlang. „Ich weiß nicht, was du heute Abend für ein Problem hast, aber du solltest es bald lösen."

„Hoffentlich habt ihr alle schon genug Schinkenbrötchen gegessen", sagte Tina zu den Umstehenden, die daraufhin lachten. „Ich möchte mich für Bitsys schreckliches Benehmen entschuldigen. Normalerweise ist sie brav, aber seit sie ihre Welpen stillt, hat sie ständig Heißhunger."

Im Speisezimmer sah es schlimm aus. Überall lag Essen und zerbrochenes Geschirr herum. Zum Glück gab es dort keinen Teppich. „Ich helfe J. C. beim Aufräumen", sagte Ruth.

Die anderen Gäste packten ebenfalls mit an, während Tina den Hund wieder in die Garage brachte. Dank der vielen Helfer herrschte bald wieder Ordnung, und die Party war erneut in vollem Gang. Tucker füllte soeben Ruths Glas, als ein als Weihnachtsmann verkleideter Mann ihr die Hand auf die Schulter legte und sie fragte, was sie sich zu Weihnachten wünschte.

Sie erkannte die Augen, für die sie vor einem Jahr geschwärmt hatte. Jetzt wirkte Dillan überhaupt nicht auf sie, und das lag nicht am Kostüm des Weihnachtsmannes.

„Ich kann dir deinen Herzenswunsch nur erfüllen, wenn du ihn mir verrätst", drängte er.

Ihr Herzenswunsch. Würde sie jemanden finden, der ihr gab, was sie sich wünschte? Eine Familie, eine richtige Familie mit so vielen Kindern, dass es für eine Baseballmannschaft reichte. War das zu viel verlangt?

Ruth sah Dillan an, der auf ihre Antwort wartete. Vielleicht wünschte sie sich wirklich zu viel. Sie sollte froh und dankbar sein, einen so liebevollen und großzügigen Menschen wie Tante Shirley zu haben. Und sie sollte sich mit den sechsundzwanzig Kindern zufriedengeben, die sie während des Schuljahres täglich unterrichtete.

Ihr fiel ein anderer Herzenswunsch ein, den sie als Kind gehabt hatte. Sie hatte sich damals eine elektrische Eisenbahn gewünscht.

Ihre ältere Schwester hatte die Nase darüber gerümpft, weil es „Jungsspielzeug" war, darum hatte Ruth verlegen geschwiegen und gehofft, der Weihnachtsmann würde es auch so erraten. Sie hatte die Eisenbahn nie bekommen.

Damit es ihr nicht wie damals bei jenem enttäuschenden Weihnachtsfest erging, beugte sie sich vor, reckte sich und flüsterte dem Weihnachtsmann etwas ins Ohr.

Sobald sie ihm ihre größten Wünsche anvertraut hatte, betrachtete Dillan sie amüsiert.

„Wirklich?"

Ruth wurde zwar verlegen, nickte jedoch.

„Hey, ich bin nur der Weihnachtsmann", erwiderte Dillan lachend. „Du erwartest Wunder."

Genau das war ihr Problem.

Tucker kam mit den vollen Gläsern zu ihr, drückte sie ihr in die Hände und zog Dillan mit sanfter Gewalt mit sich.

Als Tucker wenig später zu ihr zurückkehrte, wirkte er sehr zufrieden, legte ihr die Hand an die Taille und führte sie in die Mitte des Zimmers, wo einige Paare zu Bing Crosbys „White Christmas" tanzten.

Ruth staunte, als er ihre Hände ergriff und sie sich in den Nacken legte, ehe er sie in die Arme nahm und sich mit ihr im Takt bewegte.

„Es ist üblich, dass ein Herr die Dame fragt, ob sie tanzen möchte", hielt sie ihm vor, obwohl es sich schön anfühlte.

„Es ist auch üblich, dass ein Mann seine Begleiterin vor einem übereifrigen Exfreund beschützt."

„Aber, aber, Cousin Tucker! Wüsste ich es nicht besser, könnte ich doch glatt glauben, du wärst eifersüchtig."

„Auf den dort?" Tucker zog sie fester an seine Brust. „Wohl kaum. Ich mag den Kerl einfach nicht."

Sie lächelte und fragte sich, wieso sie sich geradezu beschwipst fühlte. Dabei hatte sie nur ein Glas getrunken. Von jetzt an wollte sie für den Rest des Abends auf Alkohol verzichten, um nicht noch mehr Hemmungen zu verlieren. „Falls du dich dann besser fühlst – er hat mich für meine Schwester sitzen lassen."

„Der Dummkopf."

Sie zuckte mit den Schultern. „Das ist mir nicht das erste Mal passiert."

Ihr Ausschnitt verrutschte, und bevor Ruth ihn wieder zurechtziehen konnte, legte Tucker die Lippen auf ihre Schulter. Hitze breitete sich in ihr aus, und das hatte nichts mit dem einen Glas Wein zu tun, das sie sich gegönnt hatte.

„Er muss schon ein Idiot sein", sagte er heiser, „wenn er Vivian dir vorgezogen hat."

Und während Bing Crosby im Hintergrund sang, küsste er sie, wie sie noch nie geküsst worden war.

Ruth war von den Ereignissen dieses Tages völlig aufgewühlt. Sie musste erst einmal mit sich ins Reine kommen, was ihre Gefühle für Tucker anging.

Als sie mit ihm und den Kindern eingekauft hatte, war es gewesen, als wären sie eine Familie. Tucker machte sich prima in der Vaterrolle, abgesehen von dem Moment, in dem sein Schulfreund ihn für einen verheirateten Mann gehalten hatte.

Auf der Party war er ein perfekter Begleiter gewesen und hatte ihr das Gefühl gegeben, außer ihr keine andere Frau mehr zu sehen. Durch seine Aufmerksamkeit steigerte er noch ihre romantischen Fantasien. Sie sollte sich jedoch davor hüten, Gefühle in diesen Mann zu investieren, der Willow Glen Plantation wieder verlassen würde.

Sie konnte nur hoffen, dass ihr Herz das alles unbeschadet überstehen würde. Je länger Tucker blieb, desto größer wurde das Risiko, dass sie leiden würde. Dieser kleine Vorgeschmack auf ein Familienleben mit ihm hatte den Wunsch nach mehr geweckt. Sie wollte Tucker nicht nur als Vater und Verehrer, sondern auch als Liebhaber kennenlernen. Im nächsten Augenblick jedoch verbot sie sich solche Gedanken energisch.

„Shirley hat im Wohnzimmer das Licht für uns brennen lassen", stellte Tucker fest, als sie das Haus betraten.

„Es ist schon so spät, dass bestimmt alle im Bett sind." Aus ihr selbst unerfindlichen Gründen wurde sie verlegen, als hätte sie ihn mit der Erwähnung eines Betts auf gewisse Gedanken bringen wollen. Sie folgte ihm in den Wohnraum, um das Licht auszuschalten, wo sie jedoch von der äußerst munteren Tante Shirley begrüßt wurden.

Tucker lachte leise. „So war es schon immer. Die Frau dieses Hauses wartet auf mich, bis ich von einer Verabredung heimkomme."

Shirley hatte es sich auf der Couch bequem gemacht und setzte sich jetzt auf. „Das würde ich ja gern als Grund angeben, aber leider ist mir gar nichts anderes übrig geblieben."

Ruth erschrak über das schmerzlich verzogene Gesicht ihrer Tante und eilte zu ihr. „Was ist denn los, Tante Shirley?"

„Ich habe die Kinder ins Bett gebracht, und danach wollte ich die Lichter am Weihnachtsbaum ausschalten. Dabei bin ich an der aufgerollten Ecke des Teppichs hängen geblieben. Im nächsten Moment lag ich jedenfalls auf dem Fußboden." Sie rieb sich die linke Hüfte. „Weil das Treppensteigen zu wehtat, habe ich meinen Kadaver zur Couch geschleppt."

„Was ist denn mit Boris und den anderen?", fragte Ruth. „Wieso hat dir niemand geholfen?"

„Weil alle schon geschlafen haben, und ich wollte nicht rufen und dadurch womöglich die Kinder wecken."

„Tut mir schrecklich leid", sagte Tucker. „Ich hätte mich längst um den Teppich kümmern sollen."

„Ach was, du hast doch schon so viel getan", wehrte Shirley ab.

„Sollten wir nicht ins Krankenhaus fahren?“, fragte Ruth besorgt.

„Unsinn, es ist nur eine Prellung“, versicherte ihre Tante und versuchte aufzustehen. „Helft mir einfach hinauf. Bis zum Frühstück ist wieder alles in Ordnung.“

Tucker legte stützend den Arm um Shirley. „Wir können eine Liege in dem kleinen Zimmer hier unten aufstellen. Dann hat sie das Bad gleich daneben, wenn sie mal aufstehen muss.“ Ruth wollte ihre Tante von der anderen Seite stützen.

„Keine Angst, Tucker lässt mich schon nicht fallen“, meinte Shirley und schob Ruths Arm fort. „Geh du schon voraus und stell die Liege auf. So langsam, wie ich mich dahinschleppe, bist du damit fertig, bis ich ins Zimmer komme.“

Nachdem sie Shirley zu Bett gebracht hatten, verließen sie das Zimmer.

„Vielen Dank für deine Hilfe“, sagte Ruth. „Du kannst jetzt nach oben gehen. Ich schlafe hier unten auf der Couch, damit ich höre, wenn sie ruft.“

Tucker hielt sie am Arm zurück. Es erinnerte sie daran, wie er sie beim Tanzen in den Armen gehalten hatte, und allein schon diese harmlose Geste weckte in ihr den Wunsch nach mehr und vor allem wesentlich weniger harmlosen Berührungen.

„Du solltest oben schlafen, falls die Kinder in der Nacht etwas brauchen“, erwiderte er und sah ihr in die Augen. Selbst wenn er sie losgelassen hätte, wäre sie nicht fähig gewesen, sich zurückzuziehen. „Die Kinder sind hier fremd, und Angie lässt sich bestimmt eher von einer Frau trösten, wenn sie in der Dunkelheit Angst bekommt.“

Er hatte recht. Obwohl die Kinder ihn sehr mochten, war es besser, sie selbst kümmerte sich um die beiden. „Ich kann Boris bitten, herunterzukommen und bei Shirley zu bleiben.“

„Das ist doch nicht nötig“, widersprach Tucker. „Ich übernehme das schon.“

„Lasst den Alten bloß schlafen!“, rief Shirley aus ihrem provisorischen Schlafzimmer. „Außerdem hat Cousin Tucker mehr Muskeln und ist besser geeignet, mir zu helfen.“

Lächelnd spannte Tucker den Arm an, um scherzhaft seine Muskeln zu zeigen. „Das stimmt“, meinte er.

„Aber …“

„Wenn du nicht endlich aufhörst zu widersprechen, zeige ich dir, wie stark ich bin, indem ich dich in dein Zimmer hinauftrage“, warnte er mit einem feurigen Blick aus den dunklen Augen. Es war das gleiche Feuer, das bereits auf der Party zu glimmen begonnen hatte. „Und ich übernehme keine Verantwortung dafür, was dann womöglich alles passiert.“

5. Kapitel

Tuckers scherzhafte Bemerkung hatte eine unglaubliche Wirkung auf Ruth, stärker sogar noch als die Küsse. Er hatte ihre geheimste Sehnsucht angesprochen. Es war dringend nötig, dass sie ihre Fantasie unter Kontrolle hielt, sonst würde sie völlig den Kopf verlieren.

Ihre Aufgewühltheit hinderte sie am Einschlafen, und als sie am nächsten Morgen nach einer unruhigen Nacht aufwachte, stand die schwache Wintersonne bereits ziemlich hoch am Himmel.

Zerschlagen stand Ruth aus dem warmen Bett auf und zog einen dicken Sweater an, weil es im Zimmer kühl war. Kinderstimmen waren im Garten zu hören. Vom Fenster aus sah sie Nicky und Angie beim Tauziehen. Onkel Oren war bei ihnen und hatte die Arme fröstelnd um sich geschlungen. Die Kinder setzten ihn als Schiedsrichter ein.

Ruth lächelte. Den beiden war es mühelos gelungen, unter die raue Fassade des alten Mannes zu blicken. Doch er sollte nicht zu lange in der Kälte bleiben, auch wenn er gern bei ihnen war. Sie zog sich rasch an und ging nach unten. Bevor sie ihn ablöste, wollte sie nach Tante Shirley sehen und sich erkundigen, wie es mit ihrer Hüfte ging.

Auf dem Flur stellte sie fest, dass ihr Schuhband sich gelöst hatte. Während sie sich bückte, um es erneut zuzubinden, hörte sie Tuckers tiefe Stimme aus seinem Zimmer. Offenbar telefonierte er geschäftlich.

„Wenn Sie den Birchmont-Fall ohne mich durchziehen können, möchte ich mindestens bis nach Weihnachten in Willow Glen bleiben."

Im Erdgeschoss wurde ein Fenster geöffnet, und Tante Shirley rief Nicky zu, er sollte seine Mütze wieder aufsetzen. Es war ein gutes Zeichen, dass sie aufgestanden war und auf die Kinder achtete. Offenbar ging es ihr schon besser.

„Ja, es hat sich eine Möglichkeit eröffnet, und ich wäre ein Narr, würde ich die Chance nicht nutzen. Ich bleibe hier, bis die Sache abgeschlossen ist." Tucker seufzte laut. „Die Banken lassen sich zu den Feiertagen mit dem ganzen Papierkram schrecklich viel Zeit, aber ich kann die Angelegenheit vermutlich beschleunigen, wenn ich mit den Konten jongliere."

Erneut war Tuckers Stimme deutlich zu hören. „Können Sie per Express vor Weihnachten noch etwas nach Willow Glen schicken? Es ist wirklich wichtig."

Danach sprach er so leise weiter, dass Ruth nichts mehr verstand.

Was für eine Chance meinte Tucker, die sich ihm hier eröffnet hätte? Ruths Misstrauen erwachte erneut. Schließlich wusste sie so gut wie nichts über Tucker Maddock, außer dass er total attraktiv und sehr liebenswert war und ihr den Kopf verdreht hatte.

Ruth schlief schon der Fuß ein, doch sie brachte es nicht übers Herz, Angie zu sagen, sie solle ein Stück rücken. Die Kleine war durch die veränderten Umstände so eingeschüchtert, dass sie sich abwechselnd hinter ihrem Bruder versteckte oder an Ruth klammerte, wie um einen sicheren Halt zu finden. Das Däumchen nahm sie seit der Ankunft nur selten aus dem Mund, und jetzt hockte sie schon seit einer halben Stunde auf Ruths Fuß und hatte die Arme um ihr Bein geschlungen.

Um den Blutkreislauf wenigstens einigermaßen wieder in Gang zu bringen, bewegte Ruth die Zehen im Schuh und brachte Angie damit zum Kichern, etwas, was Ruth gar nicht oft genug hören konnte.

„Komm", sagte sie und legte das Buch weg, in dem sie gelesen hatte, „wir müssen nach Tante Shirley sehen, damit sie sich mit ihrer Hüfte nicht zu viel zumutet.“ Obwohl Ruth und die anderen angeboten hatten, das Abendessen zu kochen, hatte Tante Shirley eisern behauptet, sie hätte sich völlig von dem Sturz erholt. Darum wollte sie auch das Essen ohne Hilfe von „übereifrigen Wichtigtuern“ zubereiten.

Ruth ging mit der Kleinen, die sich immer noch an ihren Fuß klammerte, in die Küche. Tucker und Nicky hatten sich um den Motor von Tuckers Wagen gekümmert und waren soeben wieder hereingekommen. Im Speisezimmer klapperte jemand mit Geschirr. Wahrscheinlich deckte Tante Shirley schon den Tisch.

Angie kicherte, während Ruth sie mit ihrem Fuß durch den Raum zog. Tucker sah sie an, und für einen Moment verspürte sie zwischen ihnen eine Verbindung, die ihr bisher fremd gewesen war. Es war fast so, als könnte jeder die Gedanken des anderen erraten. Zwischen ihnen bestand ein Gefühl von Wärme und Intimität, was durch die Kinder gefördert wurde, die ihnen anvertraut worden waren. Keiner sagte ein Wort, doch dieser eine Blick drückte alles aus.

Es war wunderschön, Kinder im Haus zu haben, und Ruth wollte gar nicht darüber nachdenken, warum ihr Tuckers Nähe wichtig war, schon gar nicht nach dem Telefongespräch, das sie mitbekommen hatte.

Einige Minuten später klingelten die Kinder mit der Glocke am Empfangspult, und alle versammelten sich im Esszimmer. Zwei der Männer hatten einen zusätzlichen Tisch hereingebracht und an den großen gestellt, damit genug Platz für die Kinder vorhanden war. Tucker und Dewey saßen nebeneinander und erzählten sich Witze, während sich alle setzten.

Die beiden Männer steckten die Köpfe zusammen und lachten. Wieder einmal staunte Ruth, wie schnell Tucker sich einen festen Platz in der Familie erobert hatte.

Obwohl sie anfangs anders über ihn gedacht hatte, wusste sie mittlerweile, dass er fürsorglich und aufmerksam war. Das hatte nicht nur damit zu tun, dass er den Kindern Kleidung gekauft und sich nach dem Sturz rührend um Tante Shirley gekümmert hatte. Er war in jeder Hinsicht aufmerksam.

Es verunsicherte sie, dass sie ständig an ihn dachte und sich so stark zu ihm hingezogen fühlte. Schließlich hatte er offen und ehrlich gesagt, dass er gar nicht ans Heiraten dachte. Sie dagegen wollte einen Mann haben, der ihr Kinder schenkte und sie mit ihr großzog. Sie brauchte einen anständigen, ehrlichen und vertrauenswürdigen Mann.

Tante Shirley stellte eine Schüssel mit Gemüse auf den Tisch und setzte sich ans Kopfende der Tafel. „Ich habe mich gestern Abend noch lange mit Cousin Tucker unterhalten, nachdem du schlafen gegangen warst", sagte sie zu Ruth. „Der Mann steckt voller interessanter Ideen."

Aus dem Augenwinkel heraus sah Ruth, wie er leicht den Kopf schüttelte, als wollte er verhindern, dass ihre Tante mehr verriet.

Schon wollte Ruth sich nach Einzelheiten erkundigen, doch Nicky versuchte, quer über den Tisch nach dem Salzstreuer zu greifen, und wurde von Tante Shirley belehrt.

„Kann ich bitte das Salz haben?", fragte der Junge daraufhin Tucker.

Tante Ada wandte sich an das kleine Mädchen. „Du hast aber ein hübsches rosa Blüschen an."

Angie kniete sich auf den Stuhl und reckte sich, damit alle die lila Elefanten am Saum sehen konnten. „Das hat mir Cousin Tucker gekauft. Es passt zu meinen neuen Schuhen, seht ihr?"

„Angie, nicht die Füße auf den Tisch legen", mahnte Nicky. Sie zog den Fuß zurück. „Miss Marsh und Cousin Tucker werden meine neue Mom und mein neuer Daddy."

Ruth hätte beinahe ihr Glas Eistee umgeworfen. „Was?", rief sie entgeistert.

„Mach den Mund zu, Cousin Tucker", befahl Tante Shirley, „sonst verschluckst du noch eine Fliege."

„Unsinn", sagte Nicky zu seiner Schwester. „Wie kommst du denn darauf, dass sie unsere Eltern werden?"

„Aber der Mann im Geschäft hat das doch gesagt."

Tucker räusperte sich. „Der Mann im Geschäft ist ein Freund von mir, den ich lange nicht gesehen habe", erklärte er Angie und den erstaunt lauschenden Familienmitgliedern. „Er hat sich geirrt und geglaubt, dass ihr meine Kinder seid."

Angie zog zuerst eine Schnute, dann kicherte sie. „Das ist dumm. Wir haben verschiedene Daddys. Darum hat Nicky schwarzes Haar und ich blondes."

„Halt den Mund", fuhr Nicky sie an.

Angie drehte sich zu ihrem Bruder. „Ich habe ihnen nicht gesagt, dass dein Daddy nie was bezahlt."

Nicky wurde rot. „Du solltest nicht immer lauschen, wenn Mom telefoniert." Um seine Verlegenheit zu überspielen, erklärte er lässig: „Angie ist meine Halbschwester."

Alle nickten und lächelten und aßen weiter. Auch Ruth griff nach dem Besteck. Tucker schwieg, hielt sein Teeglas in der Hand und betrachtete die Kinder. Er schien die beiden nur zu beobachten, doch Ruth fühlte, dass er versuchte zu ergründen, was in ihnen vorging, welche Sorgen und Nöte sich unter diesem scheinbar harmlosen Gespräch verbargen.

Sein Mitgefühl und seine Intuition beeindruckten Ruth.

Wie mochte er als Junge gewesen sein? Still oder laut und ungebärdig? Ernst oder verspielt? Merkwürdig, dass er seine eigene Familie nie erwähnte.

Ruth hatte keine Ahnung, mit welchen Geistern der Vergangenheit sich der Mann herumschlug, der erst vor Kurzem zu ihrer Familie gestoßen war. Fest stand nur, dass sie wieder sein hinreißendes Lächeln sehen wollte.

Er wandte sich an Nicky. „Sie ist also deine Halbschwester?“

Nicky strich sich das Haar zurück, wie er das bei Tucker gesehen hatte, und nickte.

„Welche Hälfte?“

„Wie?“

„Die linke oder die rechte Hälfte? Die obere oder die untere?“

„Weiß ich nicht.“

„Dann solltest du das aber schleunigst herausfinden, damit du weißt, welche Hälfte du wie deine Schwester behandeln musst.“

Tucker trennte auf seinem Teller die Erbsen von den Möhren und vermischte sie wieder. Dabei spürte er Ruths Blick auf sich. Er hatte keine Ahnung, wieso die Kinder dieses Thema zur Sprache gebracht hatten, doch es erschien ihm zu wichtig, um es einfach zu übergehen.

„Ich habe keine Geschwister“, sagte er. „Auch keinen Stiefbruder oder eine Halbschwester. Aber ich hatte einen sehr guten Freund, den ich immer zu meiner Familie zählen werde.

Chris und seine Eltern standen mir näher als meine eigenen Blutsverwandten.“

„Ist Chris dir jemals auf die Nerven gegangen?“, fragte der Junge und warf dabei einen bezeichnenden Blick auf Angie.

„Oft, aber ich ihm umgekehrt auch.“

Wie sollte er Nicky erklären, dass er die wunderbare Beziehung zu seiner Schwester in keine Kategorie einordnen durfte, sondern das gemeinsame Band schätzen musste? Vielleicht würde der Junge das erst verstehen, wenn er älter wurde.

„Bei einer Familie geht es nicht darum, wie viel Blut man gemeinsam hat“, erklärte Tucker. „Bei einer Familie geht es darum, was man fühlt“, fügte er hinzu und legte die Hand aufs Herz.

Weil sich das schrecklich kitschig anhörte, ballte er die Serviette zusammen und warf sie nach Nicky.

Tucker formte aus einem Handtuch eine Rolle und legte sie ans Fenster seines Schlafzimmers. Manche Dinge ändern sich nie. Die undichten Fenster in diesem Haus gehörten dazu – und die Familie in diesem Haus, in die er aufgenommen worden war.

Das waren großartige Menschen, ohne jede Ausnahme. Vielleicht war dieses Haus geradezu ein Magnet für Menschen wie die Newlands und die Babcocks – und ihn.

Er warf noch einen Blick auf das Kutschenhaus, kehrte dem Fenster den Rücken zu, zog die Schuhe aus und setzte sich aufs Bett. Früher war dieses Haus stets sein sicherer Hafen gewesen, und er hatte erwartet, dass er sich hier so geborgen fühlen würde wie damals.

Doch wie konnte er sich sicher und geborgen fühlen, wenn ihm das Beisammensein mit Ruths Familie vor Augen führte, was er geschätzt und verloren hatte?

Er zog die Socken aus, warf sie auf den Boden und wünschte sich, die Sorgen genauso leicht loswerden zu können. In diese Sorgen bezog er nun auch Ruth, ihre Familie und die beiden Kinder mit ein, die ihren Weg in dieses Haus und in sein Herz gefunden hatten.

Dieses Weihnachten verlief eindeutig nicht wie geplant. Vielleicht sollte er einen Rückzieher machen und sich an den ursprünglichen Plan halten. Das würde bedeuten, dass er die mit diesem Gebäude verbundenen Erinnerungen genoss, aber dem Schmerz und dem ganzen festlichen Getue auswich. Das wiederum bedeutete, dass er die meiste Zeit in seinem Zimmer blieb und keine neuen Erinnerungen mit der Familie ansammelte, die ihn geradezu adoptiert hatte.

Er musste sich etwas einfallen lassen, damit es doch eher wie ein Hotelaufenthalt wäre. Gleich morgen würde er als Erstes einen Fernseher, einen Videorekorder und jede Menge Eierpunsch kaufen, den er dann beim Ansehen von Actionfilmen konsumieren würde.

Es klopfte. Mit nacktem Oberkörper ging er zur Tür.

Es war Ruth, die einzige Frau, die in einem Sweatshirt sexy auf ihn wirkte.

„Falls du mich ins Bett bringen willst, kommst du gerade rechtzeitig“, sagte er, ohne zu überlegen.

Daraufhin warf sie ihm einen Blick zu, den vermutlich auch ihre Schüler zu sehen bekamen. Und das machte sie gut. Als Zehnjähriger wäre er jetzt sehr beeindruckt gewesen.

„Ich gebe dir eine Eins für deine Bemühungen“, erwiderte sie, „aber die schlechteste Note, weil du nicht bemerkt hast, dass in diesem Haus nur Tante Ada anschafft.“

Lachend öffnete Tucker die Tür weiter und wurde mit einem sanften Lächeln belohnt. „Was kann ich für dich tun?“, fragte er und bot ihr einen Stuhl an, den sie jedoch ablehnte.

Ruth sah sich um. Abgesehen von einem Handtuch am Fenster und den Socken auf dem Fußboden war ihr Gast sehr ordentlich. „Ich weiß nicht, womit du dein Geld verdienst, aber falls du jemals den Beruf wechselst, solltest du Lehrer werden.“

Tucker sah sie verblüfft an. „Du kannst gut mit Kindern umgehen“, fuhr sie fort. „Nicky und Angie mögen dich sehr. Sie haben mich sogar schon gefragt, ob du sie vielleicht mal in deinem Wagen mitnehmen könntest.“

Gut gemacht. Sie hatte erfolgreich überspielt, wie nervös seine Bemerkung sie gemacht hatte. Wenn sie sich vorstellte, wie er im Bett lag und darauf wartete, dass sie ihn zudeckte und ihm einen Gutenachtkuss gab … Schlief er eigentlich nackt?

Nimm dich zusammen, Ruth, befahl sie sich, wie sie das mit abgelenkten Schülern machte.

„Jedenfalls hat Angie darauf bestanden, den Schnürsenkel von dir mit ins Bett zu nehmen, damit sie die Schlingen üben kann, die du ihr gezeigt hast. Ich finde es nett, wie du versuchst, sie vom Däumchenlutschen abzubringen.“

Er hatte Angie erzählt, dass auch er früher das Däumchen genommen hatte. Und er hätte damit aufgehört, als er das nicht mehr brauchte. Danach hatte er ihr gezeigt, wie man aus einem alten

Schnürsenkel ein Katzenkörbchen knüpft. Dadurch hatte sie etwas anderes zu tun, als ständig am Daumen zu lutschen.

„Sie braucht sich wegen dieser Gewohnheit nicht zu schämen", erklärte er. „Ich wollte sie nur ablenken." Er schenkte Ruth wieder jenes warmherzige Lächeln, bei dem sie weiche Knie bekam.

„Es würde Angie und Nicky bestimmt freuen, wenn du zu ihnen gehst und ihnen Gute Nacht sagst. Auch wenn sie sich bei uns ganz gut eingewöhnt haben, vermissen sie doch ihre Eltern."

Es war seltsam und schön, mit Tucker über die Kinder zu sprechen. Ruth freute sich, dass er für Nicky und Angie da war und ihr geholfen hatte, sie zu beschäftigen und zu beruhigen. Wahrscheinlich wäre sie auch allein zurechtgekommen. Das war ihr immer gelungen, wenn sie in der Vergangenheit vorübergehend Pflegekinder bei sich aufgenommen hatte. Es wäre jedoch nicht dasselbe gewesen.

Diese Kinder, Tucker und sie schienen durch ein unsichtbares Band zusammengehalten zu werden. Das wäre bei vier Fremden völlig unmöglich gewesen. Sie dagegen bildeten beinahe eine Familie.

Kein Wunder, dass Neil und Evelyn sie und Tucker für ein Ehepaar gehalten hatten. Bestimmt hatten die beiden auch unbewusst dieses Band gespürt.

Das brachte Ruth ganz durcheinander. Sie stand vor Tucker und betrachtete ihn, als wäre er der richtige Vater ihrer Kinder.

Er war hochgewachsen, attraktiv und muskulös. Das war ihr auf den ersten Blick aufgefallen. Außerdem wirkte er manchmal rau und sogar ein wenig gefährlich. Je nach Kleidung konnte sie sich vorstellen, wie er sich in einer Bar prügelte oder im Konferenzsaal einer Firma durchsetzte.

Sie hatte auch schon erkannt, dass er sentimental war, und die Kinder lagen ihm am Herzen. Vermutlich feuerte er stets die unterlegene Mannschaft an, wenn er sich ein Footballspiel ansah. Auch wenn sie ihn noch immer nicht sonderlich gut kannte und das belauschte Telefongespräch etwas anderes andeutete, hielt sie ihn für einen Mann mit Charakter, einen Mann, der zu seinem Wort stand. Er war ein Mann, der sich bedingungslos verschenkte, wenn er sich erst einmal dazu entschlossen hatte.

Das alles waren Eigenschaften, die sie sich bei dem Mann wünschte, der Vater ihrer Kinder wurde. Was die Eigenschaften als Partner anging, lockte und reizte er sie gefühlsmäßig und körperlich. Er faszinierte sie so, dass sie nicht entscheiden konnte, was sie zuerst erforschen sollte, seine Seele oder seinen Körper.

Zu spät merkte sie, dass ihr Blick wie von selbst über seinen Körper geglitten war und an einer bestimmten Stelle verharrte. Als sie ihm blitzartig wieder ins Gesicht sah, musterte er sie seinerseits aufmerksam. Womöglich hatte er ihre Gedanken erraten! Unwillkürlich lächelte sie.

Er strich sich durchs Haar. „Morgen muss ich viel erledigen“, sagte er unvermittelt. „Ich sage den Kindern Gute Nacht, aber ich werde von jetzt an für sie nicht mehr so viel Zeit haben wie bisher.“ Als Ruth ihn fragend ansah, stand er auf, trat an den Sekretär und wandte ihr den Rücken zu. „Bestimmt kommst du auch allein zurecht.“

6. Kapitel

Am Vormittag des dreiundzwanzigsten Dezembers saß Ruth bei Nicky und Angie im Wohnzimmer auf dem Fußboden und half ihnen, Weihnachtsschmuck aus Bildern zu basteln, die sie aus Zeitschriften ausgeschnitten hatten.

Ihre Verwandten erledigten Einkäufe, packten Geschenke ein oder beschäftigten sich auf andere Weise. Tante Ada hielt sich schon den ganzen Vormittag in ihrem Zimmer auf und hatte sich mit jeder Menge bunter Wolle eingedeckt. Sie machte ein großes Geheimnis aus ihrer derzeitigen Arbeit. Ruth hatte sich von ihr inspirieren lassen und war auf die Idee gekommen, die Kinder mit Bastelarbeiten zu beschäftigen.

Heute sollten die Johnsons zurückkommen und Nicky und Angie abholen. Danach gab es im Haus keine Kinder mehr. Bestimmt würde es ihr dann sehr einsam vorkommen.

Diesmal würde ihr die Trennung schwerer fallen als bei den vorherigen Pflegekindern. Das erste Kind hatte sie während der Sommerferien für einen Monat betreut, während die Mutter im Gefängnis war. Beim zweiten Mal hatte sie eine Frau und zwei Mädchen notfallmäßig aufgenommen, während das Sozialamt für Mutter und Kinder eine Unterbringungsmöglichkeit in einem Frauenhaus suchte. Beide Male hatte Ruth ihr Herz sorgfältig abgeschirmt und nur darauf geachtet, es ihren Schützlingen so angenehm wie möglich zu machen.

Aber bei Nicky und Angie war es anders. Diesmal hatte Tucker ihr geholfen, sich um die Kinder zu kümmern und an ihnen Freude zu haben. Doch er hatte klargestellt, dass er nun nicht länger daran interessiert war. Deutlicher hätte er es nicht sagen können.

Sie hatte ihn an diesem Vormittag noch nicht gesehen. Er war wie Tante Ada in seinem Zimmer geblieben.

Nicky legte verärgert die letzte Zeitschrift aus der Hand.

„Was suchst du denn, Nicky?“

„Ein Bild von einem Hund, aber ich habe nur einen mit einer albernen Schleife auf dem Kopf gefunden.“

Ruth lächelte, weil Nicky viel lieber im Freien herumtobte, als Bilder auszuschneiden und aufzukleben. Sie wollte jedoch, dass die Kinder erst mittags hinausgingen, wenn es wärmer war. Also musste sie sich noch etwas einfallen lassen.

„Mama hat gesagt, dass wir irgendwann einen Hund bekommen“, erzählte Angie. „Aber nur, wenn wir ein Haus mit einem Garten haben.“

Ruth drückte die Kleine an sich. Die Eltern hatten es schon schwer genug, den beiden zu geben, was sie brauchten. Ein Welpe stellte einen Luxus dar, der warten musste, bis wichtigere Dinge möglich geworden waren.

„Hoffentlich wird das bald sein“, sagte sie, stand auf und legte Nicky die Hand auf die Schulter. „Ich habe gesehen, dass Onkel Oren einige seiner alten Feuerwehr-Zeitschriften nach draußen gebracht hat. Vielleicht findest du in einer ein Foto von einem Dalmatiner.“

Sie bat ihn, seiner Schwester beim Basteln zu helfen, während sie die Zeitschriften holte.

In der Küche hörte sie die Stimme ihrer Schwester draußen auf der Veranda, die durch Jalousien nur mangelhaft gegen Kälte geschützt war. Ruth trat hinaus und fand Tucker und Vivian vor. Die beiden saßen auf einer Bank und waren so ins Gespräch vertieft, dass sie nichts merkten.

Beide blickten auf ein Blatt Papier, das Tucker in den Fingern hielt, und Vivian hatte ihm die Hand aufs Knie gelegt, als wollte sie sich abstützen. Er schien es nicht zu spüren, sondern sah ihr lächelnd in die Augen.

Ruth hatte das Gefühl, sie hätte einen Schlag in die Magengrube bekommen. Sie hielt diese Szene nicht für die harmlose Unterhaltung zwischen zwei Bekannten. Das Gleiche war ihr schon so oft passiert, dass sie sofort Bescheid wusste. Vivian hatte wieder einmal gesiegt.

Ruth räusperte sich. „Tut mir leid, ich wusste nicht, dass jemand hier ist."

Die beiden fuhren auseinander, als wären sie bei einer Missetat ertappt worden. Tucker stand auf und verbarg das Blatt hinter sich. Vivian nahm es ihm ab und schob es in ihre Handtasche. Er achtete nicht darauf, sondern schien nur Augen für Ruth zu haben.

„Schon gut", meinte er, „wir waren ohnehin fertig."

„Was du nicht sagst", entgegnete Ruth skeptisch.

Vivian klemmte die Handtasche unter den Arm und schloss ihre Jacke.

„Ich …" Sie war sichtlich verlegen. „Ich muss mich beeilen, bevor die Bank zumacht." Sie eilte fluchtartig davon und fuhr in ihrem Wagen weg.

Wortlos ging Ruth an Tucker vorbei und holte die Zeitschriften aus dem Weidenkorb, in dem das Altpapier aufbewahrt wurde. Das Verhalten ihrer Schwester überraschte sie nicht. Vivian hatte ihr schon mehrmals einen Verehrer ausgespannt. Dillan war ihr letztes Opfer gewesen. Sie blieb eben ihrem Verhaltensmuster treu.

Endlich fand sie die Zeitschriften und klemmte sie sich unter den Arm. Eigentlich traf Tucker keine Schuld, dass er ihrer Schwester in die Falle gegangen war. Er war schließlich nur ein Mann mit Augen, Hormonen und Bedürfnissen. Wider besseres Wissen hatte sie gehofft, er wäre anders als die anderen und würde nicht auf eine Frau mit schönen blauen Augen und tollen Beinen hereinfallen.

„Kann ich dir helfen?“ Er bückte sich, als einige Zeitschriften auf dem Fußboden landeten, und streifte Ruth dabei.

„Nein, danke“, wehrte sie ab. „Du hast schon genug getan.“

Sie ging in die Hocke, doch er hielt ihre Hand fest, als sie die Blätter einsammeln wollte. Sie betrachtete seine kräftigen Finger auf ihrer Haut und fröstelte. Nicht nur auf der Veranda war es kalt, sondern auch in ihrem Herzen.

„Es ist nicht so, wie du denkst“, sagte er, und seine Stimme klang so warm, dass Ruth ihm gern geglaubt hätte.

Sie wartete auf eine Erklärung, mit der er ihre Zweifel vertrieb, doch er gab keine.

„Du musst mir vertrauen. Mehr verlange ich nicht.“

Das klang ja sehr einfach, doch vielleicht lag das eigentliche Problem darin, dass es wirklich einfach war.

„Das fällt mir nicht leicht, *Cousin* Tucker“, erwiderte sie und drückte die Zeitschriften an sich. „Vor knapp einer Woche tauchte in unserem Haus ein Fremder auf. Kannst du mir sagen, warum ich einem solchen Menschen vertrauen sollte?“

Er hielt noch immer ihren Arm fest. „Gib mir etwas Zeit, dann wirst du alles verstehen.“

Ruth stand auf und ging zur Küche, weil sie keine Plattitüden mehr hören wollte, an die sie nur allzu gern geglaubt hätte, die aber einfach nicht logisch waren. Sie brauchte keine Zeit mehr, um zu begreifen, dass sie sich falsche Hoffnungen gemacht hatte.

„Ich habe dir schon mehr gegeben, als vernünftig ist“, murmelte sie. Insbesondere ihr Herz …

Tucker hatte eigentlich geplant, dass Mittagessen ausfallen zu lassen, um ganz für sich zu sein, entschied sich nun aber doch dagegen.

Er hatte Ruth sehr verletzt. Gestern Abend, als er ihr erklärt hatte, er würde nicht mehr so viel Zeit mit ihr und den Kindern verbringen, und dann vorhin auf der Veranda. Sie hatte die Situation offenbar missverstanden. Am liebsten hätte er Ruth in die Arme genommen, als sie dermaßen niedergeschlagen wirkte.

Trotzdem bereute er sein Verhalten nicht. Letztlich war es besser, ihr klarzumachen, dass es mit ihnen beiden keinen Sinn hätte. Ruth sehnte sich nach einer eigenen Familie, nach Kindern. Das war etwas, was er ihr nicht geben konnte. Er war entschlossen, für sich zu bleiben, keine Bindungen mehr einzugehen.

Alle begrüßten ihn, als er an den Tisch kam. Nur Ruth nahm kaum von ihm Notiz, sondern kümmerte sich um Angie und zeigte ihr, wie man die Gabel richtig hält. Tucker konnte ihr nicht verübeln, dass sie nicht mit ihm sprach.

„Guten Appetit", sagte er zu ihr.

Ruth verschluckte sich daraufhin an einem Salatblatt. Bevor Tucker ihr helfen konnte, war Onkel Oren schon aufgesprungen und schlug ihr auf den Rücken.

„Cousin Tucker!", schrie Angie. „Er darf Miss Ruth nicht wehtun!"

„Das macht er auch nicht", versicherte Tante Ada beruhigend. „Oren war früher bei der Feuerwehr und ist für Notfälle ausgebildet."

Tucker kniete neben Ruth und hielt ihre Hand, während sie wieder normal zu atmen versuchte. Ihr Gesicht war rot angelaufen, und Tränen standen ihr in den Augen, aber sie atmete wenigstens. Er hielt Oren zurück. „Ist schon gut. Lass sie ruhig husten."

Als Onkel Oren trotzdem nicht aufhörte, Ruth auf den Rücken zu schlagen, sprang Angie von ihrem Stuhl herunter und trat ihm gegen das Bein. Oren stellte daraufhin sofort seine Erste-Hilfe-Maßnahmen ein und hüpfte auf einem Bein herum. Dabei bewegte er sich nicht wie ein Mann, der einen Stock brauchte.

„Warum hat sie denn das gemacht?", fragte Dewey.

Angie war jetzt im Gesicht fast so rot und hatte fast so viele

Tränen in den Augen wie die Frau, die sie schützen wollte. „Er hat Mama Ruth geschlagen!“, rief sie weinend.

Ruth hörte endlich zu husten auf und wischte sich mit der Papierserviette, die Tucker ihr reichte, die Tränen aus dem Gesicht, ehe sie sich verwirrt an das kleine Mädchen wandte. „Wie hast du mich genannt, Schätzchen?“

Angie wich einen Schritt zurück, als erwarte sie einen Tadel. „Tut mir leid, ich habe Miss Ruth gemeint.“

Ruth beugte sich vor und zog die Kleine an sich. „Schon gut, ich bin dir nicht böse.“

Tucker runzelte besorgt die Stirn. Das Kind hatte ungewollt Ruths geheimste Wünsche angesprochen.

Nicky sah Tucker kopfschüttelnd an. „Mädchen“, murmelte er.

Tucker grinste zurück.

Tante Ada kümmerte sich nicht weiter um Oren, sondern stand auf und sagte zu Tucker: „Komm mit, ich habe eine Überraschung für dich.“

Während die anderen am Tisch strahlten, folgte Tucker erstaunt der kleinen rundlichen Frau aus dem Esszimmer ins Wohnzimmer hinüber.

Ada stand am Kamin, an dem eine ganze Reihe bunter Weihnachtsstrümpfe befestigt war, und hielt einen besonders großen Strumpf mit einem aufgenähten Weihnachtsstern in der Hand. Oberhalb der roten Blumen waren die Worte *Cousin Tucker* eingestickt.

„Ich will auch die Überraschung sehen!“, rief Angie und hüpfte neben ihm auf und ab. Die anderen hatten sich angeschlossen und warteten auf seine Reaktion.

„Ich schaffe nicht nur mit Teppichknüpfen an“, erklärte Tante Ada stolz, „sondern auch mit Sticken.“

Tucker versuchte, etwas zu sagen, brachte jedoch kein Wort hervor.

„Hoffentlich stört es dich nicht, dass ich dich als Cousin bezeichnet habe“, fuhr Tante Ada fort. „Neffe Tucker klang aber irgendwie komisch.“

Sie reichte ihm den Strumpf und wartete offenbar auf ein Lob oder einen Dank.

Als Tucker noch immer nichts sagte, stülpte sie den Rand des Strumpfes um. „Er ist sogar gefüttert.“

Nun war klar, dass Tucker dem Weihnachtsfest nicht entkommen konnte, auch wenn er sich in seinem Zimmer einschloss. Er konnte sich einreden, er hätte keine Beziehung zu dieser Familie und wäre nur in einem Hotel abgestiegen, doch er war als Mitglied aufgenommen worden. Sie alle hatten ihn ohne seine Zustimmung adoptiert.

„Das hättest du nicht machen sollen“, brachte er endlich hervor.

Tante Ada drückte ihm den Strumpf fest in die Hand, und es war klar, was diese Geste bedeutete. Wenn er den Strumpf annahm, fand er sich auch mit seiner neuen Stellung innerhalb der Familie ab.

Tucker bekam kaum noch Luft. Er murmelte ein „Danke“ und verließ überstürzt den Raum, um allein zu sein.

Durch die Küche und die hintere Veranda lief er ins Freie. Die kalte Luft machte seinen Kopf klarer. Ein Windstoß drang durch sein Flanellhemd und ließ ihn frösteln.

Er hörte, wie hinter ihm die ganze Familie auf die Veranda kam, und holte noch einmal tief Atem.

„Lass den Jungen in Ruhe, Shirley“, sagte Onkel Oren. „Siehst du denn nicht, dass er das braucht?“

Tante Shirley achtete wie üblich nicht auf ihren Schwager. „Junger Mann, komm sofort wieder ins Haus, sonst erkältest du dich zu Tode.“ Zu den anderen gewandt, fügte sie hinzu: „Er hat nicht mal eine Jacke an.“

Ruth stand neben Tante Ada in der Küche. Ada hielt sich an ihrem Arm fest und fragte: „Glaubst du wirklich, dass ihm mein Strumpf gefallen hat?“

Ruth tätschelte lächelnd die Hand ihrer Tante.

„Die meisten Männer zeigen nicht gern Gefühle“, fuhr Ada geradezu verschwörerisch fort. „Wahrscheinlich ist das jetzt seine feminine Seite.“

„Das bezweifle ich“, bemerkte Vivian, die hinter die beiden getreten war. „Die Seiten, die ich bisher von ihm gesehen habe, waren eindeutig maskulin.“

Ruth versuchte, ihre Schwester zu ignorieren, und zupfte den Kragen von Tante Adas Weste zurecht.

„Ich fahre gleich einkaufen“, verkündete Vivian. „Soll ich was mitbringen?“

„Kann ich mitkommen?“, fragte Brooke.

„Okay“, stimmte Vivian zu. „Aber behaupte den Leuten gegenüber nicht ständig, ich wäre deine Mutter.“

Gemeinsam verließen sie die Küche und redeten dabei über die Schnäppchen, die sie zu ergattern hofften.

Tucker war im Kutschenhaus verschwunden, und die Onkel und Tanten kehrten enttäuscht ins Haus zurück.

„Jetzt spielt er wieder an seinem Wagen herum“, stellte Tante Shirley fest. „Du solltest zu ihm gehen und ihn zur Vernunft bringen, Ruth. Auf mich hört er ja nicht.“

„Ich gehe zu ihm“, rief Angie und wollte losstürzen.

„Du isst erst mal auf.“ Shirley nahm die Kleine an die Hand und führte sie und Nicky wieder ins Esszimmer.

Ruth zog ihren Mantel an und nahm Tuckers Lederjacke vom Haken. Als sie das Kutschenhaus betrat, beugte Tucker sich gerade über den Motor und kontrollierte den Ölstand.

„Wahrscheinlich brauchst du die hier“, sagte sie und reichte ihm die Jacke.

Er zog sie an und bedankte sich. Dabei sah er Ruth nicht an. Wortlos arbeitete er weiter.

„Tante Ada glaubt, dass dir der Strumpf gefällt, den sie für dich gemacht hat. Es würde ihr das Herz brechen, wenn das nicht stimmt."

Mit dem Rücken zu ihr richtete er sich auf und schloss die Motorhaube. „Der Strumpf ist schön."

Ruth ging um ihn herum und lehnte sich an Tante Shirleys Auto. „Was ist dann los? Hat Tante Ada etwas Falsches gesagt oder getan?"

Tucker holte ein Tuch aus der Hosentasche, putzte über die Motorhaube und wich noch immer ihrem Blick aus. Das dunkle Haar fiel ihm in die Stirn, als er den Kopf schüttelte.

„Als ich herkam, wollte ich nicht Weihnachten feiern und schon gar nichts mit der Feier deiner Familie zu tun haben. Ich wollte schlicht und einfach eine Zeit lang allein sein."

Jetzt war Ruth völlig verwirrt. „Was hat das mit dem Weihnachtsstrumpf zu tun?"

Er richtete sich auf, schob die Hände in die Jackentaschen und richtete den Blick auf Ruth. „Als deine Tante mir diesen Strumpf gegeben hat, war das, als würde man mich offiziell in die Familie aufnehmen."

„Na und? Was ist so schlimm daran?"

„Es sind alles wunderbare Menschen, aber ich will keine familiären Bindungen. Ich bin ein Einzelgänger."

Er sprach leise, doch es klang so endgültig, dass Ruth fröstelte. „Du meinst also, dass dich unsere Familienbande ersticken."

Tucker hielt noch das Taschentuch in der Hand, als er sich ihr zuwandte. „Ich meine, dass ich das Familientreffen der Babcocks schon zu lange störe und es Zeit wird, nach Hause zu fahren."

„Ich kann mich nicht daran erinnern, dass dich jemand zum Bleiben gezwungen hat", entgegnete Ruth bitter und wandte sich zum Tor um.

Tucker hielt sie zurück. „Es ist nicht so, als ob mir deine Familie gleichgültig wäre", erklärte er. „Das stimmt nämlich nicht. Ich mag euch alle sehr …"

„Schon gut, du schuldest mir keine Erklärung. Genau genommen schuldest du keinem von uns etwas."

Er zog die Hand zurück, und seine Miene verschloss sich.

Ruth war fest entschlossen, ihn gehen zu lassen. Und er sollte nicht sehen, welche Leere er bei ihrer Familie hinterließ – und in ihr.

„Du hast recht", bekräftigte er, „ich schulde dir keine Erklärung. Aber die Wahrheit."

Sein Blick schien auf den Grund ihrer Seele zu dringen. Sie zog den Mantel enger um ihren Körper.

„Die Wahrheit ist", fuhr er fort, „dass ich für eine Bindung nicht bereit bin."

Er hatte tatsächlich ihre Gedanken gelesen! „Aber ich habe nie ..."

„Ich bin nicht bereit, Cousin Tucker zu sein oder die Verantwortung eines Familienmitgliedes zu übernehmen. Ich kann keine Erwartungen erfüllen. Hoffentlich verstehst du das", fügte er hinzu und legte ihr erneut die Hand auf den Arm.

Ruth nickte, obwohl sie es nicht verstand. Sie deutete auf sein Coupé. „Hast du keinen Wagen, der im Winter praktischer ist? In dem Schlitten ist es bei diesem Wetter vermutlich kalt."

„Es ist wirklich kalt, aber das ist gerade das Schöne daran."

Vermutlich würde sie die Männer und allen voran Tucker nie verstehen. Warum blieb jemand lieber allein, als mit anderen Menschen zusammen zu sein, und warum fuhr er lieber in einem kalten als in einem mollig warmen Auto umher?

Ruth hörte, wie Tucker in dem Zimmer auf der anderen Seite des Korridors packte. Schranktüren wurden auf- und zugeschlagen. Würde er sich noch verabschieden, bevor er losfuhr, oder so unerwartet verschwinden, wie er aufgetaucht war?

Gleich darauf hörte sie Schritte. Es klopfte, und ihre Zimmertür wurde geöffnet. Tucker hatte sich die Reisetasche über die Schulter gehängt und die Jacke unter den Arm geklemmt. Jetzt sah er aus wie vor einigen Tagen, als er hier aufgetaucht war und nach einem Zimmer gefragt hatte. „Ich dachte, die Kinder wären bei dir. Ich wollte mich von ihnen verabschieden."

„Sie packen auch. Schließlich fahren sie heute nach Hause."

Ruth fragte sich, ob Tucker die Fröhlichkeit und ungezwungene Stimmung dieses Hauses vermissen würde. Und ob er sie so sehr vermissen würde wie sie ihn.

Keine dieser Fragen sprach sie aus, und sie wünschte ihm auch nicht frohe Weihnachten, nachdem er das alles abgelehnt hatte. „Gute Fahrt", sagte sie lediglich.

„Danke."

Er kam einen Schritt näher, als wollte er sich mit einem Kuss verabschieden oder sie wenigstens in den Arm nehmen, blieb dann aber abrupt stehen, als hätte er vor sich auf dem Fußboden eine Giftschlange entdeckt.

Sosehr Ruth das auch bedauerte – ein Abschiedskuss hätte alles nur noch schwerer gemacht. „Soll ich dir ein Sandwich für unterwegs machen?", bot sie an.

Das war nichts Besonderes, doch er schüttelte den Kopf und streckte ihr die Hand hin. „Komm mit nach unten. Dann verabschiede ich mich von den Kindern und deinen Verwandten."

7. Kapitel

Allen tat es aufrichtig leid, dass Tucker abreiste. Er vermutete jedoch, dass Ruth erleichtert war. Sie hatte ihn von Anfang an nicht im Haus haben wollen. Hätte er auf sie gehört, wäre sein inneres Gleichgewicht nicht aus den Fugen geraten, doch nun war es zu spät. Jetzt kam es nur noch darauf an, den Schaden zu begrenzen.

Eigentlich wollte er sich zuerst von den Kindern und dann ganz schnell von den Familienmitgliedern verabschieden und das Haus verlassen, bevor Tante Shirleys Lippenstift auf seiner Wange getrocknet war. Ein Anruf der Johnsons kam jedoch dazwischen. Während Ruth sich erkundigte, wie Charles' Vorstellungsgespräch wegen der neuen Arbeitsstelle verlaufen war, umarmte Tucker die Kinder und erklärte, er müsste seinen Besuch abkürzen und sich daheim um seine Geschäfte kümmern.

Dann rief Ruth die Kinder ans Telefon, damit sie sich gemeinsam anhörten, was ihnen die Eltern zu sagen hatten.

Ruth zog Tucker auf die Seite und berichtete leise: „Die Johnsons haben eine Autopanne und können nicht wie geplant heute zurückkommen."

Die Kinder taten ihr leid, weil sie bestimmt schrecklich enttäuscht waren. Tucker hätte Ruth gern in die Arme genommen und mit einem Kuss die Sorgenfalten geglättet, doch er hielt sich zurück. Genau weil er sich so etwas wünschte, reiste er ja ab. Diese Familie und die Kinder waren ihm viel zu sehr ans Herz gewachsen, und das galt ganz besonders für Ruth.

Falls er blieb, setzte er sich ständig neuen Gefahren aus, und womöglich merkte Ruth dann sogar, wie stark er sich zu ihr hingezogen fühlte. Es war schon schlimm genug, dass er gefühlsmäßig litt. Ihre Gefühle sollten nicht auch noch in Mitleidenschaft gezogen werden.

Nach seiner Rückkehr nach Alexandria würde er die Unterlagen für die dort gestartete Transaktion fertigstellen. Wichtig war im Moment nur, dass er sich so weit wie möglich von Willow Glen Plantation und seinen Bewohnern entfernte. Und das so schnell wie möglich!

Als die Kinder auflegten, verrieten ihre Gesichter, was sie jetzt empfanden. Nicky zeigte eine finstere Miene und reagierte sich ab, indem er der rot-silbernen Haarschleife seiner Schwester einen Schlag versetzte. Die Kleine reagierte überhaupt nicht darauf, sondern nahm stattdessen das Däumchen.

Tucker ging in die Hocke, drückte das Mädchen an sich und klopfte Nicky aufmunternd auf die Schulter.

„Verlässt du uns trotzdem?“, fragte Angie mit dem Daumen im Mund.

Es versetzte Tucker einen Stich ins Herz. Er konnte nicht direkt antworten. „Bestimmt können eure Eltern es kaum erwarten, euch wiederzusehen, und beeilen sich, damit sie so bald wie möglich hier sind.“

„Tucker.“ Ruth kauerte sich neben ihn. „Die Johnsons sind in Kentucky, und die Werkstatt kann das Ersatzteil erst nach Weihnachten besorgen.“ Sie lächelte den Kindern zu. „Danach dauert es einen weiteren Tag, bis der Wagen repariert ist und sie zurückkommen.“

„Erst nach Weihnachten?“

Ruth nickte.

Tucker war ursprünglich hergekommen, weil er nichts mit familiären Weihnachtsfesten zu tun haben wollte. Er war auf der Flucht vor der Weihnachtsstimmung gewesen. Wäre er doch bloß nicht so lange geblieben!

Sein Ehrgefühl sagte ihm jedoch, dass er sich nun selbstsüchtig verhielt. War es denn wirklich so schlimm, dass Tante Ada ihn zum offiziellen Familienmitglied erhoben hatte, indem sie für ihn einen Strumpf zu den anderen an den Kamin gehängt hatte? War es so schlimm, dass Ruth einen Teil seines Herzens geöffnet hatte, den er eigentlich abschirmen wollte?

Bestimmt wurde es für ihn schmerzhaft, wenn er blieb und sich noch enger an die Familie und vor allem an Ruth band. Doch er litt sicher viel weniger als die Kinder. Im Moment kamen sie sich von ihren Eltern verlassen vor, und darum konnte er sie nicht auch noch verlassen.

Ruth wartete genauso gespannt auf seine Antwort wie Nicky und Angie. Tucker lächelte die Frau, die ihm in kurzer Zeit so wichtig geworden war, verhalten an, wandte sich wieder an Angie und opferte seine eigenen Pläne. „Meine Geschäfte können warten, bis eure Eltern wieder da sind."

Als sie aufstanden, lächelte ihm Ruth so warmherzig und dankbar zu, dass ihn allein das schon für sämtliche Risiken entschädigte, auf die er sich durch den längeren Aufenthalt einließ.

„Großartig", stellte sie fest. „Dann haben wir jede Menge Zeit zum Plätzchenbacken."

Die Kinder strahlten, dass ihre Augen mit dem Weihnachtsbaum um die Wette leuchteten, doch dann warf Nicky einen Blick auf Tucker und erklärte: „Mädchen backen Plätzchen. Ich helfe Tucker bei dem Teppich, um den er sich kümmern wollte."

Abwartend stand er da. Tucker hatte die aufgerollte Ecke des Teppichs völlig vergessen, die er behelfsmäßig mit doppelseitigem Klebeband am Fußboden befestigt hatte. Er musste jedoch noch an der Unterseite ein besonders starkes Teppichband anbringen.

Gut, dann bekam er jetzt die Gelegenheit, das Tante Shirley gegebene Versprechen einzulösen, und er konnte auch die Haltung dieses Minichauvinisten korrigieren. Das erreichte er am besten durch ein gutes Beispiel.

„Versprochen ist versprochen", versicherte er dem dunkelhaarigen Jungen. „Hoffentlich macht es Tante Shirley nichts aus, wenn der Teppich warten muss, bis ich mit den Plätzchen fertig bin."

Das überlegene Lächeln des Jungen erlosch. „Du hilfst beim Backen? Den Mädchen?"

„Aber sicher. Man darf die Teigschüssel schließlich nur auslecken, wenn man geholfen hat." Tucker stellte sich vor, wie er Teig von Ruths Fingern leckte … Teig auf ihren Brüsten verteilte … und auf ihrem Bauch …

Ein Festessen für einen König. Für einen sehr glücklichen König.

Der Tag ging mit Plätzchenbacken, Teppichreparatur und Pferdchenspielen im Garten vorbei. Dann traf ein großes Paket für Tucker ein. Die Kinder wollten zwar unbedingt sehen, was sich darin befand, doch er verriet es nicht, sondern brachte es ins Kutschenhaus und schloss es in seinem Wagen ein.

So eine Geheimniskrämerei war um die Weihnachtszeit ja nicht ungewöhnlich. Ruth fragte sich trotzdem, was wohl dahintersteckte. Schließlich hatte Tucker dieses seltsame Telefongespräch geführt und darum gebeten, ihm etwas zu schicken. Vielleicht handelte es sich dabei um dieses Paket. Und danach hatte er sich mit Vivian unter vier Augen unterhalten, und sie war rasch zur Bank gefahren.

Hatte ihre Schwester ihn vielleicht dazu gebracht, ihr etwas zu kaufen, das sich in dem Paket verbarg? Wenn ja, was war es?

Erneut sagte ihr der Verstand, dass sie bei Tucker Maddock vorsichtig sein sollte. Doch das Herz riet ihr, nicht gleich das Schlimmste von ihm anzunehmen. Jedenfalls ging sie der Sache nicht weiter nach, ob nun wegen der Feststimmung oder weil sie ihm tatsächlich schon hoffnungslos verfallen war. Sie hoffte lediglich, dass sie diese Entscheidung nicht irgendwann bereuen würde.

Eigentlich sollten die Kinder schon im Pyjama darauf warten, ins Bett gebracht zu werden. Auf dem Weg zum Zimmer der beiden stieß Ruth beinahe mit Tucker zusammen.

„Hoppla“, sagte er und hielt sie an den Armen fest. Er ließ sie nicht gleich wieder los, und sie wollte das auch gar nicht. „Ich wollte gerade den Kindern Gute Nacht sagen.“

Sie dachte daran, wie er die zwei über die Enttäuschung hinweggetröstet hatte. „Es war sehr nett von dir zu bleiben … wegen der Kinder.“ Besonders schwer fiel ihr es zuzugeben, dass er nur deshalb hier war.

„Sie sind verrückt nach dir“, meinte er, und einen Moment dachte sie schon, er würde gleich über seine eigenen Gefühle für sie sprechen. „Sie haben es bei dir wirklich sehr gut, aber trotzdem vermissen sie natürlich ihre Eltern, und da konnte ich nicht ebenfalls fortgehen. Schon gar nicht zu Weihnachten.“

Wahrscheinlich hatte gerade das eine große Rolle bei seiner Entscheidung gespielt. Schließlich hatte er erwähnt, dass er zu Weihnachten geliebte Menschen verloren hatte.

Sie ging zu dem Zimmer, in dem Nicky und Angie untergebracht waren, doch Tucker hielt sie an der Tür zurück.

„Morgen müssen wir noch mal mit den Kindern einkaufen fahren.“

„Am vierundzwanzigsten? Dann herrscht bestimmt das reinste Chaos.“

„Nicky gefallen die Bastelarbeiten, die du ihm gezeigt hast und die er für die Familie machen soll, aber er braucht noch ein ganz besonderes Geschenk.“

Das war für sie bestimmt. Ruth wusste es, ohne dass Tucker es aussprach. Sie war gerührt, weil Nicky und Tucker an sie dachten.

„Und wir beide müssen Geschenke besorgen, damit die Kinder sie am Weihnachtsmorgen öffnen können." Sie hatte geplant, schnell zum Einkaufszentrum zu fahren, bevor dort der Riesenandrang ausbrach. Nun konnten sie und Tucker herausfinden, was die Kinder sich wünschten, und sich dann trennen. Der eine kaufte die Geschenke, und der andere beschäftigte die Kinder.

Tucker begleitete sie ins Zimmer, doch Angie und Nicky waren von den vielen Aktivitäten des Tages noch viel zu aufgedreht. Außerdem machte Angie sich Sorgen, der Weihnachtsmann könnte sie nicht finden, weil sie nicht daheim waren.

Ruth setzte sich zu dem kleinen Mädchen aufs Bett. „Keine Angst", sagte sie beruhigend. „Ihr werdet am Weihnachtsmorgen auch hier Geschenke finden, und dann könnt ihr noch einmal mit euren Eltern feiern, wenn sie zurückkommen."

„Aber wie findet uns denn der Weihnachtsmann?"

„Tja, um diese Jahreszeit gibt es etwas ganz Besonderes, und das nennt man den Zauber der Weihnacht."

Angie schob den Daumen in den Mund, während Nicky und Tucker amüsiert zuhörten. „Ich glaube nicht an Zauberei."

Ruth seufzte. Wenn die Kinder zu ihr in die vierte Klasse kamen, hatten sie schon herausgefunden, woher die Geschenke stammten, die sie am Weihnachtsmorgen in ihren Wohnzimmern vorfanden. Darum hatte sie nun keine Ahnung, was sie dem Kind sagen sollte.

„Du bist doch ein kluges Mädchen", stellte Tucker fest und setzte sich neben Ruth aufs Bett. Sein Knie streifte ihren Schenkel. „Willst du eine wissenschaftliche Erklärung hören?"

Angie nickte, und er begann mit umständlichen Ausführungen über globale Ortungssysteme und ihre Funktionsweise. Ruth war überzeugt, dass er übertrieb, als er den Satz des Pythagoras zitierte sowie Mikrowellen und Ozonschichten ins Spiel brachte, doch Angie hing förmlich an seinen Lippen.

Ruth hätte beinahe auch seine irre Geschichte geglaubt. Es war nur allzu verständlich, dass Tante Shirley, Vivian und die anderen seiner Ausstrahlung erlegen waren. Der Mann verstand es, Menschen für sich zu gewinnen.

„Wie wäre es denn mit einer Gutenachtgeschichte?", fragte sie und griff nach dem Buch, aus dem sie in der Schule am liebsten vorlas.

„Ich habe schon eine gehört", sagte Nicky.

Tucker unterstützte sie auch nicht gerade, indem er darauf hinwies, dass ein Buch über Zauberer nicht zum Geist der Weihnacht passte. Er ging hinaus und kam wenige Minuten später triumphierend lächelnd mit zwei Büchern zurück. „Die lagen noch auf dem Dachboden genau an der Stelle, an der die Newlands ihre Weihnachtssachen aufbewahrt haben."

Er hob Angie hoch, trug sie zu Nickys Bett und setzte sich zwischen die Kinder. Dann klopfte er neben seinen Beinen auf die Matratze, damit Ruth sich zu ihnen gesellte.

Das tat sie auch, und erneut fühlte sie sich wie in einer eigenen Familie. Und sie stellte sich vor, wie sie und Tucker in einem großen Bett lagen und ihre eigenen Kinder sich an sie drückten. Das war jedoch völlig aus der Luft gegriffen, und darum konzentrierte sie sich wieder darauf, was Tucker sagte.

„Jedes Jahr haben Mr. und Mrs. Newland Chris und mir am Vorabend des Weihnachtsabends *The Night Before Christmas* vorgelesen", erklärte er den Kindern und zeigte ihnen die von Clement Moore geschriebene Geschichte über den Heiligen Nikolaus. „Und am Weihnachtsabend haben sie uns das hier vorgelesen." Jetzt präsentierte er ein Bilderbuch über die Geburt im Stall von Bethlehem. „Diese Tradition werden wir fortsetzen."

Mit seiner tiefen Stimme beschrieb er die acht kleinen Rentiere und las die ganze Geschichte vor.

Es war so schön, dass Ruth sich total entspannte. Und während sie da auf dem Bett saß und die Blicke genoss, die Tucker ihr ab und zu zuwarf, versuchte sie, ihn sich als Jungen vorzustellen.

Ruth mochte Nicky, und zwischen Mrs. Newland und Tucker war es damals vermutlich ähnlich gewesen. Nicky litt weniger unter familiären als unter finanziellen Problemen. Da Tucker so gut wie gar nicht über seine Familie sprach, vermutete Ruth, dass er kaum entsprechende Bindungen gehabt hatte. Wieso sonst sollten Eltern zulassen, dass ihr Kind Jahr für Jahr ein so wichtiges Fest bei anderen Leuten verbrachte? Wieso sollten sie erlauben, dass ihr Kind sich mit einer anderen Familie und deren Traditionen und Erinnerungen verband?

Jetzt war sie sicher, dass Tucker die Wahrheit gesagt hatte. Er war hergekommen, um diese Erinnerungen aufleben zu lassen. Wahrscheinlich ging es ihm auch noch um etwas anderes, doch das war nicht der eigentliche Grund für seine Rückkehr nach Willow Glen Plantation.

Er war von einer tiefen Sehnsucht erfüllt, und Ruth wusste nun, wie sie ihm helfen konnte, diese Sehnsucht zu stillen.

Am ersten Weihnachtstag war es nicht mehr so grimmig kalt. Das war auch gut so, weil die Kinder immer wieder mit ihrem kleinen Hündchen, das der Weihnachtsmann ihnen gebracht hatte, ins Freie hinaus mussten.

Ruth begleitete sie. Tucker war zwar schon die ganze Zeit ziemlich schweigsam, schloss sich ihnen jedoch an.

Ruth schob die Hand unter ihre offene Jacke und berührte die goldene Brosche an ihrem Pulli. Tucker hatte jeder Frau in der Familie eine besondere Brosche geschenkt, die besonders zu ihr passte. Er hatte sich wirklich Mühe bei der Wahl der Geschenke gegeben.

Ruths war ein goldenes „A+“, eine Anspielung darauf, dass sie Lehrerin war. Oder steckte noch ein anderer Gedanke dahinter? Sie betrachtete den Mann an ihrer Seite, der sich um die Kinder kümmerte und über ihre Späße lachte. Ihrer Meinung nach verdiente er ein „A++“ dafür, dass er ihnen ein so fröhliches Weihnachtsfest bescherte.

Und mir … durchfuhr es Ruth. Sie dachte an die flache Schachtel in ihrer Hosentasche, ein Geschenk, das sie Tucker noch überreichen musste.

Er drehte sich zu ihr um, und ihre Blicke trafen sich. Seit gestern Abend sah Ruth ihn in einem neuen Licht. Ungeniert studierte sie sein Gesicht. In den dunkelbraunen Augen fand sie einen Blick, der viel zu verlockend und sinnlich war. Die kräftige Nase wies Spuren von harten Footballspielen auf, und die Lippen erinnerten sie an verführerische, zärtliche Küsse.

Um sich abzulenken, betrachtete sie seine Krawatte mit dem aufgemalten Weihnachtsbaum und den batteriebetriebenen roten und weißen Lämpchen.

„Die Kinder sind begeistert, dass du ihre Krawatte als Erste umgebunden hast“, stellte sie lächelnd fest.

„Da ich zwischen etwa sechs neuen Krawatten wählen musste, ist mir die Entscheidung nicht leichtgefallen“, entgegnete er amüsiert.

Alle – auch Ruth selbst – waren auf dieselbe Idee gekommen, wenn auch aus unterschiedlichen Gründen. Die älteren Familienmitglieder hatten Krawatten geschenkt, weil das praktisch schon eine Tradition war. Ruth hatte sich dafür entschieden, um ihre Beziehung neutral zu halten und ihm kein allzu persönliches Geschenk zu machen. Dann allerdings war sie auf jenes gestoßen, das noch in der Tasche steckte.

Vivian hatte ihre Krawatte insofern zu einem sehr persönlichen Geschenk gemacht, als sie Tucker hingebungsvoll geholfen hatte, sie zu binden. Vielleicht war es Ruth aber auch bloß so vorgekommen.

Nur Tante Ada und Onkel Oren hatten sich etwas anderes einfallen lassen. Ada hatte einen kleinen Bettvorleger geknüpft, und Oren hatte ihm für seinen Sportwagen einen Feuerlöscher geschenkt.

Die Kinder wälzten sich ausgelassen mit dem Hund auf der Erde. Angie lachte begeistert, als Tucky ihr Gesicht leckte. Der Name war aus einer Verbindung von Tucker und Kentucky entstanden, dem Staat, in dem ihre Eltern auf die Reparatur des Wagens warteten.

„Mit diesem Geschenk hast du einige Leute sehr glücklich gemacht", stellte Ruth fest und zählte an den Fingern mit. „Natürlich in erster Linie die Kinder. Dann die Foutches, weil sie für einen von Bitsys Welpen einen Platz gefunden haben. Hoffentlich können sich die Johnsons bald ein Haus leisten, in dem sie einen Hund halten können."

„Als ich sie angerufen und den Welpen vorgeschlagen habe, meinte Charles, sie würden das schon irgendwie schaffen." Tucker unterbrach sich und riet Nicky, dem Hund nicht zu erlauben, an seiner Socke zu zerren. „Und falls es mit der Arbeitsstelle in Kentucky doch nicht klappen sollte, versuche ich, ihm eine Arbeit in meiner Firma zu vermitteln."

„Jedenfalls hast du den Kindern auch ohne ihre Eltern ein ganz besonderes Weihnachtsfest beschert."

Er blickte durch den Garten zu den beiden, und sein Gesicht verdüsterte sich. „An Weihnachten sollte man nur glückliche Erinnerungen haben", sagte er tonlos.

Sekundenlang schwiegen sie. Ruth wollte nicht neugierig sein, aber als er von sich aus nichts erzählte, konnte sie sich doch nicht zurückhalten. „Was ist mit deiner Familie, Tucker? Du hast über die Newlands gesprochen, aber ..."

„Die Newlands waren meine Familie", schnitt er ihr unerwartet scharf das Wort ab. „Die glücklichsten Jahre habe ich bei ihnen verbracht", fügte er sanfter hinzu. „Ich war noch sehr klein, als meine Mutter krank wurde. Sie hat sich bemüht, es mir nicht zu zeigen, und sie hat mich sogar aufgeheitert, wenn sie zu schwach war, um sich auf den Beinen zu halten." Ein Mann wie Tucker wollte zwar bestimmt kein Mitleid, aber Ruth legte ihm trotzdem die Hand auf den Arm und hoffte, seinen Schmerz zu lindern. Zu ihrer Erleichterung zog er sich nicht zurück.

„Als sie starb, war ich ungefähr in Angies Alter. Das war wenige Tage vor Weihnachten. Danach hat mein Vater das ganze Geld in Alkohol umgesetzt, und ich musste in Lumpen zur Schule gehen, viel schlimmer als die Sachen, in denen Nicky und Angie hergekommen sind. Immer wenn sich Moms Todestag jährte, wurde es mit Dad schlimmer, und zuletzt hat er nicht mal mehr einen Baum aufgestellt oder Geschenke besorgt."

Er schüttelte den Kopf und sprach sehr leise weiter.

„Ich war im letzten Jahr der High School, als mein Vater am Weihnachtstag an Leberzirrhose starb. Er hat sich nicht den schlechtesten Zeitpunkt ausgesucht. Mit dem Geld seiner Versicherung konnte ich wenigstens das College besuchen."

„Ach, Tucker, ich hatte ja keine Ahnung!"

„Du brauchst mich nicht zu bemitleiden. Wäre es in meiner eigenen Familie nicht so schlimm gelaufen, hätte ich nie die Erfahrungen mit Chris und seiner Familie gesammelt."

Es rührte sie, dass er dieser unseligen Vergangenheit sogar noch eine gute Seite abgewann. „Meine Eltern starben, als Vivian und ich sehr jung waren", berichtete sie nun ihrerseits. „Ich erinnere mich kaum an die beiden. Zu unserem Glück hat Tante Shirley uns zu sich genommen. Sie war bereits Witwe, und wahrscheinlich ist sie unseretwegen so lange allein geblieben."

Tucker räusperte sich. „Sie ist eine gute Frau, und sie kümmert sich noch immer um euch." Nach einer kurzen Pause fügte er hinzu: „In einer Art und Weise, die du dir nicht einmal vorstellen kannst."

Ruth nickte. „Wann immer ich das Fehlen einer Vaterfigur in meinem Leben bedauert habe, sind mir die Opfer eingefallen, die sie gebracht hat. Aber so dankbar ich ihr auch bin, möchte ich doch, dass meine Kinder mit beiden Elternteilen aufwachsen."

„Das wünsche ich dir auch, Ruth", meinte er und lächelte sanft.

Bei seinem Ton fragte sie sich, ob er dabei an einen ganz bestimmten Mann dachte. Vielleicht war jetzt der richtige Zeitpunkt gekommen, um ihm das zweite Geschenk zu geben.

„Komm", forderte er sie auf. „Ich möchte dir etwas zeigen." Er führte sie zum Kutschenhaus. „Die Kinder spielen eine Weile auch allein, und wir können sie durchs Fenster beobachten."

Wollte er ihr den neuen Feuerlöscher zeigen? Den hatte sie doch schon am Morgen gesehen.

Er öffnete den Kofferraum und holte den braunen Karton heraus, der vor zwei Tagen zugestellt worden war. „Du wolltest deiner Familie das beste Weihnachtsfest aller Zeiten bieten, und ich habe es durch mein Auftauchen empfindlich gestört."

Sie versuchte zu widersprechen, weil sie sich wegen ihrer anfänglich abweisenden Haltung schämte, doch er schüttelte den Kopf, stellte den Karton auf die Motorhaube und gab ihr einen Wink, dass sie ihn aufmachen sollte.

„Es ist nichts Besonderes", meinte er, „aber hoffentlich entschädigt es dich ein wenig für die Unannehmlichkeiten, die ich dir bereitet habe."

Jetzt fühlte sie sich erst recht elend. Sie hatte nicht gewollt, dass er sich abgelehnt fühlte. Es war ihr nur darum gegangen, ihre Familie zu beschützen. Trotzdem hatte sie seine Gefühle verletzt, und das passte nun gar nicht zu Weihnachten.

„Mach schon auf. Ich glaube, es wird dir gefallen." Er lächelte so herzlich und offen, dass Ruth nicht begriff, wie sie jemals an ihm hatte zweifeln können.

Vorsichtig, um den Lack des Wagens nicht zu zerkratzen, riss sie die Verpackung auf und hob den Deckel ab. In dem Karton lagen sorgfältig aufgestapelt Schienen, Eisenbahnwagen und Lokomotiven. In einem besonderen Fach entdeckte sie Bäume, Menschen und Straßenschilder. In einem anderen Bereich waren die Häuser einer Miniaturstadt gestapelt.

Ruth fasste sich ans Herz und hatte Tränen in den Augen, während sie die perfekten Nachbildungen betrachtete.

„Du hast Glück“, bemerkte Tucker, als ihr die Worte fehlten, um ihm für dieses außergewöhnliche Geschenk zu danken. „In der heutigen Zeit gilt es als politisch korrekt, wenn Mädchen mit einer Modelleisenbahn spielen.“

Tränen liefen ihr nun offen über die Wangen. Ruth machte sich nicht die Mühe, sie wegzuwischen. Als sie endlich sprechen konnte, war ihre Stimme fast unhörbar. „Woher hast du das gewusst?“

„Sagen wir mal, der Weihnachtsmann hat es mir verraten.“

Er griff nach ihren Händen und streichelte sie. „Hoffentlich gefällt es dir.“

„Wunderbar“, versicherte sie und fand, dass diese Beschreibung auch auf den Schenkenden zutraf. „Das ist alles so schön und zierlich gearbeitet, es ist bestimmt alt.“

„Mr. Newland hat die Eisenbahn einst von seinem Vater zu Weihnachten bekommen und sie viele Jahre später an Chris weitergegeben.“ Tucker lächelte betrübt. „Im letzten Jahr habe ich sie bekommen, und jetzt gehört sie dir.“

Erst allmählich begriff sie, was für ein bedeutendes Geschenk er ihr gemacht hatte. „Nein, Tucker, das hättest du nicht …“

„Ich möchte, dass sie dir gehört“, unterbrach er sie. „Irgendwann schenkst du sie deiner Tochter und dann der Tochter deiner Tochter.“

„Ich weiß nicht, was ich sagen soll.“ Impulsiv wollte sie ihn auf die Wange küssen, aber irgendwie landeten ihre Lippen auf seinen, und schon nach der ersten flüchtigen Berührung dachte keiner von ihnen mehr daran, sich zurückzuziehen.

Ruth spürte, wie er die starken Arme um sie legte. Sie schmiegte sich an ihn und gab sich ganz dem Kuss hin. Tucker war viel größer und stärker als sie, doch sie fühlte sich weder unterlegen noch ängstlich. Es war vielmehr so, als würde sie sich in ein großes warmes Bett sinken lassen, dermaßen geborgen kam sie sich vor. Der zärtliche Kuss und der sanfte Druck seiner Finger verzauberten sie, bis sie zu träumen glaubte.

Sie genoss es auch, als der Kuss leidenschaftlicher wurde und viel berauschender wirkte als Alkohol. Und sie sehnte sich nach mehr. Allerdings wusste sie, dass sie danach ihr Leben lang nicht mehr von ihm loskommen würde.

Zu ihrem größten Bedauern beendete er den Kuss und zog sich leise seufzend zurück. Er hatte Lippenstift am Mund, doch es sah keineswegs so harmlos aus wie Tante Shirleys pfirsich-farbene Lippenstiftspuren. Diese hier waren ein sichtbares Zeichen von Ruths wildem Verlangen.

Behutsam wischte sie die verräterischen Spuren weg. „Danke", flüsterte sie, als sie wieder zu Atem kam, und wusste selbst nicht genau, ob sie damit die Eisenbahn oder den Kuss meinte – oder beides.

„Nein, ich danke dir", erwiderte er und bezog sich eindeutig auf den Kuss.

„Ich habe auch etwas für dich", brachte sie vor und fasste in die Hosentasche. „Ein Weihnachtsgeschenk."

Sie holte die flache Schachtel hervor und zupfte an der Schleife des goldfarbenen Bandes, die in der Hose flach gedrückt worden war.

„Du hast mir doch schon etwas geschenkt", wandte er ein.

„Das hier ist viel besser als eine langweilige Krawatte. Mach es auf."

Er gehorchte und förderte einen vergilbten Umschlag mit Blutflecken zutage. Ruth hatte das Kuvert nicht geöffnet, auf dem zwei Unterschriften standen. Eine stammte von Tucker Maddock.

Ungläubig betrachtete er den Umschlag, schniefte und räusperte sich befangen, ehe er behutsam das Siegel brach. Wehmütig lächelnd verlas er die Bedingungen des Paktes. Chris und er hatten einander geschworen, auf Lebenszeit Brüder zu sein … eine Lebenszeit, die für einen von ihnen viel zu kurz gewesen war.

Als er den Blick vom Blatt hob und sie ansah, wusste Ruth, dass sie ihm tatsächlich seinen Weihnachtswunsch erfüllt hatte.

Wortlos breitete er die Arme aus, und sie schmiegte sich an ihn und lehnte den Kopf an seine breite Brust.

„Ich habe gedacht", gestand er, „auch in diesem Jahr würde Weihnachten für mich schrecklich sein. Durch dich ist es perfekt geworden."

8. Kapitel

Die Kinder sehnten sich zunehmend nach ihren Eltern. Auch Tucker sehnte sich nach etwas, doch bei ihm war das nicht so eindeutig, oder er wollte es sich nur nicht eingestehen. Es war jedenfalls viel einfacher, Nicky und Angie von ihrem Kummer abzulenken, als seine innere Stimme zum Schweigen zu bringen. Vielleicht hatte er aber auch Glück, und das Spielen im frisch gefallenen Schnee half auch ihm.

Ein Schneeball landete in seinem Nacken. Der Stadtpark war voll von Kindern, die ihre neuen Schlitten ausprobierten, doch Tucker wusste trotzdem ganz genau, von wem das Geschoss stammte. Er formte seinerseits einen Schneeball und traf damit seinen zehn Jahre alten Gegner an der Brust.

„Hey, ich war das nicht“, protestierte Nicky, als Tucker erneut auf ihn zielte. „Miss Ruth hat angefangen.“

Tucker blickte in die Richtung, die Nicky ihm zeigte. Ruth sah in ihrem grauen Mantel und mit der rosa Strumpfmütze zwar ganz süß aus und lächelte auch unschuldig, winkte ihm aber mutwillig mit der einen Hand zu und traf ihn im nächsten Moment mit einem Schneeball, den sie auf dem Rücken verborgen hatte, an der Schulter.

Tucker sann auf Rache, doch als er sich bückte, um sich mit der nötigen Munition zu versorgen, traf ihn ein Schneeball am Hosenboden, und diesen Treffer verdankte er Nicky. Eine richtige Schneeballschlacht begann, wobei die kleine Angie nur wirkungslose Schneewölkchen erzeugte. Und Tucky, der junge Beagle, jagte bellend hinter den Schneebällen her, als würden sie eigens für ihn geworfen.

So ging das unter Gelächter ungefähr zehn Minuten weiter, wobei Angie auf Tuckers Schultern saß, damit sie von so hoch oben besser auf Nicky, Ruth und Brooke zielen konnte. Tucker und Ruth ging bald die Luft aus, doch Nicky hatte gerade erst angefangen und schloss sich einer Gruppe von Schulfreunden an.

Angie war nun für ruhigere Spiele bereit. Ruth und Brooke halfen ihr, einen Schneemann zu bauen, und als sich den beiden Mädchen noch ein drittes anschloss, zogen sich die Erwachsenen ein Stück zurück, um zu verschnaufen und einfach nur zuzusehen.

Tucker genoss den Anblick. Dazu gehörte nicht bloß der Abhang, auf dem sich Menschen jeden Alters tummelten und auf tollen Schlitten, Mülltonnendeckeln und Pappkartons herunterrutschten. Es ging ihm auch nicht allein um den zugefrorenen Teich, der in einiger Entfernung glitzerte. Viel mehr interessierte ihn die Frau an seiner Seite, deren Wangen und Nase von der Kälte rosig schimmerten. Ihre Brust hob und senkte sich unter tiefen Atemzügen, während sie den Kindern beim Spielen zusah.

„Das hat Spaß gemacht", stellte er zuletzt fest. „Vielen Dank, dass du die Schlacht ausgelöst hast."

„Ich?", fragte Ruth gespielt unschuldig und fasste sich ans Herz. „Wie kommst du auf die Idee, ich könnte so etwas tun?"

Tucker lächelte bloß.

„Ich bin froh, dass Brooke sich uns angeschlossen hat", fuhr Ruth fort. „Die Ärmste wurde allmählich wahnsinnig, weil sie mit den ganzen Verwandten im Haus eingeschlossen war."

Amüsiert erinnerte er sich daran, wie oft sich das junge Mädchen darüber beklagt hatte, dass es noch ganze achtzehn Monate dauern würde, bevor sie endlich den Führerschein und damit die ersehnte Freiheit bekommen würde.

„Ja. Schade ist nur, dass Vivian nicht auch mitgekommen ist. Sie hätte sich bestimmt großartig amüsiert." Er fügte nicht hinzu, dass sie sich wahrscheinlich keinen Nagel abbrechen oder die tolle Frisur nicht gefährden wollte. Dafür schätzte er Ruths Schwung und Begeisterungsfähigkeit umso mehr.

Ruth erstarrte, als er ihre Schwester erwähnte.

„Was ist?“, fragte er.

Sie zögerte einen Moment. „Nichts. Ich bin nur müde.“

Tucker war ziemlich sicher, dass das nichts mit der Schneeballschlacht zu tun hatte, doch er wollte sich nicht zwischen die Schwestern drängen, falls es da Probleme gab. Daher tat er, als würde er die Erklärung glauben. „Wollen wir uns setzen?“, fragte er und deutete auf einen platt gedrückten Karton, den jemand zurückgelassen hatte. „Dort holen wir uns wenigstens keinen nassen Po.“

Sie warf einen Blick auf den Karton und dann auf den unberührten Schnee hinter ihnen. „Hast du schon mal einen Schnee-Engel gemacht?“

Ich brauche keinen zu machen, weil schon einer bei mir ist, dachte er. Mit dem Schnee, der an Jacke und Mütze klebte, brauchte sein dunkelhaariger Engel nur noch Flügel.

„Nein, noch nie“, antwortete er auf ihre Frage.

„Für alles gibt es ein erstes Mal.“

Einen Moment lang dachte Tucker an etwas ganz anderes als einen Schnee-Engel.

„Komm her, ich zeige dir, wie das geht“, sagte sie, griff nach seiner Hand und rückte ein Stück von ihm ab. „Zuerst holst du tief Luft, und dann lässt du dich einfach fallen.“

Das machte sie ihm vor, indem sie zuerst auf dem Po und dann auf dem Rücken landete. Er folgte ihrem Beispiel und lag neben ihr, wobei sich ihre Finger berührten. Ohne Handschuhe hätte es ihm besser gefallen, und er wollte noch viel mehr als ihre Hand berühren … alles an ihr, bloß nicht ihr Herz. Das war ihm zu gefährlich.

„Jetzt breitest du die Flügel aus“, fuhr sie fort und bewegte die Arme auf und ab, um im Schnee eine Spur zu erzeugen, die an Flügel erinnerte, „und lässt dich in ungeahnte Höhen treiben.“

Und wenn sie diese Höhen erreicht hatten, fügte er in Gedanken hinzu, würden sie in die Realität abstürzen und hart aufschlagen. Das entsprach zumindest seinen bisherigen Erfahrungen, ganz besonders zu Weihnachten.

„Ist das nicht schön?“, fragte sie und betrachtete ihr gemeinsames Werk.

Tucker richtete den Blick auf die Frau an seiner Seite, die sein Leben innerhalb einer Woche auf den Kopf gestellt hatte. „Ja, sehr schön“, bestätigte er, „aber es dauert nicht lange, dann schmilzt alles weg.“

Ihr Lachen erinnerte an den klaren Klang von Weihnachtsglöckchen. „Ist für dich das Glas immer halb leer?“

„Mein Glas ist so oft zerbrochen“, erwiderte er seufzend, „dass ich mich nicht mehr darauf verlasse, wenn ich durstig bin.“

Ruth schwieg sekundenlang. „Vielleicht klingt es etwas albern, aber wir sollten darauf vertrauen, dass unsere Engel uns vor allem beschützen, was wir fürchten.“

Schnee rutschte ihm unter den Kragen, als er sich ihr zuwandte. „Meinst du damit den Verlust der Mutter oder des Vaters, der Alkoholiker ist?“, fragte er schicksalsergeben. „Oder dass drei der nettesten und liebevollsten Menschen, die es jemals gegeben hat, auf einen Schlag sterben? Nein, danke, da nehme ich mein Leben lieber selbst in die Hand.“ Nur so konnte er sich vor künftigen Gefahren schützen, und seine reizende Ruth stand auf der Liste der möglichen Risiken ganz oben.

„Ach, Tucker“, seufzte sie leise, „du schirmst dich nicht vor deinen Ängsten ab, sondern vor dem Leben.“

Ruth war nicht sicher, ob Tucker soeben „Herein!“ oder „Moment!“ gerufen hatte, aber sie nahm an, dass er sie zum Eintreten aufgefordert hatte. Mit einigen Schienenteilen in den Händen drückte sie seine Zimmertür auf.

Tucker war gerade dabei, das T-Shirt auszuziehen. Er stand mitten im Zimmer und war ansonsten nur mit Boxershorts bekleidet.

„Tut mir leid, ich dachte, dass ich hereinkommen soll."

„Nein, schon gut." Er warf das T-Shirt aufs Bett, von dem es wieder herunterrutschte, griff nach der Pyjamahose und zog sie an. Dabei wirkte er keineswegs verlegen.

Ruth sah gebannt zu, wie er zur Kommode ging und ein frisches T-Shirt herausnahm. Obwohl die Sonnenbräune bereits verflogen war, schimmerte seine Haut dunkel wie bei einem Südländer. Nackt wirkten seine Schultern noch breiter, und die kräftig durchtrainierte Brust war mit feinem braunen Haar bedeckt. Ihr Blick glitt über die schmalen Hüften, während er ein ärmelloses Shirt anzog, durch das die Schultern massiger aussahen und der Bauch noch flacher wirkte. Bevor ihr Blick noch tiefer wanderte, bremste sie sich gerade rechtzeitig.

„Möchtest du etwas?", fragte er.

Und ob! „Kannst du mir etwas zeigen?" Abgesehen von allem, was er ihr schon gezeigt hatte … „Erklärst du mir mal kurz, wie man die Schienen verbindet, damit sie sich nicht lösen, wenn ein Zug darüberfährt?"

Ihre Hände berührten sich, als er ihr die Schienen abnahm. Dann ging er zum Bett und setzte sich. Ruth gesellte sich zu ihm.

„Du musst darauf achten, dass sie richtig fest zusammenstecken", sagte er und zeigte ihr ein bewegliches Teil, das ihr bisher nicht aufgefallen war. „Und dann musst du noch diese Lasche schließen."

Sie beugte sich zu ihm, um besser sehen zu können, fing den Duft von Seife und Aftershave auf und betrachtete seinen kräftigen Oberkörper. Tucker arbeitete in einem Büro, doch davon stammten diese Muskeln bestimmt nicht. Andererseits war er aber auch nicht der Typ, der stur Gewichte stemmte. Vielleicht boxte er.

Liebend gern hätte sie seine Arme betastet und gespürt, wie sich die Muskeln anspannten, wenn er die Hände bewegte. Sie nahm seine Erklärungen gar nicht wahr, nur den Klang seiner Stimme und das leise Knarren des Betts.

Ohne die Schienen auch nur anzusehen, lehnte sie sich noch weiter zu ihm. Sein Duft und seine Wärme verwirrten ihr die Sinne. Sie sehnte sich nach etwas, ohne es genau beschreiben zu können, aber es hatte eindeutig mit Tucker zu tun.

Sie sah ihn an und strich sich mit der Zungenspitze über die Lippen, konnte jedoch kein Wort hervorbringen.

„Genau daran habe ich auch gedacht", sagte er leise und beugte sich zu ihr, während sie ihm entgegenkam.

Wieder war es schöner als alles, was sie bisher erlebt hatte. Ohne zu überlegen, legte sie ihm die Arme um die schmalen Hüften. Tucker ließ sich rücklings aufs Bett sinken und zog Ruth mit sich, sodass sie halb auf ihm lag. Sie strich über seinen Oberkörper und weiter nach unten. Er überließ ihr die Führung und richtete sich nur danach, was sie machte.

Als sie an der Kordel seiner Pyjamahose zog, öffnete er den Knopf an ihrer Jeans und zog den Reißverschluss herunter. Ruth rang nach Atem, als seine Hand intime Stellen streifte. Tuckers Kuss war herrlich, doch jetzt verlangte sie mehr.

Für einen Moment hörte er zu atmen auf. Ruths Hand folgte der Linie dunkler Haare, die unter der Pyjamahose verschwand.

Zweifellos begehrte er sie so sehr wie sie ihn, und darum drückte sie sich noch enger an ihn. Ihr Haar hatte sich aus der Spange befreit und fiel wie ein Vorhang über Tuckers Gesicht. Er strich es zurück und küsste sie auf den Hals, bis sie leise stöhnte, und als er ihre Brüste streichelte, zeigte sie ihm ohne Worte, wie sehr sie es genoss und sich wünschte, dass er sie ganz eroberte.

Er drehte sie auf den Rücken, beugte sich über sie und legte ein Bein über ihre Hüften. Seine muskulöse Brust streifte ihre Brüste, und Ruth verwünschte ihre Kleidung. Sie wollte Haut an Haut spüren und seine Brust an ihren empfindlichen Brustspitzen fühlen. Instinktiv schob sie sich ihm entgegen, als sie seine Erregung spürte.

„Willst du das wirklich?“, flüsterte er.

„Ja“, hauchte sie und küsste ihn auf die Lippen, die nur Millimeter von ihrem Mund entfernt waren. „Ja, ich will es“, beteuerte sie, als er zögerte.

Jetzt endlich schob er die Hand unter ihren Pulli und streichelte ihren nackten Bauch. „Ich bin nicht bereit zu einer festen Bindung“, sagte er leise und eindringlich. „Es geht nur um diese Nacht, und in wenigen Tagen reise ich ab.“

Obwohl er keinen Grund dafür nannte, vermutete sie, dass er sein Herz nicht verschenken wollte, weil er Angst hatte, erneut einen geliebten Menschen zu verlieren.

Für sie war es jedoch zu spät, ihr eigenes Herz zu schützen, weil es ihm bereits gehörte. Sie hatte sich in Tucker verliebt und konnte sich nicht gegen den Schmerz abschirmen, wenn sie ihn verlor. Doch lieber wollte sie die Erinnerung an eine Nacht mit ihm haben als gar nichts.

„Ich erwarte keine Versprechungen.“ Entschlossen schob sie seine Hand unter ihrem Shirt höher. „Ich will nur, dass du mich jetzt liebst.“

Lange betrachtete er ihr Gesicht, als müsste er noch überlegen, ob er auf ihren Vorschlag oder ihre Bitte eingehen sollte. Dann öffnete er den BH und strich über ihre Brust. Die Entscheidung war gefallen.

Er half ihr beim Ausziehen, und sie schob sein T-Shirt hoch, um endlich seinen nackten, starken Körper zu fühlen.

„Tut mir leid, wenn ich mich ungeschickt anstelle“, sagte sie. „Schließlich ist es für mich das erste Mal.“

Tucker zog die Hand zurück, als hätte er sich verbrannt, und ein kalter Schauer lief ihm über den Rücken. Ihr Geständnis erinnerte ihn daran, dass Ruth keine Frau für eine Nacht war.

Sie hatte ihm versichert, dass sie keine Versprechungen wollte, und ihn unumwunden dazu aufgefordert, sie zu lieben. Jeder andere Mann wäre gern darauf eingegangen, doch ihm war klar, dass sie fest aneinander gebunden sein würden, wenn er seinen und ihren Wünschen nachgab. Bei Ruth handelte es sich nicht um unverbindlichen Sex, sondern um Liebe für immer und ewig.

Er sehnte sich danach weiterzumachen, doch es wäre falsch gewesen, Ruth an sich zu ketten und ihr doch nichts zu versprechen. Das Gespräch im Park fiel ihm ein. Sein Schutzengel versagte erneut. Warum hatte er nicht eingegriffen, als es noch Zeit war, dass keiner der Beteiligten verletzt wurde?

„Was ist denn?", fragte Ruth verwirrt. „Habe ich etwas falsch gemacht? Wenn ja, zeig mir, wie es richtig ist." In ihrer Stimme schwang unverändert Leidenschaft mit und reizte ihn. „Ich lerne gern."

„Nein, das ist es nicht. Du bist absolut perfekt." Keinesfalls sollte sie glauben, es würde an ihr liegen. Er war derjenige, der nicht rechtzeitig gebremst hatte.

„Was ist es dann?", fragte sie, ohne ungeduldig zu werden. In ihrer Stimme schwang nur Sorge mit – um ihn. Diese Sorge verdiente er nicht.

Er setzte sich auf, zog das T-Shirt an und band die Kordel an der Hose zum Knoten. Dann reichte er ihr die Kleidung. „Wir sollten das nicht tun. Es ist falsch von mir, dich auszunützen, wenn ich dir im Gegenzug keine Bindung bieten kann."

Selbst bekleidet stellte sie für ihn eine Verlockung dar. Er kannte nun die Schätze, die sich unter den durchschnittlichen Sachen verbargen, und er würde nie den Anblick ihres flachen Bauchs und der rosigen Brustspitzen vergessen.

Verärgert, weil er sich nicht beherrschen konnte, stand er auf und ging zur Tür. Außer einer Menge Frust hatte er sich nichts eingehandelt – quälende Frustration für sie beide. Es kam, wie er gefürchtet hatte. Je mehr er sich auf diese Familie und vor allem auf Ruth einließ, desto komplizierter wurde alles. Womöglich konnte er sich aus den bereits geknüpften Banden nie mehr befreien.

Ruth hatte sich fertig angezogen und kam zu ihm an die Tür. Jetzt merkte er, dass er sie noch viel stärker verletzt hatte, als er dachte.

„Hat das irgendwie mit Vivian zu tun?“, fragte sie.

„Mit Vivian?“ Wie kam sie darauf, er würde sich für ihre Schwester interessieren? Dann fiel ihm ein, was sie ihm von Freunden erzählt hatte, die sie wegen ihrer Schwester fallen gelassen hatten. „Lieber Himmel, nein. Es geht nur um dich.“

9. Kapitel

Ruth drückte einen Knopf, und ihre Spielfigur sprang von der Klippe. Das Spiel war zu Ende. Eine Rauchwolke stieg zwischen den digital erzeugten Armen und Beinen empor, und aus dem Lautsprecher drang ein leises Stöhnen.

„Das ist zu schwierig“, stellte Ruth fest und merkte, dass sie sich wie ihre Schüler anhörte, die sich nur leichte Hausaufgaben wünschten. Entschlossen legte sie das elektronische Spiel aus der Hand. Schließlich war sie nicht in der Schule, und ihre persönlichen Probleme waren schwerer zu lösen als die Mathematikaufgaben im Unterricht. „Hast du kein einfacheres Spiel?“

Nicky half Angie gerade, ein Playmobil-Blockhaus zusammenzubauen, und zeigte zu dem Tisch, auf dem neben etlichen Papieren und Vivians Handtasche weitere Kassetten für den Gameboy lagen.

Obwohl Ruth es nicht wollte, dachte sie an den Vorabend zurück. Als Tucker klar wurde, wie schlimm seine Zurückweisung für sie war, hatte er ihr versichert, dass es nicht an ihr lag. Aber sie wünsche sich einen Mann fürs Leben, und er habe keine Absicht, sich zu binden.

Seine Erklärung erschien ihr reichlich unglaubwürdig. Schließlich war ihm das alles vorher klar gewesen, bevor er sich auf die Intimitäten eingelassen hatte. Vielleicht war es doch wie jedes Mal, wenn ein Mann sich letztlich mehr für Vivian interessierte, und die wahre Ursache lag bei ihr selbst. Ihr fehlte eben etwas, sodass sie letztlich keinen Mann halten konnte.

Nachdem sie die beiden Kassetten vom Tisch genommen hatte, las sie die Anweisungen auf der Rückseite. Das eine Spiel erforderte viel strategisches Können, um voranzukommen, und an diesen Fähigkeiten mangelte es ihr offenbar. Bei dem anderen musste man einzelne Teilchen zusammensetzen, bis sie richtig passten. Ruth bezweifelte zwar auch, dass sie auf diesem Gebiet tüchtig war, doch sie beschäftigte sich lieber mit dem Computer-Puzzle als mit den Problemen in ihrem Leben, die sie nicht auf die Reihe bekam und die einen großen Teil ihrer emotionalen Energie erforderten.

Sie legte das Spiel auf den Tisch zurück, und ihr Blick glitt über den Stapel Papiere neben Vivians Handtasche. Auf einem Blatt, das ein Stück herausragte, war ein Teil der Unterschrift zu erkennen. R. Tucker Ma…

Vorsichtig sah sie sich um. Die Kinder waren mit dem Blockhaus beschäftigt, und Tante Ada bestickte bereits ein Osterkörbchen.

Möglichst unauffällig setzte Ruth sich aufs Sofa und griff nach den Unterlagen, drehte sie um und entdeckte eine zweite Unterschrift: Shirley Babcock Gates.

Um Himmels willen! Was hatte ihre Tante da bloß wieder angestellt?

Aufgeregt fing sie zu blättern an. Auf der ersten Seite stach ihr das Wort *Besitzurkunde* ins Auge. Darunter war als Adresse Willow Glen Plantation angegeben. Ruth wurde flau im Magen.

„Das solltest du dir nicht ansehen“, mahnte Ada May behutsam. „Das betrifft Vivian und Cousin Tucker.“

Ruth warf Tante Ada einen Blick zu, bei dem ihre Schüler sich unter den Tisch verkrochen hätten.

Die Tante zuckte mit den Schultern und stickte weiter. „Nun ja, sie haben Shirley heute Vormittag in die Stadt gebracht, und nach der Rückkehr haben sie die Papiere dort hingelegt. Ich gehe also davon aus, dass es nur sie etwas angeht.“

Unterschrift und Siegel eines Notars! Vermutlich war alles bereits juristisch abgesichert.

Ruth ließ sich gegen die Rückenlehne sinken. Es war schlimm genug, dass sich ihre leichtgläubige Tante hereinlegen ließ, doch Vivian hätte schlauer sein müssen. War sie von Tuckers Charme und seinem guten Aussehen derartig benebelt worden, dass sie nicht mehr klar dachte? Ruth wusste aus eigener Erfahrung nur zu gut, wie leicht das passieren konnte.

„Es ist in Ordnung, wenn ich es lese“, erklärte sie Tante Ada, „weil es auch mich betrifft.“

Es betraf sogar die ganze Familie. Wenn Shirley ihr Haus verlor, mussten sich die Angehörigen um sie kümmern und ihr aus der Notsituation heraushelfen. Für sich selbst hätte Ruth eine Wohnung oder ein kleines Haus in der Nähe der Schule mieten können, doch sie liebte Willow Glen Plantation mit seiner Vergangenheit, der einladenden Atmosphäre und der Möglichkeit, Familientreffen abzuhalten.

Wurde das Haus verkauft, müsste sich auch Vivian ein neues Dach über dem Kopf suchen. Ruth dachte daran, wie sie ihre Schwester und Tucker auf der hinteren Veranda ertappt hatte und wie schnell Vivian zur Bank gefahren war. Ihre Schwester hatte garantiert aktiv an dem Verkauf mitgewirkt.

Jemand betrat den Raum, und Ruth blickte von den Papieren hoch. Tucker und Vivian blieben stehen, als sie sahen, was sie da in Händen hielt. Die Gesichter der beiden verrieten alles. Es war klar, dass die ganze Angelegenheit geheim bleiben sollte.

„Oh, oh“, sagte Vivian, drehte sich um und ging hinaus.

„Hoppla, ich habe ja gar kein Stickgarn mehr“, stellte Tante Ada fest, packte ihre Sachen und zog sich so schnell zurück, wie das ihre orthopädischen Schuhe überhaupt zuließen.

Die Kinder und der Hund, wahrscheinlich die einzigen Unschuldigen im Raum, merkten nichts von der knisternden Spannung. Ruth musste Tucker immerhin zugutehalten, dass er nicht auch die Flucht ergriff.

Er wich nicht von der Stelle und besaß sogar die Frechheit, leicht zu lächeln.

Ruth stand mit einem Ruck auf. „Ich denke, ich weiß, worum es geht“, erklärte sie kalt und hielt den Vertrag hoch. „Aber ich würde es trotzdem gern von dir hören.“

Gestern Abend hatte sie gedacht, er könnte sie nicht noch schlimmer verletzen als in dem Augenblick der Zurückweisung, doch das hier übertraf alles. Nun hatte er sie auch noch hintergangen und betrogen. Sie schluckte den Kloß in ihrem Hals hinunter, um klar sprechen zu können. „Und zwar will ich die Wahrheit hören!“

„Und nichts als die Wahrheit“, fügte er hinzu, als würde er nicht einmal im Traum daran denken, sie zu hintergehen.

Ein Wagen bog in die Einfahrt. Angie sprang auf und lief, gefolgt von dem Hund, zum Fenster. „Das sind Mama und Daddy!“

Nicky ließ den Zaun fallen, an dem er gearbeitet hatte, stürmte mit seiner kleinen Schwester zur Haustür und riss sie im selben Moment auf, als es klingelte. Es gab eine laute und begeisterte Begrüßung.

Ruth schwenkte die Papiere. „Wir reden später weiter. Ich bestehe auf einer Erklärung!“ Sie ging an Tucker vorbei in die Diele. Vielleicht war es doch nicht so schlecht, dass die Johnsons ausgerechnet jetzt kamen und die Kinder holten. Durch diese Verzögerung konnte sie sich zumindest vor der Auseinandersetzung wegen des Hausverkaufs beruhigen und dann hoffentlich klarer denken.

Tucker folgte ihr in die Diele, begrüßte die Eltern der Kinder und bat sie ins Wohnzimmer, als sei er der Hausherr.

Rasch merkte Ruth, dass sie nach den Vorfällen in Tuckers Zimmer am gestrigen Abend vermutlich nie wieder klar denken können würde. Falls er mit ihren Gefühlen gespielt hatte, um sie von seinen hinterhältigen finanziellen Aktivitäten abzulenken, hatte er ganze Arbeit geleistet.

Vivian nahm den Johnsons die Mäntel ab und hängte sie auf. Tante Shirley bat sie, die vom Schnee nassen Stiefel neben der Tür abzustellen, und holte ihnen Gästehausschuhe.

Ruth fragte sich, ob die anderen wussten, dass sich in ihrer Mitte ein Betrüger befand. Während sich alle im Wohnzimmer versammelten, betrachtete sie die Gesichter.

Vivian und Tante Shirley waren selbstverständlich in Tuckers Geheimnis eingeweiht. Tante Ada und Onkel Oren erkundigten sich bei den Eltern der Kinder, wie die Rückfahrt von Kentucky verlaufen war. Boris stellte Überlegungen über die Ursache der Autopanne an. Eldon und Rosemary rückten für die von der Reise müden Gäste die Kissen auf dem Sofa zurecht. Brooke berichtete, dass sie in der Schule einmal einen Aufsatz über Kentucky geschrieben hatte. Dewey lächelte nur undurchsichtig und zeigte nicht, was er im Moment dachte.

Eines hatten sie aber alle gemeinsam. Sie vermieden es, Ruth anzusehen.

Tucker war der Einzige, der total unschuldig wirkte. Wahrscheinlich war er so abgebrüht, dass er nicht mal unter einem schlechtem Gewissen litt.

Alle wussten Bescheid! Alle außer ihr! Ruth stöhnte innerlich auf. Wieso hatten ihre Angehörigen sämtliche Warnungen bezüglich dieses Fremden in den Wind geschlagen? Warum hatten sie die Augen davor verschlossen, dass er sich ihnen aufgedrängt und die gutgläubige Tante Shirley ausgenützt hatte?

„Charles und ich möchten uns dafür bedanken, dass die Kinder über die Feiertage bei Ihnen bleiben durften“, sagte Natalie Johnson. „Das war für Sie alle bestimmt sehr anstrengend.“

„Wir haben es wirklich gern getan.“ Ruth holte Angie auf den Schoß und legte einen Arm um Nicky. „Besucht uns bald wieder“, bat sie die Kinder. „Ihr könnt jederzeit herkommen.“ Sofern sie dann noch in diesem Haus wohnte …

„Ja, natürlich“, bestätigte Tante Shirley. „Ihr gehört jetzt schon praktisch zur Familie.“

Ob Tante Shirley wusste, wie nahe sie mit dieser harmlosen Bemerkung der Wahrheit kam? Insgeheim hatte Ruth sich tatsächlich vorgestellt, es wären ihre eigenen Kinder, und sie hatte die Rolle der Ersatzmutter genossen. Auch wenn man Tucker nicht über den Weg trauen durfte, er hatte für die beiden eine großartige Vaterfigur abgegeben. Es war geradezu eine Ironie, dass dieser Mann, der sich liebevoll um Nicky und Angie gekümmert hatte und mit ihnen völlig natürlich umgegangen war, eisern gegen eine feste Bindung war und trotzdem einen wunderbaren Vater abgegeben hätte.

„Dürfen wir Tucky mitbringen?“, fragte Angie.

Ruth streichelte das Mädchen und den Hund. „Ja, natürlich. Er gehört doch auch zur Familie.“ Wieso sollte es in dieser Familie keinen Platz für einen Beagle geben, wenn es einen für diesen raffinierten Betrüger gab?

Die Kinder lachten, aber die Eltern machten ernste Gesichter.

„Und jetzt zu unserer Neuigkeit“, erklärte Charles Johnson. „Sie wird vielleicht nicht allen so gefallen.“

Heute wollte Ruth keine schlechten Neuigkeiten mehr hören. Sie hatte schon mehr verdauen müssen, als sie ertragen konnte.

„Wir beide, Natalie und ich, haben Arbeit in der Fabrik gefunden, in der ich mich vorgestellt habe. Wir ziehen sofort um und fangen schon nächste Woche mit der Arbeit an.“

Seine Frau schien sich richtig darauf zu freuen. „Ich habe für uns ein Haus in der Nähe der Fabrik und auch eine nette Schule gefunden, und wir haben da sogar einen eingezäunten Garten für Tucky.“

Angie hüpfte von Ruths Schoß und tanzte im Zimmer herum, während Nicky die Faust in die Luft reckte und „Ja!“, schrie. Der Hund wurde von der allgemeinen Aufregung angesteckt und sprang abwechselnd an ihnen hoch.

Tucker und alle anderen klatschten in die Hände und beglückwünschten die Kinder.

Nur Ruth war von dieser Wendung der Dinge nicht begeistert. Sie freute sich zwar darüber, dass diese Menschen ihre finanziellen Sorgen los waren, doch dass sie die Kinder nicht mehr sehen würde, verursachte eine tiefe Leere in ihrem Herzen.

Es hatte das perfekte Weihnachtsfest werden sollen, und nun entwickelte es sich genau gegenteilig. Um den anderen jedoch die Freude nicht zu verderben, bemühte sie sich um Haltung. Vorsichtig, damit es die anderen nicht merkten, wischte sie sich über die Augen.

Tucker sah es trotzdem, trat zu ihr und legte ihr den Arm um die Schultern.

Zuerst hatte sie das Haus verloren und jetzt auch noch Nicky und Angie. Hoffentlich würde in diesem Fall nicht eintreten, was der Volksmund sagte: Aller guten Dinge sind drei. Noch eine Katastrophe hätte Ruth nicht ertragen.

Nachdem die Kinder mit den Eltern weggefahren waren, zogen sich die Babcocks wieder zurück. Sie wollten wohl bei der entscheidenden Auseinandersetzung nicht dabei sein. Tucker und die beiden Hauptschuldigen Tante Shirley und Vivian blieben jedoch – und Brooke, die so tat, als würde sie in einer Jugendzeitschrift blättern. Bestimmt wollte sie sich das Feuerwerk nicht entgehen lassen.

Ruth wollte kein Publikum haben, schon gar keines, das auf Seiten des Mannes stand, der in kürzester Zeit jede Menge Probleme erzeugt hatte. Fairerweise räumte sie allerdings ein, dass er andererseits ihr, der ganzen Familie sowie Nicky und Angie auch geholfen hatte. Darum ging es im Moment jedoch nicht.

Tucker saß im Wohnzimmer auf dem Zweiersofa. Die anderen hatten sich auf dem großen Sofa und dem Ohrensessel verteilt. Ruth hatte nicht die Absicht, sich neben Tucker zu setzen, also ließ sie sich auf der Seitenlehne des Zweiersofas nieder.

„Mein Gefühl ist richtig gewesen, als du zuerst hier auftauchtest", begann sie. „Und jetzt sage ich das, was ich damals schon hätte sagen sollen: Fahr nach Hause." Wäre sie so klug gewesen, ihrem Instinkt zu folgen, hätte sie sich nicht in einen Mann verliebt, der nicht für sie da sein wollte, sondern nur abräumte und danach verschwand. Und er hatte bereits alles ergattert, was überhaupt möglich war – Tante Shirleys Haus und Ruths Herz. Es war höchste Zeit, dass er abreiste, bevor er noch mehr Schaden anrichtete.

Tucker machte es sich auf dem Zweiersofa bequem, um ihr zu zeigen, dass er nicht im Traum an Abreise dachte. „Du kannst mich nicht hinauswerfen", erklärte er. „Das Haus gehört mir."

Er prahlte nicht damit, sondern stellte es einfach fest. Wenigstens verzichtete er auf jeglichen Triumph.

Ruth war fest entschlossen, sich nicht damit abzufinden. „Hier habe ich den Vertrag", entgegnete sie und zeigte ihm das Dokument. „Wenn ich ihn zerreiße, hast du gar nichts mehr in der Hand."

Er seufzte nachsichtig. „Ich habe den Vertrag schon gemeinsam mit deiner Tante bei Gericht hinterlegt. Dort bekomme ich jederzeit mühelos eine Kopie. Ruth", fuhr er fort, „es ist nicht so, wie du denkst. Wenn du mir Gelegenheit gibst, dir alles zu erklären …"

„Nein!" Sie stand auf und ging mit energischen Schritten auf und ab. „Wie konntest du dich nur darauf einlassen?", fragte sie ihre Tante verbittert. „Wie konntest du erlauben, dass ein Fremder bei uns eindringt und dir das Haus wegnimmt?"

Brooke blätterte eifrig in ihrem Magazin.

Dann wandte Ruth sich an Vivian. „Und wie konntest du das zulassen? Wieso hast du Tante Shirley auch noch ermutigt?"

„Tante Shirley kann selbst entscheiden", erwiderte ihre Schwester. „Außerdem ist es für einen guten Zweck."

Zornig wandte Ruth sich ab. Mit den beiden war einfach nicht zu reden. Tucker hatte sie mit seinem Charme – und Vivian womöglich noch mit anderen Qualitäten – völlig für sich eingenommen. Nun kauften sie ihm einfach alles ab.

Tante Shirley zupfte das Häkeldeckchen auf der Armlehne ihres Sessels zurecht. „Ich will es dir erklären. Als ich ankündigte, dass wir alle uns in diesem Jahr zum letzten Mal in diesem Haus treffen würden, wolltest du nichts davon hören. Meine Entscheidung hatte aber nichts damit zu tun, dass mir diese Familientreffen zu viel Arbeit machen."

„Nein?" Ruth blieb stehen, hockte sich neben den Sessel ihrer Tante und ergriff deren Hand, die ihr früher immer das Haar geflochten und ihr im Lauf der Jahre viel beigebracht hatte.

„Nein, es ging nicht um die Mühe", beteuerte Shirley. „Ich bin schon seit einiger Zeit rastlos. Ich werde älter, Ruth, und ich will noch eine Menge erleben und sehen, bevor ich den Löffel abgebe."

„Tante Shirley!", rief Vivian betroffen.

„Aber was hat denn das mit den Familientreffen und dem Haus zu tun?", fragte Ruth, ohne auf ihre Schwester zu achten.

„Ich möchte die Welt außerhalb von Willow Glen sehen. Um ehrlich zu sein, ich denke schon lange daran, mir ein tolles großes Wohnmobil zu kaufen und mit Boris kreuz und quer durchs Land zu fahren." Sie lächelte sehnsüchtig. „Zuerst fahren wir nach Las Vegas und sehen uns einen Auftritt von Wayne Newton an. Der Mann ist schlicht und einfach mein Traumtyp – aber das darfst du Boris auf keinen Fall sagen."

Ruth schluckte.

„Ich weiß, wie sehr du dieses alte Haus liebst", fuhr Shirley fort. „Aber wenn ich reisen will, kann ich es mir nicht mehr leisten. Und du kannst es von deinem Gehalt als Lehrerin auch nicht kaufen. Also habe ich nach einer Lösung gesucht und es Cousin Tucker zu einem anständigen Preis verkauft." Sie lächelte ihm wohlwollend zu. „Er hat sehr interessante Pläne damit."

Mittlerweile hatte Brooke die Zeitschrift aus der Hand gelegt und tat nicht mehr so, als würde sie sich für Modeartikel interessieren.

„Tatsächlich?" Ruth stand auf, setzte sich neben Tucker und legte einen Arm auf die Rückenlehne. Endlich kamen sie auf den Punkt. „Und wie sehen deine Pläne genau aus?"

Er zögerte und bestätigte ihren Verdacht, indem er sich nervös durchs Haar strich. „Genau genommen habe ich es für dich gekauft."

Ruth blieb der Mund offen stehen. Sie schloss ihn jedoch wieder, als sie merkte, dass alle sie beobachteten. Klar! Ihre Angehörigen dachten, dass zu Tuckers Plan das Haus und sie selbst gehörten … und eine Heirat. Wie naiv.

Tante Shirley und Vivian nickten lächelnd.

„Was hast du denn gedacht, warum Cousin Tucker und ich so oft heimlich miteinander geredet haben?", fragte Vivian. „Es war schwierig, dafür zu sorgen, dass du nichts herausfindest."

„Warum habt ihr es mir nicht einfach gesagt?"

„Ach ja", wehrte Vivian lachend ab, „und du hättest natürlich mitgespielt!"

„Du hast dich anfangs mir gegenüber nicht sonderlich freundlich verhalten", fügte Tucker hinzu.

Das stimmte. Sie hatte ihn nicht mit offenen Armen empfangen, sondern von Anfang an für einen Gauner gehalten. Darum hätte sie sich auch vehement gegen diesen Plan gestellt.

Ruth war sprachlos. Sie wusste nicht, was sie von all dem halten sollte. Doch Hoffnung keimte in ihr auf, als ihr der Gedanke kam, dass Tucker sich vielleicht nur rein geschäftlich mit ihrer Schwester abgegeben hatte.

Brooke stand auf und ließ die Zeitschrift zu Boden fallen. „Ist das romantisch!", rief sie und fasste sich an die Wangen. „Jetzt dauert es nicht mehr lang, bis hier überall Babys herumkrabbeln!"

Tucker wurde kreidebleich. Er presste die Lippen aufeinander und fasste sich an den Bauch, als wäre ihm plötzlich schlecht.

Dann sah er Ruth in die Augen und wurde noch blasser.

Besorgt streckte sie die Hand nach ihm aus. „Geht es dir gut?“, fragte sie erschrocken.

„Nein“, erwiderte er und sprang auf. „Nein, es geht mir nicht gut.“ Danach stürmte er aus dem Raum.

10. Kapitel

Tucker blieb erst stehen, als ihm auf der Veranda ein kalter Wind ins Gesicht blies. Keuchend stützte er sich aufs Geländer und dachte darüber nach, was gerade eben geschehen war und was überhaupt seit seiner Rückkehr nach Willow Glen Plantation abgelaufen war.

In der kurzen Zeit hatte sich eine besondere Beziehung nicht nur zur ganzen Familie, sondern vor allem auch zu Ruth entwickelt. Um sein Herz hatten sich Bande gelegt, die sich nun zuzogen und ihn zu erdrosseln drohten. Schon früher hatten ihm einige Menschen stark am Herzen gelegen, und er hatte erfahren, welchen Schmerz ihr Verlust mit sich brachte. Noch einmal durfte er so etwas nicht riskieren.

Ruth hatte seine Absichten falsch ausgelegt. Vor allem nach dem gestrigen Abend war klar, dass sie mehr von ihm wollte als eine flüchtige Bekanntschaft, und darum hatte sie heute total missverstanden, was er mit dem Hauskauf beabsichtigte.

Er massierte sich den Nacken. Sie machte sich falsche Hoffnungen. Er musste ihr die Wahrheit sagen.

Als sich die Haustür öffnete, wusste er, wer zu ihm herauskam. Er brauchte sich gar nicht erst umzudrehen.

„Tucker?"

Er räusperte sich und überlegte, wie er es ihr beibringen sollte.

„Geht es besser?", fragte sie leise und ruhig. So hätte sie auch mit einem kranken oder verletzten Kind geredet.

Er drehte sich um und lehnte sich an einen Pfosten. „Ja. Ich habe nur frische Luft gebraucht." In ihrem Gesicht las er alle ihre Gefühle und Empfindungen ab. Sie wäre eine schlechte Pokerspielerin. „Ich muss wegen der Sache mit dem Haus etwas klarstellen."

Ruth kam näher und lächelte dabei sanft, doch er winkte ab.

„Deine Tante hat mir in der Nacht ihres Sturzes von ihren Reiseplänen mit Boris erzählt und gleichzeitig gesagt, wie schlimm es für dich wäre, dieses Haus zu verlieren."

Sie nickte aufmunternd, damit er weitersprach.

„Auch mir liegt an diesem Haus sehr viel. Deshalb wollte ich nicht, dass es an Fremde verkauft wird."

Er rückte ein Stück zur Seite, damit Ruth zu ihm ans Geländer treten konnte, und merkte, dass sie zitterte. Automatisch legte er den Arm um sie, um sie zu wärmen. Hoffentlich verstand sie diese Geste nicht auch falsch, doch sie schmiegte sich entspannt an ihn. Er hatte schon wieder einen Fehler begangen!

„Wir, deine Verwandten und ich, haben uns also darauf geeinigt, dass ich das Haus kaufe und dir erlaube, weiterhin darin zu wohnen."

Ruth hob den Kopf und wartete lächelnd auf seine nächsten Worte. Darum sprach er rasch die Wahrheit aus, bevor sie die Farbe der Kleider für die Brautjungfern und das Porzellan bestimmte.

„Ich werde mit dir eine Miete vereinbaren, die du dir leisten kannst."

Jetzt wirkte sie verwirrt, und er wandte sich ab und starrte auf die Messingschale neben der Haustür, die als Aschenbecher diente. Er musste es so rasch hinter sich bringen, als würde er ein Pflaster abziehen. Das tat dann für einen Moment höllisch weh, aber letztlich war es nicht so schlimm, wie wenn man es langsam machte.

„Und solltest du eines Tages einen Kollegen oder vielleicht den Schulleiter oder einen anderen netten Mann heiraten, könnt ihr mir das Haus zu dem Preis abkaufen, den ich bezahlt habe."

Ruth rückte ein Stück von ihm ab und zitterte heftiger. „Mein Mann und ich?"

Er nickte. „Ich mag dich sehr, Ruth." Das war weit untertrieben.

„Jetzt kommt gleich ein Aber", sagte sie mit tonloser Stimme.

„Aber ich habe andere Ziele und Wünsche als du. Es war ein Fehler von mir, herzukommen und deine Familie so nah an mich heranzulassen. Ich wusste von Anfang an, dass ich besser Abstand halten sollte." Er seufzte. „Ich kann nicht zwei Welten miteinander verschmelzen, die nicht zueinander gehören."

„Ich habe auch Angst", gestand Ruth. „Bisher habe ich mich noch nie so heftig oder so schnell verliebt." Sie ging auf der Veranda hin und her und wich dabei der Stelle aus, an der Schnee geschmolzen war und nun wieder zu Eis gefror. „Ich kann verstehen, dass du zögerst, dich auf eine neue Beziehung einzulassen, aber das Leben geht weiter, Tucker. Man muss manchmal ein Risiko auf sich nehmen. Tust du das nicht, endest du als einsamer, verbitterter alter Mann."

Er biss sich hart auf die Unterlippe, weil er ihr nicht widersprechen konnte. Zustimmen konnte er aber auch nicht. „Jetzt ist für uns nicht der richtige Zeitpunkt, um darüber zu sprechen. Du vermisst die Kinder, und das wirkt sich auf deine Gefühle aus. Was du für mich empfindest, hat vielleicht nur etwas mit dem Wunsch nach einer eigenen Familie zu tun."

Sie blieb vor ihm stehen. „Was würde denn dein Freund Chris dazu sagen, wenn er dich jetzt sehen könnte? Wäre er damit einverstanden, dass du vor allem Guten in deinem Leben davonläufst? Vor allem, was dich – was uns beide – glücklich machen könnte?"

Tucker steckte die Hände in die Hosentaschen und wandte sich ab. Dieses Gespräch führte, genau wie sein ganzer Aufenthalt in Willow Glen Plantation, nur zu verletzten Gefühlen. „Chris ist jetzt nicht hier."

„Und das ist der Kern des Problems, nicht wahr?", fragte sie leise. „Du hast einen geliebten Menschen verloren, und darum hast du Angst davor, wieder jemanden zu verlieren. Ich hätte dich nicht für einen Feigling gehalten."

„Wir hätten beide unserem ersten Instinkt folgen sollen", entgegnete er. „Das hätte uns viel Schmerz erspart."

„Schmerz ist unvermeidlich, wenn man wächst und ein reiches und erfülltes Leben führt."

Das stimmte nicht. In diesem Fall war der Schmerz eine Warnung – genau wie der Schmerz, den man in der Nähe einer Flamme empfindet. Da er sich bereits verbrannt hatte, kam diese Warnung für ihn zu spät, doch es war besser, verletzt zu fliehen, als zu bleiben und die schlimmen Folgen im vollen Ausmaß auf sich zu nehmen.

„Es tut mir leid", sagte er dumpf. „Es ist wohl am besten, ich reise sofort ab."

Zum letzten Mal betrat er das Haus und sah noch Ruths betroffenes Gesicht vor sich, als er die Treppe hinaufstürmte. Der Anblick verfolgte ihn auch noch, während er seine Sachen in die Reisetasche warf.

Ruth stand am Küchenfenster und sah zu, wie sich Tuckers Wagen entfernte. Ihre Familie hatte sich herzlich von ihm verabschiedet und gedrängt, sie bald wieder zu besuchen.

Jetzt standen alle in der Diele und winkten, während durch die offene Tür eisige Kälte ins Haus und in Ruths Seele drang. Fröstelnd rieb sie sich die Arme und versuchte, die Tränen zurückzuhalten.

Vivian trat hinter sie und sah zu, wie Tucker den Arm aus dem Seitenfenster streckte und zum Abschied winkte. Ruth erkannte ihre Schwester am Parfum, mit dem sie alle Männer betörte.

Nein, das war ein hässlicher Gedanke. Vivian hatte nur helfen wollen. Dafür war Ruth ihr dankbar. Trotzdem blickte sie weiterhin aus dem Fenster, als Tuckers Wagen schon nicht mehr zu sehen war, und drehte sich nicht um.

„Den lässt du dir also auch entgehen?", fragte Vivian.

Bei dem vorwurfsvollen Ton ihrer Schwester fuhr Ruth herum. „Wie meinst du das?"

„Du bist zu wählerisch. Erst gehst du eine Zeit lang mit einem Typen, und wenn er in deinen Augen nicht perfekt ist, schiebst du ihn zu mir ab." Vivian strich sich das blonde Haar aus dem Gesicht. „Diesmal bist du allerdings von deinem üblichen Verhaltensmuster abgewichen."

„Ich habe nie jemanden zu dir abgeschoben! Du hast ständig im Hintergrund gelauert und nur darauf gewartet, mir meinen Freund wegzuschnappen."

Vivian lachte, aber es klang nicht amüsiert. „Ach ja, als ob ich mich für diese Typen interessiert hätte! Ich sage es dir nur ungern, Schwesterchen, aber abgesehen von Tucker hast du bei Männern bisher einen scheußlichen Geschmack bewiesen."

Allmählich spürte Ruth, welche Kraft dieser Tag sie schon gekostet hatte, und sie setzte sich. „Warum bist du dann mit ihnen ausgegangen?"

Ruth zuckte mit den Schultern und kam ebenfalls an den Tisch. „Du hast so verstört gewirkt, als wüsstest du nicht, wie du sie loswirst. Darum wollte ich dir einen Gefallen erweisen. Was hätte ich denn sonst machen sollen? Du hast sie mir wirklich geradezu aufgedrängt."

Es war gut, dass Ruth schon saß, weil sich alles um sie herum drehte. Meinte Vivian es tatsächlich ernst? Sie sank in sich zusammen. Vivian hatte tatsächlich eine Bombe platzen lassen.

Ruth musste zugeben, dass sie für ihre früheren Freunde wirklich nicht viel empfunden hatte. Diese Jungen und später diese Männer hatten sich vielleicht nur für die attraktive Vivian interessiert, weil ihnen schon klar geworden war, dass sie bei der kleinen Ruth nicht landen konnten. Wahrscheinlich hatte Ruth ihnen durch ihr Verhalten gezeigt, dass sie die Beziehung nicht fortzusetzen beabsichtigte.

Vivian seufzte sehnsüchtig. „Tucker hätte ich dir sehr gern abgenommen. Nur schade, dass er Hals über Kopf in dich verliebt ist."

Erneut stiegen Ruth Tränen in die Augen. „Wieso ist er dann fort, wenn das stimmt?"

„Weil er wie alle Männer ein Idiot ist." Vivian beugte sich zu ihr und legte ihr tröstend die Hand auf den Arm. „Und sie werden zu noch größeren Idioten, wenn sie verliebt sind."

Tucker redete sich ein, nur das getan zu haben, was für sie beide am besten war. Das Problem dabei war, dass er ständig an den Schmerz in Ruths schönem Gesicht denken musste, während er sich der Stadtgrenze näherte.

Energisch verdrängte er das Bild und konzentrierte sich auf den Schneematsch auf der Straße. Die Sonne hatte den Schnee angetaut, doch nun sank die Temperatur wieder, und vereiste Stellen zwangen ihn dazu, langsamer zu fahren.

Am liebsten wäre er umgekehrt. Doch das war verrückt. Im Moment war sein Ziel, sich in seine leere Wohnung zurückzuziehen, wo niemand auf ihn wartete und keine Bindungen eine Gefahr darstellten.

Als er auf die Pendleton Avenue einbog, fiel die Reisetasche auf dem Beifahrersitz um. Ein Teil des Inhalts rutschte heraus. Er hatte es so eilig gehabt, Willow Glen Plantation zu verlassen, dass er den Reißverschluss nicht zugezogen hatte. Jetzt betrachtete er die Weihnachtsgeschenke.

Als er versuchte, sie in die Tasche zurückzuschieben, berührte er dabei die Krawatte aus grauer Seide. Sie erinnerte ihn daran, von wem er das Geschenk erhalten hatte. Ruth. Gestern Abend war sie in sein Zimmer gekommen, das gleich wärmer und heller gewirkt hatte.

Die Ampel sprang auf Gelb um. Tucker bremste und hielt vorsichtig an. Es wurde auf den Straßen gefährlich glatt, und der kleine Wagen war leicht und besaß nur wenig Bodenhaftung.

Tucker schob Ruths Krawatte zur Seite, damit er sie während der

Heimfahrt ab und zu ansehen konnte, und verstaute die anderen Gegenstände wieder in der Tasche.

Seit er in einem Büro arbeitete, betrachtete er Krawatten nur als Schlingen, die ihm den Hals zuschnürten. Vivian hatte ihm jedoch gezeigt, wie er den Knoten binden konnte, damit er nicht störte. Er lächelte, als er an Ruths Reaktion auf Vivians Hilfestellung dachte.

Diese Weihnachtskrawatten waren keine Schlingen. Das erkannte er, als die Ampel zu Grün wechselte und er weiterfuhr. Sie stellten Familienbande dar, jene Bande, vor denen er floh. Mit diesen Krawatten nahm er ein Stück von liebenswerten Menschen mit.

Der Strumpf, den Tante Ada für ihn angefertigt hatte, hing noch am Kaminsims – zurückgelassen im Haus wie sein rebellisches Herz. Ob er wollte oder nicht, er gehörte zu dieser Familie. Das war nun seine Familie.

Einen Moment lang überlegte er, ob er die Geschenke aus dem Fenster werfen sollte, damit sie seine Widerstandskraft nicht länger schwächten. Damit wäre er jedoch die gefühlsmäßigen Bindungen nicht losgeworden.

Er wollte zurück. Nein, falsch. Sein Herz wollte zurück, sein Verstand drängte ihn weiterzufahren.

Er schaltete das Radio ein, um sich abzulenken.

„Warum hat er mich sitzen lassen?“, sang eine Frau klagend. „Ich kann nicht mehr und ertrinke in Tränen!“

Tucker biss die Zähne zusammen und schaltete das Radio wieder aus. Er hatte Ruth verletzt. Es war nicht ihre Schuld, dass sie sich in einen Mistkerl wie ihn verliebt hatte. Aber es war auch nicht seine Schuld, dass er mit dieser zierlichen Frau zusammen sein wollte, die den Eispanzer um sein Herz geschmolzen und es gewärmt hatte.

Ein Sonnenstrahl fiel zwischen den Wolken auf die Schneeflecken, und es traf Tucker wie eine Erleuchtung von oben.

Die ganze Zeit hatte er dem Schmerz ausweichen wollen, den man empfindet, wenn man einen geliebten Menschen verliert. Doch jetzt entfernte er sich von Willow Glen Plantation und fügte sich selbst den größten Schmerz zu.

Im Leben gab es keine Garantien. Die Johnsons konnten irgendwann ihre neuen Arbeitsstellen wieder verlieren. Das hielt sie jedoch nicht davon ab, sich auf die Zukunft zu freuen. Und sie bemühten sich, ihren Kindern ein besseres Leben zu bieten.

Zum ersten Mal begriff Tucker, dass er selbst dafür gesorgt hatte, dass er in gewisser Weise zusammen mit den Newlands gestorben war. Wie ein Zombie hatte er seither gehandelt, und sein Herz war dabei kalt geblieben, als wäre er bereits tot und begraben.

Ruth hatte das geändert. Ihretwegen konnte er nicht in sein bisheriges Leben zurückkehren. Er konnte sich keinen Tag mehr vorstellen, an dem er nicht ihr strahlendes Lächeln sah, ihr Lachen hörte und ihre süßen Lippen genoss. Diesmal stammte sein Elend nicht von einem schlimmen Weihnachtsfest, sondern er hatte seine eigenen Ängste in die Tat umgesetzt.

Er durfte nicht zulassen, noch einen geliebten Menschen zu verlieren.

Tucker nahm den Fuß vom Gas. Bis zur Auffahrt auf die Autobahn waren es noch zwei Kilometer, doch gleich hinter der nächsten Kreuzung entdeckte er eine Tankstelle, an der er wenden konnte.

Langsam überquerte er die Harmony Hill Road, als links von ihm ein Wagen auf dem Glatteis ins Schleudern geriet und seitlich am Stoppschild vorbei in die Kreuzung rutschte.

Tucker wandte sich instinktiv ab, riss den Arm hoch und wappnete sich gegen den Aufprall.

Tucker lag auf dem Untersuchungstisch und wartete darauf, dass ihm die Krankenschwester die Entlassungspapiere brachte.

Er hatte einen Gips am Fuß, und der Arm war bandagiert. Es hätte schlimmer ausgehen können, doch ihn ärgerte vor allem, dass der Unfall die Rückkehr zu Ruth hinauszögerte. Der gebrochene Fuß und die zahlreichen Schnitte von Glassplittern an Ellbogen und Unterarm schmerzten weniger als die Wartezeit bis zum Wiedersehen mit der Frau, die er liebte und mit der er die zukünftigen Weihnachtsfeste feiern wollte.

Die Krankenschwester tauchte mit einem Klemmbrett und einem Stift auf und reichte ihm beides. „Wer holt Sie ab?"

„Ich weiß es nicht." Seine Hand zitterte, und er legte den Stift wieder weg. „Hier kennt mich niemand."

„Soll ich jemanden anrufen?", erkundigte sie sich.

Noch vor zwei Wochen hätte er seine Sekretärin oder einen Mitarbeiter verständigen lassen, damit sie ihn nach Hause brachten. Jetzt wollte er unbedingt Ruth wiedersehen.

„Ruth Marsh", antwortete er und nannte die Telefonnummer.

Hoffentlich konnte sie ihm seine Dummheit verzeihen. Er hätte es ihr nicht verübeln können, wenn sie ihm nun den Laufpass gab.

Minuten später platzte der Untersuchungsraum fast von lauter Babcocks aus allen Nähten. Ruth achtete sorgfältig auf Tuckers Bein, setzte sich zu ihm und griff nach der unverletzten Hand. Bildete er es sich nur ein, oder hatte sie geweint?

„Ein Wunder, dass wir alle lebend hier angekommen sind", verkündete Onkel Oren. „Ruth ist wie eine Irre gefahren."

„Unsinn, sie ist sehr vorsichtig gefahren", widersprach Tante Shirley. „Sie hat nur nicht getrödelt."

Ruth nahm nichts um sich herum wahr, sie hatte nur Augen für Tucker. „Sollen wir jemanden verständigen? Hast du doch noch irgendwo Familie?"

Tucker schüttelte den Kopf.

Ruth betrachtete ihn mitfühlend. Die anderen sahen ihn besorgt und liebevoll an. Die positiven Gefühle, die ihm entgegenschlugen, bündelten sich in seinem Herzen, und er überdachte seine Antwort noch einmal.

„Falsch, ich habe eine Familie – euch." Er legte den Arm um Ruth und nickte den Menschen zu, die ihn vorbehaltlos aufgenommen hatten. „Euch alle."

Zu seiner grenzenlosen Erleichterung lächelte Ruth und gab ihm einen Kuss, und er vergaß alles andere. Er drückte sie fester an sich und wollte sie nie wieder loslassen. Sein Kuss zeigte ihr seine ganze Liebe. Alle Ängste, die ihn so lange verfolgt hatten, waren unwichtig geworden. Nur noch Ruth war wichtig und die Zeit mit ihr – bis ans Ende seines Lebens.

„Und das sollt ihr mein Leben lang bleiben", entschied er. „Heirate mich, Ruth, und mach mich zum glücklichsten Mann auf Erden!"

Als Ruth Ja sagte, jubelten ihre Angehörigen.

Epilog

In der Kirche von Willow Glen drängten sich Angehörige, Freunde und Gratulanten. Lichterketten schmückten das Portal, durch das Ruth und Tucker bald Arm in Arm ins Freie treten sollten, und an den Kerzenhaltern waren Tannenzweige mit roten Seidenkugeln befestigt. Über ihren Köpfen am Lüster hing ein Mistelzweig – oder war es eine Stechpalme?

Das letzte Jahr war hektisch verlaufen. Tucker hatte sich von der Firma in Alexandria gelöst und seine eigene Beraterfirma im benachbarten Portsmouth eröffnet. Boris und Tante Shirley waren mit ihrem neuen Wohnmobil nach Las Vegas gefahren und hatten dort geheiratet. Und Ruth hatte sich um die Planung einer großen Hochzeit gekümmert. Sie beide waren sich einig, dass eine Heirat zu Weihnachten weitere glückliche Weihnachtsfeste garantieren würde.

Die Sitzreihen hinter Tucker und Ruth waren voll, obwohl heute Weihnachten war. Auf der Seite des Bräutigams saßen Freunde und Mitarbeiter. Alle anderen Bänke wurden von Ruths Familie belegt.

Die kleine Angie spielte neben Brooke mit ihrem leeren Körbchen, aus dem sie Rosenblätter gestreut hatte. Ihr Bruder stand im Frack rechts von Tucker und warf seiner Schwester einen mahnenden Blick zu.

Tucker lächelte über die beiden. Ruth hatte ihn noch nie so sagenhaft gefunden und auch nie so glücklich gesehen.

Sie dankte für das Weihnachtswunder, das diesen Mann vor einem Jahr in ihr Leben geführt hatte.

„Du wirst mit jedem Tag schöner“, raunte er ihr zu.

Der Geistliche begann mit der Zeremonie.

„Wer übergibt diese Frau diesem Mann?", fragte er schließlich.

Alle Angehörigen hatten sich erhoben, und Ruths Schwester, ihre Tanten, Onkel und anderen Verwandten erklärten einstimmig: „Wir!"

Ruth zuckte zusammen, und als Tucker sich fürsorglich zu ihr beugte, flüsterte sie: „Wie peinlich."

„Unsinn", wehrte er ab und drückte liebevoll ihre Hand. „Genau so und nicht anders will ich es haben."

Und das galt letztlich auch für Ruth. Ihr Weihnachtswunsch hatte sich erfüllt. Ihre Familie war nun vollständig.

Dies war ein absolut perfektes Weihnachtsfest.

– ENDE –

Stacey Conelly

Weihnachtswunder für den Millionär

Roman

Aus dem Amerikanischen von
Gaby Krüger

1. Kapitel

„Schlechte Nachrichten, Chef."

Clay Forrester blickte auf, als seine Assistentin sich unter dem Malergerüst duckte und sich dann durch die im Büro kreuz und quer verlegten Elektrokabel wurstelte. Tapetenmuster klebten an einer mit verschiedenen Farbproben bemalten Wand. Seine Ledercouch und Stühle waren durch Abdeckfolie geschützt, aber eine feine Schicht Baustaub bedeckte Clays Mahagonischreibtisch. „Was gibt es denn, Marie?"

Marie Cirillo setzte gerade zu einer Antwort an, als der Elektriker den Schlagbohrer anwarf. Einen Moment lang sah es so aus, als käme das ohrenbetäubende Kreischen aus ihrem Mund. Clay konnte ein Auflachen eben noch unterdrücken, während Marie den Handwerker mit einem wütenden Blick bedachte.

Der Bohrer verstummte, und Clay fragte: „Hat dir schon mal jemand gesagt, dass du eine prima Marionette für einen Bauchredner abgeben würdest?"

„Weißt du, als ich hier reinkam, fühlte ich mich als Überbringerin schlechter Nachrichten richtig mies. Jetzt nicht mehr." Sie grinste ihn an. „Doug Frankle ist krank."

Sein Lächeln erstarb. „In knapp zwei Stunden fängt unsere Weihnachtsfeier an – und unser Santa ist krank?"

Die Bürofeier fand zwei Wochen vor den Feiertagen statt, damit es keine Probleme mit Familientreffen und Urlaubstagen gab. Das Ereignis war der Höhepunkt eines langen, schwierigen Jahres, und Clay war entschlossen, dass nichts schiefgehen dürfte.

„Sag mir, dass wir einen Ersatz haben", flehte er.

„Seine Ehefrau hat das Kostüm zurückgegeben – falls du also die Rolle übernehmen willst“, schlug Marie ihm mit einem frechen Grinsen vor.

„Sehr lustig!“ Clay zog seine Brieftasche heraus und blätterte zwei 100-Dollar-Scheine auf den Schreibtisch. „Zieh los und klau einen Santa von irgendeinem Supermarkt!“

„Du wagst es tatsächlich, Santa Claus zu bestechen?“, keuchte Marie in gespieltem Entsetzen.

„Warum nicht? Seit zig Jahren legt der gute Alte den überarbeiteten Eltern Daumenschrauben an. Das Annehmen von Bestechungsgeldern wäre nach Konsumterror und emotionaler Erpressung nur der nächste logische Schritt.“

„Also wirklich. Für jemanden, der eine Weihnachtsparty veranstalten will, klingst du nicht gerade besonders festlich.“ Und nachdem der Elektriker, der irgendetwas von Verteilerkästen murmelte, das Büro verlassen hatte, fügte sie hinzu: „Du bist nicht mehr du selbst, seit …“ Wenn seine freimütige Assistentin sich zurückhielt, war es ein Zeichen, dass sie sich große Sorgen machte.

„Seit mein Vater gestorben ist“, vollendete Clay den Satz für sie. „Du kannst es ruhig aussprechen, Marie.“

Sie trat näher zu ihm. „Du hast dich verändert, Clay. Zu der Zeit, als dein Vater das Geschäft geführt hat …“

„Er führt das Geschäft nicht mehr. Das tue ich jetzt.“

Vorsichtig zog Marie sich zurück. „Genau. Und du machst deinen Job verdammt gut. Meinst du nicht, es wird langsam Zeit, dass du wieder in der Gegenwart lebst?“

„Was glaubt du, was ich tue?“

„Du bist völlig auf die Zukunft fixiert, auf das, was du aus der Firma machen willst. Als könntest du damit auslöschen, was sie mal gewesen ist.“

Bei dem Gedanken daran, was und wie diese Firma unter der Leitung seines Vaters gewesen war, schreckte Clay zurück. Erst nach Michael Forresters Tod hatte Clay erkannt, wie skrupellos und unbarmherzig er das Unternehmen geführt hatte.

„So ist das Geschäftsleben, mein Sohn“, hatte sein Vater erklärt, „es geht nur um den Gewinn.“

Allerdings nicht für jeden, dachte Clay grimmig, denn er erinnerte sich an eine Konfrontation, ein paar Wochen, nachdem sein Vater verstorben war. Clay hatte gerade nach Hause gehen wollen, als ihn im Empfang ein älterer Mann in einem abgetragenen Trenchcoat anhielt. Nach einem Blick auf dessen blutunterlaufene Augen und die ungepflegten Haare hatte Clay ihn für einen Obdachlosen von der Straße gehalten. Bis ihn der Mann mit Namen angesprochen hatte.

„Was ist jetzt mit Ihren Versprechungen, Forrester?“, hatte er ihn gefragt. „All Ihre Lügen, die meine Enkel dummerweise geglaubt haben, dass Sie die Firma ‚aus der Krise führen‘? Mit etwas mehr Zeit hätte ich den Kredit bekommen und sie selbst aus dieser Krise geführt. Aber dank Ihnen hatte ich gar keine Chance. Hinter meinem Rücken haben Sie meine eigene Familie ausbezahlt und das Unternehmen Stück für Stück verkauft, bis nichts mehr übrig war. Nichts.“ Seine Stimme war gebrochen. Er hatte Clay beiseitegestoßen und war auf die Straße gehastet.

Clay hatte nicht versucht, ihn aufzuhalten oder mit ihm zu reden. Was gab es da noch zu sagen?

Dass keine Bank einem Unternehmen, das am Abgrund stand, einen Kredit geben würde? Dass es sein Vater gewesen war, der die Firma dieses Mannes zerschlagen hatte?

Erst auf der langen Heimfahrt fiel Clay ein, dass er keine Ahnung hatte, wer der Mann war. Dieses Geschäft hätte eines von Dutzenden sein können.

Jetzt hatte Clay damit angefangen, die Firmenphilosophie umzukehren: Statt angeschlagene Unternehmen endgültig aufzulösen, versuchte er, sie wieder aufzubauen. Als Erstes hatte er Kevin Hendrix, den Chef von „Hendrix Properties“, geschäftlich beraten und die Firma mit einer Finanzspritze vor dem sicheren Bankrott gerettet. Diese Investition hatte ihm, aber auch Kevin, schon nach kurzer Zeit einen ordentlichen Gewinn eingebracht. Auf diesen Erfolg baute Clay bei seinen Bemühungen, das Firmenimage und Vermächtnis seines Vaters komplett zu verändern.

„Ich versuche, das zu machen, was mir richtig erscheint“, erklärte Clay abschließend. „Schluss mit dem Geschäftlichen für heute. Wir müssen eine Weihnachtsfeier retten. Finde jemanden, der den Santa spielt. Im Gegenzug verspreche ich dir, mich auf der Party prächtig zu amüsieren.“

„Tut mir leid, mein Bester, aber das kann ich nicht.“

„Ach, komm“, rief er aus, „erzähl mir nicht, ich hätte deine weihnachtliche Stimmung ruiniert.“

Marie lachte. „Nicht ganz. Die Leute vom Catering-Service haben angerufen. Ihr Lieferwagen hat seinen Geist aufgegeben. Ich muss zwei Dutzend Käsekuchen einsammeln.“

„Also entweder Santa oder Dessert?“

„Genau. Und ich rette den Käsekuchen“, rief sie ihm über die Schulter zu.

Du hast dich verändert, Clay. Dieser Vorwurf beschäftigte ihn noch, nachdem Marie längst gegangen war. Dasselbe hatte ihm Victoria an den Kopf geworfen. In jener Nacht, als sie aus der Wohnung stürmte, aus ihrer Ehe – aus seinem Leben.

Seine Gedanken wurden durch den Elektriker unterbrochen, der mit einem Werkzeugkasten und etlichen Kabeln zurückkehrte. „Tut mir leid, Sie zu stören, Mr. Forrester.“

Die Büroumbauten dauerten nun schon so lange, dass Clay sich an die ständige Anwesenheit von Handwerkern und Bauarbeitern gewöhnt hatte. Ohne große Hoffnung fragte er: „Sie wissen nicht zufällig, wo ich einen Santa Claus finde?“ Lieber Himmel, was für eine blöde Frage. Clay schwor sich, den Elektriker auf der Stelle zu feuern, wenn er antworten würde: „Am Nordpol".

Das war jedoch nicht nötig. Der Mann setzte bedächtig seinen Werkzeugkasten ab und sagte: „In der Eingangshalle ist schon die ganze Woche einer. Vor diesem Blumenladen."

„Das ist ja wohl ein Scherz!" Auf dem Weg zum Aufzug kam Clay jeden Morgen an dem Blumengeschäft vorbei. Wie hatte er da einen dicken Mann im roten Samtkostüm übersehen können? Wahrscheinlich hatte Marie doch recht. Offenbar war er tatsächlich nur auf seine Arbeit fixiert.

„Danke für den Tipp!" Clay schnappte sein Jackett und verließ das Büro.

Der Aufzug stoppte im Erdgeschoss, und Clay trat in die marmorverkleidete Eingangshalle, die mit grünen Girlanden, roten Bögen und Mistelzweigen festlich geschmückt war.

Und tatsächlich: Vor dem Blumengeschäft stand ein rot gewandeter Santa. Nach einer kurzen Begrüßung kam Clay gleich aufs Wesentliche: „Ich habe nachher eine Weihnachtsfeier und einen kranken Santa Claus. Wie sieht's aus: Würden Sie für hundert Dollar einspringen?"

Clay wedelte mit dem Schein. Santa Claus riss die Augen auf. Sein Blick war allerdings eher gierig als gütig. „Ich habe heute Abend schon einen Auftritt in Aussicht."

Reine Verhandlungstaktik! Lässig zog Clay einen weiteren Schein aus der Brieftasche. „Wären 200 Dollar genug? Plus eine kostenlose Mahlzeit, die von einem der besten Restaurants in Chicago geliefert wird."

Santa schnappte sich das Geld aus Clays Hand.

Holly Bainbridge drehte das Schild an der Tür auf „Geschlossen", trat hinaus und schloss hinter sich ab. Sechs Uhr. Ihr blieb noch eine halbe Stunde, um ins Heim zu kommen. Während sie den Schlüsselbund in ihrer Handtasche verstaute, entdeckte sie zu ihrer Überraschung Clay Forrester – im Gespräch mit Santa Claus.

Da Holly im selben Haus wie „Forrester Industries“ arbeitete, wenn auch 30 Stockwerke tiefer, kannte sie den Ruf des Unternehmens: ein unersättlicher Riese, der gierig kleine Firmen verschlang. Wie skrupellos Clay Forrester war, hatte sie selbst erlebt. Vor einigen Monaten hatte sie unbemerkt beobachtet, wie ein armer älterer Mann von ihm gedemütigt worden war, dessen Firma er kaputt gemacht hatte.

Holly wartete, bis er weggegangen war, bevor sie zu dem verkleideten Santa trat. „Wir müssen uns beeilen, damit wir noch rechtzeitig kommen, Charlie.“

Ein böses Gefühl beschlich sie, als sie sah, wie Charlie dem davoneilenden Forrester nachblickte. „Tja also, Miss Bainbridge, mir ist … äh … etwas dazwischengekommen. Ich muss zu einer anderen Feier gehen.“

Sie konnte es nicht fassen. „Ich habe da ein halbes Dutzend Kinder, die auf Santa Claus warten. Wollen Sie die enttäuschen?“

„Es tut mir leid, Miss Bainbridge.“

Es tut mir leid. Das sagten die Leute immer. Dabei machten Entschuldigungen den Kummer nicht kleiner oder weniger schmerzhaft. Den Pflegekindern aus dem Hopewell House hatte sie einen Santa versprochen – und sie würde die Kids nicht enttäuschen. Besonders nicht in diesem Jahr, denn das Heim würde seine Türen bald für immer schließen.

Entschlossen marschierte Holly zu den Aufzügen, vor denen Clay Forrester immer noch wartete. Eine Glocke ertönte, und die vergoldeten Spiegeltüren öffneten sich. Das Stakkato ihrer Absätze auf dem Marmorboden hallte durch den Raum, als sie losrannte und sich im letzten Moment durch die zugleitenden Aufzugtüren drängte.

Mit einem Hauch von Neugier musterte Clay sie, als der Aufzug losfuhr. Holly war der gut aussehende Geschäftsmann schon vorher aufgefallen, denn sie hätte schon blind sein müssen, um so viel Perfektion zu übersehen: 1,85 Meter, schwarze Haare, blaue Augen. Von Nahem hatte sie ihn bisher allerdings noch nicht begutachten können. Erst jetzt entdeckte sie seine geraden, ernsten Augenbrauen, seinen etwas kantigen Kiefer, seinen sinnlich geformten Mund …

„Mr. Forrester …“ Warum klang ihre Stimme bloß so heiser? Vor lauter Nervosität brach Holly mitten im Satz ab.

Er blickte sie wieder an, musterte sie diesmal vom Scheitel ihrer dunklen Haare über ihren Sweater und die Jeans bis zu den Sohlen ihrer Ankle Boots. Aus der Neugier in seinem Blick war plötzlich Interesse geworden. Und irgendwie schien der Aufzug inzwischen eine Höhe erreicht zu haben, die Holly die Luft aus den Lungen presste.

„Entschuldigen Sie bitte. Kenne ich Sie?“

„Holly Bainbridge. Ich arbeite in dem Blumenladen, und Sie haben mir gerade meinen Santa Claus gestohlen.“

„Wie bitte?“

Sie errötete. Wenn er bloß nicht so verdammt gut aussehen würde, könnte sie vielleicht wenigstens einen intelligenten Satz von sich geben. „Charlie hatte *mir* versprochen, heute Abend als Santa aufzutreten.“

„Er hat einen anderen Job erwähnt, aber …“

Das Wort wurde ihm abgeschnitten, als der Aufzug abrupt stoppte. Holly keuchte auf, verlor das Gleichgewicht und fiel gegen Clay. Er fing sie mit seinem Körper auf, als es plötzlich stockfinster wurde. Sie konnte absolut nichts mehr sehen.

Aber sie konnte fühlen. Oh ja, und wie. Den Druck von jedem seiner Finger, mit denen er ihren Oberarm umklammerte. Das leichte Stocken seines Atems, als ihr Busen seine Brust streifte, die Beschleunigung seines Herzschlags.

Seine starke, männliche Brust unter ihren Händen. Und seine Gürtelschnalle, die sich hart und kalt gegen ihren Bauch presste – ein scharfer Kontrast gegen den Rest von ihm, der definitiv hart und warm war.

Ihre Nervenenden vibrierten, ihr Herz schlug doppelt so schnell wie sonst und übertönte beinahe das Geräusch seines und ihres Atmens.

„Was ist passiert?“, fragte sie, als sie endlich ihre Stimme wiedergefunden hatte. Holly spürte das leichte Beben seiner Brust Sekundenbruchteile, bevor sie ihn lachen hörte. Sie zuckte vor ihm zurück. „Was ist daran so komisch?“

„Irgend so eine Komikertruppe baut gerade mein Büro um, und ich vermute, dass einem von ihnen soeben eine Sicherung durchgebrannt ist.“

Ohne seine Hilfe tastete sie sich aufs Geratewohl durch die Dunkelheit, bis sie die Wand des Aufzugs erreicht hatte. „Das Gebäude hat keinen Strom mehr?“

„Bei dem Glück, das ich derzeit habe, hat ganz Chicago keinen Strom mehr“, erklärte er ironisch.

Ein schwaches elektronisches Summen untermalte seine Worte. Und nach einem kurzen Moment, in dem er schwerelos im Raum zu schweben schien, setzte der Aufzug sich wieder in Bewegung. Mit einem Seufzer der Erleichterung schloss Holly die Augen und sank gegen die Kabinenwand.

„Sind Sie okay?“

Als sie die Augen öffnete, stand Clay unmittelbar vor ihr. Im ersten Moment fürchtete sie, der Aufzug sei doch abgestürzt. Auf jeden Fall hatte sie das Gefühl, jede Bodenhaftung verloren zu haben. Ihr Herz klopfte in der Kehle, und sie griff nach dem Handlauf, um nicht noch näher an Clay heranzutaumeln. „Mir … mir geht’s gut.“

Forschend blickte er sie an, als würde er ihr nicht glauben. Holly hielt seinem Blick stand, krampfhaft darum bemüht, nicht auf seinen Mund zu schauen. Und sich vorzustellen, wie seine Lippen sich auf ihren anfühlen würden.

„Diese Santa-Sache tut mir leid“, sagte Clay. Seine Stimme klang tiefer und heiserer als ein paar Momente zuvor.

Diese lahme Entschuldigung dämpfte den Aufruhr, den seine Anziehungskraft in Holly verursacht hatte. Sie brauchte sich nur vorzustellen, die enttäuschten Kinder mit denselben Worten abzuspeisen: „Hey, Kids, tut mir leid, diese Santa-Sache.“

Dieses fast beiläufige Zerstören von Hoffnungen und Träumen erinnerte sie daran, wie leicht ihr Freund sich seinerzeit von ihr getrennt hatte. Immerhin hatte sie Mark genug vertraut, um ihm von ihrer leidvollen Kindheit zu berichten. Und er hatte sie aufs Übelste enttäuscht. „Tut mir leid, Holly, ich weiß nicht einmal, ob ich selbst Kinder will – geschweige denn, die Kinder von jemandem anders erziehen.“

Das waren die Worte des Mannes, den sie glaubte zu lieben, den sie heiraten wollte. Diese Worte hatten sie zurück in die Vergangenheit katapultiert, zurück zu ihrem mangelnden Selbstwertgefühl.

Sie war nicht wie andere Leute. Sie hatte keinerlei biologische Bindungen zu irgendjemandem. Sie war nicht Bobs und Carols Tochter, nicht Jimmys kleine Schwester.

„Hören Sie, vielleicht kann ich Ihnen irgendwie helfen“, bot Clay an.

Es dauerte einen Moment, bis Holly sich wieder auf das Gespräch konzentrieren konnte und ihr einfiel, dass sie über die Santa-lose Weihnachtsfeier gesprochen hatten. „Ich wüsste nicht, wie“, antwortete sie, ohne sich große Hoffnungen wegen seines Angebots zu machen. Die Klingel des Aufzugs verkündete ihre Ankunft im obersten Geschoss.

„Lassen Sie uns Charlie anrufen.“

Ohne sich nach ihr umzudrehen, eilte Clay zum Empfangsbereich des Büros. Holly starrte auf den Etagenknopf fürs Erdgeschoss. Es wäre ein Leichtes gewesen, einfach draufzudrücken und schleunigst vor Clays fataler Anziehungskraft zu fliehen …

„Ich habe seine Nummer nicht“, erklärte sie, während sie ihm in das üppig ausgestattete Büro folgte. Ihre Absätze versanken im langflorigen Teppich, sie sah komfortable Bürostühle aus Leder und einen kreisförmigen Arbeitsplatz. Hinter einer Doppeltür befand sich wahrscheinlich Clays inneres Heiligtum.

„Okay. Dann rufe ich jetzt in dem Hotel an, wo meine Feier stattfindet, und sage Charlie, er soll stattdessen zu Ihrer Party gehen.“

Sein Entschluss nahm ihr den Wind aus den Segeln. Schließlich war Charlie derjenige, der sein Versprechen gebrochen hatte. Trotzdem konnte Holly nicht vergessen, dass Clays Geld der entscheidende Faktor gewesen war. Geld war Macht – und Holly diesbezüglich ohnmächtig.

„Wann fängt Ihre Feier an?“, wollte sie wissen.

Clay schaute auf seine Armbanduhr, und Holly erhaschte einen kurzen Blick auf massives Gold und glitzernde Diamanten. „In anderthalb Stunden.“

Erst in anderthalb Stunden würde sie Charlie erreichen, falls er pünktlich war. Dazu kam die Fahrt vom Hotel zum Hopewell House … Holly schüttelte den Kopf. „Das ist zu spät.“

Enttäuschungen waren für die Kinder vom Hopewell House nichts Neues. Aus ihrer eigenen Kindheit konnte Holly sich an das Gefühl nur allzu gut erinnern. Aber gerade an dieses letzte gemeinsame Weihnachtsfest sollten sich später alle gerne erinnern – das hatte sie sich so sehr gewünscht.

„Zu spät?“, wiederholte Clay. „Wo sollte er denn heute Abend sein?“

„Bei einer Feier im Hopewell House.“

„Was ist das?“

„Ein privates Heim für Pflegekinder.“

Entgeistert starrte er sie an. „Wollen Sie mir damit etwa sagen, ich hätte Waisenkindern Santa Claus gestohlen?“

Holly sah die ehrliche Reue in seinen Augen, als er sich gegen den Rezeptionsschalter sinken ließ. Merkwürdigerweise verspürte sie den dringenden Wunsch, ihm zu helfen, dass er sich wieder besser fühlte.

„Ich werde mir schon etwas ausdenken.“

Vielleicht hatten die beiden Frauen, die die Pflegegruppe leiteten, den Kindern noch gar nichts von Santas Besuch erzählt. Vielleicht konnte sie in den nächsten Tagen noch einen Ersatz finden. Aber es müsste schnell gehen, bevor die Kinder getrennt und in neue Gruppen verteilt werden würden. Bevor Hopewell House seine Türen für immer schloss.

Als sie gerade gehen wollte, rief Clay: „Warten Sie!“

Einen kurzen Moment hielt er sie an der Hand fest. Kribbelnde Wärme breitete sich in ihrem Arm aus, selbst nachdem sie ihre Hand weggezogen hatte. Holly sehnte sich danach, ihre Handgelenke an seinen Jeans zu reiben, um das Prickeln zu dämpfen. In seinen blauen Augen erkannte sie, dass auch er dieses heiße Aufflackern gegenseitiger Anziehungskraft verspürt hatte. Plötzlich wurde ihr Mund trocken, sie konnte nicht wegschauen. Die gedankliche sexuelle Verbindung war schwieriger zu unterbrechen als jede körperliche.

„Miss Bain… Holly“, er zögerte, „wenn ich irgendetwas tun kann …“

Sie schüttelte den Kopf. „Ich weiß nicht, was Sie für meinen Santa bezahlt haben, aber das Problem kann nicht mit Geld gelöst werden.“

Mit ihrem alten, zerbeulten VW-Käfer hielt Holly vor dem Hopewell House. Nach einem Blick auf die mit Lichterketten festlich geschmückte Hausfront holte sie einmal tief Luft.

Normalerweise liebte sie ihre ehrenamtliche Arbeit in dieser Heimgruppe. Im Hinblick auf die Schließung hatte sie jede kostbare Minute ihrer knappen Freizeit hier verbracht. Den Kindern gelang es jedes Mal, sie aufzuheitern. Aber heute Abend fürchtete sie sich fast, das braune Sandsteingebäude zu betreten.

Aus Clays Büro war sie noch einmal in den Blumenladen zurückgekehrt. Sie hatte sich durch alle Kostümverleihe im Branchenverzeichnis telefoniert. Entweder landete sie auf dem Anrufbeantworter, oder ihr wurde mitgeteilt, dass alle Weihnachtskostüme ausgeliehen waren.

Die Autofenster waren schon von ihrem Atem beschlagen, und Holly konnte es nicht länger hinauszögern. Durch die kalte Nachtluft ging sie zum Haus.

Kaum stand sie unter dem Vordach, da öffnete ihr Eleanor Hopewell schon die Tür und winkte sie mit ihren molligen Händen gleich herein. „Komm rein, komm rein. Sonst holst du dir noch den Tod. Die Kinder sind schon ganz aufgeregt.“ Eleanors blassblaue Augen funkelten hinter der Brille.

Beinahe hätte Holly aufgestöhnt. „Eleanor …“

Bevor Holly die schlechte Nachricht überbringen konnte, stürmte Sylvia, Eleanors Schwester, in den Vorraum. „Was trödelt ihr so? Kommt ins Wohnzimmer. Mary Jane kann's gar nicht erwarten, ihre Lieder zu spielen.“

„Miss Holly?“ Jemand zerrte an Hollys Pullover, sie blickte nach unten. Große blaue Augen unter verstrubbelten Ponyfransen blickten sie an. Sie kniete nieder, bis sie auf der gleichen Höhe wie der Dreijährige war. Sehnsucht und Hoffnung erfüllten sie. Würde man ihr die Chance geben, Lucas zu adoptieren? Um diesem kleinen Jungen, den sie so liebte, mehr zu sein als nur „Miss Holly“? „Hi, Lucas!“

Mit sorgenvoller Miene fragte er dann: „Wie soll'n Santa da reinkommen?“

Vom Kaminsims hingen selbst gestrickte Strümpfe, und im Kamin loderte ein gemütliches Feuer. Die Erwähnung von Santa ließ Holly zusammenzucken. „Also Santa Claus …“

Eleanor unterbrach sie, bevor Holly die Nachricht loswerden konnte.

„Mach dir keine Gedanken, Lucas. Santa muss ganz schön schlau sein, um allen lieben Jungen und Mädchen Spielzeug zu bringen. Der wird sich schon was ausdenken.“

Kaum hatte Eleanor die Worte ausgesprochen, als es an Tür klingelte. Die Kinder jubelten erwartungsvoll auf. Mary Jane sprang vom Klavierstuhl auf. „Santa Claus!“

„Nein, wartet!“ Das aufgeregte Trappeln kleiner Schuhe auf dem Holzboden übertönte Hollys Protest. Dass sie für die gleich folgende Enttäuschung verantwortlich war, lastete wie ein schweres Gewicht auf ihr. Sie machte sich gar nicht erst die Mühe, den Kindern in den Vorraum zu folgen.

Sie hörte, wie die Eingangstür geöffnet wurde, und Eleanors Ausruf. „Kinder, guckt mal, wer da ist!!“

Laute Rufe „Santa Claus!“, dazu ein tiefes Lachen. „Ho, ho, ho! Fröhliche Weihnachten!“

Holly sprang auf. War das möglich? Hatte es sich Charlie doch anders überlegt? Überrascht ging sie zur Tür und beobachtete, wie Eleanor und Sylvia die Kinder nacheinander einem bärtigen Mann im roten Kostüm vorstellten. Die Kleinen starrten ihn ehrfürchtig an. Santa Claus sprach mit jedem einzelnen Kind, nannte es beim Namen und zerzauste ihnen die Haare.

Holly runzelte nachdenklich die Stirn. Auch nach zwei Wochen vor dem Blumengeschäft konnte Charlie sich kaum an ihren Namen erinnern. Wieso konnte er sich plötzlich die Namen von einem halben Dutzend Kindern merken?

Als Lucas an die Reihe kam, rannte er nach einem kurzen Blick auf den weißhaarigen, rundlich aufgepolsterten Mann davon und versteckte sich hinter Hollys Beinen. Zum ersten Mal schaute sie sich Santa Claus genauer an.

Überrascht schnappte sie nach Luft, als sie in Clay Forresters unverwechselbare blaue Augen sah.

2. Kapitel

Fassungslos und mit heftig klopfendem Herzen konnte Holly ihn nur anstarren. Clay im Santa-Kostüm, umgeben von den Kindern – die Szene wirkte wie eine lebendig gewordene Weihnachtskarte.

Jedenfalls solange man nicht allzu genau hinschaute. Dann nämlich entdeckte man seinen flirtenden Blick und sein sexy Lächeln, das der falsche Bart nicht überdecken konnte.

„Na komm, Lucas", ermutigte Eleanor Hopewell den Kleinen, „begrüße Santa Claus. Du warst die ganze Woche so aufgeregt."

Lucas umklammerte Hollys Beine noch etwas fester. Dabei hatte sie selbst Hemmungen, sich dem Mann im roten Kostüm zu nähern. Leider hatte Holly niemanden, hinter dem sie sich verstecken konnte. Und sowohl Eleanor als auch Clay warteten. Eleanor mit aufgeregt wedelnden Händen, Clay mit herausfordernd hochgezogener Augenbraue.

Nach einem tiefen Atemzug griff Holly nach Lucas' Hand und drückte sie beruhigend. „Komm mit mir, Lucas."

Lucas blieb zwar größtenteils hinter ihrem Bein versteckt, aber sie überredete ihn zumindest, ein leises „Hi" von sich zu geben.

Und als wäre Holly eines der Kinder, stellte Eleanor sie vor: „Santa, das ist Holly."

„Aha! Hallo, Holly!" Clays Augen funkelten. „Komm, umarme Santa Claus."

Da alle Augen auf sie gerichtet waren, hatte sie keine andere Möglichkeit, als auf ihn zuzugehen. Sofort umschlang Clay sie in einer übertriebenen Umarmung. Sie taumelte gegen ihn. Zum

Glück verhinderte das Kissen, mit dem seine Jacke ausgestopft war, den direkten Körperkontakt, der ihr im Aufzug den Atem geraubt hatte.

Trotzdem fanden seine Hände den schmalen Streifen nackter Haut, wo ihr Pullover hochgerutscht war. Hatte sie ihn tatsächlich für eiskalt gehalten? Von seiner Berührung strahlte eine unglaubliche Hitze aus, und ein kleiner wohliger Schauer durchfuhr sie. Sein falscher Bart kitzelte ihre Nase. Der Duft seines Aftershaves war so verlockend, dass Holly sich verzweifelt wünschte, einen gewissen Abstand zu halten. Oder ihre Nase noch fester an sein Gesicht zu pressen, um noch mehr von seiner Haut zu riechen.

„Mr. … Claus! Bitte!“, protestierte sie.

„Also, Holly, jetzt erzähl mir mal …“, sein sonores Murmeln sandte ihr einen weiteren Schauer über den Rücken, „… warst du unartig oder brav?“ Mit gehobener Augenbraue produzierte er ein äußerst unartiges Grinsen.

Es gelang ihr, ein aufgeregtes Lächeln aufzusetzen. „Ich war artig.“

„Dachte ich mir.“ Er blinzelte. „Ich weiß immer Bescheid.“

Endlich ließ er sie gehen. Dankbar trat sie einen Schritt zurück und fragte sich, wie der Wohnzimmerkamin das Foyer derart aufheizen konnte.

„Santa Claus, möchtest du hören, wie ich ‚Frosty the Snowman‘ spiele?“, fragte Mary Jane.

„Warte einen Moment, mein Schatz, bis mein kleiner Helfer …“, er nahm Hollys Hand, „… und ich ein paar Überraschungen für euch reingeholt haben.“

„Vergiss deinen Mantel nicht.“ Fürsorglich legte Sylvia die Jacke um Hollys Schultern. Und ehe Holly sich’s versah, stand sie draußen, alleine – mit Clay Forrester.

Die Luft roch nach Schnee und einem Hauch von Schornsteinrauch. Die Straße war ruhig und still, atemlos in freudiger Erwartung. Erst als Holly nach Luft schnappen musste, fiel ihr auf, dass *sie* es war, die vergessen hatte zu atmen. „Was … Wie …"

Ohne auf ihr Stottern zu reagieren, schob Clay die Mütze so weit zurück, dass ihm das dunkle Haar in die Stirn fiel, und pustete Luft nach oben. „Sie können sich nicht vorstellen, wie warm dieses Kostüm ist."

Holly versuchte, ihre fünf Sinne zusammenzuhalten – und gleichzeitig die Ränder ihrer Jacke. „Woher wussten Sie, wo Sie mich finden können?"

„Sie haben mir gesagt, dass Sie ins Hopewell House gehen." Dabei wies er auf das Messingschild an der Tür.

Holly trat einen Schritt zurück, um den erfolgreichen Geschäftsmann in seiner ganzen Santa-Pracht zu bewundern. „Woher, um alles in der Welt, haben Sie dieses Kostüm? Ich habe überall herumtelefoniert und keins gefunden."

Etwas verlegen gestand er: „Ich hatte es schon."

Holly runzelte die Stirn. „Wenn Sie das Kostüm *hatten*, wozu brauchten Sie dann Charlie?"

„Ich hatte das *Kostüm*. Aber niemanden, der es anziehen würde. Nie im Leben würde ich mich zum Narren machen und auf meiner eigenen Firmenparty als Santa Claus auftreten."

„Aber Sie sind hier."

„Ja, das bin ich."

Holly nahm sich vor, nicht zu viel in seine Worte hineinzuinterpretieren. Doch seine Taten sprachen für sich. Er war bereit gewesen, sich zum Narren zu machen, um ihr einen Gefallen zu tun …

Um von sich abzulenken, nickte sie in die Richtung der schwarzen Limousine, die am Bordstein hielt. „Was ist mit dem Schlitten und den Rentieren passiert?", erkundigte sie sich auf dem Weg zum Wagen.

„Die habe ich für 400 Pferde in Zahlung gegeben." Er winkte dem Fahrer hinter den getönten Scheiben zu, und die Klappe des Kofferraums ging auf.

Der Chauffeur stieg aus. „Kann ich Ihnen helfen, Sir?"

„Wir schaffen das schon, Roger. Danke." Clay schob die Klappe nach oben.

Sein Auftauchen hatte ihr die Sprache verschlagen, beim Anblick der mit Spielzeug vollgepackten Beutel strömten ihr die Worte nur so aus dem Mund. „Schau dir das an … Wo haben Sie … *Wie* haben Sie es in der kurzen Zeit geschafft, das alles zu kaufen?"

„Ich hatte Hilfe dabei", gab er zu.

Mit einem etwas zittrigen Lachen, weil ihr fast die Tränen kamen, fragte sie: „Elfen?"

„Schon ziemlich nah dran. Ein persönlicher Einkäufer." Er warf ihr einen wissenden Blick zu, während er ihr den ersten Beutel anreichte. „Ich habe über das, was Sie gesagt haben, nachgedacht. Sie hatten recht. Es gibt Probleme, die man nicht mit Geld lösen kann, aber manchmal kann es Wunder wirken."

Verlegenheit trieb ihr die Röte ins Gesicht. „Mr. Forrester …"

„Nennen Sie mich doch Clay." Er schnappte sich noch zwei Beutel und schloss den Kofferraum.

„Es tut mir leid, was ich in Ihrem Büro gesagt habe", entschuldigte sie sich auf dem Weg zum Haus.

„Sie hatten ja recht. Entschuldigen Sie sich nicht dafür."

Clay wollte schon ins Haus gehen, als Holly ihn festhielt. „Warten Sie!"

Sie setzte die Tasche ab und rückte seine Mütze gerade. Sorgfältig steckte sie sein dunkles Haar wieder unter die weiße Perücke. Erst als er sie überrascht anschaute, ging ihr auf, was sie getan hatte. Rasch trat sie einen Schritt zurück und räusperte sich. „Die Kids sollen doch nicht merken, dass Sie gar nicht Santa sind."

Damit drehte sie sich um und öffnete die Eingangstür – bevor sie noch etwas Dümmeres tun konnte. Gemeinsam betraten sie das Wohnzimmer.

„Kommt, Kinder, geht etwas zurück. Lasst Santa ein bisschen

Platz zum Atmen!“, ermahnte Sylvia die Kinder, die um Clay herumtanzten und dabei versuchten, in die Taschen zu spähen, die er trug.

Absichtlich hielt er die Beutel etwas niedriger, um ihnen einen schnellen Blick auf all die Autos, Bauklötze und Puppen zu gönnen. Aufgeregt auf und ab hüpfend erklärte Mary Jane einem kleinen Mädchen neben ihr: „Ich habe eine Barbiepuppe gesehen!“

Anscheinend hatte Clay ihr lautes Flüstern gehört. Sobald er sich auf dem Sessel zwischen Kamin und Tannenbaum niedergelassen hatte, winkte er die Mädchen zu sich und holte für beide eine Barbie aus der Tasche. Mit strahlenden Augen öffneten sie Kartons und probierten schon Minuten später die verschiedenen Accessoires aus.

Die Begeisterung der Kinder war ansteckend, und Eleanor und Sylvia schienen genauso aufgeregt wie sie. Clays tiefes Lachen füllte den gemütlichen Raum, seine Augen funkelten.

Genau in diesem Moment schaute er zu ihr herüber. Auch die Entfernung zwischen ihnen milderte die Wirkung seines taxierendes Blickes auf sie nicht. Der Rest des Raumes verschwamm, bis nur sie beide übrig blieben.

Sylvia hielt eine Kamera hoch. „Wie wär's mit einem Foto mit Santa?“

Noch einmal setzte Clay sich in den großen Sessel und posierte mit jedem Kind auf dem Schoß. „Sagt ‚Cheese‘“, ermunterte Sylvia die Kleinen. Der kleine Lucas zupfte an seinem Bart, und Clay bemerkte, wie Holly ihn beobachtete. Für eine Sekunde glaubte er, Tränen in ihren Augen zu sehen, dann blendete ihn das Blitzlicht. Als sie sich hinunterbeugte, um Lucas von seinem Schoß zu heben, lächelte sie.

Sie richtete sich auf und setzte Lucas auf ihre Hüfte, aber der Kleine strampelte mit den Füßen, eine wortlose Aufforderung, ihn runterzulassen. Sobald Holly ihn wieder abgesetzt hatte, fiel er auf die Knie und schob seinen Feuerwehrwagen über den Teppich.

Clay griff nach ihrem Handgelenk, um ihre Aufmerksamkeit zu erringen. Mit dem Daumen fuhr er über ihren Handrücken und lächelte, als er spürte, wie ihr Puls plötzlich schneller wurde. Der Gedanke daran, noch sehr viel weichere Haut zu erforschen und sehr viel intimere Punkte, an denen ihr Puls zu fühlen war, erhöhte auch seinen Herzschlag.

„Kommen Sie, Holly. Haben Sie keine Weihnachtswünsche?"

Trotz der Unsicherheit in ihren grünen Augen klang ihre Stimme beherrscht. „Ich werde einen Brief zum Nordpol schicken."

Er schüttelte den Kopf – ganz vorsichtig, damit Mütze und Perücke nicht verrutschten. „Es wirkt aber besser, wenn man es persönlich macht. Also sagen Sie es mir. Es muss doch etwas geben, was Sie sich wünschen."

Trotz der neckenden Frage hoffte Clay auf eine ernste Antwort. Er wollte mehr über Holly wissen.

Als Holly ihre Hand sanft aus seinen Fingern befreite, hielt sie Ausschau nach Lucas. Leise murmelte sie Clay zu: „Tut mir leid, Clay, aber ich glaube nicht an Santa Claus."

„Miss Holly, du machst das ganz falsch!" Mary Janes aufgebrachte Stimme übertönte den fröhlichen Lärm im Wohnzimmer. „Du musst dich auf Santas Schoß setzen!"

„Das gilt nur für Jungen und Mädchen", antwortete Holly schnell und warf dabei Clay einen warnenden Blick zu. „Für Erwachsene ist es etwas anderes."

Die Kleine sah nicht ganz überzeugt aus und fragte: „Aber du bekommst doch noch dein Geschenk, oder?"

Damit hatte sie Holly erwischt.

„Nun?" Clay nutzte die Gelegenheit. „Es muss doch irgendeinen Wunsch geben, den Santa Ihnen als Kind nicht erfüllt hat."

Ihr Gesicht spiegelte die unterschiedlichsten Gefühle wider, ihre grünen Augen waren voller Sehnsucht. In diesem Augenblick schwor Clay sich, dass er Holly schenken würde, was immer sie sich wünschte.

„Ein Pony!“, platzte Holly heraus. Trotz ihres gezwungenen Lächelns lag ein Schatten über ihren Augen, als sie sich an Mary Jane wandte: „Wünschen sich nicht alle kleinen Mädchen ein Pony?“

„Barbie hat auch ein Pony“, ergänzte Mary Jane und warf dabei Santa einen eindeutigen Blick zu.

„Dann also ein Pony“, stimmte Clay zu. Sein eigener Wunsch, mehr über Holly zu erfahren, blieb unerfüllt. Jedenfalls für dieses Mal.

Es wurden noch mehr Fotos gemacht. Langsam hatte Clay das Gefühl, dass er die Schlafenszeit der Kinder überschritt. Lucas war auf Hollys Schoß geklettert. Das Feuerwehrauto hielt er immer noch fest umklammert. Erst als er eingeschlafen war, nahm Holly es ihm vorsichtig aus der Hand und trug ihn aus dem Wohnzimmer.

Es war Zeit für Clay, Gute Nacht zu sagen. Seinen Auftritt als Santa hatte er erledigt, und seine Angestellten warteten auf ihn. Zwar hatte er inzwischen Marie angerufen, um ihr mitzuteilen, dass er später käme. Aber allzu lange konnte sie ihn nicht decken.

Er sollte wirklich gehen.

Clay stand auf und trat zur Tür, hinter der Holly mit dem kleinen Lucas verschwunden war. „Stille Nacht, heilige Nacht“, erklang es aus einem der Zimmer. Es war Hollys klare Stimme, die ihn so unwiderstehlich anzog wie der Gesang der Sirenen. Er folgte der Stimme und blieb schließlich an der geöffneten Tür stehen, beobachtete sie unbemerkt.

Holly saß auf einem Kinderbett. Sie beugte sich hinunter, strich Lucas’ Haar zurück und küsste den schlafenden Jungen sanft auf die Stirn. Aus jeder ihrer Gesten sprach Fürsorge und Mitgefühl.

Ihre ehrenamtliche Arbeit verrichtete sie nicht aus Pflichtbewusstsein oder Verantwortungsgefühl. Sie tat es aus Liebe.

Fast glaubte er zu spüren, wie seine Finger ihr Haar zerwühlten, während er seine Lippen auf ihre presste und … nun ja, vielleicht etwas mehr tat, als sie nur ins Bett zu bringen.

Das Verlangen, das er plötzlich empfand, überraschte ihn selbst. Nachdem er Holly den ganzen Abend beobachtet hatte, wusste er, dass sie eigentlich nicht sein Typ war. Heim und Familie waren für sie das Wichtigste. Dagegen hatte er in der Vergangenheit eine Scheidung vorzuweisen und für die Zukunft ein Unternehmen, dem er seine ganze Aufmerksamkeit schenken musste.

Gerade als er beschlossen hatte, jetzt wirklich zu gehen, blickte Holly auf und legte einen Finger an die Lippen. Eine Warnung, dass er leise sein sollte. Dabei hätte er sowieso kein Wort herausgebracht. Denn während er auf ihren Mund starrte, wurde seine Kehle ganz trocken.

Süß würde sie schmecken – wie die Zuckerstangen, die am Weihnachtsbaum hingen. Mit einem Hauch von Gewürzen von dem Apfelpunsch, den sie getrunken hatte. Aber vor allem würde sie wie eine Frau schmecken: warm und weich. Als sie ihn beim Verlassen des Zimmers streifte, musste er sich schon sehr zusammenreißen, um sie nicht gleich in die Arme zu nehmen.

Sie schloss die Tür und flüsterte: „Er ist sofort eingeschlafen. Wahrscheinlich träumt er von Feuerwehrautos und Rentieren.“ Ihr bezauberndes Lächeln zeigte, dass sie von Clays heißen, hungrigen Fantasien nichts ahnte.

Clay hob seine Hand zu ihrem Gesicht – und hatte plötzlich die roten Samtärmel mit dem weißen Besatz seines Kostüms vor Augen. Kein Wunder, dass Holly keine Ahnung davon hatte, was er sich ausmalte. Die Vorstellung, Santa Claus könne eine Frau anmachen, war einfach absurd!

Trotzdem konnte Clay seine Hand nicht senken, ohne ihr nicht zuvor das Haar zurückzustreichen. Die seidigen Strähnen glitten ihm durch die Finger. Wie würden sie sich in seinem Gesicht, an seiner Brust anfühlen?

Verdammt, er musste wirklich gehen. Sofort.

Auf dem Weg zurück ins Wohnzimmer sagte Holly mit gedämpfter Stimme: „Ich glaube, ich habe die Kinder noch nie so glücklich gesehen. Sie haben ihnen das schönste Weihnachtsfest ihres Lebens geschenkt."

Weil die Hopewell-Schwestern gerade die größeren Kinder ins Bett brachten, war das Wohnzimmer leer. Das Feuer war heruntergebrannt, das Klavier verstummt.

„Ich bringe Sie nach draußen", bot Holly an. Gemeinsam gingen sie zum Eingang. Wie um Hollys unschuldige Aura noch zu verstärken, hüllte die Außenbeleuchtung sie in einen goldenen Schein. „Ich weiß gar nicht, wie ich Ihnen für alles danken kann."

Gerade wollte Clay erklären, dass ihre Dankesbezeugungen unnötig seien. Da kam ihm plötzlich eine Idee. Wenn Holly ihm wirklich ihre Dankbarkeit zeigen wollte, gab er ihr jetzt die Möglichkeit dazu.

„Da Sie es erwähnen: Ich wüsste schon, wie Sie sich bei mir bedanken können." Er sah ihr überraschtes Gesicht und musste lachen. „Schämen Sie sich, Miss Bainbridge! Meine Absichten sind völlig ehrenhaft." Ihr Blick war immer noch zweifelnd. In gespielter Hilflosigkeit streckte er die Hände aus. „Wenn Sie Santa Claus nicht vertrauen …"

Auf ihrem Mund lag der Hauch eines Lächelns, der jedoch schnell wieder verschwand. „Ich weiß wirklich nicht, wie ich mich Ihnen erkenntlich zeigen könnte."

„Kommen Sie heute Nacht mit mir mit."

„Was?" Sie riss die Augen auf, in denen ihre Bedenken zu erkennen waren. Wäre das alles gewesen, hätte Clay sie nicht weiter bedrängt. Aber er hatte in ihren Augen auch einen Funken gesehen, der ihm verriet, dass die Anziehungskraft zwischen ihnen nicht einseitig war.

Er machte einen Schritt auf sie zu. Als er sah, dass dieser Funke noch ein bisschen heller flackerte, schien sich das Blut in seinen Adern zu erhitzen. Während er sich von der Mütze und dem Bart befreite, sagte er: „Ich bitte Sie, mich heute zu meiner Party zu begleiten."

3. Kapitel

Entsetzt protestierte Holly. „Mit Firmenfeiern kenne ich mich überhaupt nicht aus."

„Die wird so ähnlich sein wie die Feier mit den Kindern. Nur mit Alkohol und schlechterem Benehmen." Er zuckte die Achseln. „Und außerdem: Ich bin ja auch zu Ihrer Feier gekommen."

„Ich hätte Sie ja nicht auf meiner Feier gebraucht, wenn Sie mir nicht den Santa gestohlen hätten."

Mit einer Handbewegung wies er ihr Argument ab. „Unwichtige Details!"

Holly zog den Kopf ein. Schon der bloße Gedanke, zu einer Party mit lauter erfolgreichen, vermögenden Geschäftsleuten zu gehen, versetzte sie in Panik. Die Idee war absurd – allerdings längst nicht so absurd wie Clays Auftritt als Santa Claus.

„Also gut", willigte sie schließlich ein. Sie sah an sich herunter auf den roten Pullover und die schwarzen Jeans. „Aber wir müssen kurz bei meiner Wohnung vorbeifahren, damit ich mich umziehen kann."

„Ja, ich auch. Weil ich wusste, dass die Zeit knapp wird, habe ich meine Sachen mitgenommen. Wenn ich mich bei Ihnen umziehen darf, kann mein Fahrer uns gemeinsam zu der Feier fahren."

Ihre Wohnung war nicht weit entfernt, und Holly wollte ohnehin nicht alleine auf der Party auftauchen. „Okay! Wollen Sie hinter mir herfahren?"

„Das macht Roger, ich komme mit Ihnen mit."

Nachdem Clay dem Fahrer die entsprechenden Anweisungen gegeben hatte, stieg er zu Holly ins Auto. Sie kicherte, als er die rote Jacke aufknöpfte und das Kissen herauszog, mit dem er sich ausgestopft hatte.

Während sie fuhr, warf sie ab und zu einen kurzen Blick auf sein ebenmäßiges Profil. „Was für eine Art von Party wird das sein?"

„Also ... ich weiß, dass es Käsekuchen gibt." In den vorbeihuschenden Straßenlampen blitzten seine Zähne auf. „Musik, Tanz. Dieses Jahr hat ... nun ja, eine Art Wandel stattgefunden." Seine Stimme klang angespannt, ganz anders als sein üblicher, etwas spöttischer Tonfall. „Ich hoffe, die Party bringt alle etwas näher zusammen."

Holly parkte den Wagen vor dem Haus, in dem sie ihr Apartment hatte, die Limousine hielt direkt hinter ihr. Nachdem Roger ihm einen schwarzen Kleidersack überreicht hatte, stiegen Clay und Holly gemeinsam die Stufen hoch zum Eingang des fünfstöckigen Backsteinbaus.

Als Holly ihren Schlüsselbund aus der Tasche holte, glitt er ihr durch die eiskalten, fast tauben Finger und fiel zu Boden. Sie bückte sich danach, aber Clay war schneller. Ihre Finger berührten sich. Im Gegensatz zu ihrer eiskalten Hand war seine warm.

Einen Moment lang verharrten sie in ihrer Bewegung und sahen sich in die Augen. Ihr Atem vermischte sich in der eisigen Nachtluft, doch Holly spürte die Kälte nicht mehr. Als er ihr aufhalf, drang die Wärme so tief in sie ein, dass ihre Knie weich wurden. Clay schloss die Tür auf und gab ihr im Hausflur die Schlüssel zurück.

Während sie die Treppe zum dritten Stock hochgingen, überlegte Holly krampfhaft, ob auf der Couch ein Haufen Schmutzwäsche lag oder sich leere Fast-Food-Schachteln auf dem Tisch häuften. Sie öffnete die Wohnungstür, schaltete das Licht ein und seufzte erleichtert auf. Im Wohnzimmer lagen nur ein paar Schuhe herum.

Der Raum war mit zweckmäßigen, etwas abgestoßenen Möbeln ausgestattet. Die beigefarbene Couch und der dazugehörige Sessel passten zur Tapete und dem Teppich.

Sie wies auf die Badezimmertür. „Dort können Sie sich umziehen."

Clay zog seine buschige weiße Santa-Claus-Augenbraue hoch. „Letzte Gelegenheit für einen Weihnachtswunsch!"

Holly lachte. „Ab mit Ihnen ins Bad!" Sie gehörte nicht zu den Leuten, die ihre Wünsche laut äußerten. Aber wenn sie es getan hätte …

Konnte Clay Forrester wirklich so perfekt sein, wie es den Anschein hatte?

Sie glättete die Kissen auf dem Sofa und hob ihre Schuhe hoch.

Plötzlich hörte sie, wie die Badezimmertür geöffnet wurde. Also war Clay fertig. Und sie wusste noch nicht einmal, was sie anziehen sollte. Holly drehte sich zu ihm um – und ließ prompt die Schuhe fallen.

Während er noch an den Ärmeln seines Smokings herumzupfte, sah er sie an. „Alles in Ordnung mit Ihnen?"

Mit letzter Kraft brachte sie noch ein Nicken zustande. Ansonsten konnte sie ihn nur sprachlos anstarren. Der schwarze Smoking saß perfekt und brachte seine breiten Schultern und die langen Beine erst richtig zur Geltung. Die Locke, die Holly vorhin unter die Mütze geschoben hatte, fiel ihm jetzt in die Stirn. Blaue Augen unter geraden schwarzen Brauen musterten sie. Seine ebenmäßigen Gesichtszüge wirkten wie gemeißelt: eine grade Nase, ausgeprägte Wangenknochen und ein energisches Kinn.

Wäre ein Hollywoodstar plötzlich aus dem Fernseher in ihr Wohnzimmer getreten, wäre Holly nicht stärker beeindruckt – oder erschrocken gewesen.

„Holly, stimmt irgendwas nicht?" Er machte einen Schritt auf sie zu, doch sie wischte mit einer Handbewegung seine Besorgnis beiseite.

„Nein, nein, alles ist bestens. Außer …", sie wies auf seinen Smoking, „dass Sie glatt auf einen Ball im Weißen Haus gehen könnten!"

„Na ja, die Feier findet immerhin im ‚Lakeshore Plaza' statt."

Sofort hatte sie das elegante Hotel vor Augen, in dem ständig irgendwelche Berühmtheiten logierten. Man munkelte, dass die Penthouse-Suiten um die 10.000 Dollar pro Nacht kosteten. Holly hätte es nie gewagt, auch nur einen Fuß in das edle, mit Marmor verkleidete Foyer zu setzen.

„Ich kann nicht ins ‚Lakeshore Plaza' gehen. Ich habe nichts anzuziehen!" Denn sie würde nicht nur sich selbst lächerlich machen, sondern gleichzeitig auch Clay in Verlegenheit bringen. Ihre Garderobe würde verraten, dass sie dort nicht hingehörte.

Er verdrehte seine Augen. „Ich habe noch nie eine Frau getroffen, die *genug* zum Anziehen hatte. Kommen Sie!"

„Wohin gehen wir jetzt?", wollte sie wissen, als er sie an die Hand nahm.

„In Ihr Schlafzimmer!"

„Was?"

Er grinste sie über seine Schulter an. „Um für Sie die passende Kleidung zu finden."

„Ich arbeite in einem Blumenladen!", protestierte Holly, während er sie ins Schlafzimmer zog. Die Intimität, dass Clay in diesen Raum eindrang, ließ sie erröten. Sie zwang sich dazu, nicht auf das zerwühlte Bett zu schauen, das nicht mal einen Meter weit von ihnen entfernt war. „Ich habe keine tollen Kleider."

Er wandte sich ihr zu und musterte sie. Sein abschätzender Blick ging ihr durch und durch. „Das gefällt mir."

Holly blickte an sich hinab. War ihre Kleidung durch einen Zauber verwandelt worden? „Ein Pullover und Jeans?", fragte sie ungläubig.

„An einem Kleiderständer sind es einfach Pullover und Jeans. An Ihnen ist es etwas völlig anderes."

Seine Stimme klang etwas heiser, seine Augen waren dunkel vor Verlangen.

Ein aufregendes Kribbeln lief durch ihren ganzen Körper. Wie gerne hätte sie dieser Anziehungskraft nachgegeben, doch ihr Überlebensinstinkt ließ es nicht zu. „Das kann ich unmöglich im ‚Lakeshore Plaza' tragen."

Ohne Hemmungen öffnete er die Kleiderschranktür. „Dann werden wir halt etwas anderes finden."

Holly beobachtete ihn dabei, wie er ihre Sachen durchging. Seine männlichen Hände waren ein sinnlicher Kontrast zu den weiblichen Kleidungsstücken. Als er über den Ärmel einer Bluse strich, hätte Holly schwören können, diese intime Zärtlichkeit auf ihrem Arm zu spüren.

Schließlich zog er ein Teil aus schwarzem Satin und Spitze heraus. „Wie wäre es damit?"

Vergeblich kämpfte Holly gegen die Röte, die ihr ins Gesicht schoss. „Das ist ein Unterrock."

„Tatsächlich?" Er nahm das Kleidungsstück näher in Augenschein. „Bei der Mode heute ist das manchmal schwer zu erkennen." Seine Augen glühten, als er ihr das Unterkleid anhielt. Sie hatte das Gefühl, als hätte er sie halb nackt, nur mit Dessous bekleidet, erwischt. „Wahrscheinlich gefällt es mir deshalb so gut."

„Großartig!" Energisch nahm sie ihm den Unterrock aus der Hand und hängte ihn wieder in den Kleiderschrank. „Wenn ich zulasse, dass Sie meine Kleidung aussuchen, lande ich womöglich in Unterwäsche auf Ihrer Party."

Beinahe verzweifelt durchwühlte sie ihre Sachen. Sie musste schleunigst etwas finden, bevor an ihrer gesamten Garderobe die Erinnerung an seine Berührung haftete. Endlich entdeckte sie einen langen schwarzen Rock, den sie Clay zeigte. „Wie finden Sie den?"

„Ein guter Anfang. Jetzt brauchen wir nur noch das …" Wieder zog er den Unterrock aus dem Schrank.

Sie schüttelte den Kopf. „Clay, ich habe Ihnen doch gesagt …"

Ohne darauf einzugehen, nahm er eine kurze schwarze Jacke aus dem Schrank. „… und das!“

Schon wollte Holly protestieren, sah sich dann aber doch die einzelnen Teile, die er ausgesucht hatte, genauer an. Mit seinen Spaghettiträgern und dem spitzenbesetzten Ausschnitt konnte der Unterrock als Mieder durchgehen. Rock und Jacke waren aus ähnlichem Material, sodass das Ganze wie ein Dreiteiler wirkte.

Clay reichte ihr die Bügel. „Ziehen Sie sich um, wir sind spät dran.“

Kaum hatte er das Zimmer verlassen, schleuderte Holly ihre Schuhe von sich. Nur ihretwegen war Clay noch nicht auf der Party. In aller Eile zog sie sich um und fasste ihr Haar zu einem Knoten zusammen, bevor sie einen Hauch Farbe auf Wangen und Lippen gab.

Nach einem tiefen Atemzug trat sie einen Schritt zurück und begutachtete ihr Äußeres. Sie suchte nach einem verräterischen Zeichen, an dem sich erkennen ließ, dass sie nicht zu diesen Businessleuten gehörte. Sie fand es in den Augen – in denen ihre Unsicherheit geschrieben stand.

„Ich bin fertig.“

Clay drehte sich um. Ihm war klar gewesen, dass der lange, gerade geschnittene Rock und die schlichte Jacke Hollys schlanker Figur schmeicheln würden. Allerdings hatte er nicht erwartet, dass ihre Jeans und Sweater solche atemberaubenden Kurven verborgen hatten. Sein Blick wanderte an dem Schlitz hoch, der ihre langen Beine erkennen ließ. Der Rock saß eng auf den Hüften, sodass es ihn in den Fingern juckte, ihre Silhouette nachzuzeichnen. Unter der Jacke schmiegte sich der Seidenstoff an ihren Busen, und die Spitze am Dekolleté ließ den verführerischen Spalt zwischen ihren Brüsten erahnen.

Ihr kastanienbraunes Haar hatte sie auf dem Kopf aufgetürmt. Nur ein paar Strähnen fielen ihr lockig ins Gesicht, was ihre hohen Wangenknochen und die mandelförmigen Augen zusätzlich betonte.

„Wir sollten jetzt besser losfahren“, schlug Holly vor. „Sie sind meinetwegen schon spät genug dran.“

„Sie waren das Warten wert.“

Gemeinsam gingen sie durch die Eingangstür, und Holly stockte fast der Atmen. Man hatte ihr das Hotel schon in den glühendsten Farben geschildert, sie hatte auch ein oder zwei Fotos gesehen. Aber einen derartigen Prunk hatte sie sich nicht vorstellen können.

Deckenhohe Wandmalereien schmückten die Lobby, und hinter der Rezeption schäumte ein Wasserfall. Holly musste sich dazu zwingen, sich nicht noch einmal nach dem vergoldeten Kristalllüster umzudrehen. Doch dieses ganze unglaubliche Dekor war nichts im Vergleich zu der erstaunlichen Tatsache, dass sie, Holly Bainbridge, das „Lakeshore Plaza“ an der Seite von Clay Forrester betrat.

Auf dem Weg zum Ballsaal scholl ihnen Musik und Gelächter entgegen. Die fröhliche Geräuschkulisse wurde von Korkenknallen untermalt. Einige Leute riefen ihnen Grüße zu, und Clay nahm sich vom Tablett eines vorbeieilenden Kellners zwei Champagnerflöten. Eine gab er Holly und hob dann sein Glas zu einem Toast: „Auf Sie, Holly, weil Sie mich an die wahre Bedeutung des Weihnachtsfestes erinnert haben!“

Auch ohne Champagner wäre es für Holly eine denkwürdige Nacht gewesen. Dafür hatte Clay schon gesorgt. Und sosehr sie auch das prickelnde Getränk genoss: Der Geschmack von Clays Lippen auf ihren wäre ein noch viel unvergesslicheres Erlebnis.

Bei diesem Gedanken senkte sie den Blick auf seinen Mund, und Clays Augen verdunkelten sich. „Holly …“

„Es wurde aber auch langsam Zeit, dass du auftauchst!“, rief eine weibliche Stimme aus. Holly sah über ihre Schulter. Hinter ihr tänzelte eine atemberaubende Brünette mit kurzem Haar auf sie zu. Sie trug ein rotes paillettenbesetztes Kleid, auf das jedes modebewusste junge Mädchen stolz gewesen wäre. „Als du ‚ein bisschen später' gesagt hast, habe ich an eine Viertelstunde gedacht. War verdammt schwer, dich so lange zu vertreten."

Die Party war in vollem Gang, Clay blickte sich einmal um und sagte trocken: „Ja, ich sehe, wie sehr man mich vermisst hat."

„Okay, wir haben ohne dich angefangen, aber ich bin froh, dass du hier bist." Marie streckte Holly die Hand hin. „Ich bin Marie Cirillo, Clays Assistentin."

„Holly Bainbridge."

„Sie kommen mir bekannt vor,"

Hilfe suchend blickte Holly in Clays Richtung. Sie wusste nicht, was sie darauf sagen sollte. Wie würde er es erklären, dass er eine Verkäuferin zu dieser noblen Party mitgebracht hatte? Mit irgendwelchen Erklärungen hielt Clay sich gar nicht erst auf. Er sagte einfach: „Holly arbeitet in dem Blumenladen in unserem Bürogebäude."

„Ach ja, natürlich." Maries Lächeln verschwand nicht – ebenso wenig wie die Neugier in ihrem Blick. „Ich habe bei Ihnen eine Pflanze gekauft."

„Efeu, stimmt's? Den mag ich besonders gern", erinnerte sich Holly.

„Ich auch. Aber die Blätter sind gelb geworden und inzwischen richtig braun."

Clay lachte. „Marie killt Pflanzen, weil der Tierschutzverein ihr nicht erlaubt, ein Haustier zu halten."

Marie steckte ihrem Chef die Zunge raus, und Holly lachte. „Vielleicht haben Sie den Efeu zu oft gegossen und ertränkt. Versuchen Sie es mal mit Dünger."

„Danke, das werde ich tun." Dann wandte Marie sich an Clay. „Warum gebe ich mich eigentlich mit dir ab?"

„Weil wir perfekt zusammenpassen. Niemand anderes würde für mich arbeiten, und dich würde niemand anderes einstellen."

„Ach, deswegen!" Marie nahm ein Glas Champagner von einem der Kellner entgegen. „Ich dachte, kostenloser Champagner und Käsekuchen wären der Grund."

Clay nickte in Richtung ihres Glases. „Na, dann bist du ja für heute Abend gut ausgestattet. Leiste Holly Gesellschaft, während ich mit dem DJ spreche." Er drückte kurz Hollys Arm und versprach: „Ich bin gleich wieder da."

Schon öffnete Holly den Mund, weil sie ihn bitten wollte, zu bleiben oder sie mitzunehmen. Doch damit würde sie nur zeigen, wie nervös sie war. Ohne Clay wurde sie wieder von Unsicherheit gequält. Sie erwartete förmlich, dass den Leuten auffiel, wie wenig sie hierhin gehörte. Und sie musste nicht lange warten.

„Wissen Sie, ich habe noch kurz vor der Party mit Clay gesprochen. Er hat gar nicht erwähnt, dass er jemanden mitbringt."

Holly schluckte. „Das ergab sich auch erst im allerletzten Moment."

„Das habe ich mir gedacht." Maries Gesichtsausdruck wurde etwas milder, als sie merkte, wie unbehaglich Holly sich fühlte. „Entschuldigen Sie. Sie müssen mich für furchtbar neugierig halten. Es ist nur so: Sie sind die erste Frau, die mir Clay nach seiner Scheidung vorgestellt hat."

„Clay war verheiratet?"

Marie zuckte zusammen. „Ich und meine große Klappe!"

„Nein, nein, ist schon in Ordnung." Schließlich gab es keinen Grund, warum Clay ihr von seiner Exfrau hätte erzählen sollen, zwischen ihnen war ja nichts Echtes, Ernsthaftes – redete Holly sich ein. Obwohl Clay, der gerade wieder zurückkam, eine Anziehungskraft auf sie ausübte, die hundertprozentig echt war.

„Tut mir leid", entschuldigte er sich, „aber die Pflicht ruft. Ich hoffe, Marie hat nicht alle meine Geheimnisse ausgeplaudert."

„Nur eins", gestand Marie mit einem schuldbewussten Blick auf Holly. In der Nähe knallte ein Champagnerkorken, und sie fügte hinzu: „Diese Flasche ruft nach mir. Wir sehen uns noch!"

Nachdem Marie geflüchtet war, warf Clay einen kurzen Blick auf Holly. Anscheinend unberührt von den Geheimnissen, die seine Assistentin möglicherweise verraten hatte, sagte er nur: „So unglaublich sich das anhört, aber ich wüsste nicht, was ich ohne sie machen sollte. Sie sorgt dafür, dass ich nicht zu sehr abhebe. Im letzten Jahr war das ein Fulltime-Job."

Schon zum zweiten Mal hatte Clay geschäftliche Sorgen erwähnt. Seine Präsenz war außerordentlich dominant, und Holly konnte sich kaum ein Problem vorstellen, dass er nicht allein durch die Kraft seines Willens hätte lösen können. Ein Unternehmen konnte nur so mächtig und bekannt wie „Forrester Industries" werden, wenn ein Mann an der Spitze stand, der Schwierigkeiten notfalls mit einem Rammbock beiseitefegte.

Plötzlich hatte sie Clay wieder als Santa Claus vor Augen. Wer war er wirklich? Ein Mann, der sich um ein paar Pflegekinder kümmerte und ihnen ein unvergessliches Weihnachtsfest bescherte? Oder ein skrupelloser Geschäftsmann?

Über ihnen funkelte der Kronleuchter, als Clay sie herumwirbelte, bis sie ganz außer Atem war. Nicht wegen seiner komplizierten, geübten Tanzschritte, sondern wegen ihres engen Kontaktes.

Als die Musik verklang, entwand Holly sich Clays Armen. Sie ließ ihn los – vorgeblich, um den Musikern zu applaudieren. In Wirklichkeit brauchte sie einen gewissen Abstand zu ihm. Sein wissender Blick besagte, dass er sie für einen Feigling hielt. Aber ihr war es wichtiger, ihr Herz zu beschützen als das Gesicht zu wahren.

Von der Tanzfläche führte Clay sie an das Dessertbüfett. „Hier, das müssen Sie einfach probieren." Er machte einen Teller für sie beide fertig, nahm ein Stück von dem Käsekuchen und hielt ihr die Gabel entgegen. „Marie hat beträchtliche Mühen auf sich genommen, um diesen Kuchen zu retten."

Holly beugte sich vor und nahm den Bissen. Obenauf waren Erdbeeren, deren Süße den frischen cremigen Geschmack der Käsesahnefüllung hervorragend ergänzte. Mit der Zunge leckte sie sich ein Krümelchen ab. Das unverhüllte Verlangen in Clays Augen ließ ihre Haut prickeln. Beinahe hätte sie sehnsüchtig aufgestöhnt, als er mit dem Daumen über ihren Mundwinkel strich.

„Und, wie war es?", fragte er heiser.

„Es … es war köstlich."

Clay legte seine Hand auf ihre Wange, die Intensität seines Blickes ließ sie bewegungslos innehalten. In Holly schrillten sämtliche Alarmglocken, als Clay seinen Kopf zu ihr neigte und sie küsste. Langsam verblasste der Ballsaal, bis sie nur noch seine Finger wahrnahm, die sanft über ihre Wangen strichen, und seinen warmen Mund auf ihren Lippen. Besser als Käsekuchen, besser als Champagner, besser als alles, was sie sich vorstellen konnte. Sie wollte nur noch, dass dieser Kuss immer weiter und weiter und weiter ging …

Stattdessen öffnete sie widerwillig die Augen, als Clay sich zurückzog, und sah ihm in das attraktive Gesicht.

„Ich kann dir nur zustimmen", murmelte er, „köstlich!"

4. Kapitel

Clay lehnte sich entspannt in dem Ledersitz der Limousine zurück. Die Party war eindeutig ein Erfolg gewesen. Dass Holly ihn begleitet hatte, war noch ein weiterer Grund, dass er die Feier so genossen hatte. Auf der Fahrt zu ihrem Apartment war sie plötzlich schweigsam geworden.

Die Erinnerung an ihren Kuss ließ ihn einfach nicht los. Clay hatte Holly überrumpelt – aber das hatte sie nicht daran gehindert, seinen Kuss zärtlich zu erwidern. Allein der Gedanke daran beschleunigte seinen Herzschlag. Der Erfolg dieses Abends ließ ihn hoffen, dass sein Glück weiter anhalten würde.

„Die Party war wundervoll." Hollys höflicher Ton schuf eine unerwünschte Distanz. „Ich danke dir von Herzen. Und was du für die Kinder getan hast …"

„Holly, ich bin froh, dass ich es getan habe", unterbrach er sie. „Aber darum ging es heute Abend nicht. Mir jedenfalls nicht."

Er wartete darauf, dass sie dasselbe sagen würde. Dass sie zugeben würde, nicht nur aus Dankbarkeit mit ihm gekommen zu sein. Aber sie schwieg. Seine Zuversicht schwand. Noch einmal versuchte er es. „Ich habe dich eingeladen, weil du eine schöne, begehrenswerte Frau bist."

Bei diesen Worten stockte Holly der Atem, und sie wandte ihr Gesicht zum Fenster. Sie war ihm so nah. Nahe genug, dass der Duft ihres Parfums seine Sinne reizte. Nahe genug, dass er mit dem Finger ihr Bein entlangstreichen könnte, das er durch den aufreizenden Schlitz ihres Rockes sehen konnte. Aber obwohl nur ein paar Zentimeter Abstand zwischen ihnen waren, hielt sie eine Distanz aufrecht, die er nicht überwinden konnte.

„Die Weihnachtsfeiertage sind eine magische Zeit, nicht wahr?", fragte sie sanft. Ihre ganze Aufmerksamkeit schien den festlich geschmückten Schaufenstern zu gelten. „Die weihnachtlichen Dekorationen, das Einkaufen der Geschenke, die Planung des perfekten Festtagsmenüs. In dieser Zeit ist alles wunderbar, aber wenn es vorbei ist, fühlt man sich immer enttäuscht."

Zwischen den Zeilen konnte Clay das lesen, was Holly nicht sagte. Für sie beide gab es nur diese eine Nacht. Die Zurückweisung traf ihn unvorbereitet.

Aber er hatte einen kurzen Einblick in Hollys Leben erhascht, in ihre Liebe und ihre Selbstlosigkeit gegenüber den Kindern vom Hopewell House. Sie war nicht der Typ für eine lockere Affäre. Und für mehr hatte er durch sein Engagement für das Unternehmen keine Zeit.

Und selbst wenn er sich diese Zeit nahm: Seine Ehe hatte ihm bewiesen, dass er auf lange Sicht eine Frau nicht glücklich machen konnte. Für sie beide wäre es das Beste, wenn er Holly jetzt gehen ließ.

Warum konnte er es nicht?

„Ich weiß, was du meinst. Die Enttäuschung, wenn ein Moment, der so strahlend begonnen hat, dann zu Ende geht, ist immer groß. Aber du hast dabei etwas Wichtiges vergessen."

Holly schluckte, wandte sich ihm zu und wisperte: „Und was?"

„Die Feiertage haben gerade erst angefangen."

Im wechselnden Licht der Straßenbeleuchtung konnte er erkennen, wie Hollys Augen sich weiteten und sie auf seine Lippen schaute. „Clay …"

Es klang weniger wie ein Protest, sondern mehr wie eine Bitte – die ihn sofort erregte. Ihre Locken kitzelten seine Finger, als er Holly die Hand auf den Nacken legte und sie an sich zog. Ihre

Lippen waren für ihn halb geöffnet, und heißes Verlangen überwältigte ihn bei der ersten Berührung. Er sank tiefer in den üppigen Ledersitz und zog Holly mit sich. Er streifte ihre Lippen mit seinem Mund, aufreizend, kostend, verlangend, sich wieder zurückziehend … und sie ging auf ihn ein. Ihre Hände klammerten sich an seine Schultern, sanft drängend. Ihre Zunge lockte ihn mehr und mehr.

Hollys Brüste schmiegten sich an seine Brust, und mit seiner freien Hand umfasste Clay ihre Taille. Er wollte ihre nackte Haut spüren, wollte die leisen Laute ihrer Lust hören, wenn ihr Körper seinen willkommen hieß.

In einem Winkel seines Verstandes bemerkte er, dass das Auto sich nicht mehr bewegte. Er hätte dem Fahrer gerne ein Zeichen gegeben weiterzufahren. Irgendwohin, so weit weg, dass Holly und er nie wieder die Türen zur Wirklichkeit öffnen müssten.

Doch als er sich widerwillig von ihr löste, sah er das Bedauern in ihren Augen, sah, dass die Wirklichkeit sie wieder eingeholt hatte. Sofort zog sie sich von ihm zurück und stammelte: „Das hätte nicht … wir hätten nicht …“

Das Deckenlicht flammte auf, als die Wagentür geöffnet wurde. Der grelle Schein ließ Clay blinzeln. Ohne zu warten und ohne die Hilfe des Fahrers kletterte Holly hastig aus dem Wagen. In zwei, drei langen Schritten hatte Clay sie eingeholt und hielt sie am Arm fest. „Ich bringe dich bis zur Tür“, sagte er in einem Ton, der keinen Widerspruch duldete.

Schweigend betraten sie das Gebäude und stiegen die Treppe hoch. Vor ihrem Apartment drehte Holly sich zu Clay um. Er erwartete keine Einladung, gab aber trotzdem nicht auf. Nicht nach diesem Kuss.

Er hatte nicht damit gerechnet, dass es so weit gehen würde. Wie auch? Kein Kuss hatte ihn je so weit gebracht.

„Ich möchte dich wiedersehen, Holly.“

„Clay, wir haben nichts miteinander gemein“, protestierte sie. „Nichts…“

„Nichts außer einer explosiven sexuellen Anziehungskraft.“

Sie schlug die Augen nieder. Aber nicht schnell genug, um die Bestätigung in ihrem Blick zu verbergen. Dennoch schüttelte sie den Kopf. „Ich kann nicht. Es tut mir leid.“ Sie schlüpfte in ihr Apartment, flüsterte nur noch „Frohe Weihnachten!“ und schloss die Tür.

Clay blieb im kalten Flur stehen. Gerade als er gehen wollte, fiel ihm ein, dass er sein Kostüm in ihrem Apartment gelassen hatte.

Mit einem letzten Blick auf Hollys Tür lächelte er und sprang die Treppe hinunter. Zumindest hatte er jetzt einen Grund, sie wiederzusehen.

„Hier kommt der Weihnachtsmann …“

Als Clay am Schreibtisch seiner Assistentin vorbeiging, hörte er sie leise singen. Er schoss ihr einen warnenden Blick zu, den sie nicht zur Kenntnis nahm.

Sie war wie ein Hund, der sich in einen Knochen verbissen hat, seitdem Clay am Montagmorgen ins Büro gekommen war und dort schon sein Kleidersack hing. Holly hatte Marie das Weihnachtsmannkostüm gebracht und ihm damit die Erklärung überlassen, wie es in Hollys Apartment gekommen war.

So viel dazu, Holly wiederzusehen, dachte Clay. Das war wohl das endgültige Aus. Unglücklicherweise ging ihm Holly einfach nicht aus dem Kopf. Viel zu oft schlich sie sich in seine Gedanken. Selbst dann, wenn er sich auf Geschäftliches konzentrieren wollte.

„Ach, komm schon!“ Marie folgte ihm in sein Büro, nahm die Plastikabdeckung von einem der Stühle und setzte sich. „Warum willst du mir nichts von dir und Holly erzählen?“

„Es gibt kein ‚ich und Holly'. Sie hat mir einen Korb gegeben." Weil seine Assistentin ihn nur schweigend musterte, fragte er nach: „Nun?"

„Ich glaube, das überrascht mich nicht so sehr."

„Vielen Dank auch! An dich wende ich mich bestimmt nicht, wenn ich auf Komplimente aus bin."

Marie lachte. „So habe ich das nicht gemeint. Ich glaube nur, du bist nicht der Typ, mit dem Holly sich verabredet."

Der Gedanke, dass Holly sich mit anderen Männern verabredete, sagte Clay nicht besonders zu. Sie hatte ihn abblitzen lassen, und das bedeutete für ihn, sie würde sich mit überhaupt niemandem treffen. „Und was für ein Typ wäre das?"

„Die meisten Männer laden ein Mädchen beim ersten Treffen ins Kino ein. Du hast Holly zu einem festlichen Dinner mit hundert Leuten eingeladen, die sie überhaupt nicht kannte."

„Ich wollte wirklich nicht, dass sie sich unwohl fühlt." Aber er *hatte* sie bedrängt, in der Überzeugung, er könne Holly ihre Befangenheit nehmen. Offensichtlich hatte er versagt.

„Ich will damit nur sagen: Du lebst auf der Überholspur, und Holly fürchtet, dass sie nicht mithalten kann." Marie stand auf. „Und keiner bleibt gerne zurück."

Beim Hinausgehen schloss sie die Tür hinter sich. Seine Behauptung, Marie sorge dafür, dass er nicht zu sehr abhebt, war kein Scherz gewesen. Er konnte immer auf sie zählen – und war ihr dafür mehr als dankbar.

Clay lächelte. Ihm war gerade die perfekte Möglichkeit eingefallen, wie er Marie seine Dankbarkeit zeigen konnte.

Die Glocke über der Tür klingelte, und Holly rief: „Ich bin gleich für Sie da!" Sie legte das letzte Blumengesteck in den Kühlschrank und drehte sich mit einem professionellen Lächeln um. „Womit kann ich Ihnen …"

In der Türöffnung stand Clay Forrester. Fast jeder Quadratzentimeter des Ladens war mit Blumen und Pflanzen bedeckt, und Clay musste sich unter einem Philodendron durchducken, als er in das Geschäft hineinging.

Inzwischen war Holly davon überzeugt, dass ihre Fantasie ihr in jener magischen Nacht einen Streich gespielt hatte. Seine Augen waren nicht so blau, seine Schultern nicht so breit, und sein Lächeln war sicher auch nicht *so* umwerfend. Und tatsächlich: Ihre Erinnerung hatte sie getäuscht. In Wirklichkeit war seine Wirkung auf sie war noch weitaus verheerender …

„Hallo, Clay!"

„Hallo!" Interessiert sah er sich im Laden um. „Ich möchte Blumen bestellen."

„Blumen?" Ihr Gesicht brannte vor Verlegenheit. „Oh, ich verstehe." Die Schultern gestrafft, gab sie sich ganz professionell. „Hier kannst du dir ein paar Beispiele anschauen."

Holly schlug ein Buch auf, das auf der Ladentheke lag. Sie hatte sich zurückziehen wollen, während er die Fotos verschiedener Blumenarrangements betrachtete. Clay stellte sich jedoch sofort hinter sie, sodass sie zwischen der Theke und seinem Körper gefangen war. Der dezente Duft seines Eau de Cologne mischte sich mit dem der Gardenien, die in der Nähe standen – eine Kombination von Männlichkeit und Weiblichkeit. Holly spürte, wie ihre Knie weich wurden, und hielt sich an der Theke fest.

Sofort aufhören! Er kauft hier Blumen für eine andere Frau!

„Wie wäre es damit?" Ihre Stimme schwankte verdächtig, als sie blindlings auf ein exotisches Gesteck aus Orchideen wies.

„Nicht schlecht", murmelte er.

Holly zwang sich dazu, tief Luft zu holen – obwohl sie dabei zugleich seinen verlockenden Duft einatmen musste – und blätterte eine Seite weiter. Das Buch schien kein Ende zu nehmen, bis Clay ihr auf einmal den Arm um die Taille legte und auf ein Foto zeigte: „Wie wäre es damit?“

„Ähh …“ Blinzelnd versuchte sie, das Bild klar zu erkennen.

Clay hatte ein Gesteck ausgesucht aus Margeriten, Iris und roten Gartennelken in einem braunen Weidenkörbchen. Eine gelbe Schleife rundete das Arrangement ab. „Sehr nett“, bestätigte Holly.

„Das nehme ich.“

Ein leiser Seufzer der Erleichterung entfuhr Holly, als Clay ein paar Schritte zurücktrat. Aus einer Schublade nahm sie eine Karte mit Umschlag, die er beschriften sollte. Mit einiger Mühe widerstand sie der Versuchung, einen Blick auf das zu werfen, was er schrieb. Schließlich war es nicht ihre Sache, wem er Blumen schickte. Nur ein einziges Mal waren sie zusammen ausgegangen. Ein zweites Treffen hatte sie abgelehnt – wie ihr jetzt wieder schmerzlich bewusst wurde. Jedenfalls hatte sie keinen Grund, eifersüchtig zu sein.

„Wohin sollen die Blumen geliefert werden?“

„In mein Büro. Sie sind für Marie.“

„Oh. Für Marie.“ Statt Eifersucht flatterten plötzlich lauter fröhliche Schmetterlinge in ihrem Bauch.

Clay sah kurz auf seine Uhr. „Es ist schon fast zwölf. Hättest du Lust, etwas zu essen?“

„Ich bin mir nicht sicher, ob das eine gute Idee ist.“

Er zuckte mit den Achseln. „Hey, das ist nicht meine Idee. Mittags etwas zu essen, wird schon seit Jahren praktiziert.“ Als sein Scherz nicht die beabsichtigte Wirkung zeigte, fuhr er fort: „Nur eine Kleinigkeit in einem Sandwichshop ein paar Häuser weiter. Ehrenwort. Garantiert keine Trinksprüche mit Champagner.“

Seine Worte überraschten sie. Obwohl sie hätte wissen müssen, dass er ihr Unbehagen gespürt hatte. Clay war wirklich zu gut, um wahr zu sein.

„Ich kann erst gehen, wenn Marilyn aus der Pause zurück ist", erklärte sie stattdessen zu ihrer eigenen Überraschung. „Ich könnte zu dir ins Büro kommen, wenn sie wieder zurück ist."

„In Ordnung. Dann sehen wir uns nachher." Er winkte ihr kurz zu, bevor er wieder unter dem Philodendron in Richtung Ausgang tauchte.

„Bis nachher", wiederholte sie leise, während das Gefühl froher Erwartung schon von einem schwachen Warnton begleitet wurde.

An einem Ecktisch fanden Holly und Clay in dem überfüllten Deli ein einigermaßen ruhiges Plätzchen, um sich zu unterhalten. Sie hatte ein Putensandwich bestellt, er eins mit Pastrami und scharfem Senf. Beim Essen unterhielten sie sich locker über ihre Lieblingsgerichte, Musik und Filme. Zu Hollys Überraschung hatten sie viel miteinander gemein. Langsam begann Holly, den wahren Mann unter der eleganten Verkleidung zu erkennen.

Erst nach dem Essen wurde die Unterhaltung etwas ernsthafter, als Clay noch einmal die schier unendliche Arbeit in seiner Firma erwähnte. Um Zeit zu gewinnen, rührte sie ihren Tee um. Denn sie spürte, dass sein Ärger noch andere, tiefere Ursachen hatte. „Auf der Party hast du schon über Veränderungen gesprochen. Und ich hatte nicht das Gefühl, dass du über Renovierung und neue Möbel sprichst", sagte sie vorsichtig.

„Nein", seufzte Clay, „es geht nicht darum, mein Büro umzugestalten. Es geht um die alte Firmenphilosophie, aus dem Elend anderer Profit zu schlagen. Ich will nicht davon leben, eine unangenehme Situation noch zu verschlechtern. Ich will in eine Firma gehen, das Problem analysieren und es dann für alle zufriedenstellend beheben."

Holly wusste kaum, was sie mehr überraschte: Clays Einstellung zu seiner eigenen Firma oder sein Plan, die Richtung völlig zu ändern. Doch Clay verstand ihr Erstaunen völlig falsch.

Lächelnd fuhr er fort: „Tut mir leid. Schlechte Angewohnheit. Normalerweise habe ich meine Lektion gelernt: keine langweiligen Unterhaltungen über Geschäftliches."

„Nein, nein, das ist es nicht", protestierte Holly. „Ich langweile mich nicht. Ich bin nur … erstaunt."

„Ich bin nicht sicher, dass daran etwas *Erstaunliches* ist."

„Ich weiß nicht, wie man es sonst nennen sollte." Falls Holly nicht schon vorher davon überzeugt gewesen wäre, dass Clay wirklich erstaunlich war, hätte sie dessen letzte Enthüllung endgültig davon überzeugt. „Obwohl ich eigentlich nicht überrascht sein sollte. Nicht, nachdem du das Problem des verschwundenen Weihnachtsmannes für die Hopewell-Kinder so wunderbar gelöst hast."

„Ein Santa, der durch meine Schuld abhandengekommen war", stellte er richtig.

„Ja, aber du wusstest ja nicht …"

„Weil ich mir nicht die Mühe gemacht habe, nachzufragen. Genauso wenig habe ich die Art und Weise hinterfragt, wie mein Vater die Firma führte. Alles war unterteilt in Schwarz und Weiß. Oder besser gesagt, in Rot und Schwarz. Ein Unternehmen war in Schwierigkeiten, ‚Forrester Industries' kaufte es auf, setzte die eigenen Leute rein, um es zu retten – wenn wir konnten. Oder verkauften es, wenn es nicht zu retten war."

„Aber so einfach ist es nicht, oder?"

„Nein, das ist es nicht. Ich bin mir nicht mal sicher, ob die Geschäftsführung meines Vaters nicht doch irgendwie moralisch war. Ein paar Wochen nach dem Tod meines Vaters kam ein Mann in das Gebäude, und einiges, was er sagte …"

„Ich war an dem Tag im Haus", unterbrach ihn Holly. Als Clay sie anblickte, erklärte sie schnell: „Ich wollte nicht heimlich lauschen. Ich war dabei, den Laden zu schließen. Und der Mann war nicht zu überhören."

Clay lehnte sich über den Tisch, bis dieser fast verschwunden schien. „Ich wollte alles abstreiten. Ich wollte sagen, dass mein Vater niemals gelogen hätte, dass er keine falschen Versprechungen gemacht hätte. Und wenn er die Firma nicht hätte retten können, dann nur, weil sie eben nicht zu retten war. Das war es, was ich sagen *wollte*, was ich glauben *wollte*."

„Aber du hast es nicht geglaubt."

„In Wahrheit hätte mein Vater alles getan oder gesagt, um das zu bekommen, was er wollte. Wenn er die Firma hätte retten können – großartig. Aber er hätte jedes Versprechen in Sekundenschnelle gebrochen, wenn für ‚Forrester Industries' dabei harte Dollars rausgesprungen wären."

„Und das alles wirst du ändern?"

Clay lachte. „Ich wünschte, jeder hätte so viel Vertrauen wie du."

Holly spürte, wie sie rot wurde. Sie wollte hier nicht die anfeuernde Cheerleaderin spielen. Doch Clays Entschlossenheit war überzeugend genug, um an seinen Erfolg zu glauben. „Ich denke, du kannst alles erreichen, was du dir in den Kopf gesetzt hast. Aber es braucht seine Zeit. Es ist nicht leicht, die Vergangenheit loszulassen."

„Das ist der schwerste Teil. Als Kind habe ich gedacht, meine Eltern wüssten alles. Nie haben sie irgendwelche Fehler gemacht. Jetzt als Erwachsener muss ich feststellen, dass mein Vater alles andere als perfekt war. Aber es tut weh zu sehen, wie er von seinem Sockel gestürzt wird. Verstehst du?"

Holly sah in Clays Augen. Erstaunlich blaue Augen, die Verständnis erwarteten. Sie geriet in Panik. Die eben noch bestehende enge Verbundenheit war plötzlich gekappt wie ein dünner Draht. Nur eine Kleinigkeit, aber seine Worte erinnerten sie daran, dass sie anders war. Sie hatte nicht die geringste Ahnung davon, dass Kinder ihre Eltern auf Sockel stellten, um zu ihnen aufsehen zu können.

Sie wusste überhaupt nichts von normalen Familien.

Überstürzt griff sie nach ihrer Handtasche, zog eine Zehndollarnote heraus und warf sie auf den Tisch. „Ich muss wieder an die Arbeit."

Überrascht lehnte Clay sich zurück, als sie vom Stuhl aufsprang. „Was? Holly, warte doch! Lass uns zusammen gehen!"

„Ist schon in Ordnung!" Sie warf sich den Mantel um die Schultern. „Ich bin dann weg."

Sie hastete durch das volle Lokal, durch die Glastür in das Schneetreiben hinaus, bevor er auch nur die Chance hatte, um die Rechnung zu bitten. Ihren Mantel fest umklammernd, rannte sie durch den eisigen Wind und blinzelte mit tränenden Augen.

Niemals hätte sie mit Clay essen gehen sollen. Die Unterschiede zwischen ihnen lagen außerhalb von Reichtum und sozialem Status. Clay war ein Mann mit starken familiären Bindungen, sie dagegen hatte weder Familie noch sonstige Verbindungen.

Das hättest du ihm sagen können, flüsterte ihr Gewissen vorwurfsvoll.

5. Kapitel

„Wenn ich jedes Mal Blumen bekomme, wenn du mit Holly ausgehst, plane ich für euch jeden Tag ein gemeinsames Mittagessen!“, rief Marie fröhlich, als Clay das Büro betrat.

Das Gesteck prangte mitten auf ihrem Schreibtisch und füllte den Raum mit Farbe und einem kräftigen Blumenduft, der ihn an Holly erinnerte. „Es war nur ein schlichtes Mittagessen. Mach da bloß nichts Großartiges draus.“ Die Warnung war nicht nur für Marie, sondern vor allem für ihn selbst gedacht.

So schnell, wie Holly aus dem Deli gestürzt war, bezweifelte er, dass sie sich noch einmal treffen würden. Schon zum zweiten Mal war sie geradezu vor ihm davongelaufen. Nach Victoria, die nur seinen Namen und seinen sozialen Status wollte, hatte er sich jetzt in eine Frau verliebt, die ihn überhaupt nicht wollte.

Verliebt?

Nein, auf gar keinen Fall. Den Gedanken schob Clay ganz schnell beiseite. Es gab anderthalb Verabredungen, falls das Mittagessen überhaupt zählte, und ein paar erstaunliche Küsse. Das war wohl kaum etwas, das auf eine ernsthafte Beziehung hinauslief.

„Erfreu dich noch an deinen Blumen, Marie“, rief er seiner Assistentin über die Schulter zu und wollte in sein Büro verschwinden.

„Warte, Clay. Ich habe vergessen, dir zu sagen, dass Albert Jensen in deinem Büro auf dich wartet.“

Na großartig, dachte Clay, ließ sich seinen Ärger aber nicht anmerken, als er dem älteren Mann zunickte. „Jensen.“ Er ging um seinen Schreibtisch herum und deutete auf den mit einer Plastikplane abgedeckten Stuhl. „Nehmen Sie doch Platz.“

Mit äußerstem Missfallen sah Jensen sich in dem unordentlichen Büro um. „Ich stehe lieber." Er kam auch gleich auf den Punkt: „Bevor Sie hier übernommen haben, hat Ihr Vater sein Interesse an ‚JW Shipping' bekundet."

Interesse bekundet. Eine verdammt kuschelige Umschreibung für das, was sein Vater wirklich gemeint hatte. Wenn „Forrester Industries" sein Interesse an einem Unternehmen bekundete, war es dasselbe, als wenn Attila, der Hunnenkönig, ein Nachbarland anvisierte.

So war es zumindest bisher gewesen.

„Die Gesellschaft war in Schwierigkeiten, aus denen sie sich aber befreit hat."

Jensen fegte das Argument beiseite. „John Westfell hat sich einen Kredit erschlichen, um die dringendsten Schulden zu begleichen. Eine kurzfristige Notlösung, die das Unvermeidliche nur hinauszögert. Jetzt ist es an der Zeit zuzuschlagen."

„Ich habe Ihnen schon gesagt, Albert, auf diese Weise macht unser Unternehmen keine Geschäfte mehr."

Jensens Gesicht wurde rot vor Zorn. „Dieses Unternehmen wird bald überhaupt keine Geschäfte mehr machen, wenn Sie solche todsicheren Gelegenheiten nicht wahrnehmen." Er holte tief Luft und versuchte es mit einem überzeugenden Ton. „‚JW Shipping' geht unter. Wenn wir die Firma nicht übernehmen, können Sie sicher sein, dass unsere Konkurrenz es tut."

Sosehr Clay es auch zuwider war, er musste zugeben, dass Jensen recht hatte. Nichts zu unternehmen, würde ihm vielleicht ein gutes Gewissen vermitteln, das Schifffahrtsunternehmen aber nicht retten. Plötzlich fiel ihm die Unterhaltung mit Holly im Deli wieder ein.

Es ist nicht leicht, die Vergangenheit loszulassen.

Verdammt, sie hatte recht. Er hatte sie nicht losgelassen. Jensen führte die Geschäfte wie üblich fort, und die Firmen, die

Clay nicht übernehmen wollte, wurden einfach von der Konkurrenz geschluckt. Letzten Endes hatte sich überhaupt nichts geändert.

„Wissen Sie was, Albert? Sie haben recht!"

Der Mann stoppte mitten in seiner Schimpftirade und sammelte sich. Mit aufgeblähter Brust nickte er gewichtig. „Es wurde auch Zeit, dass Sie die Dinge endlich klarer sehen. Was nun ‚JW Shipping' betrifft …"

„Rufen Sie John Westfell an und sagen Sie ihm, wir wären an einer beschränkt haftenden Teilhaberschaft interessiert."

„An einer was?" Jensens Brust blähte sich noch weiter auf, und Clay wartete jeden Moment darauf, dass er platzte.

„Eine Teilhaberschaft. Wie Sie schon sagten: Eine andere Gesellschaft wird sie übernehmen, wenn wir nichts tun."

„So habe ich das nicht gemeint. Ihr Vater hatte nicht die Absicht, ein Wohltätigkeitsinstitut zu leiten, das Firmen vor dem Untergang rettet."

„Ich weiß", gab Clay zu. „Und ich weiß auch, dass sich alles ändern wird. Dies ist nicht mehr seine Firma, Albert, es ist meine. Mit der Zeit wird es mehr Geld einbringen, Firmen wie ‚JW Shipping' zu retten, als sie zu zerstören."

„*Falls* Sie sie retten", spottete Jensen. „Und wenn nicht, haben Sie sich an ein absaufendes Unternehmen gekettet, das Sie mit in den Untergang zieht. Zum Teufel, das wäre genau das, was Sie verdienen. Aber ich will verdammt sein, wenn ich dabei zuschaue."

Mit einem Blick auf Jensen, der rechten Hand seines Vaters, fasste Clay einen Entschluss. Er konnte an der Vergangenheit festhalten oder alte Verbindungen kappen und in die Zukunft schauen. „Gut. Ich akzeptiere Ihre Kündigung."

Zu seiner Ehre musste man sagen, dass Jensen nur kurz zusammenzuckte. Dann schüttelte er angewidert den Kopf. „Ich habe ja schon immer gesagt: Sie sind nicht wie Ihr Vater."

„Und das“, erwiderte Clay, „ist wohl das Einzige, worüber wir einer Meinung sind.“

Jensen stürmte aus dem Büro und knallte die Tür hinter sich zu. Auf Clay wirkte es, als schließe sich die Tür zur Vergangenheit. Die Verspannung wich aus seinen Schultern. Stattdessen fühlte er sich von freudiger Aufregung erfüllt. Er griff zum Telefon und entwarf neue Pläne.

Eine halbe Stunde später legte er auf und lächelte befriedigt. Er hatte ein Projekt, hinter dem er stand.

Jetzt war ihm nach Feiern zumute. Besser gesagt: nach Feiern mit Holly. Sie war die Einzige, mit der er seinen Erfolg teilen wollte. Und obwohl er sie erst vor einer Stunde gesehen hatte, wollte er sofort nach unten in den Blumenladen eilen. Ganz entgegen seiner früheren Entscheidung, sich zurückzuhalten.

Ich glaube, du kannst alles erreichen, was du dir in den Kopf gesetzt hast, hatte Holly gesagt.

Clay hoffte, dass sie recht hatte. Vor allen Dingen, weil er sich Holly in den Kopf gesetzt hatte.

Eleanor Hopewell öffnete auf Clays Klopfen, ihr Lächeln war freundlich, aber fragend. „Kann ich Ihnen behilflich sein?“

Er war im Blumengeschäft gewesen, um mit Holly zu reden, aber ihre Kollegin hatte ihm mitgeteilt, dass sie am Nachmittag freigenommen hatte, um ihrer ehrenamtlichen Arbeit nachzugehen. Clay wusste genau, wo er sie finden würde. „Ist Holly Bainbridge hier?“

Die ältere Frau runzelte die Stirn. „Darf ich fragen, wer sie sprechen will?“

Er widerstand der Versuchung, „Santa Claus“ zu sagen. „Clay Forrester.“

„Mr. Forrester!“ Eleanors Augen blitzten hinter den Brillengläsern auf. „Das tut mir sehr leid. Ich habe Sie nicht erkannt. Bitte kommen Sie doch rein!“ Sie hielt ihm die Tür auf. „Wir müssen uns wirklich noch einmal für Ihre Hilfe letzte Woche bedanken. Es hat den Kindern so viel bedeutet und auch Holly."

„Mir hat es Spaß gemacht", erklärte er ihr und war darüber selbst ganz überrascht.

„Kids schaffen es tatsächlich, das Kind in uns selbst wieder zu entdecken. Ich wünschte, mehr Leute würden erkennen, dass man durch ehrenamtliche Arbeit selbst genauso viel bekommt, wie man gibt."

Wenn er an die Freude in Hollys Augen dachte, wusste Clay, dass sie dem zustimmen würde. „Holly verbringt hier sehr viel Zeit, oder?"

„Oh ja! Meine Schwester und ich leiten Hopewell House seit Jahren, aber Holly hat ein Einfühlungsvermögen, das unsere Erfahrung übertrifft." Eleanor musterte ihn forschend. Er war nicht sicher, wonach sie suchte, aber offenbar war sie mit dem zufrieden, was sie gefunden hatte. „Sie ist selbst in Heimen aufgewachsen, wissen Sie."

Er hatte es nicht gewusst. Kein Wunder, dass Holly so überstürzt aufgebrochen war. Bei ihrem Mittagessen hatte er hauptsächlich von seiner Beziehung zu seinem Vater gesprochen. Sie hatte seine komplizierten Gefühle so gut verstanden. Nie wäre er auf die Idee gekommen, dass sie ohne Familie aufgewachsen war.

„Davon hatte ich keine Ahnung ..."

„Holly spricht selten über ihre Kindheit. Meine Schwester und ich, zusammen mit den Kindern, sind für sie so etwas wie eine Familie. Kommen Sie, ich bringe Sie zu ihr in die Küche."

Clay hätte nur dem Duft zu folgen brauchen. Ein Geruch nach Butterplätzchen lag in der Luft und zog ihn an, bis er im Türrahmen stehen blieb.

Holly arbeitete an der Theke in der Mitte der Küche. Ihr dunkles Haar war aufgesteckt, einige Strähnen hatten sich gelöst und rahmten ihr Gesicht ein. Eine Wange war mit Mehl gepudert, und ihre Arme steckten bis zu den Ellbogen in Plätzchenteig.

Kinder standen auf Stühlen um die Theke herum. Sie arbeiteten wie am Fließband – ein ziemlich geräuschvolles und bekleckertes Fließband. Ein Kind, die musikalische Mary Jane, strich eine dicke Schicht Zuckerguss auf einen Keks. Den reichte sie weiter an das Kind daneben, das noch bunte Zuckerstreusel obendrauf gab. Das nächste Kind legte den farbenfrohen Leckerbissen auf ein schon ziemlich volles Tablett.

„Ihr macht das wirklich fantastisch!“, rief Holly. Sie verteilte Mehl auf der Arbeitsfläche, nahm ein Nudelholz und rollte noch mehr Teig aus. „Was sollen wir als Nächstes machen? Sterne, Rentiere oder Santas?“

Als alle drei Kinder „Santas!“, schrien, verspürte Clay einen völlig absurden Anflug von Stolz.

Jetzt trat Eleanor in die Küche. „Kinder, wir haben Besuch.“ Alle blickten auf Clay, aber der nahm bewusst nur ein smaragdgrünes Augenpaar wahr. „Das ist Mr. Clay, ein Freund von Miss Holly.“

Clay bemerkte, wie Holly errötete, bevor sie den Kopf senkte. Sie trug ein rotes Sweatshirt mit einem Schneemann und dazu Jeans. Am Rande vernahm er die höfliche Begrüßung der Kinder. Doch nur der Klang von Hollys Stimme kam wirklich bei ihm an. „Was machst du denn hier, Clay?“

„Ich habe gehört, dass ein paar von Santas Helfern die besten Plätzchen in der Stadt machen.“ Er blinzelte den Kindern zu. „Da konnte ich nicht widerstehen.“

„Wenn mit euch hier alles in Ordnung ist“, meldete Eleanor sich, „werde ich mich jetzt um die Wäsche kümmern, solange die Kleinsten noch unten ihren Mittagsschlaf machen.“

Es gefiel Clay, wie sie ihn mit einbezog, als ob er dazugehörte. Bevor Holly etwas sagen konnte, antwortete er: „Wir kommen hier prima klar.“

Mit einem verschwörerischen Blinzeln in Clays Richtung verließ Eleanor die Küche. Ganze zwei Sekunden konnte er sich in seiner

Selbstgefälligkeit sonnen. Dann zerrten kleine, klebrige, mit Zuckerguss überzogene Finger an seiner Hand. „Willst du uns helfen, Mr. Clay?“, fragte Mary Jane.

„Äh …!“ *Backen?* Der Gedanke versetzte ihn in Panik. Zur Not konnte er ein Steak grillen, aber … Plätzchen?

„Mr. Forrester ist nicht hier, um uns beim Plätzchenbacken zu helfen“, antwortete Holly an seiner Stelle. Fragend hob sie eine Augenbraue. *Warum bist du hier?*

Um dir von dem Meeting zu erzählen, das ich mit Westfell geplant habe, und was das für die Zukunft unser beider Firmen bedeuten könnte. Um von dir noch einmal zu hören, dass ich es schaffen kann. Denn wenn du es sagst, reicht mir das, um es selbst zu glauben.

Das alles und noch viel mehr wollte er sagen. Und er würde sich nicht von einem bisschen Mehl und Zucker und … was sonst noch in Kekse kommt, abhalten lassen. Er knöpfte die Manschetten auf und krempelte die Ärmel hoch. „Miss Holly hat recht. Ich bin nicht zum Plätzchenbacken gekommen, aber da ich nun einmal hier bin …“, er warf ihr einen schrägen Blick zu, „ist es nur gerecht, wenn ich mit anpacke.“

Eine Stunde und viele Plätzchen später trug Clay den letzten Teller zur Spüle. „Deine Heinzelmännchen haben dich verlassen.“

Holly stellte den Mixer weg und sah sich in der leeren Küche um. „Sie neigen dazu, sich in alle Winde zu zerstreuen, wenn’s ans Aufräumen und Saubermachen geht.“

Er drehte den Wasserhahn auf, gab Spülmittel mit Zitronenduft dazu und hob die Stimme, um das Rauschen zu übertönen: „Sieht so aus, als ob du mit mir hier festsitzt.“

„Clay …“ Sie zögerte. „Warum bist du gekommen?“

Er drehte den Wasserhahn ab und wandte sich ihr zu. „Weil ich im Blumenladen war und Marilyn mir sagte, du wärst hier.“

„Du weißt, was ich meine“, erwiderte sie ernst. „Ich will nicht, dass die Kinder sich zu sehr an dich gewöhnen.“

„Ich glaube, sie könnten sich eher an die Kekse gewöhnen."

Holly blieb ernst. „Sie zu enttäuschen, wäre das Schlimmste, was passieren kann."

Er trat zu ihr. „Und du bist sicher, dass wir von den Kindern reden?"

Sie schluckte. Er sah die Verletzlichkeit und das Verlangen in ihren Augen, eine Mischung, die ihn völlig aus der Bahn warf. Ohne nachzudenken, zog er sie an sich und küsste sie.

Ihr Mund streifte kaum den seinen, aber allein diese federleichte Berührung weckte heißes Verlangen in ihm. Sein Puls hämmerte, glühende Hitze schoss in seine Lenden. Als Holly sich an ihn lehnte und sich an seinen Schultern festhielt, war Clay zu keinem klaren Gedanken mehr fähig.

Ihre Lippen öffneten sich, und er konzentrierte sich ganz auf ihren exquisiten Geschmack. Süßer Zuckerguss mischte sich mit Hollys eigenem weiblichen Geschmack. Ihre Zunge umspielte seine, und die Liebkosungen erregten ihn immer mehr. Mit einem unterdrückten Stöhnen ließ er seine Hände bis zu ihren Hüften gleiten. Blind ertastete er ihre sanften Kurven, die unter dem weiten Sweatshirt versteckt waren.

Beim Berühren der weichen, weiblichen Formen wurde er hart. Irgendwo in den Tiefen seines Verstandes wusste er, dass er und Holly in der Hopewell-Küche standen, nur durch einen Flur von zwei alten Damen und einem halben Dutzend Kinder getrennt. Mehr als ein Kuss durfte es nicht sein. Trotzdem ließ er seine Gedanken wandern, träumte von ihrer zarten Haut unter der Kleidung.

Er stellte sich vor, sie zu streicheln, und sein Kopf schien plötzlich von Rosenduft erfüllt zu sein. Aus Hollys Kehle drang ein kleiner sehnsüchtiger Ton, der Clay fast um den Verstand brachte vor Verlangen. Er musste nach Luft schnappen, als er den Kuss abbrach und mit den Lippen ihre Wangen streifte.

„Clay, bitte!“ Ihre raue Stimme voller unterdrückter Leidenschaft war ebenso verräterisch wie ihr stoßweiser Atem. „Bitte hör auf!“

Es dauerte einen Moment, bis ihre Bitte bei ihm ankam. Und ein Teil von ihm war sicher, sie missverstanden zu haben. Er lehnte seine Stirn an ihre und hielt eine Minute inne, um wieder zu Atem zu kommen.

Schließlich hob er den Kopf, und ein Blick auf ihr gerötetes Gesicht und ihre geweiteten Augen sagte ihm, dass er sie richtig verstanden hatte.

Beschämt sah sie sich suchend in der Küche um. Die Szenarien, die ihr durch den Kopf schossen, konnte er sich gut vorstellen. Leicht zu beeindruckende Kinder und altmodische Ladys. Was wäre geschehen, wenn jemand hereingekommen wäre? „Holly“, sagte er, und seine Stimme klang rauer als beabsichtigt, „es ist nichts passiert.“

Sie warf ihm einen ungläubigen Blick zu, und er bedauerte seine unglückliche Wortwahl, als sie sich von ihm losmachte und auf Abstand ging. „Ich meine, natürlich ist etwas passiert. Wir haben uns geküsst. Aber niemand hat sich in der Vorratskammer versteckt, um plötzlich herauszuspringen.“

„Ich weiß. Es ist nur, dass du mich dazu bringst …“ Ihre Stimme verlor sich, aber dabei konnte Clay es nicht belassen.

„Wozu habe ich dich gebracht?“, wollte er wissen und war gespannt, wie sie wohl diese unglaubliche Chemie zwischen ihnen beschreiben würde.

„Zu vergessen“, sagte sie schließlich.

Stirnrunzelnd wiederholte er: „Ich habe dich dazu gebracht zu vergessen?“

Sie nickte. „Ich sollte es eigentlich besser wissen. Aber du hast mich dazu gebracht, die Lektionen zu vergessen, die ich gelernt habe.“

Lektionen, in denen es um Kummer und Enttäuschung ging. Lektionen, die sie gelehrt hatten, nie mehr jemanden allzu nah an sich heranzulassen.

„Vielleicht ist das gar nicht mal so schlecht."

Ihre Lippen waren zu einem traurigen Lächeln verzogen. „Vielleicht nicht. Aber es ist schwer zu vergessen, wer du bist. Oder in meinem Fall: wer und was ich *nicht* bin."

Clay hatte keine Ahnung, wer sie nicht war, doch er wusste, wer und wie sie war. Sie war süß, liebevoll, verwundbar und weckte in ihm Beschützerinstinkte, die er zuvor noch nie an sich wahrgenommen hatte. „Holly ..."

Weiter kam er nicht. „Holly, Liebes?", erklang Eleanors Stimme wie ein Echo durch die Küchentür. Als die alte Dame eintrat, standen er und Holly nebeneinander und spülten einträchtig das Geschirr. „Holly, Catherine Hopkins ist hier. Ich dachte, du willst ihr vielleicht Hallo sagen."

Hollys Hände erstarrten im Spülwasser. Sie räusperte sich. „Natürlich." Während sie nach einem Geschirrtuch griff, erklärte sie Clay: „Catherine ist als Fürsorgerin für einige der Kinder hier zuständig. Ich bin gleich wieder da."

Weil Holly die Tür nicht geschlossen hatte, drangen Stimmen aus dem Flur bis in die Küche.

„Immer noch nichts von Lucas' Familie?", fragte Holly.

„Bis jetzt nicht. Seine Mutter behauptet, dass sein Vater nichts mit Lucas zu tun haben wollte. Aber nachdem sie verschwunden ist, lässt sich kaum feststellen, ob das stimmt."

„Ich nehme nicht an ... wenn Sie etwas gehört hätten ..." Hollys Zögern war auch im Flur noch zu spüren, genau wie das Mitgefühl der Sozialarbeiterin.

„Glauben Sie mir, Holly, ich würde meine Zeit nicht mit Small Talk vergeuden, wenn ich gehört hätte, dass Ihr Adoptionsantrag bewilligt wurde. Das wäre das Erste, was ich Ihnen sagen würde."

„Ich weiß“, gab Holly mit einem etwas gequälten Lachen zu. „Aber das Warten fällt mir so schwer, wenn ich mich nur danach sehne, Lucas endlich zu mir nach Hause zu holen.“

Die Haustür wurde geöffnete und Clay hörte, wie Holly sich von der anderen Frau verabschiedete. Rasch schloss er die Küchentür. Holly sollte nicht wissen, dass er ihr Gespräch belauscht hatte.

Holly würde eine fantastische Mutter sein. Nach dem, was er über ihre Kindheit erfahren hatte, wunderte es ihn nicht, dass sie ein Kind vor dem gleichen grausamen Schicksal bewahren wollte. Zweifellos würde sie Lucas mit Liebe überschütten.

Clay war noch ganz in Gedanken, als Sylvia Hopewell die Küche betrat. „Mr. Forrester, ich war nach dem Essen unterwegs und habe mich sehr gefreut, als meine Schwester gesagt hat, Sie wären hier.“

„Ich bin vorbeigekommen, um Holly zu treffen, und konnte den Verlockungen von Zuckerplätzchen einfach nicht widerstehen.“

„Ach ja. Nichts schmeckt so sehr nach Weihnachten wie Zuckerplätzchen“, erinnerte sie sich. „Wie sehr haben meine Schwester und ich sie geliebt, als wir Kinder waren. So viele schöne Erinnerungen.“ Sylvia seufzte melancholisch. „Entschuldigen Sie, Mr. Forrester. Das ist für uns alle eine sehr emotionale Zeit.“

In Clays Magen breitete sich ein ungutes Gefühl aus. „Geht es Ihnen und Eleanor gut?“

„Oh ja, uns geht’s gut. Nein, nein, das ist es nicht, Gott sei Dank!“ Sie strich mit der Hand über die Arbeitsplatte. „In ein paar Wochen wird Hopewell House geschlossen.“

6. Kapitel

„Sie können das Haus nicht schließen!“, platzte Clay heraus. „Wenn es daran liegt, dass Sie Hilfe brauchen oder mehr Geld …“

„Das ist es nicht. Es ist sehr freundlich von Ihnen, das anzubieten, aber ich fürchte, es ist zu spät.“

Zu spät? „Was passiert mit den Kindern?“

„Sie werden zu verschiedenen Pflegefamilien geschickt“, erklärte Sylvia. „Es ist schon alles arrangiert, aber die Kinder sollen erst nach den Feiertagen umziehen, damit wir noch ein letztes gemeinsames Weihnachtsfest haben. Und damit das Unvermeidliche hinauszögern, fürchte ich.“ Sie seufzte. „Man würde meinen, dass wir nach all den Jahren gelernt hätten, uns zu verabschieden. Natürlich dachte ich immer, wir haben dabei ein Mitspracherecht.“

„Hat man Sie gezwungen, hier auszuziehen?“, fragte Clay voller Wut. Wie konnte man überhaupt daran denken, die Kinder voneinander zu trennen? Und von Holly.

Sylvia hob hilflos die Hände. „Es ist das Haus. Es trägt zwar unseren Namen, aber es gehört uns nicht. Wir haben es von einer wohlhabenden Familie gemietet, doch der ursprüngliche Eigentümer ist vor Kurzem gestorben, und sein Enkel hat das Haus an eine Immobiliengesellschaft verkauft.“

„Immobiliengesellschaft?“, wiederholte er.

„Ja, ‚Hendrix Properties‘.“

Die Worte versetzten ihm den Todesstoß. Sein rechtschaffener Ärger verwandelte sich in ein schlechtes Gewissen. Dank professioneller Beratung und einer Finanzspritze hatte die Firma, die fast pleite gewesen war, angefangen, nicht mehr Büro-, sondern stattdessen Wohnhäuser zu kaufen. Wegen der hohen Grundstückspreise war es profitabler, ältere große Häuser in Mehrfamilienhäuser mit Mietwohnungen umzuwandeln. Kevin Hendrix würde dabei reich werden.

Genau wie Clay. Schließlich war er es gewesen, der die Firma beraten und das Geld investiert hatte und der sich dabei einen ordentlichen Gewinn versprach.

„Mr. Forrester?“ Die alte Dame beobachtete ihn besorgt. „Ist alles in Ordnung mit Ihnen?“

Clay zwang sich zu einem Kopfnicken. „Mir geht’s gut.“

Aber nachdem Sylvia verschwunden war, um Eleanor zu helfen, sah er sich in der behaglichen Küche um, die so viele verlorene Seelen willkommen geheißen hatte. Und er wusste, dass er weit davon entfernt war, sich gut zu fühlen.

Nur ein paar Minuten später ging die Küchentür auf, und Holly trat ein. Beim Gedanken daran, was er getan hatte, konnte er ihr kaum in die Augen sehen. Doch ein kurzer Blick genügte. Er konnte erkennen, welchen Tribut ihr Gespräch mit Catherine gefordert hatte. Hollys Augen strahlten nicht mehr, ihre Stirn war gerunzelt.

„Holly …“, begann er, aber sein Geständnis blieb ihm im Hals stecken. Noch hatte er selbst mit der schrecklichen Erkenntnis und seinen Schuldgefühlen zu kämpfen. Er konnte sich nicht überwinden, es ihr zu gestehen.

Mit einem fragenden Blick sagte sie: „Du hast mir noch nicht gesagt, warum du vorbeigekommen bist.“

„Ich … äh … bin gekommen, um mich bei dir zu bedanken. Was du beim Mittagessen gesagt hast, hat mir gezeigt, dass ich an der Vergangenheit festhalte.“

„Tatsächlich?“ Ihre Augen blitzten freudig überrascht auf. „Habe ich das getan?“

„Ja, das hast du", antwortete Clay. „Du bist eine erstaunliche Frau, Holly."

Eine sanfte Röte überzog ihre Wangen. „Es freut mich, wenn ich dir helfen konnte."

„Dank deiner Äußerungen habe ich erkannt, dass ich im Geschäftsleben nicht einfach die Seiten wechseln und dann erwarten kann, dass alles andere wie von selbst geht. Damit es wirklich funktioniert, muss ich konsequent sein. Auch wenn das bedeutet, einen Angestellten zu verlieren."

Erschrocken fragte Holly: „Jemand hat gekündigt?"

„Ja, Albert Jensen. Er war der beste Freund meines Vaters."

„Das tut mir leid. Ich hasse den Gedanken, dass jemand seinen Job verliert."

Typisch Holly, sich um jemanden zu sorgen, den sie gar nicht kannte. Kevin Hendrix hatte wahrscheinlich keinen Gedanken an die Kinder verschwendet, die er aus dem Haus vertrieb.

Lieber Gott, das musste er in Ordnung bringen. Aber wie?

„Ich habe mit Sylvia gesprochen." Die nächsten Worte brachte er kaum heraus. „Sie hat mir erzählt, wie sie dazu gezwungen worden sind, das Haus zu schließen."

Die Sorgen schienen Hollys Schultern herunterzudrücken, und er wünschte, er hätte nichts gesagt. Wenn er den Hopewell-Schwestern helfen wollte, musste er jedoch wissen, was Kevin Hendrix getan hatte. Was er, Clay, ihm geholfen hatte zu tun.

„Vor dreißig Jahren haben die Hopewells damit angefangen, Kinder aufzunehmen. Sie haben hier so viel Gutes getan. Aber irgendwie sieht der Eigentümer die Dinge nicht wie ich."

Ihre Verwirrung zeigte, wie unschuldig und gutherzig Holly war.

„Hast du mit Kevin Hendrix gesprochen?", erkundigte er sich.

„Ich habe ihn angerufen, auch wenn es nichts genützt hat", entgegnete sie bitter. „Er hat gesagt, es täte ihm leid, ich solle es nicht persönlich nehmen. Es sei rein geschäftlich. Und hätte er das Haus nicht gekauft, dann hätte es ein anderer getan. Als ob das die Sache besser machen würde."

Genauso hatte Jensen argumentiert. Dank Hollys Ermutigung hatte Clay sich der früheren rechten Hand seines Vaters widersetzt. Zu schade, dass er das bei Kevin Hendrix nicht getan hatte. Er hätte ihn nach seinen Plänen fragen sollen, aber das hatte er nicht getan. Stattdessen hatte er nur daran gedacht, was er selbst erreichen wollte, und war dann gegangen. Er hatte sich ausschließlich auf das Geschäftliche konzentriert.

Wie sein Vater.

„Holly, ich … ich muss gehen. Ich habe noch etwas zu erledigen."

Erschreckt durch seine plötzliche Ankündigung, blinzelte Holly. „Oh ja, natürlich. Du hast zu tun. Du hast wichtigere …"

„Nein!" Er brachte sie mit einem schnellen Kuss zum Schweigen. Nichts war wichtiger als Holly und das Waisenhaus. „Nichts Wichtigeres. Nur etwas, um das ich mich kümmern muss. Ich rufe dich später an."

„Clay." Ihre Stimme klang unsicher, sie nagte an ihrer Unterlippe.

Im Hinausgehen wiederholte er noch einmal: „Ich rufe dich an."

Aber nicht, bevor er eine Möglichkeit gefunden hatte, den Schaden, den er angerichtet hatte, wiedergutzumachen.

„Das muss funktionieren", murmelte Clay, nahm den Hörer und tippte eine Nummer ein.

Alle Informationen über Hopewell House lagen auf seinem Schreibtisch, zusammen mit der Akte für „Hendrix Properties". Jedes Detail hatte er sich eingeprägt – vor allem den Termin, an dem das Heim geschlossen werden sollte.

Seine Schuldgefühle erdrückten ihn fast. Die Vorstellung, wie Hollys Augen sich mit Tränen füllen würden, trieb ihn an. Er musste alles tun, was in seiner Macht stand, um die Schließung zu verhindern.

Er *musste* es in Ordnung bringen.

Eine Stunde und etliche Telefongespräche später wählte er die Nummer von Hopewell House.

Eleanor konnte kaum glauben, was er ihr mitzuteilen hatte. „Sie haben ein anderes Haus gefunden?"

„Es ist größer als Ihr jetziges. Und das Beste ist: Es wird eine Schenkung meiner Firma sein, sodass Sie sich nie wieder darum sorgen müssen, es zu verlieren, und …"

„Mr. Forrester", unterbrach ihn Eleanor sanft, „ich kann Ihnen nicht genug danken. Nicht nur für Ihre unglaubliche Großzügigkeit, sondern auch für die Zeit und die Aufmerksamkeit, die Sie uns geschenkt haben."

Und dann erklärte sie ihm, dass die Schließung von Hopewell House für sie und ihre Schwester das Zeichen gewesen war, sich zur Ruhe zu setzen. Für die Kinder waren schon neue Pflegefamilien ausgesucht worden. Selbst wenn Eleanor und Sylvia noch weitermachen wollten, würde es Wochen dauern, für das neue Heim die erforderlichen Genehmigungen einzuholen. Es war zu spät.

Eleanors Dank und ihre Verabschiedung nahm er kaum noch wahr. Clay legte den Hörer auf.

Zu spät.

Hollys Herz hätte nicht heftiger klopfen können, wenn sie die dreißig Etagen zu Clays Büro über die Treppen erklommen hätte. Sie wusste, wie beschäftigt er war, aber nach Eleanors Anruf war Holly losgeeilt, um Clay zu sehen.

Die Aufzugstüren öffneten sich, und Holly betrat das Büro. Sie lächelte Marie an und erkundigte sich: „Ist Clay beschäftigt? Ich weiß, ich hätte ihn anrufen sollen, aber …"

Marie winkte ab und stand auf. Sie klopfte an die Tür, öffnete sie. „Holly ist da, sie will dich sprechen."

Als ob er das nicht selbst sehen konnte, dachte Holly, während Marie sie hereinwinkte und die Tür wieder schloss.

„Ich werde Sie zurückrufen“, versuchte Clay, sein Telefonat zu beenden.

Während er noch seinem Gesprächspartner lauschte, ließ sein Blick Holly nicht los. Ein erregendes Kribbeln pulsierte durch ihren Körper. Noch nie hatte sie ihn so ernsthaft erlebt, so konzentriert, so … sexy.

Nachdem Clay aufgelegt hatte, erhob er sich. „Holly, ich habe dich gar nicht erwartet.“

Ihr Herzschlag beschleunigte sich, als er um seinen Schreibtisch herum auf sie zukam. Würde er sie wieder küssen? Er blieb vor ihr stehen, nahe genug, um seine Körperwärme zu spüren. Doch sein Blick war immer noch ernst.

Deshalb erklärte Holly sofort: „Du hast zu tun. Ich kann später wiederkommen.“

„Nein, warte.“ Er nahm ihre Hand. Nicht gerade die leidenschaftliche Umarmung, auf die sie gehofft hatte. Aber zumindest ausreichend, um sie aufzuhalten. „Ich muss mit dir reden. Ich hatte auf bessere Nachrichten gehofft“, murmelte er.

„Clay, das ist schon okay.“ Dankbar drückte sie seine Hand. „Ich weiß Bescheid über Hopewell House.“

Er schluckte. „Du weißt Bescheid?“

„Eleanor hat mir erzählt, dass du ihnen ein neues Haus angeboten hast. Das finde ich unglaublich großzügig von dir.“

Clay wich zurück, und zu ihrer Überraschung verhärteten sich seine Gesichtszüge noch mehr. „Holly, du verstehst nicht …“

Anscheinend betrachtete er seine Bemühungen als Misserfolg, und Holly versuchte ihn zu trösten: „Ich weiß, es kommt zu spät für die Kinder, aber dass du es überhaupt versucht hast …“

Weil sie ihre Gefühle nicht mit Worten ausdrücken konnte, legte sie ihm eine Hand in den Nacken und zog seinen Kopf zu sich herunter. Sein Atem streifte ihre Lippen, dann sein Mund, warm und sinnlich. Aber etwas fehlte.

Wenn sie sich geküsst hatten, war es bisher immer Holly gewesen, die ihm gefolgt war. Diesmal wirkte er ungewohnt zurückhaltend. Er stand bewegungslos wie ein Fels, die Hände zu Fäusten geballt. Begierig auf die Leidenschaft, die er sonst gezeigt hatte, versuchte sie seinen Widerstand zu überwinden: mit einem leidenschaftlichen Kuss, mit sanftem Knabbern an seiner Unterlippe. Aufstöhnend kapitulierte er und schloss sie fester in seine Arme. Vor Freude über diesen Sieg schlug ihr Herz wie wild, als sie die Hitze seiner muskulösen Schultern spürte.

Leidenschaft flammte in ihr auf, ließ sie jede seiner Berührungen noch intensiver empfinden. Seine Finger, die ihren Rücken streichelten, seine heißen Hände, die auf ihren Hüften lagen, jagten ihr lustvolle Schauer durch den Körper. Sie fühlte sich schwindelig, benommen. Er raubte ihr den Atem. Und ihr Herz.

Wenig später hob Clay den Kopf und beendete den Kuss. Nur ihr heftiges Atmen war zu hören, was die knisternde Spannung zwischen ihnen noch erhöhte. Holly wollte nicht aufhören, doch langsam wurde ihr wieder bewusst, dass sie Clay bei seiner Arbeit unterbrochen hatte.

Ein wenig verlegen, weil sie sich so hatte hinreißen lassen, sagte sie: „Nachdem Eleanor mir erzählt hat, was du getan hast, musste ich mich bei dir bedanken!"

Er schloss die Augen, legte seine Stirn an ihre. „Was ich getan habe … Ich wollte es wiedergutmachen. Ich weiß, wie viel dir Hopewell House bedeutet."

Der Kummer in seinem Ton ließ sie fragen: „Die Hopewell-Schwestern haben dir von meiner Kindheit erzählt, nicht wahr?"

„Ja, Eleanor. Aber ich bin sicher, dass sie nicht vorhatte, einen Vertrauensbruch zu begehen."

„Das ist schon okay. Es ist kein Geheimnis."

„Willst du mir davon erzählen?“ Mitgefühl lag in seinem Blick – und noch etwas anderes. Ein schlechtes Gewissen? Aber seine sanfte Berührung, mit der er ihr eine Locke aus dem Gesicht strich, ermutigte Holly.

Wollte sie Clay von ihrer Kindheit erzählen?

Inzwischen hatten sie sich auf das Sofa gesetzt, das mit einer Plastikplane abgedeckt war, und Clay hatte den Arm um Holly gelegt.

„Was willst du wissen?“

„Weißt du etwas über deine biologischen Eltern?“

„Sehr wenig. Über meinen Vater praktisch gar nichts. Meine Mutter war sechzehn und hatte mich schon vor der Geburt zur Adoption freigegeben.“

„Aber du bist nicht adoptiert worden?“

„Ich war eine Frühgeburt. War ständig im Krankenhaus. Mein Gesundheitszustand galt als riskant und besserte sich erst, als ich älter war. Aber ältere Kinder sind schwerer zu vermitteln. Und dann, als ich fünf war …“ Sie versuchte den Kloß in ihrer Kehle herunterzuschlucken und war überrascht, dass diese alte Geschichte noch immer wehtat. „Es gab ein Paar, die Millers. Sie kamen zu Besuch, und wir gingen in den Park und in den Zoo. Ich war alt genug, um zu wissen, was diese Besuche bedeuteten.“

Sie konnte sich noch an den kindischen, aber verzweifelten Wunsch erinnern, ihren zukünftigen Eltern zu gefallen. Wenn sie nur gut genug, hübsch genug, klug genug war, würden die Millers sie vielleicht, aber nur vielleicht, mögen.

„Was ist passiert?“, fragte Clay.

„Bevor die Adoption durch war, wurde Mrs. Miller schwanger. Sie hatten es jahrelang versucht. Nachdem es geklappt hatte, entschieden sie sich gegen die Adoption.“

„Holly, es tut mir so leid!“ Clay strich ihr über die Wange.

Er durfte Holly nicht erzählen, dass seine Firma die treibende Kraft hinter der Schließung von Hopewell House war. Noch nicht und ganz sicher nicht jetzt. Nicht nach der herzzerreißenden Geschichte, die sie gerade erzählt hatte.

„Ist schon in Ordnung, Clay“, flüsterte Holly.

Dass sie auch noch versuchte, *ihn* zu trösten, trieb ihm noch einen weiteren Pfeil von Schuldgefühlen in sein Herz.

Sie strich über seine Wange. Das Verlangen, gegen das er ankämpfte, nachdem sie ihn so atemberaubend geküsst hatte, überflutete ihn und vervielfachte sein Schuldgefühl noch. Wenn Holly wüsste, was er getan hatte …

Holly sah ihn aus großen, unschuldigen Augen an und flüsterte: „Danke.“

„Sag das nicht, Holly, ich bin nicht …“

„Du bist ein wunderbarer Mann.“ Eine sanfte Röte überzog ihr Gesicht, als hätte sie die Worte nicht laut sagen wollen.

Der plötzliche Signalton der Gegensprechanlage erschreckte sie beide. „Was gibt es, Marie?“, rief Clay, nachdem er sich geräuspert hatte.

„Tut mir leid, dich zu stören, aber die für heute Nachmittag angesetzte Konferenzschaltung ist auf Leitung zwei.“

„Das muss ich annehmen, Holly“, erklärte er und klang dabei unwillig und erleichtert zugleich.

„Natürlich. Das ist hier schließlich dein Arbeitsplatz.“ Sie wirkte etwas durcheinander, als sie sich erhob.

Noch immer waren ihre Lippen rosig und leicht geschwollen, ihr Haar war zerzaust, der Kragen ihrer blassblauen Bluse zerknittert. Verräterische Zeichen ihrer unerwarteten Knutscherei – und jedes davon eine einzige Versuchung, Holly wieder in seine Arme zu nehmen.

Nein, dachte Clay, das konnte er nicht tun. Er steckte seine Fäuste in die Taschen, um der Verlockung zu widerstehen. Egal, wie sehr er Holly begehrte, er musste Abstand halten, bis er seinen Fehler wiedergutgemacht hatte oder mit Holly ins Reine gekommen war.

„Äh, ich habe gedacht …“ Holly zupfte am Saum ihrer Bluse, um ihn zu glätten, aber der Kragen blieb hinreißend zerknittert, „vielleicht könnte ich heute Abend bei mir für uns kochen.“

Während er die Einladung zum Essen kaum wahrnahm, konzentrierte Clay sich ganz auf die Vorstellung, mit Holly alleine in ihrem Apartment zu sein. Keine gute Idee, wenn er sein Gelübde halten wollte. Doch ein Blick auf ihr hoffnungsvolles Gesicht erschütterte seine Entschlossenheit, Abstand zu halten.

„Sieh mal, Holly …“, begann er.

Offenbar hatte sie das Bedauern in seinem Ton wahrgenommen, denn die Hoffnung in ihren Augen erstarb sofort. „Ist schon okay. Ich wollte jetzt nicht alles auf dir abladen.“ Ohne ihm noch einmal in die Augen zu sehen, ging sie zur Tür. „Noch mal vielen Dank für alles, was du getan hast.“

„Warte, Holly!“

Er konnte sie jetzt nicht gehen lassen. Sie würde glauben, dass das, was sie ihm über ihre Kindheit erzählt hatte, etwas zwischen ihnen geändert hätte. „Heute Abend habe ich ein Familientreffen. Wie wäre es, wenn wir stattdessen morgen ins Kino gehen würden?“

„Das wäre wundervoll!“ Ihr begeistertes Lächeln war jede Tortur wert.

Und eine Tortur würde seine „Bloß-nicht-berühren-Taktik“ sein. Andererseits war es nur ein Film. Wenn sie nebeneinander im Kino saßen, würde er doch wohl in der Lage sein, seine Hände bei sich zu behalten, oder?

7. Kapitel

„Und jetzt die Krönung!“ Clay setzte den Engel auf die Spitze des Weihnachtsbaums und kletterte von der Leiter, die mitten im Wohnzimmer seiner Mutter stand. „Nächstes Jahr holen wir einen Baum, der nicht größer ist als ich.“

Von seinen Neffen kamen laute Buhrufe. Die unteren Zweige hatten die beiden Jungen geschmückt, während Clay für die obere Hälfte zuständig war.

„Der Baum sieht wunderschön aus.“

Clay drehte sich zu seiner Mutter um und lächelte sie an. Blond und zierlich, in einem Hosenanzug aus Seide in gebrochenem Weiß war Jillian Forrester schön und elegant wie eh und je.

„Zum Dessert gibt es Schokoladen-Chip-Plätzchen“, kündigte Jillian an. Worauf die beiden Jungen in lauten Jubel ausbrachen.

Nachdem Jillian mit ihren Enkeln in der Küche verschwunden war, sagte Anne: „Danke, dass du den Baum aufgestellt hast, Clay. Es bedeutet unserer Mutter so viel.“

„Das würde ich mir doch nie entgehen lassen“, entgegnete Clay und meinte es auch so. Obwohl er sich diesmal in seinen Gedanken mehr mit Holly als mit seiner Familie beschäftigt hatte.

Jedes Mal, wenn er Anne mit ihren Söhnen beobachtete, musste er an Holly und Lucas denken. Er stellte sich vor, wie er mit ihr und dem Kind hier mit dem anderen Teil seiner Familie zusammen Weihnachten feierte.

Die Idee war natürlich völlig verrückt … Warum fühlte es sich dann so richtig an?

„Clay, ist alles in Ordnung mit dir?“, fragte Anne, die ihn dabei erwischte, wie er mit einer Schachtel Christbaumschmuck minutenlang traumverloren mitten im Zimmer stand.

„Ja, sicher", antwortete er, stellte die Schachtel beiseite und klappte die Leiter zusammen.

„Ja, sicher", wiederholte Anne, während sie ihn fixierte.

Es dauerte einen Moment, bis ihm der Sarkasmus in ihrer Stimme auffiel. „Was?"

„Irgendetwas stimmt bei dir nicht. Gibt es Probleme mit der Firma?"

Clay musste lachen. Zum ersten Mal seit über einem Jahr war es nicht das Familiengeschäft, das seine Gedanken beherrschte. „Nicht mehr als sonst." Er hatte keine Lust, Jensens Kündigung zur Sprache zu bringen.

Anne starrte ihren Bruder an. „Okay, wer ist sie?"

„Wie bitte?"

„Wenn dir nicht das Geschäft im Kopf herumspukt, muss es etwas Persönliches sein. Also, wer ist sie?"

„Ich habe jemanden kennengelernt", gab er zu, „jemand ganz Besonderen."

Mit leuchtenden Augen fiel Anne ihm um den Hals. „Oh Mann, das ist ja großartig. Mom und ich haben uns schon Sorgen gemacht."

„Immer langsam! Übertreib nicht gleich! Und worüber wart ihr so besorgt?"

„Über die Art und Weise, wie du dich nach der Scheidung verhalten hast. Du warst immer ein verantwortungsbewusster Mann, aber du solltest dir nicht die ganze Schuld am Scheitern eurer Ehe geben."

Aber es war nun mal einzig und allein sein Fehler gewesen.

„Ich habe Victoria nicht glücklich machen können."

Anne verdrehte die Augen. „Niemand kann Victoria glücklich machen. Sie ist verwöhnt und egoistisch und mit allem und jedem unzufrieden und unglücklich. Weil sie sich selbst nicht leiden kann. Das hat überhaupt nichts mit dir zu tun."

Annes Ernsthaftigkeit ließ Clay beinahe glauben, dass es mit Holly anders laufen könnte. Dass sie zusammen glücklich werden könnten.

Doch obwohl er ihr recht geben musste, dass Victoria verwöhnt und selbstsüchtig war – was seine Ehe betraf, irrte Anne sich. Victoria hatte ihm mehr als deutlich gesagt, dass er ihr Unglück verursacht hatte.

„Nein, nein, nein!" Holly betrachtete im Spiegel entsetzt ihr ungeschminktes Gesicht und das verstrubbelte Haar. Zwanzig vor sieben. Clay würde pünktlich kommen und nicht zwanzig Minuten zu früh. Schließlich war er ein Mann mit Erfahrung.

Es klingelte noch einmal, und Holly wusste, dass ihr nichts anderes übrig blieb, als zu öffnen. Dabei hatte sie ihn mit ihrem Aussehen beeindrucken wollen.

„Ich bin noch nicht fertig, aber das ist deine eigene …"

Die Worte blieben ihr in der Kehle stecken, als sie öffnete. Nicht Clay, sondern Catherine Hopkins stand vor der Tür. Schon seit Jahren kannte Holly die Sozialarbeiterin, doch für unangemeldete Besuche war ihre Beziehung nicht eng genug. Normalerweise hatte Catherine ihre Gesichtszüge völlig unter Kontrolle, aber diesmal konnte Holly darin lesen – und wusste Bescheid.

„Sie haben mich abgelehnt." Selbst als sie die Worte aussprach, konnte sie es nicht fassen. „Sie haben mich abgelehnt."

„Holly, es tut mir so leid." Catherine berührte ihre Hand und machte einen Schritt in die Wohnung. „Ich weiß, wie sehr Sie Lucas lieben. Keiner kann das bestreiten."

„Ich glaube, das haben Sie gerade getan", sagte Holly mit einem ungläubigen Auflachen.

„Sie müssen das verstehen. Die Leute in der Agentur waren nicht sicher, ob Sie sich ausreichend um Lucas kümmern können. Sie arbeiten vierzig Stunden in der Woche. Sie sind Single. Und Sie sind so jung …"

Als Kind hatte man ihr gesagt, sie sei zu alt, um adoptiert zu werden und nun … „Ich bin zu jung?"

Wenn sie eine Ahnung gehabt hätten, wie alt Holly sich fühlte …

„Ich weiß, dass das wahrscheinlich keine Rolle spielt", erklärte Catherine, „aber ich habe für Sie gestimmt … auch wenn es nichts genutzt hat."

Holly wusste, dass sie der Frau für ihre Bemühungen danken müsste, aber die Worte blieben ihr in der Kehle stecken.

„Die Hopewell-Schwestern möchten, dass Sie sie anrufen."

Sie schaffte es gerade noch zu nicken, während Catherine das Apartment verließ. Jahrelang hatten die Schwestern Holly emotional unterstützt, aber bald würden sie sich weit entfernt zur Ruhe setzen, und sie wäre wieder allein.

Ein Blick auf Hollys rote Augen – und die Begrüßung erstarb Clay auf den Lippen. „Holly? Was ist los mit dir?"

Sie starrte ihn an, als sei sie unsicher, weshalb er hier war oder wer er überhaupt war. „Clay, was machst du …" Sie blinzelte und ließ die Schultern fallen. „Kino. Wir wollten uns heute Abend einen Film anschauen, oder?"

Die Sorge um Holly ließ ihn sein angekratztes Ego vergessen, weil sie ihre Verabredung vergessen hatte. Ihr blasses Gesicht und der leere Blick erinnerten ihn an seine Mutter nach dem Tod seines Vaters. Sein Herz hämmerte vor lauter Sorge, und er fragte noch einmal. „Was ist mit dir passiert?"

Sie schüttelte nur den Kopf, trat in die Wohnung zurück. „Ich muss in das Geschäft gehen."

Diese Erklärung ergab nun überhaupt keinen Sinn. „Du willst einkaufen gehen?"

„Nein. Ich muss … etwas zurückgeben."

Sie lief im Kreis herum, fuhr mit der Hand durch ihr feuchtes Haar. Dann schnappte sie sich ihren Mantel, legte ihn über den Arm, bevor sie sich die Handtasche über die Schulter hing.

Wie bei einem Schlafwandler war Clay nicht sicher, was schlimmer war: sie aufzuhalten oder sie in ihrem Wahn weitermachen zu lassen, „Holly, was …"

„Ich muss das zurückbringen!" Ihre Stimme war schrill, als sie seinen Blick zum ersten Mal erwiderte. Ihre Augen waren schmerzerfüllt. „Ich hätte ihn nie kaufen sollen, das war einfach dumm. Jetzt steht er hier herum. Nutzlos und … und *leer*!"

Erst in diesem Moment sah Clay das Paket – und er verstand. Verspürte einen so tiefen Schock, dass es ihn fast in die Knie zwang.

Nein. Das war nicht möglich. Das Leben konnte nicht so grausam sein …

Auf dem Paket war das Bild eines lächelnden Kindes in einem Auto-Kindersitz abgebildet. Sein Herz fühlte mit ihr. „Holly, es tut mir unendlich leid."

Bei seinen Worten wurden ihre hektischen Bewegungen erst langsamer. Dann stand sie still und holte tief Luft. „Du weißt Bescheid?", flüsterte sie.

Mit einem Kopfnicken bekannte Clay sich zu einer seiner kleineren Verfehlungen. „Ich habe neulich dein Gespräch mit Catherine Hopkins belauscht."

„Du weißt es, und bist trotzdem … ich dachte …" Was immer Holly auch dachte – sie wischte es mit einem Kopfschütteln beiseite. „Es spielt keine Rolle. Du bist trotzdem hier, aber es spielt keine Rolle."

Bei diesen Worten verkrampften sich seine Kiefermuskeln. Er wollte, dass es eine Rolle spielte, verdammt noch mal! Er wollte helfen, wollte, dass seine Anwesenheit ihr etwas ausmachte. Den Schmerz in seiner Brust nahm er nicht zur Kenntnis, als er Holly zur Couch führte und sich neben sie setzte. „Ich bin trotzdem hier. Genau hier.“ Und er würde auch nirgendwo anders hingehen, solange sie ihn … jemanden brauchte.

Ihre Stimme klang noch immer monoton, aber sie lehnte sich an ihn. „Ich kenne die Gründe, weshalb sie mich abgelehnt haben. Ich bin jung. Ich bin Single. Ich bin alles andere als reich. Aber Lucas braucht eine Mutter.“

„Ich weiß, wie sehr du ihn liebst.“

Hollys Blick fiel auf den Karton mit dem Kindersitz. „Ich wollte mir keine allzu großen Hoffnungen machen, aber der Kindersitz war im Sonderangebot.“ Ihre Stimme brach. „Ich habe mir so sehr gewünscht, dass es diesmal gut ausgeht.“

Clay legte den Arm um sie und fühlte, wie ihre zarten Schultern bebten, während sie versuchte, ihr Schluchzen zu unterdrücken. Das Wort „diesmal“ zeigte, wie tief ihr Kummer ging. Sie trauerte nicht nur um das Kind, sondern kämpfte gleichzeitig mit ihren eigenen Erinnerungen.

„Holly, du darfst nicht aufgeben!“

„Ich habe alles getan, was möglich war. Und jetzt, wenn das Hopewell House schließt, kann ich Lucas und die anderen Kinder nicht mal mehr besuchen.“

Immer tiefer versank Clay in Schuldgefühlen. Er musste einen Weg finden, den Schaden wiedergutzumachen, den er angerichtet hatte. Es musste doch etwas geben, was er tun konnte … „Und wenn du …“

„Nein, Clay!“ Holly schüttelte den Kopf. Nie wieder. Sie würde es nicht überleben, ihr Herz noch einmal auf diese Weise zu riskieren. „Ich kann es nicht tun, ich kann es nicht noch einmal versuchen.“

„Holly, wenn ich irgendetwas tun kann, dann tue ich es.“

Sie achtete gar nicht auf sein Versprechen. Stattdessen konzentrierte sie sich auf den Kontrast zwischen seinem entschlossenen

Ton und der Sanftheit seiner Berührungen. Es zog sie noch tiefer in diesen sinnlichen Bann, als Clay seine Fingerspitzen über ihre Schläfen und ihre Wangen gleiten ließ.

Holly sah ihn an, sah das Verlangen in seinen tiefblauen Augen, fühlte, wie der Griff seiner Arme, die sie so sanft gewiegt hatten, plötzlich fester wurde.

Clay atmete einmal tief durch. „Das ist keine gute Idee."

Schon bevor er ihn aussprach, spürte sie seinen Protest – und ignorierte ihn. Sie dachte an ihre Küsse zuvor. An den Geschmack seiner Lippen, die neckenden Liebkosungen – alles nur ein Vorspiel zu größeren sinnlichen Freuden. Ihr Herz klopfte heftig, und sie strich mit dem Daumen über seine Unterlippe. „Bist du sicher?"

„Nein. Ich meine, ja." Er stöhnte auf, als er ihre Hand ergriff. Es war nicht mehr ein Kampf um Selbstbeherrschung, es war Krieg. Sein Gesicht brannte vor Verlangen, sein Atem beschleunigte sich. Sie sog den Duft seines Eau de Cologne ein, wollte noch mehr von ihm in sich aufnehmen.

„Ich möchte nicht, dass es dir leidtut", sagte er.

„Glaubst du, das wird es?"

„Vielleicht."

Andererseits: vielleicht auch nicht. Nur eins wusste Holly sicher: Sie wollte nicht länger unter all diesen „was wäre, wenn" und „vielleicht" leiden. Sie war fertig mit diesen Träumen, diesen Vorstellungen von einer perfekten Familie, einer perfekten Zukunft. Clay war hier. Jetzt, in diesem Augenblick, und ihr Verlangen war echt, war Wirklichkeit.

Er konnte sie ihre Einsamkeit vergessen lassen, ihre Verlustängste, unter denen sie schon so lange litt. In Clays Armen wäre sie endlich ganz, würde sich vollständig fühlen, und wenn es auch nur für einen kurzen Zeitraum war.

„Das wird es nicht", versprach sie. Und falls er befürchtete, sie würde mehr erwarten, als er geben konnte, fügte sie hinzu: „Alles, was ich will, ist dies." Ihre Lippen streiften über seine Wange. „Alles, was ich will, ist diese eine Nacht."

„Holly!" Ihr Name endete in einem Aufstöhnen. „Du solltest so viel mehr haben."

„Schhh." Sie wollte Clay, nicht anderes zählte.

Ihr Mund hatte seine Kehle erreicht, und sie öffnete die Lippen. Sie spürte seinen Pulsschlag an ihrer Zunge. Die wachsende Erregung füllte ihren Kopf mit einer berauschenden Leichtigkeit.

Clay beugte sich zu ihr hinunter. Ihre Lippen trafen sich, pressten sich aufeinander. Brennendes Verlangen raubte ihr den Atem. Und die Mauern, die sie vor langer Zeit um sich errichtet hatte, stürzten ein.

Die bloße Haut an seinem Nacken strahlte eine unglaubliche Hitze aus. Bei der Vorstellung, wie sich ihre nackten Körper aneinanderpressten, durchströmte sie heiße Lust. Ohne weiter darüber nachzudenken, schob sie die Hände unter Clays Pullover, ließ sie über seinen glatten, muskulösen Rücken gleiten und entlockte ihm noch ein tiefes, kehliges Stöhnen.

„Holly." Er hauchte den Namen gegen ihre Lippen und drückte Holly in die Polster, als sie beide auf die Couch sanken, ohne den Kuss zu unterbrechen. Holly hatte fast vergessen, wie herrlich sich rein körperliches Vergnügen anfühlen konnte. Oder vielleicht hatte sich auch noch nie zuvor etwas so herrlich angefühlt … Die sinnlichen, berauschenden Küsse machten sie schwach. Seine Zunge umspielte ihre, sog sie immer tiefer in den Strudel ihres Begehrens.

Holly unterbrach den Kuss. Noch mit seinem Geschmack auf den Lippen versuchte sie, Clay den Pullover auszuziehen. Doch er war schneller und hielt sie an den Handgelenken fest. „Holly, warte."

Solange ihre Hände an die Armlehne gedrückt wurden, konnte Holly ihn nicht wieder zu sich herunterziehen oder ihm den Pullover abstreifen, um seine nackte Haut zu berühren. „Clay, bitte!“ Ihre Stimme klang sinnlich, drängend.

Mit äußerster Selbstbeherrschung stieß er hervor: „Ich denke nicht …“

„Gut. Denk einfach nicht!“, unterbrach sie ihn und umschlang seine Beine mit ihren. Trotz der trennenden Kleiderschichten bewegten ihre Körper sich in einem erotischen Rhythmus.

Bevor Clay die Augen schloss, um sich dem sinnlichen Vergnügen hinzugeben, sah Holly in ihnen noch das kurze Aufblitzen eines Gefühls. War es Schuld? Aber das war völlig unsinnig – es sei denn …

„Clay, willst du mich nicht?“ Ihr Verlangen ebbte ab, sie fühlte sich verletzlich, verloren.

Er riss die Augen auf. „Mein Gott, doch, natürlich! Das musst du doch wissen!“

„Also dann … warum?“

„Ich habe nie gedacht … Ich wollte niemals etwas tun, um dich zu verletzen.“

„Das wirst du auch nicht“, beschwor sie ihn. Verletzt würde sie nur, wenn sie zu viel erwartete, wenn sie ihr Herz öffnete. Oder sich selbst belog, indem sie glaubte, diese Nacht würde mehr als Sex bedeuten. „Ich will dich auch.“

„So einfach ist das?“ Er zog zweifelnd seine Augenbrauen hoch.

„Einvernehmlicher Sex unter Erwachsenen“, erwiderte sie in einem etwas blasierten Ton, den sie nicht empfand. „Warum alles so kompliziert machen?“ Es ging hier einfach nur um Sex. Wenn Holly sich das oft genug sagte, würde sie irgendwann daran glauben. Die Chancen, sich selbst zu überzeugen, stehen gut, dachte Holly – bis sie das entschlossene Glitzern in Clays Augen entdeckte.

„Tja, warum eigentlich?“, sagte er herausfordernd, und Holly erkannte, dass er darauf aus war zu beweisen, dass es mehr bedeutete. Für sie beide.

Sie schluckte hart und spürte einen ersten Anflug von Unbehagen. „Clay …“

Ihren schwachen Protest brachte er zum Schweigen – mit einem heißen Kuss, der ihre Sorgen einfach verjagte. Ohne jeden Zweifel würden diese Ängste wiederkommen. Aber darüber machte Holly sich keine Gedanken mehr. Sie konnte an nichts anderes denken als an diesen Kuss.

Solange Clay mit einer Hand ihre Arme gegen die Lehne drückte, konnte Holly sich nicht bewegen. Nicht, dass sie die Absicht hatte, Widerstand zu leisten. Aber als er ihre Bluse aufknöpfte und dabei mit den Fingern ihre Brüste streifte, wollte sie seine Hände beiseitestoßen, um sich das lästige Kleidungsstück über den Kopf zu ziehen. Doch er weigerte sich, sich zu beeilen, weigerte sich, sie einfach zu nehmen, weigerte sich, die Leidenschaft zwischen ihnen *nur auf Sex* zu beschränken.

Endlich erreichten seine Finger den letzten Knopf, und er zog den Stoff auseinander.

„Wunderschön“, murmelte er. Seine tiefe Stimme, in der so viel Leidenschaft mitschwang, verursachte Holly eine Gänsehaut.

Zum ersten Mal machte Holly sich keine Gedanken darüber, ob ihr Busen groß genug, ihr Bauch flach genug und ihr Körper sexy genug war. Clay war der Ansicht, sie sei wunderschön, und das war mehr als genug. Sie spannte noch einmal die Hände an, dann hielt sie still. Holly war gefangen. Nicht so sehr durch seinen sanften Griff, sondern durch die verzehrende Kraft ihrer eigenen Leidenschaft.

Ihr Herz raste, und ihr Atem stockte, als er über ihren Bauch strich. Mit einer knappen Bewegung öffnete er den Verschluss an der Vorderseite ihres BHs. Eine Woge von Lust überflutete sie, und sie flüsterte seinen Namen. Clay schob die spitzenbesetzten Schalen beiseite und streichelte ihre Brüste. Erst mit den Fingern, dann mit dem Mund.

Das süße, quälende Saugen an ihren Brustspitzen ließ ihre Hüften erbeben. Sie bog sich Clay entgegen, der seinen Körper noch fester an ihren presste. Seine Zunge glitt über ihre Brust, seine muskulösen Schenkel rieben sich an ihren. Die Hitze in ihrem Inneren wurde zum flammenden Inferno.

Holly konnte es kaum fassen. Er hatte sie noch nicht einmal unterhalb der Taille berührt, aber – oh! Alleine der Gedanke an seine starken, maskulinen Finger, wie sie von ihren Brüsten zum Bauch hinunterglitten, unter ihren Hosenbund, zu der empfindsamen Stelle zwischen ihren Schenkeln …

Wieder schrie sie auf, und Clay gab ihre Hände gerade rechtzeitig frei, dass sie ihre Finger in sein Haar wühlen, sich daran festklammern konnte, als die Lust sie fast verbrannte und sie die Kontrolle verlor. Clay umfasste ihre Hüften, drückte ihren zitternden Körper eng an sich.

Erschöpft und schwach von der Erlösung sank Holly in die Sofapolster zurück, ihr langes Haar hing über die Armlehne. Ganz allmählich ging ihr Atem wieder gleichmäßiger, ihr Herzschlag wurde langsamer, ihr bebender Körper kam zur Ruhe. Und ihr wurde bewusst, dass dieses unglaubliche Erlebnis nur das Vorspiel gewesen war …

Clay drückte ihr einen sanften Kuss auf die Stirn, und Holly wusste, dass sie gleich die Augen öffnen musste. Selbst mit geschlossenen Lidern fühlte sie sich entblößt. Verletzlich. Wehrlos. Die Ablehnung der Adoption hatte ihr einen emotionalen Tiefschlag versetzt. Jetzt hatte auch noch ihr Körper kapituliert vor Bedürfnissen, die sie sich selbst nie eingestanden hätte.

Clay hatte recht. Es war nicht nur Sex. Konnte sie tatsächlich darauf hoffen, ihr Herz auch noch bei dem darauffolgenden, viel intimeren Schritt zu beschützen?

Sein überraschendes Lachen dämpfte ihre Panik. „Glaubst du, du könntest mich reinlegen, indem du so tust, als ob du schläfst? Das kaufe ich dir nicht ab."

„Ich teste gerade die Theorie, dass du mich nicht sehen kannst, wenn ich meine Augen nicht öffne."

„Funktioniert nicht", murmelte er. Die Polster unter ihr bewegten sich, als er sich aufsetzte. „Ich sehe dich."

Seine Hände streiften ihre Brüste, und beim Klicken ihres BH-Verschlusses schlug Holly sofort die Augen auf. „Clay, was …"

Sie hatte ihre Frage noch nicht einmal zur Hälfte gestellt, da hatte Clay schon ihre Bluse zugeknöpft. Er streckte sich neben ihr aus und zog sie in die Arme.

Sie hob den Kopf und starrte ihn an. Darum bemüht, sich ihre Verlegenheit nicht anmerken zu lassen, sagte sie: „Aber du bist noch nicht …"

In seinen Augen brannte noch immer Verlangen. „Ich weiß, das war diesmal nur für dich."

„Danke", murmelte sie in den Stoff seines Pullovers.

„Es war mir ein Vergnügen."

„Nicht dafür!", protestierte Holly. „Obwohl, na ja, dafür auch. Aber auch für das Zuhören und dafür, dass du dich um mich kümmerst. Und dafür, dass du mich nicht für verrückt erklärt hast, weil ich Lucas adoptieren will. Oder dass ich ohne die Adoption finanziell besser dastehe."

Clay strich mit den Fingern durch ihre Haare. „So etwas Dummes würde ich nie sagen. Du darfst nicht aufgeben, Holly!", drängte er.

„Was soll ich denn noch tun? Nach Sternschnuppen Ausschau halten und mir ganz fest wünschen, dass es doch noch klappt?"

Er lächelte sie an. „Nein. Glaube einfach an Santa Claus."

Das Klopfen an der Tür überraschte Holly. Es war schon zehn Uhr abends. Obwohl ihr nicht danach gewesen war, ins Kino zu gehen, hätte es ihr gefallen, wenn Clay bei ihr geblieben wäre. Aber sie mochte ihn nicht fragen, und so war er gegangen.

Sie schaltete den Fernseher aus, öffnete die Tür – und wurde von einem fast zwei Meter hohen Weihnachtsbaum begrüßt. „Was, um alles in der Welt …“

Neben der Spitze des Baumes tauchte Clays Kopf auf. Er war etwas außer Atem und grinste jungenhaft. „Bei dir kommt keine Weihnachtsstimmung auf, weil dir so etwas hier fehlt.“

„Ich kann nicht glauben, dass du das getan hast.“ Natürlich konnte sie das. Immer wieder überraschte er sie mit rührenden, aufmerksamen Gesten. „Ich habe nicht mal …“

„Dekoration steht im Hausflur“, brummte Clay, während er versuchte, den Baum durch den schmalen Eingang zu manövrieren.

Holly trug die Einkaufstüten hinein und folgte Clay ins Wohnzimmer. „Fantastisch! Lichterketten, Kugeln, Girlanden, Schleifen.“

„Und ein Engel für die Baumspitze. Alles, was du für einen Weihnachtsbaum brauchst.“

Ein Sturm von Gefühlen überwältigte Holly. „Das ist einfach wundervoll!“

Und gleichzeitig erschreckend, dachte sie. Denn sie war drauf und dran, sich in Clay zu verlieben.

Eine Stunde später hatten sie den Baum geschmückt.

Holly nahm die letzte Einkaufstüte und runzelte übertrieben die Stirn. „Keine Mistelzweige?“

„Äh … die habe ich wohl vergessen.“

„Macht nichts“, erklärte sie und machte einen Schritt auf ihn zu. „Wir sind ja nicht auf altmodische Traditionen angewiesen.“

Holly stellte sich auf die Zehenspitzen und küsste ihn. Das Schlafzimmer schien plötzlich viel zu weit entfernt. Sie könnten sich hier vor dem Baum lieben. Die bunten Lämpchen würden Bilder auf ihre nackten Körper malen …

„Quäl mich nicht, Clay“, flüsterte Holly an seinen Lippen. „Fange nicht etwas an, das du nicht beenden willst. Diesmal nicht.“

Es hatte ihn vorhin fast umgebracht, als er gegangen war. Aber hätte nicht schon die eisige Kälte beim Kauf des Weihnachtsbaums die Hitze aus seinem erregten Körper getrieben, dann wäre es die schwere Last seines schlechten Gewissens gewesen. Er hatte geschworen, sich von Holly fernzuhalten, bis er einen Weg gefunden hatte, den Schaden wiedergutzumachen. Und er hatte diesen Weg gefunden.

Ich bin jung … Single. Immer wieder waren ihm Hollys Worte durch den Kopf gegangen. Ein Gedanke hatte langsam Gestalt angenommen. Ein schlichter Gedanke … ein brillanter Gedanke.

Er unterdrückte ein Aufstöhnen, beendete den Kuss. „Warte, Holly. Ich möchte dich etwas fragen.“ Er nahm seine Jacke, die er über die Sofalehne gelegt hatte. „Was wäre, wenn es eine Möglichkeit gäbe, Lucas zu adoptieren?“

Schmerz verdunkelte ihre Augen. „Die gibt es nicht! Ich habe dir doch die Gründe dafür genannt. Ich bin zu jung. Ich bin Single. Ich bin …“

„Und wenn du es nicht wärst?“

„Wenn ich was nicht wäre?“

Er langte in die Jackentasche und zog ein kleines schwarzes Kästchen heraus. „Was wäre, wenn …“, er öffnete das Kästchen, in dem auf schwarzem Samt ein Verlobungsring aus Platin mit einem Diamanten gebettet war, „du kein Single wärst?“

8. Kapitel

Das Blut rauschte in ihren Ohren, und Holly war sicher, sie hatte sich verhört. Aber der Diamantring, der sie von dem Samtkissen anfunkelte, sagte mehr als Worte. „Du willst mich heiraten?“ Ihre Knie gaben nach, und sie wäre auf den Boden gesunken, wenn das Sofa sie nicht aufgefangen hätte.

„Ich weiß, das klingt ein bisschen verrückt.“

„Ein bisschen?“, wiederholte sie und schaute ihn fassungslos an. Ein plötzlicher Gedanke durchzuckte sie. „Hat das irgendetwas damit zu tun, was vorher passiert ist? Weil ich dir gesagt habe, dass ich nicht erwarte …“

„Du erwartest nicht viel, Holly, oder?“ Er setzte sich neben sie auf die Couch. „So wie du aufgewachsen bist, erwartest du nicht mal die alltäglichen Dinge, die die meisten Leute als selbstverständlich betrachten. Dinge wie ein Zuhause und eine Familie.“

Seine Augen waren voller Mitgefühl und Verständnis. Wie konnte ein Mann, der in diesen Reichtum hineingeboren war, so tief in ihr Herz sehen? „Es schmerzt zu sehr zu hoffen“, wisperte sie.

„Nein, mein Liebling, das tut es nicht. Nicht, wenn es möglich ist, diese Hoffnungen und Träume wahr zu machen.“ Er stellte das Kästchen mit dem Ring beiseite und nahm ihr Gesicht zwischen seine Hände, als könne er sie durch seine Berührung überzeugen. „Ich weiß, wie sehr du dir wünschst, Lucas zu adoptieren. Ich weiß, was für eine gute Mutter du wärst. Ich kann dir helfen.“ In drängendem Ton flüsterte er: „Lass mich dir helfen!“

„Aber wir kennen uns kaum! Und du bist nicht … wir sind nicht …“

„Nicht was, Holly?“

„Nicht ineinander verliebt“, beendete sie den Satz und überlegte, ob das stimmte. Es wäre so leicht, sich in Clay zu verlieben. Aber sie konnte sich einfach nicht vorstellen, dass ein so weltgewandter, kultivierter Mann wie Clay sich jemals in einen Nobody wie sie verlieben könnte.

Sein Stirnrunzeln zeigte ihr, dass sie recht hatte. „Ich glaubte, meine erste Frau zu lieben, und Victoria hat natürlich auch gesagt, dass sie mich liebt. Aber wenn das Liebe war …“ Er schüttelte den Kopf. „Es hat jedenfalls nicht ausgereicht, um auf Dauer zusammenzuleben. Nach der Scheidung habe ich beschlossen, meine Zukunft nie wieder auf so ein vages Gefühl zu bauen.“

Als sich ihre Blicke trafen, war in seinen blauen Augen nur noch Entschlossenheit zu erkennen. „Ich möchte mehr als das. Ich möchte etwas … Echtes. Etwas, auf dem ich meine Zukunft aufbauen kann.“

„Und mich zu heiraten …“, Holly hörte den erstaunten Ton in ihrer Stimme, „wäre die Zukunft, die du dir wünschst?“

„Ich hoffe, es ist die Zukunft, die *wir* uns wünschen. Du, ich und Lucas. Nach Victoria habe ich den Gedanken an eine Familie aufgegeben. Ich habe mich in die Arbeit gestürzt, mich nur auf mich und meine Wünsche konzentriert, ohne an irgendjemand anderen zu denken.“

Seine Schuldgefühle waren offensichtlich, und Holly fand es unerträglich, wie er selbst sich sah. „Clay, das ist nicht wahr! Du bist einer der selbstlosesten Menschen, die ich kenne!“

Er wollte ihrem Lob widersprechen, aber sie ließ sich nicht bremsen. „Sieh doch nur, was du für das Hopewell House getan hast. Sich als Santa zu verkleiden, scheint nichts besonders Großartiges zu sein, aber glaube mir, die Kinder werden es nie vergessen. Und was ist mit dem Haus, das du für die Hopewell-Schwestern gefunden hast?“

„Das war alles deinetwegen. Ich hätte es für keinen anderen als dich getan. Ich bin nicht der Mann, für den du mich hältst, aber ich möchte es gerne sein. Denke darüber nach!“, drängte er.

Er küsste sie noch einmal, legte seine ganze Überzeugungskraft in diesen einen Kuss. Seine Lippen spielten mit ihren, glitten darüber, lösten sich wieder. Heiße Erinnerungen überkamen sie, und Holly spürte noch einmal das exquisite Gefühl, wie seine Hände ihren Pullover hochschoben, ihre Haut erforschten. Doch diesmal blieb es bei einem Kuss, aber der vermittelte all die Sehnsucht und das Verlangen, das zwischen ihnen pulsierte.

Als Clay sich schließlich von ihr löste, drückte er ihre Finger um das kleine schwarze Kästchen. „Ich rufe dich morgen an.“ Damit stand er auf und ging.

Nachdem er die Tür hinter sich geschlossen hatte, blieb Holly überrumpelt auf der Couch sitzen. *Denke darüber nach …* Als ob sie an etwas anderes denken könnte! Ihr Körper fühlte sich überhitzt und ruhelos an. Eine kalte Dusche wäre nicht schlecht, dachte sie. Doch sie blieb, wo sie war. Sie schlang die Arme um sich, um das Gefühl seiner Nähe festzuhalten.

Er spielt nicht fair. Er hat gesagt, er braucht mich, dachte sie. Ihr Leben lang hatte sie auf diese Worte gewartet. Jetzt hatte Clay dem Traum, den sie schon aufgegeben hatte, wieder Leben eingehaucht. Er bot ihr alles, was sie sich jemals gewünscht hatte.

Außer Liebe. Sie spürte einen Stich im Herzen.

Vielleicht waren es die hart erlernten Lektionen, die Holly zu dieser Entscheidung trieben. Der Entscheidung, dass eine vernünftige Ehe ihr den Traum erfüllen würde, Lucas zu adoptieren.

Vielleicht hatte Clay recht. Vielleicht war diese Ehe gar nicht so verrückt, wie es sich anhörte.

Holly sprang auf, als das Telefon läutete, ihr Herz klopfte wie verrückt. „Hallo?“

„Hi, Holly, ich bin's, Clay."

Seine tiefe Stimme war so verführerisch wie eine Liebkosung, und Hollys Blick fiel sofort auf den Verlobungsring. Bei dem Versuch, Ruhe zu bewahren, brachte sie kaum eine Begrüßung heraus. „Hi."

Damit hatte Clay kein Problem. Seine Worte klangen ruhig und klar, als er fragte: „Hast du über meinen Vorschlag nachgedacht?"

Seitdem er ihr Apartment verlassen hatte, hatte sie an nichts anderes gedacht. Er bot ihr die Chance, Lucas zu adoptieren. Alles, was sie zu tun hatte, war, Ja zu sagen.

Sag Ja … sag Ja … sag Ja. Die Worte hämmerten im Rhythmus ihres Herzschlags.

„Ich … ja, ich habe darüber nachgedacht."

Es folgte eine Pause, als würde er auf eine Antwort warten. Als sie nicht weitersprach, murmelte er: „Ich möchte dich nicht unter Druck setzen."

„Das tust du auch nicht." Aber der Druck war vorhanden. Und wurde von Stunde zu Stunde größer – je näher die Schließung von Hopewell House rückte.

„Ist es dir recht, wenn ich reinkomme?"

„Reinkomme? Wo bist du?"

„Direkt vor der Tür."

Holly starrte auf die geschlossene Tür. Gestern hatte sie noch geglaubt, dass ihr die Möglichkeit, Lucas zu adoptieren, versperrt war, doch jetzt … Nicht nur Clay stand vor der Tür, sondern ihre ganze Zukunft – eine leuchtende, wundervolle Zukunft, schöner als jeder Traum. Sie musste nur die Klinke herunterdrücken, die Tür öffnen und den größten Schritt ihres Lebens machen.

Die Frage war: Würde sie es wagen? „Ich komme schon!"

Sie öffnete die Tür und sah ihn an: sein dunkles Haar, die breiten Schultern und sein unbeschwertes Lächeln, das im Gegensatz stand zu der brennenden Intensität seiner blauen Augen. Sein Anblick erfüllte sie mit solcher Freude, solchem Glück, dass sie beinahe in seine Arme geflogen wäre.

Stattdessen trat sie einen Schritt zurück, um ihn hereinzulassen.

„Also“, sagte Clay und stellte sich so nah hinter Holly, dass sein Atem ihr Haar streifte. „Die vierundzwanzig Stunden sind um“, sagte er. „Hast du darüber nachgedacht? Bin ich verrückt?“

„Unzurechnungsfähig“, entgegnete sie mit einem zittrigen Lachen und drehte sich zu ihm um. „Aber wie sagt man so schön: Wer im Glashaus sitzt …“

Seine Augen verdunkelten sich – er hatte sie richtig verstanden. Wenn er verrückt genug war, sie heiraten zu wollen, war sie verrückt genug, darüber nachzudenken.

Aber verrückt oder nicht – sie war nicht bereit, ihm eine Antwort zu geben. Noch nicht. Bevor er etwas sagen konnte, bat sie ihn: „Erzähl mir mehr von deiner ersten Ehe.“

Ihre Bitte überraschte ihn. „Was möchtest du wissen?“

„Ich …“ Obwohl sie sich neugierig vorkam, wollte Holly doch Bescheid wissen – sie hatte ein Recht darauf. Statt ins Wohnzimmer mit der erinnerungsträchtigen Couch führte sie Clay in die Küche und setzte sich auf einen der Stühle an dem kleinen Esstisch. „Wie war sie?“

Clay setzte sich zu ihr. Seine Antwort kam zögernd. „Kennst du den Ausdruck ‚Partykönigin‘? Victoria war noch ein bisschen mehr.“ Er lachte auf. „Sie *war* die Party! Sie war schön, amüsant, kontaktfreudig.“

Holly wollte nicht darüber nachdenken, wie sehr sie sich von dieser Frau unterschied.

„Alle hielten uns für ein Traumpaar“, fügte er hinzu. „Nach der Hochzeit wollte ich ein bisschen zur Ruhe kommen. Victoria war anderer Meinung. Vielleicht hatte sie Angst, als Teil eines Ehepaares ihre Identität zu verlieren. Jedenfalls fing sie an, noch häufiger auszugehen.“

„Und dann ist dein Vater gestorben."

Clay nickte. „Ich musste sehr viel mehr arbeiten. Ich wollte wirklich, dass unsere Ehe funktioniert. Aber es half nichts. Es war nicht genug. *Ich* war nicht genug."

In seinen Worten klang der alte Schmerz mit. Holly legte ihre Hand auf seine. Nie hätte sie vermutet, dass sie beide denselben Kummer kannten. Nur zu gut verstand sie das Gefühl, versagt zu haben, weil selbst ihr Bestes nicht gut genug war. „Ich weiß, wie man sich dabei fühlt."

Clay verschränkte ihre Finger miteinander. „Und da ich Victoria nicht die Zeit und die Zuwendung geben konnte, die sie brauchte, hat sie einen Mann gefunden, der es konnte."

Bestürzt sog Holly den Atem ein. „Oh Clay, das tut mir so leid. Aber was deine Ex gemacht hat, hat nichts mit dir zu tun! Mit ihr muss etwas nicht gestimmt haben, wenn sie außerhalb ihrer Ehe nach Zuwendung gesucht hat."

Wie konnte seine Exfrau bloß so dumm gewesen sein? Wie hatte sie nur annehmen können, einen besseren Mann als Clay zu finden? Er war wunderbar, ein Mann, wie ihn sich jede Frau erträumte.

Was erhoffe ich mir mehr? fragte sie sich. Mehr, als er mir angeboten hat? Vielleicht war es nicht ganz so, wie sie es sich gewünscht hätte. Dafür war es in anderer Hinsicht sehr viel mehr. Nicht mal in ihren kühnsten Träumen hätte sie sich vorgestellt, dass Clay ihr dabei helfen würde, Lucas zu adoptieren. Es war schon beinahe ein Weihnachtswunder. Erwartete sie wirklich noch mehr?

„Nein!", platzte sie heraus.

Nervös fragte Clay: „Nein – was?"

„Ich meine, ja!"

„Jetzt komme ich nicht mehr mit."

„Ja, ich will dich heiraten!"

Er erstarrte. „Meinst du das ernst?"

„Solange du es noch willst. Wenn du es dir anders überlegt hast, vergiss, was ich gesagt habe.“

„Ich habe es mir nicht anders überlegt. Ich …“ Hastig sprang er auf und tastete seine Hosentaschen ab. „Der Ring. Wo ist der Ring?“

Sie wies in Richtung Wohnzimmer. „Auf dem Couchtisch.“

Mit langen Schritten eilte er in den anderen Raum, nahm das schwarze Samtkästchen und kehrte in die Küche zurück. Welche Gefühle sich in seinem Gesicht widerspiegelten, konnte Holly nicht so recht interpretieren, doch seine traurige Miene erschreckte sie. „Es wird mit uns klappen, Holly. Du wirst schon sehen. Ich werde alles tun, um dich glücklich zu machen.“

Um ihn zu beruhigen, verdrängte Holly ihre eigenen Ängste und versicherte ihm: „Das hast du doch schon.“

Er schluckte hart und fiel vor ihr auf die Knie.

„Warte, Clay, ich habe doch schon Ja gesagt!“

„Ich weiß.“ Langsam ließ die Spannung in ihm nach. „Das macht es viel leichter, jetzt noch einmal zu fragen. Holly Bainbridge, willst du mich heiraten?“

Sie nickte und versuchte dabei, die Tränen wegzublinzeln. „Ja.“

Er steckte ihr den Ring auf den Finger und führte ihre Hand an die Lippen. Holly war wie gebannt von der Zärtlichkeit in seinem Blick. Dies wäre der Moment für eine Liebeserklärung gewesen, doch sie schob den Gedanken schnell beiseite.

Und das war auch gut, denn Clays nächste Frage war sachlich: „Sollen wir einen Termin festlegen?“

Sie zögerte kurz, gab sich dann einen Ruck: „Mir wäre es am liebsten, wir heiraten so bald wie möglich.“

Insgeheim schwor sie sich, nicht zu viel von Clay und ihrer Hochzeit zu erwarten. Im Gegensatz zu seiner ersten Ehe brauchte er diesmal nicht zu fürchten, dass mehr von ihm verlangt würde, als er geben konnte.

„Ich glaube, wir haben bessere Chancen, wenn wir die Adoption beantragen, bevor Lucas bei einer neuen Pflegefamilie untergebracht wird", fügte sie hinzu.

„Stimmt!" Hastig stand er auf und steckte das leere Schmuckkästchen in die Hosentasche. „Es gibt nur eine Sache, die wir vorher erledigen müssen."

„Nur eine Sache?", fragte Holly, deren Nerven jetzt schon flatterten. „Mir fallen mindestens hundert verschiedene Dinge ein."

„Da hast du wahrscheinlich recht. Aber zuallererst müssen wir es meiner Familie sagen."

„Oh, natürlich", murmelte sie mit schwacher Stimme.

Familie. Genau das Wort, das sie in die Vergangenheit zurückversetzte. In eine Vergangenheit, in der ihre Träume und die Hoffnung, endlich eine Familie zu finden, immer wieder in Kummer und Leid geendet hatten. Und ihre Nervosität wurde fast unerträglich, als ihr klar wurde: Diesmal ging es nicht darum, gut genug zu sein, diesmal ging es darum, gut genug für Clay zu sein.

9. Kapitel

Nachdem Holly die letzte Kerze angezündet hatte, überprüfte sie noch einmal den Tisch mit den fünf Gedecken. Clay hatte das Familientreffen in seiner Penthousewohnung arrangiert, um ihre Verlobung bekannt zu geben. Die Arme um die Taille gelegt, versuchte sie die Schmetterlinge in ihrem Bauch zu beruhigen. Was würde seine Familie von ihren überraschenden Plänen halten? Was würden sie von *ihr* halten?

Von hinten legte Clay die Arme um sie. „Der Tisch sieht großartig aus, und das Essen duftet köstlich."

„Das sollte es auch", bemerkte sie trocken, „die Caterer haben ihre Sache gut gemacht."

Die Telefonnummer des Catering-Services hatte Clay ihr gegeben. Als sie seinen Namen nannte, hatte Holly förmlich gehört, wie der Mann am anderen Ende der Leitung plötzlich Haltung annahm. „Kristoff's" war eins der ersten Restaurants am Platze. Es war praktisch unmöglich, dort einen Platz zu bekommen, hatte sie gehört. Und jetzt überschlugen sie sich fast, um einen Last Minute Catering-Auftrag zu bekommen.

„Hey", er drückte sie zärtlich, „du bist doch nicht etwa nervös, oder?"

Eher panisch vor Angst! Clay war der einzige Sohn, der Goldjunge, der nach dem Tod des Vaters das Geschäft übernommen hatte. Seine Familie betete ihn an. Sicher wollten sie für ihn nur das Beste. Wie konnte sie auch nur im Entferntesten annehmen, diesen Anforderungen gerecht zu werden?

Sie drehte sich in Clays Armen und fragte beinahe verzweifelt:

„Bist du sicher, dass wir deiner Familie nicht lieber die Wahrheit sagen sollten?"

„Die Wahrheit?"

„Du weißt schon, warum wir wirklich heiraten."

Clay ließ seine Arme fallen und trat einen Schritt zurück. „Nein!"

„Aber wäre das für sie nicht viel leichter zu verstehen?", bat sie beinahe flehentlich. „Statt zu erwarten, dass sie uns die Geschichte einer stürmischen Liebesromanze abnehmen?"

Einen Moment lang betrachtete er sie schweigend, seine sonst so offenen Gesichtszüge waren undurchschaubar. „Das ist unsere Hochzeit, Holly. Versteh mich nicht falsch. Ich liebe meine Familie. Aber dies ist unsere Entscheidung, nicht ihre."

Er lächelte aufmunternd. „Mach dir keine Gedanken. Es wird schon gut laufen." Bevor er weiterreden konnte, läutete es an der Tür. Nach einem Blick auf die Uhr sagte er: „Das wird meine Mutter sein, meine Schwester kommt immer zu spät."

„Das Essen war fantastisch!"

Holly lächelte Clays Schwager dankbar an. Der blonde Dan Cunningham, ehemaliger Footballspieler, inzwischen Sportreporter, hatte nicht nur die breitesten Schultern, sondern auch das breiteste Lächeln, das sie je gesehen hatte. Er hatte sie anscheinend sofort akzeptiert, aber Holly schrieb diese Akzeptanz eher den Speisen zu, die sie aufgetischt hatte.

Als Clay ihr gesagt hatte, wie viel sie bestellen sollte, war sie überzeugt gewesen, dass sie mit den Mengen die halbe Stadt versorgen könnten. Nachdem Dan sich jedoch zum dritten Mal bedient hatte, fürchtete sie langsam, es könne vielleicht doch nicht genug sein.

„Ja, Holly, das Essen war wirklich wunderbar", pflichtete Anne ihm bei. Holly schenkte ihr ein zögerndes Lächeln, das sofort verschwand, als Jillian fragte: „Ich bin fast sicher, es ist von ‚Kristoff's', oder nicht?"

Obwohl sie schon weit über fünfzig war, würde wohl jede Frau Clays Mutter um ihren Stil und ihr Aussehen beneiden. Ihr blondes Haar trug sie elegant hochgesteckt, kein Strähnchen tanzte aus der Reihe. Die strenge Frisur betonte ihre feinen, klassischen Gesichtszüge, denen das Alter nichts anhaben konnte. Ihr beigefarbener Seidenanzug trug garantiert das Etikett eines Edel-Designers. Was es gekostet hatte, konnte Holly sich wahrscheinlich gar nicht vorstellen. Dazu kam schlichter, aber zweifellos teurer Goldschmuck.

„Ja, ‚Kristoff's' hat das Essen geliefert." Holly versuchte sich einzureden, sie hätte den etwas missbilligenden Ton in Jillians Stimme nicht gehört. Clays Hand schloss sich um ihre und gab Holly Selbstvertrauen. Zuckersüß lächelte sie Jillian an und sagte: „Um das zu erkennen, müssen Sie ‚Kristoff's' wohl sehr gut kennen."

Ein plötzlicher Hustenanfall zwang Anne, nach der Serviette zu greifen und sich dahinter zu verstecken.

Clay stand auf, ohne Hollys Hand loszulassen. „Bevor wir den Nachtisch servieren, wollen Holly und ich euch etwas mitteilen." Er hob ihre linke Hand und küsste ihre eiskalten Finger. „Ich möchte euch allen sagen, dass ich Holly gebeten habe, mich zu heiraten."

Ein erschrockenes Aufkeuchen, das Klirren von Besteck – und dann lastete ein angespanntes Schweigen über dem Raum.

Schließlich war es Dan, der die gespenstische Stille unterbrach, indem er Clay auf den Rücken klopfte und ihm die Hand schüttelte.

Anne kam um den Tisch herum und umarmte Holly zurückhaltend. „Herzlichen Glückwunsch, Holly. Clay hat mir erzählt, dass er jemand ganz Besonderen kennengelernt hat, aber ich habe nicht erwartet, dass er so schnell handelt."

„Ich weiß, es ist ein bisschen plötzlich", gab Holly zu. Ihr Herzschlag verlangsamte sich wieder, doch sie war immer noch ziemlich nervös. Am liebsten hätte sie wieder Clays Hand gehalten, die ihr Sicherheit gab.

„Habt ihr schon einen Termin festgelegt?“, fragte Anne.

„Heiligabend“, antwortete Clay.

„Aber … aber das ist nächste Woche“, keuchte Jillian und sank auf den Stuhl zurück.

Besorgt blickte Anne ihren Bruder an. „Warum so bald?“

Clay zuckte die Achseln und legte die Hände auf Hollys Schultern. „Warum sollen wir warten?“

„So bleibt doch gar keine Zeit, um die Hochzeit richtig zu planen“, warf Anne ein. „Holly, was sagt denn deine Familie dazu?“

Anne schien zu erwarten, dass sie ihrem Protest zustimmen würde, doch Holly sagte nur: „Ich habe keine Familie.“

„Deswegen haben wir entschieden, uns von einem Friedensrichter trauen zu lassen.“

Jillian sah aus, als würde sie gleich in Ohnmacht fallen, sogar Anne schüttelte den Kopf. „Oh Clay! Was ist mit all den Dingen, die eine Hochzeit zu etwas ganz Besonderem machen? So wie Brautpartys?“

„Vergiss die Junggesellenabschiedsparty nicht!“, warf Dan lachend ein.

„Und den Hochzeitsempfang“, fügte Anne hinzu.

Bei dem Gedanken an einen High-Society-Empfang mit Hunderten von Leuten, die sie nicht kannte, geriet Holly in Panik. Sie warf Clay einen flehentlichen Blick zu.

„All diese Sachen wollen wir nicht“, erklärte Clay ruhig.

Hollys Seufzer der Erleichterung blieb ihr im Hals stecken, als sie Jillian ansah: Ihr Gesicht war ein einziger Ausdruck von Missbilligung.

Clay stapelte die Teller in der Spüle. Die Küchentür wurde geöffnet, und seine Mutter erschien mit den Kuchentellern. „Mutter, du bist doch unser Gast“, sagte Clay. „Du brauchst nicht beim Abräumen zu helfen.“

Sie stellte die Teller auf der Arbeitsplatte ab und erwiderte: „Ich wollte dich einen Moment alleine sprechen."

Das überraschte Clay keineswegs. Er hatte gewusst, dass seine Ankündigung ein Schock sein würde. Erst das darauffolgende kühle Schweigen hatte ihm gezeigt, dass er einen Fehler gemacht hatte. Er hätte seine Familie darauf vorbereiten – und dadurch Holly schützen sollen.

„Ich habe das alles ganz falsch angefangen", murmelte er.

„Nun, es ist ja noch nicht zu spät. Du kannst dir Zeit lassen. Nichts spricht gegen eine lange Verlobungszeit", versicherte ihm seine Mutter.

„Was ich damit sagen wollte", entgegnete er trocken, „ist, dass ich mit Holly hätte durchbrennen sollen. Ich hätte sie dem hier nicht aussetzen sollen."

„Das hört sich an, als wäre ein Essen mit deiner Familie die reinste Folter für das arme Mädchen."

Weil er Hollys Unsicherheit nur zu gut kannte, murmelte Clay: „Das ist es – zweifellos."

Der Ärger in seiner Stimme war nicht zu überhören, sodass seine Mutter ihre störrische Haltung etwas lockerte. „Ich mache mir Sorgen um dich, Clay." Ihre Mundwinkel zogen sich nach unten und betonten die feinen Linien, die erst nach dem Tod von Clays Vater erschienen waren.

„Ich weiß, Mutter." Ihre offensichtliche Besorgnis milderte seinen Ärger. „Aber das ist nicht nötig. Holly ist eine wundervolle Frau. Du musst sie nur besser kennenlernen."

„Nun ja", sagte sie etwas pikiert und hob dabei eine perfekt gezupfte Augenbraue, „es war ja nicht so, dass du uns Gelegenheit dazu gegeben hättest."

Der Vorwurf saß. Seine Mutter hatte recht. Er hätte Holly seiner Familie vorstellen können, ohne gleich die Bombe ihrer überstürzten Heirat platzen zu lassen.

Oder er hätte das tun sollen, was Holly ihm vorgeschlagen hatte: seiner Familie den wahren Grund für ihre Ehe erklären. Dabei kennt nicht mal Holly die ganze Wahrheit, flüsterte ihm sein Gewissen zu. Zumindest wusste sie nichts von seiner geschäftlichen Beziehung zu Hendrix und seinem Anteil an der Schließung von Hopewell House.

Sosehr Clay es hasste, Holly zu täuschen: Es würde niemandem nützen, ihr in diesem Punkt die Wahrheit zu sagen. Es würde weder den Hopewell-Kindern helfen noch Holly dabei unterstützen, Lucas zu adoptieren.

Aber er *konnte* helfen. Auch wenn es bedeutete, Holly zu belügen.

Seine Mutter legte die Hand auf seinen Arm. „Wenn du es auf diese Weise machen willst, dann soll die Hochzeit wenigstens in unserem Haus stattfinden. Es muss keine große Feier sein, doch zumindest wird deine Familie dabei sein."

Der Blick in ihre flehenden Augen ließ Clay fast schwach werden. Trotzdem versprach er noch nichts. „Wir werden sehen."

Als sie sich reckte, um ihn auf die Wange zu küssen, hüllte ihn der vertraute Duft ihres Parfums ein, das sein Vater ihr jedes Jahr zum Muttertag geschenkt hatte, und weckte zahllose Erinnerungen an seine Kindheit. „Ich möchte, dass du glücklich bist", flüsterte seine Mutter.

„Das werden wir sein." Da war sich Clay sicher.

„Das ist alles, was ich mir wünsche", behauptete Jillian, auch wenn ihr der Zweifel ins Gesicht geschrieben stand, ob ausgerechnet Holly die richtige Frau für ihn war. „Wenn überhaupt jemand eine zweite Chance für die Liebe verdient, dann bist du es."

Liebe.

Im Stillen schüttelte er den Kopf, leugnete diese Möglichkeit. Dies war seine zweite Chance, und diesmal würde er das Richtige tun. Einem so unsicheren, schwammigen Gefühl wie Liebe würde er nicht mehr trauen. Er würde sich um Holly kümmern, er bewunderte sie, und er wusste, dass die Chemie zwischen ihnen stimmte. Er war sich völlig im Klaren darüber, was er Holly anbot.

Liebe gehörte nicht dazu.

Clay beobachtete, wie die Frau von der Fürsorge sich Notizen machte, während Holly sie durch den Korridor führte. „Aus dem Arbeitszimmer werden wir ein Kinderzimmer für Lucas machen", erklärte sie Catherine Hopkins, als diese den Raum betrat.

Er griff nach Hollys zitternden Fingern und drückte sie aufmunternd. Wie gerne hätte er ihr etwas von seinem Vertrauen abgegeben. Die Adoption *musste* einfach genehmigt werden. Er weigerte sich, an die Alternative zu denken.

Catherine warf einen Blick auf ihren Notizblock. „In unseren früheren Gesprächen", sagte sie zu Holly, „haben Sie erwähnt, dass Sie Lucas bei einer Tagesmutter lassen würden, wenn Sie arbeiten gehen."

„Aber das ist nicht mehr der Fall. Sobald wir verheiratet sind, kann Holly mit Lucas zu Hause bleiben", erklärte Clay in der Gewissheit, dass es ihnen helfen würde. Catherine machte eine weitere Notiz. Ihr Gesicht blieb dabei ausdruckslos, jedoch konnte Clay den Verdacht in ihren Augen sehen. Die Sozialarbeiterin musste sich über das Timing und die überstürzte Hochzeit wundern. Doch Clay hatte jedes Formular doppelt und dreifach überprüft. Er wollte Catherine keinen Grund geben, die Adoption infrage zu stellen.

„Vielen Dank für Ihre Zeit, Mr. Forrester, Holly", verabschiedete sich Catherine am Ende ihres Inspektionsrundgangs und fügte noch hinzu: „Die Agentur wird mit Ihnen in Verbindung bleiben."

Nachdem Clay die Tür hinter der Frau geschlossen hatte, wandte er sich Holly zu, die erschöpft an der Wand lehnte.

„Es ist so schwer, zu warten und nicht zu wissen, was nun wird", sagte sie mit einem Seufzer.

Clay sah den Schmerz in ihren Augen und beruhigte sie: „Diesmal wird es gut ausgehen, Holly. Du wirst schon sehen.“ Um sie abzulenken, fragte er: „Was machen eigentlich die Pläne für die Hochzeit?“

„Alles unter Kontrolle … deiner Mutter“, sagte Holly ironisch.

„Wenn dir das zu viel wird …“

„Nein, ich kann es ihr nicht zum Vorwurf machen, dass die Hochzeit bei ihr stattfinden soll. Du bist schließlich ihr einziger Sohn. Sie ist eben nur sehr …“ Holly machte eine Pause und suchte nach einem höflichen Wort, „… zielstrebig.“

„Nachdem sie schon bei unserer Beziehung kein Mitspracherecht hatte, konzentriert sie sich jetzt wahrscheinlich ganz auf die Hochzeit.“

„Sie hat das Essen arrangiert und die Musik. Ich werde das Hochzeitskleid von Anne tragen, weil wir dieselbe Größe haben, und sie wird meine Brautjungfer sein. Ich habe nur einmal ein Machtwort gesprochen, als deine Mutter einen anderen Floristen beauftragen wollte. Ich möchte, dass ‚Floral Fascinations‘ die Blumengestecke liefert.“

Ein Anflug von Trotz flackerte in ihren Augen auf, und Clay musste sich ein Lächeln verkneifen. Sie konnte ganz gut mit seiner Mutter fertigwerden. Holly war zäher, als er ihr zugetraut hatte. Sie musste es sein, um all die Enttäuschungen in ihrem Leben zu überstehen. Würde er ihr noch eine weitere bereiten? Falls die Adoption nicht bewilligt wurde …

Clay weigerte sich, diese Möglichkeit in Betracht zu ziehen. Holly würde eine fantastische Mutter sein. Sie hatte die Chance verdient, Lucas die glückliche Kindheit zu schenken, die das Schicksal ihr verweigert hatte. Sie hatte es verdient …

… einen Ehemann zu bekommen, der sie liebt, sagte sein Gewissen. *Einen, der es ehrlich mit ihr meint.*

„Alles in Ordnung mit dir, Clay?“ Hollys sanfte Stimme und

ihr besorgter Gesichtsausdruck durchdrangen seine Schuldgefühle, und er nahm ihr Gesicht zwischen die Hände.

„Ich möchte, dass du glücklich bist, Holly. Denk daran, was auch immer geschieht."

„Ich bin glücklich, Clay. Das bin ich wirklich", beharrte sie. Er hätte ihr geglaubt – wenn die Wiederholung nicht so geklungen hätte, als wolle sie sich selbst überzeugen.

10. Kapitel

„Das Kleid passt dir so gut, keiner wird merken, dass es nicht für dich gemacht worden ist“, stellte Anne fest.

Holly konnte ihren Blick nicht vom Spiegel losreißen. Auf einen Schleier hatte sie verzichtet, stattdessen wurde ihr hochgestecktes dunkles Haar von einem Zweig Schleierkraut geschmückt. Die Frisur passte zu dem schulterfreien, langärmeligen Kleid. Die Perlen, mit denen das taillierte Mieder und der weite Rock bestickt waren, bildeten ein Blumenmuster. Holly konnte die elegante Frau, die ihr aus dem Spiegel entgegensah, kaum wiedererkennen.

„Es ist ein atemberaubendes Kleid, Anne. Vielen Dank, dass ich es mir ausleihen darf.“

„Ich habe mich sofort in das Teil verliebt. Es ist es wert, mehr als einmal getragen zu werden. Ich kann nur hoffen, dass du und Clay genauso glücklich werdet wie Dan und ich.“

Dieser Satz und die Tatsache, dass Anne ihre überstürzte Hochzeit akzeptierte, rührten Holly zu Tränen.

„Hey! Sofort aufhören!“, rief Anne und drückte Holly ein Taschentuch in die Hand. „Keine Braut will auf ihren Hochzeitsfotos wie ein Waschbär aussehen!“

Das Streichquartett, das Clays Mutter engagiert hatte, spielte den Hochzeitsmarsch. Es war das Zeichen für Holly, nach unten zu gehen.

Erst am Fuß der Treppe wurde sie sich der vielen Blicke bewusst, die auf sie gerichtet waren. Obwohl man die Einladungen auf Freunde und Familie beschränkt hatte, erhoben sich mindestens zwei Dutzend Gäste, als Holly den Gang hinunterschritt. Doch beim Anblick von Clay verschwammen alle anderen Gesichter.

Er trug einen Frack und sah unglaublich gut aus: so groß, so attraktiv, so … fassungslos. Fassungslos? Anscheinend übertrug sie ihre eigene Nervosität auf ihn.

Dann stand sie endlich vor ihm, sah den Schimmer in seinen tiefblauen Augen – wie ein wolkenloser Himmel an einem Frühlingstag. Sie hörte die Worte des Friedensrichters und Clays Antwort. Auch sie musste im richtigen Moment das Richtige gesagt haben. Denn das Nächste, was Holly mitbekam, war, dass Clay ihr den Ring an den Finger steckte. Ihre Hände zitterten. Trotzdem gelang es ihr, auch Clay den schmalen Goldreif über den Ringfinger zu streifen.

„Ich erkläre euch nun zu Mann und Frau."

Das Feuer in Clays Augen brannte noch heller, als er sich zu ihr hinunterbeugte. Holly stellte sich auf die Zehenspitzen, um seinen sanften Kuss zu erwidern. Nur ein zarter, federleichter Vorgeschmack auf die Dinge, die noch kommen würden. Und die schon jetzt Hollys Herz schneller schlagen und ihre Knie weich werden ließen.

Bis zu diesem Moment hatte Clay sich selbst zum Narren gehalten. Hatte geglaubt, er würde Holly heiraten, bloß um ihr die Chance zu geben, Lucas zu adoptieren. Als eine Art Schadensersatz für seine Mitschuld an der Schließung von Hopewell House. Noch nie in seinem Leben hatte er sich so geirrt. Er hatte es in dem Moment gewusst, als sich ihre Blicke trafen, während sie über den mit Rosenblüten bestreuten Gang auf ihn zugekommen war.

Er liebte Holly.

Die Fahrt zum Hotel nahm Holly nur verschwommen wahr. Sie konnte es kaum erwarten, ihr Ziel zu erreichen. In der Limousine herrschte eine Stimmung gespannter Erwartung, eine Art sinnlicher Vorfreude. Eng an Clay gekuschelt genoss Holly die Duftmischung aus seinem Eau de Cologne, der Rose, die noch in seinem Revers steckte und der edlen Lederausstattung des Wagens.

„Die Zeremonie war wundervoll“, murmelte sie.

So schön hatte sie es sich nicht vorstellen können, als sie und Clay darüber gesprochen hatten, sich von einem Friedensrichter trauen zu lassen.

„War es nicht zu übertrieben?“

„Es war perfekt. Ich hätte es mir nicht schöner wünschen können.“

Eine Sekunde lang glaubte sie, Enttäuschung in Clays Augen zu sehen. Es musste wohl an den vorbeihuschenden Straßenlaternen gelegen haben.

„Vergiss nicht, dass die Nacht noch längst nicht vorbei ist. Da kommt noch mehr.“ Er drückte ihr einen Kuss auf die Lippen, der sie vom Kopf bis zu den von Satin umhüllten Zehen erschauern ließ. „Viel mehr.“

Und Holly wusste, dass auch das absolut perfekt sein würde.

Als die Limousine endlich das Hotel erreicht hatte, wäre Holly am liebsten durch die Lobby gerannt – wenn sie auf ihren wackeligen Beinen dazu überhaupt in der Lage gewesen wäre. Stattdessen ging sie ruhig – wenn auch ein bisschen zitterig – an Clays Seite, seinen Arm hatte er um ihre Taille gelegt. Diesmal schenkte sie dem aufwendigen Dekor weniger Beachtung. „Das ‚Lakeshore Plaza‘ scheint für uns der Ort fürs ‚erste Mal‘ zu sein.“

„Unsere erste Verabredung“, sagte er und drückte auf den Fahrstuhlknopf.

„Unsere erste Nacht als Ehepaar“, fügte sie hinzu.

Und das erste Mal, dass wir uns lieben werden. Keiner von beiden sprach die Worte aus, aber sie lagen in der Luft. Die Türen des Aufzugs waren kaum geschlossen, als Clay Holly an sich zog und leidenschaftlich küsste.

Der Geschmack von Erdbeeren und Champagner zusammen mit dem berauschenden Geschmack von Verlangen ergab eine verführerische Mischung, die ihr sofort in den Kopf stieg.

Die aufgleitenden Aufzugstüren unterbrachen den nicht enden wollenden Kuss. Holly und Clay waren so atemlos, als wären sie die Treppen hochgelaufen. Hand in Hand traten sie in den Gang.

„Hier", sagte er, griff in die Hosentasche und zog die Schlüsselkarte heraus. „Halt das fest. Ich muss beide Hände frei haben."

Bevor Holly noch fragen konnte, wozu, hob er sie schon hoch. Sie stieß einen kleinen erschrockenen Schrei aus und schlang ihm die Arme um den Nacken. Er lachte und trug sie durch den Korridor.

„Du musst mich nicht tragen!", protestierte sie.

„Was wäre ich für ein Bräutigam, wenn ich meine Braut nicht über die Schwelle tragen würde?" Seine Worte waren neckend, aber sein Blick blieb ernst. Wieder einmal erkannte Holly, das Hochzeit und Traditionen mehr bedeuteten, als sie und Clay zugeben wollten.

„Das ist es!"

Holly nickte. Das war es wirklich. Ihre Chance auf eine Familie, auf wahres Glück, und diese Chance würde sie nicht ungenutzt verstreichen lassen.

„Holly?" Er runzelte die Stirn. „Der Schlüssel?"

„Oh ja!" Ihr fiel erst jetzt auf, dass er stehen geblieben war. Sie schob die Karte in den Schlitz, stieß die Tür auf und keuchte. Dutzende Rosen waren über den Raum verteilt, Kristallvasen standen auf jeder glatten Oberfläche. Clay stellte Holly auf den Boden. „Oh Clay! Das ist einfach wunderbar."

Er nahm eine langstielige rote Rose und überreichte sie ihr. „In meiner Vorstellung sehe ich dich immer von Blumen umgeben."

Diese romantische Vorstellung berührte sie. Sie hob die Blüte an die Nase. „Tust du das?"

Clay nickte, dann grinste er. „Natürlich bist du dabei nackt."

Holly tippte ihm mit der Blume auf die Schulter und lachte. Aber seine Worte lösten ein erregendes Kribbeln in ihr aus.

Sie knotete seine Fliege auf und fragte: „Was haben Sie sich sonst noch so vorgestellt, Mr. Forrester?"

„Nun, Mrs. Forrester", setzte er an und zog die Nadeln aus ihren Haaren, „in meinen Träumen ist Ihr Haar immer offen."

Sie zog ihm die Smokingjacke aus und warf sie in die Richtung eines Sessels. „Was sonst noch?"

Seine blauen Augen verdunkelten sich, während sie sich an seinen Hemdknöpfen zu schaffen machte. Jeder geöffnete Knopf zeigte ein bisschen mehr nackte Haut. Schwarzes, leicht gelocktes Haar bedeckte seine Brust. Ihre Finger streiften seinen Unterleib, und Clay sog scharf den Atem ein.

Er griff um sie herum, um die Knöpfe ihres Brautkleides zu öffnen. Plötzlich runzelte er die Stirn und trat hinter sie. Langsam ließ er seine Hand über die endlos lange Reihe der kleinen, perlengroßen Knöpfe gleiten. „Sag mir, dass das ein Reißverschluss ist."

„Nein." Holly lehnte den Kopf an seine Brust, sodass ihre Haare ihn kitzelten. Sie hatte sich nie als Verführerin gesehen, aber Clays zunehmende Frustration gab ihr Selbstvertrauen.

„Holly." Er stöhnte ihren Namen, sein Atmen wurde schneller. Während er noch mit den Knöpfen beschäftigt war, spürte sie, wie seine Hände zitterten. Und plötzlich war er nicht mehr der Einzige, dessen Erregung stieg. Bei jedem Zerren an ihrem Mieder rieb sich der Stoff an ihren Brüsten, und sie konnte es kaum noch erwarten, seine Hände, seinen Atem auf ihrer Haut zu fühlen.

„Beeil dich, Clay!"

„Ich versuche es." Das Mieder lockerte sich allmählich, und endlich konnte sie seit Stunden zum ersten Mal wieder tief Luft holen. Clay strich über ihre Schultern, seine Fingerspitzen berührten federleicht die oberen Rundungen ihrer Brüste.

Seine Berührungen weckten in ihr ein fieberhaftes Verlangen. Holly zerrte an den langen Spitzenärmeln. Als sie sich daraus befreit hatte, zog das Gewicht des Mieders das Kleid nach unten, sodass es sich um ihre Füße bauschte. Nur noch in BH, Panties und Seidenstrümpfen drehte sie sich zu Clay um.

Der weiße Satinstoff und die Spitze verbargen nur wenig. Und als Clay sie voller Begierde betrachtete, durchfuhr Holly ein Schauer der Lust. Er lächelte, als er den Spitzenstrumpfhalter über ihren Hüften entdeckte, strich mit dem Finger über die gerüschte Borte. „Hätte ich dir das nicht mit den Zähnen ausziehen und es irgendeinem glücklichen Junggesellen zuwerfen sollen?"

Holly wurde tatsächlich rot. „Das ist eine Tradition, die wir vielleicht überspringen sollten. Zumal der glückliche Junggeselle wahrscheinlich einer deiner kleinen Neffen sein dürfte."

Er schüttelte den Kopf. „Ich bin ein sehr traditionsbewusster Mann. Vielleicht hast du damit meine Neffen ihres ersten Strumpfhalters beraubt. Aber ich werde nichts auslassen." Zu seinem Wort stehend, nahm er den Strumpfhalter zwischen seine Zähne.

Sie erschauerte, als der Satin sanft über ihre Haut glitt, während Clays Lippen ihre Kniekehlen streifen, ihre Waden und sogar ihren Fuß. Holly musste sich an seinen Schultern festhalten, um nicht in die Knie zu gehen.

„Jetzt gibt es nur noch eine Tradition, an der ich interessiert bin", sagte sie heiser. „Schlaf mit mir."

Ein kurzes Ziehen an ihrem Rücken, und der BH fiel zu Boden. Mühelos glitten auch ihre Panties und ihre Strümpfe an den Beinen herab. Als Clay Holly endlich auf das Bett drückte, versuchte sie verzweifelt, ihn mit sich herunterzuziehen, aber er widersetzte sich.

Endlich, endlich umschloss er ihre Brüste mit den Händen, Holly bog sich ihm lustvoll entgegen. Die Spannung nahm zu, wurde leidenschaftlicher, wilder. Clay ließ seine Hand über ihren flachen Bauch gleiten. Bei jeder Berührung durchfluteten sie neue Wellen der Erregung, kleine Beben, die immer größer und größer wurden, bis eine Flutwelle der Lust sie überschwemmte.

Holly schrie, schloss die Augen. Die Schutzmauern, die sie so lange umgeben hatten, stürzten ein. Ließen sie entblößt, verwundbar und besorgt zurück. Besorgt, dass Clay die Liebe in ihren Augen erkennen könnte – die sie in seinen nie sehen würde.

Holly war kurz vorm Einschlafen, als sie spürte, wie sich die Matratze neben ihr bewegte. Sie öffnete die Augen und sah, dass Clay etwas aus seinem Koffer nahm.

„Was tust du da?“, murmelte sie.

Sofort verbarg er die Hände hinter seinem Rücken und kam zum Bett. „Ich habe etwas für dich.“

Er trug nur Boxershorts, sodass Holly reichlich Gelegenheit hatte, seine muskulösen Arme und die nackte Brust zu bewundern. „Das klingt vielversprechend“, stellte sie fest und setzte sich auf.

Er hielt ihr ein rot und grün verpacktes Geschenk entgegen. „Frohe Weihnachten!“

„Ich dachte, wir öffnen die Geschenke erst morgen.“

„Bei uns in der Familie ist es Tradition, ein Geschenk schon am Weihnachtsabend auszupacken.“

Holly betastete die silberne Schleife. „Und was ist mit dir? Ich habe kein Geschenk für dich.“

Ein verführerisches Lächeln umspielte seinen Mund. Er streckte die Hand aus und zupfte an dem Laken, in das Holly sich gehüllt hatte. „Ich habe mein Geschenk schon ausgepackt.“

Holly entfernte das Papier. Vorsichtig hob sie den Deckel von dem einfachen weißen Kästchen und keuchte auf, als sie die Keramikfigur entdeckte. Ein bemaltes und perfekt geformtes Karussellpferd im Galopp. „Oh Clay, ist das schön!“

„Es spielt auch Musik.“ Er nahm die Figur, zog den Schlüssel auf, und das Pferdchen auf seinem hölzernen Sockel drehte sich zu einer Melodie. „Am ersten Abend im Hopewell House habe ich dich gefragt, welchen Weihnachtswunsch Santa dir nie erfüllt hat. Und du hast gesagt …“

„Ein Pony! Ich kann kaum glauben, dass du dich daran erinnert hast.“

„Ich dachte, besser spät als nie!“

Aber er war überhaupt nicht zu spät. Er war genau zur richtigen Zeit gekommen. Ohne Clay hätte sie Lucas für immer verloren. „Es ist vollkommen.“ Sie küsste ihn und kuschelte sich in seine Arme. „Danke.“

11. Kapitel

„Was tust du hier?“ Die Hände auf die Hüften gestützt, stand Marie stirnrunzelnd im Türrahmen.

Nachdem er den Vertrag vor sich unterschrieben hatte, sah Clay zu seiner Assistentin auf. „Soweit ich weiß, arbeite ich hier. Oder habe ich irgendeine Aktennotiz verpasst?“

„Ja, allerdings. Die, die Frischverheiratete in ihren Flitterwochen lesen. ‚Bitte nicht stören!‘ Du und Holly, ihr solltet jetzt am Strand auf den Bahamas sein.“

„Alles ist so schnell passiert, dass wir nichts planen oder meinen Terminkalender entsprechend ändern konnten.“

Im selben Moment, in dem Clay das sagte, fragte er sich, ob die Worte für Marie ebenso nach einer Ausrede klangen wie für ihn. Nicht, dass die Gründe nicht stichhaltig waren, aber Holly hatte sein Angebot, wenigstens einen kurzen Urlaub zu machen, abgelehnt.

„Wir können die Flitterwochen später nachholen“, erklärte er Marie.

Sie sah ziemlich streitlustig aus, aber das Klingeln ihres Telefons hielt sie davon ab. Mit einem missbilligenden Blick verließ sie Clays Büro. Eine Minute später ertönte ihre Stimme aus der Gegensprechanlage. „Holly ist auf Leitung zwei.“

Er hatte noch nicht mal die Chance, Hallo zu sagen, bevor Holly ihn mit einem aufgeregten Wortschwall unterbrach. „Ich hatte eben einen Anruf von Catherine.“ Ihre Stimme vibrierte vor Glück. „Wir sind als Pflegeeltern anerkannt!“

Gott sei Dank! Er sank mit einem dankbaren Seufzer auf seinen

Stuhl zurück. Das Warten auf den Anruf der Fürsorgerin hatte ihn fast umgebracht. Und nicht nur um Lucas' und Hollys willen, sondern auch seinetwegen. „Hat Catherine gesagt, wann Lucas kommen wird?"

„Übermorgen! Ich weiß gar nicht, was ich zuerst machen soll. Wenigstens muss ich jetzt den Kindersitz nicht zurückschicken!"

„Ich habe dir gesagt, wir sollten das Arbeitszimmer gleich renovieren und neu einrichten."

„Ich hatte solche Angst, mir falsche Hoffnungen zu machen."

„Das brauchst du nicht. Nicht mehr. Es wird alles gut werden."

„Das habe ich nur dir zu verdanken", flüsterte Holly.

Seine Hand umklammerte den Telefonhörer. Jetzt war nicht der richtige Zeitpunkt für die Wahrheit. Er konzentrierte sich ganz auf ihre ansteckende Begeisterung, räusperte sich und sagte: „Und wegen des Zimmers ..."

„Ich mache mich jetzt gleich auf den Weg in die Kaufhäuser."

„Das müssen die schrecklichsten Worte sein, die ein Mann kennt", neckte er sie. „Vielleicht kann ich ein paar Termine verschieben."

„Nein, nein, das ist schon okay. Wenn du nach Hause kommst, kannst du dir ansehen, was ich gekauft habe."

„Sicher, das werde ich." Als er den Hörer auflegte, kämpfte er gegen ein Gefühl von ... Ablehnung. Er stand auf, ging ans Fenster und starrte auf die Skyline der Innenstadt und die wirbelnden Schneeflocken, die auf die belebte Straße fielen. Es war verrückt. Er war derjenige, der nicht von seiner Arbeit loskam, der nicht bei Holly sein konnte.

Als Clay an diesem Abend die Penthousewohnung betrat, empfing ihn Farbgeruch. Nach dem umfangreichen Umbau seines Büros war ihm dieser Geruch nur allzu vertraut. „Holly?"

„Hier drin, Clay!"

Er folgte ihrer Stimme und blieb an der Tür stehen. Sein Arbeitszimmer mit dem großen Schreibtisch war verschwunden. Stattdessen sah er ein Kinderzimmer, das perfekt für einen kleinen Jungen war.

Sprachlos blickte Clay auf hellblau gestrichene Wände, den unteren Teil bedeckte eine Tapete mit Rennwagen. Es gab eine weiße Kommode mit passenden Regalen voller Spielzeug und stabilen Holzpuzzeln. Das Bett in der Mitte des Raums hatte die Form eines glänzend roten Rennwagens.

Neben dem Bett stand Holly in ausgeblichenen Jeans und Sweatshirt, die Haare zu einem Pferdeschwanz hochgebunden. Sie lächelte ihn an. „Überraschung!"

„Das hast du alles alleine gemacht?"

Sie nickte und schien vor lauter Glück fast abzuheben. „Das Bett und die Regale habe ich vor ein paar Tagen entdeckt. Das Geschäft hat schnell geliefert und gegen eine Extragebühr die anderen Möbel in ein Lager gebracht."

„Und die Farbe und die Tapete?"

„Ein Abstecher zum Baumarkt und dann ein Schnellanstrich." Lachend hob sie ihre Hände und zeigte ihm die Reste blauer Farbe unter den Fingernägeln. „Ich konnte es gar nicht erwarten, fertig zu werden. Also, was meinst du?"

Er war erstaunt, in welchem Tempo diese Umgestaltung stattgefunden hatte. Trotzdem musste er an den Rest der Wohnung denken – und dass alle anderen Räume, einschließlich ihres Schlafzimmers, noch immer völlig unverändert waren.

Sicher, Holly hatte ein paar Röcke und Blusen in den Kleiderschrank gehängt und auch einige Shirts und Jeans in ein, zwei Schubladen gelegt. Das Karussellpferdchen schmückte die Kommode. Eine zusätzliche Zahnbürste steckte im Halter, und ab und zu war der Toilettentisch im Badezimmer mit Make-up-Utensilien belegt.

Aber genau wie in ihrem alten Apartment gab es auch in dieser Wohnung kaum etwas Persönliches von ihr, war nicht zu erkennen, dass Holly hier lebte. Weil er wusste, dass sie weder Kindheitsandenken noch Familienerbstücke besaß, hatte er sich nichts dabei gedacht.

Bis jetzt. Bis er gesehen hatte, wie viel Mühe sie sich dabei gegeben hatte, Lucas' Zimmer ihren persönlichen Stempel aufzudrücken.

Aus diesem Grund hat sie dich geheiratet, erinnerte ihn eine düstere Stimme. Er war bloß das Mittel – Lucas' Adoption der Zweck. Das hatte er von Anfang an gewusst. Also konnte es eigentlich auch nicht Enttäuschung sein, die diesen bitteren Geschmack im Mund hinterließ.

„Clay?" Hollys zögernde Stimme unterbrach seine Gedanken. „Ist alles in Ordnung?"

Mit einem gezwungenen Lächeln entgegnete er: „Alles okay. Das Zimmer ist einfach großartig. Lucas wird es lieben. Ach verdammt, ich liebe es selbst!"

„Oh, oh! Werdet ihr um das Rennwagen-Bett kämpfen?"

„Ich werde mich zumindest bemühen, fair zu kämpfen. Weißt du, wenn ich sehe, wie großartig du dieses Zimmer umgestaltet hast: Warum nimmst du dir nicht auch noch den Rest der Wohnung vor?"

Ihre Augen weiteten sich. „Ach Clay, ich weiß nicht."

„Das ist natürlich eine größere Aufgabe, aber du kannst dir ruhig einen Raumausstatter dazuholen. Mach, was immer du willst", ermutigte er sie. Er wünschte sich so verzweifelt, dass Holly einen Teil ihres gemeinsamen Heims, ihrer Ehe für sich in Anspruch nahm – und nicht nur Lucas.

„Aber so wie jetzt ist die Wohnung einfach perfekt, so ganz du selbst. Ich wüsste nicht, was ich daran ändern soll."

Na prima, dachte Clay. Das Kinderzimmer war perfekt für Lucas, die Wohnung perfekt für ihn. Warum wollte Holly nichts davon für sich beanspruchen?

Holly beobachtete, wie Lucas in seinem Zimmer herumwanderte, eine hellblaue Decke mit zerfranstem Rand hinter sich herschleifend. Unsicherheit überlagerte die großäugige Neugier, und er zögerte, als er die Hand nach einem Plastikrennauto ausstreckte.

„Nur zu, Lucas“, spornte sie ihn an, „das gehört alles dir.“

Endlich gehörte er zu ihnen. Das Glück pulsierte in Holly mit solch einer Wärme, dass sie meinte, im Dunkeln glühen zu müssen. Bis heute hatte das Zimmer etwas unterschwellig Abwartendes ausgestrahlt. Rennwagen stoppten kurz vorm Ziel, Plastikdinosaurier verharrten mitten im Angriff. Alles war fertig gewesen – und bereit.

Erst mit Lucas schienen Möbel und Spielsachen real zu sein. Alle Pläne, alle Hoffnungen waren durch diesen kleinen blonden, blauäugigen Jungen verwirklicht worden.

„Guck mal, Miss Holly!“

Mit beiden Händen schubste Lucas das rote Auto übers Parkett, bis es gegen die Kommode stieß und stehen blieb. „Auto hat gekracht!“, krähte der Kleine.

Sich von Clays unwiderstehlichem Blick lösend, trat Holly ins Zimmer und kniete sich neben Lucas. „Ich hab’s gesehen. Vielleicht müssen wir mit der Feuerwehr zu Hilfe kommen.“

„Okay!“ Lucas schob Holly das Auto zu und rannte los, um das Feuerwehrauto aus dem Spielzeugregal zu holen.

Von der Tür aus beobachtete Clay die beiden in ihrer Fantasiewelt. Nie zuvor hatte er Holly so glücklich erlebt. Zum ersten Mal sah sie wirklich sorglos aus. Die Schatten der Vergangenheit waren verschwunden, die Erinnerungen an ihre eigene unglückliche Kindheit waren ersetzt worden von dem Wunsch, Lucas eine unbeschwerte, glückliche Kindheit zu schenken.

Sie würden eine Familie werden, sie alle drei, gelobte sich Clay. Und wenn der richtige Zeitpunkt gekommen war, würde er Holly die Wahrheit sagen – über alles.

„Hallo, Holly, schön, dich wiederzusehen!“ Jillian klang höflich, aber distanziert.

„Ich freue mich auch“, erwiderte Holly mit einem schwachen Lächeln.

„Und das muss Lucas sein.“ Jillian streckte die Hand aus, um Lucas über die blonden Locken zu streichen. Holly musste sich beherrschen, den Jungen nicht wegzuziehen, um ihn vor der Zurückweisung zu schützen, unter der sie als Kind so gelitten hatte.

„Lucas, sag doch mal ‚Hi‘!“, versuchte Clay ihn zu ermutigen.

Der Kleine versteckte sein Gesicht an Hollys Schulter, aber er öffnete und schloss eine Hand zu einem schüchternen Winken. Jillian lächelte, ihre Gesichtszüge wurden weich. „Hallo, Lucas!“

Um die Zurückhaltung des Kleinen zu verteidigen, erklärte Holly: „Entschuldige bitte, gegenüber Fremden ist er immer etwas schüchtern.“

Kaum hatte sie es ausgesprochen, wurde Holly rot. „Ich meine …“

„Ich verstehe“, unterbracht Jillian sie sanft. „Es ist alles so schnell gegangen. Wir hatten ja gar keine Möglichkeit, uns kennenzulernen.“

Bei dem Gedanken an die überstürzte Hochzeit wurde die sanfte Röte in Hollys Gesicht zu einem flammenden Rot. Clay unterbrach das peinliche Schweigen mit dem Vorschlag, seiner Mutter Lucas’ Zimmer zu zeigen.

Interessiert schaute Jillian sich um. „Einfach wunderbar!“ Sie wirkte tief beeindruckt. „Das perfekte Zimmer für einen kleinen Jungen.“

„Vielen Dank!“, antwortete Holly, die sich bemühte, die Spannung zwischen ihren Schultern abzuschütteln.

„Du hast das alles selbst gemacht?“, fragte Jillian erstaunt.

„Alles selbst gemacht“, wiederholte Clay.

„Das muss eine Menge Arbeit gewesen sein“, meinte Jillian.

„Mir hat es Spaß gemacht. Wirklich“, erklärte Holly. Irrte sie sich, oder hatte sie aus Clays Bemerkung tatsächlich eine Spitze herausgehört?

Jillian bedankte sich für die dampfende Kaffeetasse, die Clay ihr gereicht hatte. In der Zwischenzeit machte Holly den Kleinen bettfertig, sodass Mutter und Sohn sich zum ersten Mal alleine unterhalten konnten. „Lucas scheint sich hier recht gut eingelebt zu haben“, stellte sie fest.

„Holly ist eine fantastische Mutter.“

„Und was ist mit dir, Clay?“, fragte Jillian. Ihr wissender Blick bestätigte, dass sie ihn noch genauso durchschaute wie früher. „Bist du auch ein wunderbarer Vater?“

Am liebsten hätte Clay Ja gesagt, aber die Worte kamen ihm nicht über die Lippen. Mit seinem Grübchenlächeln, seiner grenzenlosen Energie und seiner Vorliebe für alles, was mit Autos zu tun hatte, war Lucas ihm natürlich ans Herz gewachsen. Doch wie sein Vater fühlte Clay sich nicht.

Zwischen ihnen stand eine Art Barriere – und Holly war diejenige, die sie errichtet hatte. Sie kümmerte sich so ausschließlich um Lucas’ Bedürfnisse, machte sich dadurch zum Mittelpunkt seiner kleinen Welt – wie auch er Mittelpunkt ihrer Welt war. Oft genug kam Clay sich wie ein Satellit vor, der ganz am Rande ihres Universums schwebte.

„Ich möchte es gerne sein, aber das braucht wohl seine Zeit“, verteidigte er sich.

Seine Mutter nippte an dem Kaffee, aber Clay wusste, es war reine Verzögerungstaktik, um ihre nächsten Worte abzuwägen. „Um Kindern gute Eltern zu sein, braucht man Zeit und sehr viel Geduld. Aber vor allem braucht man Liebe.“ Sie seufzte. „Die Zeit geht so schnell vorbei, und ab und an kannst du auch mal die Geduld verlieren. Aber ich kenne dich, Clay. Du hast mehr Liebe zu geben als jeder andere Mann, den ich kenne.“

„Clay?“ Holly kam ins Zimmer, halb bedauernd, halb verwirrt. „Tut mir leid, euch zu stören. Ich habe versucht, Lucas zu baden, aber, nun ja, er besteht darauf, dass Mr. Clay das macht.“

„Das wird nicht lange dauern, Mutter, wenn du warten willst.“

Jillian schüttelte den Kopf. „Zeit für mich zu gehen. Gib dem süßen Jungen einen Kuss von mir, bist du so lieb?“

Kaum war seine Mutter gegangen, wandte Holly sich Clay zu, sie war immer noch ganz verwirrt. „Ich habe versucht, ihn in die Wanne zu setzen, aber ohne dich wollte er sich nicht vom Fleck rühren.“

„Das ist eine Männersache“, erklärte Clay. In ihm stieg eine geradezu lächerliche Freude auf, diese besondere Verbindung zu dem Jungen zu haben. Eines Abends hatte Holly ihn gebeten, auf Lucas in der Badewanne aufzupassen, weil sie einen Anruf bekommen hatte. Da Clay keine Ahnung gehabt hatte, was er – außer aufzupassen – sonst noch tun konnte, hatte er eine halbe Flasche Schaumbad in die Wanne gekippt. Und damit eine märchenhafte Winterlandschaft geschaffen. Seitdem bestand Lucas darauf, dass nur Clay ihn abends badete.

Lucas strahlte, als Clay das Kinderzimmer betrat. „Fertig zum Baden, Kumpel?“

„Blubberblasen!“, schrie der Kleine, krabbelte auf seine Füße und warf die Arme um Clays Beine.

„Blubberblasen – genau!“, bestätigte Clay, nahm Lucas auf den Arm und zwinkerte Holly zu. „Ein quietschsauberes Kind – wird sofort geliefert!“

Eine halbe Stunde später war Lucas so sauber wie versprochen und Clay so nass, als hätte er selbst ein Bad genommen. Er trug den Kleinen ins Kinderzimmer, sein nach Babyshampoo duftendes Köpfchen lag an Clays Schulter. Als der ihn ins Bett legte und die – natürlich mit Rennwagen bedruckte – Decke über ihn breitete, hatte Lucas die Augen schon geschlossen.

Die Worte seiner Mutter klangen noch in seinem Herzen, und Clay setzte sich aufs Bett. Er streichelte die blonden Locken und flüsterte: „Gute Nacht, Lucas."

Lucas' Augen flatterten. „Nacht, Mr. Clay. Ich hab dich ganz doll lieb."

Schon an etlichen Abenden war Clay Zeuge dieses Rituals zwischen dem Kleinen und Holly geworden, doch er hatte nie daran teilgenommen. Er kannte die Antwort genau, aber er musste sich erst räuspern, bevor er sie aussprechen konnte: „Ich hab dich noch viel mehr lieb, Lucas."

Von der Tür kam ein leises Geräusch. Im Kinderzimmer brannte nur ein Nachtlicht, sodass Clay nur Hollys Silhouette und den Schimmer in ihren Augen erkennen konnte. Er stand auf und ging über die Türschwelle. Seine letzten Worte schienen in der Stille widerzuhallen. Holly trat zurück in den Korridor, als er die Tür von Lucas' Zimmer leise schloss.

„Holly, ich …"

Sie stellte sich auf die Zehenspitzen und küsste ihn, brachte ihn zum Schweigen, bevor er die Chance hatte, seine Worte noch einmal zu wiederholen. Sie blieben in seiner Kehle stecken, schmerzten – egal wie heftig er auch schlucken mochte.

Als Holly ihn an der Hand in ihr Schlafzimmer führte, hätte er sie aussprechen können – aber die Worte blieben in seiner Brust verschlossen. Wenn Holly sich schon so dagegen sträubte, seine *Hilfe* zu akzeptieren, wie konnte er dann hoffen, sie würde seine *Liebe* annehmen?

12. Kapitel

„Ich will zum Spielplatz gehen", erklärte Lucas in dem Augenblick, als Holly seine Schuhe zugebunden hatte.

„Ich weiß nicht, es ist ziemlich kalt." Sie überlegte gerade, was man sonst noch tun könnte, als es an der Tür klingelte. „Wer mag das wohl sein?"

Holly entriegelte das Schloss und ließ ihn die Tür aufziehen. Ihr stockte der Atem, als sie Catherine Hopkins im Treppenhaus stehen sah. Hollys Gefühle übermannten sie. War Lucas zur Adoption freigegeben worden? War heute der Tag, von dem an er auch offiziell zu ihnen gehören würde? „Catherine, kommen Sie rein. Kann ich Ihnen den Mantel abnehmen?"

Die Sozialarbeiterin schüttelte den Kopf. „Ich bin auf dem Weg ins Büro, deshalb kann ich nicht lange bleiben." Sie schenkte Lucas ein kurzes Lächeln. „Hi, Lucas!"

Holly hielt sich am Türrahmen fest. Schreckliche Angst verdrängte ihre Vorfreude. Den Gesichtsausdruck der Sozialarbeiterin hatte sie schon einmal gesehen. Wie in der Zeitlupenwiederholung einer Katastrophe war es derselbe Ausdruck von Bedauern und Enttäuschung, als Catherine ihr mitgeteilt hatte, dass Hollys Antrag als Pflegemutter für Lucas nicht genehmigt worden war.

„Lucas …" Hollys Stimme brach. „Warum spielst du nicht ein bisschen mit deinen Lastwagen? Ich muss mich mit Ms. Hopkins unterhalten."

„Und dann geh'n wir auf'n Spielplatz?"

Holly blickte in seine flehenden Augen. „Na klar." Sie musste sich räuspern. „Alles, was du willst, Schätzchen."

Lucas trappelte über das Parkett. Holly wartete, bis das Geräusch verklungen war, bevor sie sich wieder der Sozialarbeiterin zuwandte. Sie legte sich die Arme um die Taille, als könne sie sich dadurch vor dem emotionalen Schlag schützen, und fragte: „Was ist passiert?"

„Wir haben Lucas' Vater ausfindig gemacht."

„Ich dachte, Lucas' Vater und seine Familie wollten nichts mit ihm zu tun haben." Holly musste sich nicht bemühen, leise zu sprechen. Der Schmerz in ihrer Kehle war so groß, dass sie ohnehin nur ein Flüstern zustande brachte.

„Das hat seine Mutter gesagt, aber es stimmte nicht. Lucas' Mutter hat seine Geburt ein Jahr lang verschwiegen. Sobald sie ihrem Exfreund dann von Lucas erzählt hatte, wollten der Vater und die Großmutter ein Besuchsrecht beantragen. Aber bevor sie damit durchkamen, hatte die Mutter mit Lucas den Staat verlassen."

„Aber wenn sie Lucas behalten wollte, warum hat sie ihn dann verlassen?"

„Laura, Lucas' Großmutter väterlicherseits, glaubt, es ging der Mutter nicht so sehr darum, Lucas zu behalten. Sie wollte bloß nicht, dass Laura ihn bekommt."

Das Kind, das Holly wie ein eigenes liebte, war für seine richtige Mutter nur ein Pfand.

„Laura und Lucas' Vater haben an der Westküste nach ihm gesucht. Lucas' Mutter hat immer in Kalifornien gelebt, sodass sie ihre Suche darauf konzentriert haben. Unglücklicherweise hatte Laura nur ein einziges Foto von Lucas, auf dem er ein Jahr alt war. Seine Mutter hat ziemlich viele Lügen erzählt. Deshalb haben wir für unsere Suche nach der Familie so lange gebraucht."

Catherine griff in ihre Tasche, zog ein zusammengefaltetes Stück Papier heraus und reichte es Holly, die es mit zitternden Händen auseinanderfaltete. Das Poster zeigte ein einjähriges Kleinkind in einem Hochsitz. Darüber stand in Großbuchstaben: VERMISST.

„Daniel Ryan Page", las Holly laut.

Die Stimme der Sozialarbeiterin schien von weit herzukommen. „Lucas kam als passendes Kind infrage, und Laura reiste nach Chicago in der Hoffnung, er sei ihr Enkel."

„Sie ist jetzt hier?", fragte Holly und fühlte sich leer und ausgehöhlt. „Sie hat lange auf ihn gewartet."

Genau wie ich! tobte Holly innerlich. *Er ist alles, was ich mir je gewünscht habe. Er ist nicht Daniel! Er ist Lucas … Er ist mein Sohn!*

Aber das war er nicht und würde es jetzt auch niemals mehr sein.

„Holly, es tut mir so leid."

„Ich muss Clay anrufen."

Die Sozialarbeiterin wollte etwas sagen, schien dann aber ihre Meinung zu ändern. „Ich sage Ihnen Bescheid, wann." Dann ging sie. Noch lange danach schien dieser Satz im Raum zu hängen. *Wann ich Lucas abhole …*

„Nein!", schluchzte Holly. Sie presste die Hand auf den Mund, als könne sie mit dem Geräusch auch den Schmerz unterdrücken.

„Miss Holly, geh'n wir jetzt auf'n Spielplatz?" Lucas' Stimme klang durch den Flur.

Der Schmerz schien kein Ende nehmen zu wollen. Er ging weiter und weiter, tiefer und tiefer, bis nichts anderes mehr zu spüren war. Der Schmerz verschlang jedes andere Gefühl. Ein schwarzes Loch, das alles Leben aus Holly saugte.

Schon trübte die Schwärze die Ränder ihres Gesichtsfeldes, und Holly blinzelte, um es vorerst in Schach zu halten. Für die Zeit, die ihr mit Lucas noch blieb. Sie holte tief Luft und wischte ihre Tränen weg. Mit ihrer Antwort wartete sie, bis sie in seinem Zimmer war. „Natürlich gehen wir. Wir können alles machen, was du willst. Heute ist ein besonderer Tag", erklärte sie ihm. „Ein Tag, den man nie vergessen wird."

Clay ließ einen Eiswürfel in seinen Scotch mit Soda fallen. Er trank selten Alkohol, aber nach der ersten Stunde war er es leid, im Wohnzimmer hin und her zu laufen und auf die Armbanduhr zu starren. Eine weitere Stunde später war es das Einzige, was er noch tun konnte – außer loszugehen und Holly zu suchen. Aber wo sollte er suchen? Er hatte schon die Hopewells angerufen und seine Familie. Niemand hatte sie gesehen.

Er hörte Schlüssel klappern, eilte zur Wohnungstür und riss Holly den Türknauf förmlich aus der Hand. „Wo bist du gewesen?"

Ihr überraschter Gesichtsausdruck verschwand, und es war Lucas, der antwortete. Seine Wangen waren von der Kälte gerötet. „Wir war'n auf'm Spielplatz un' im Spielladen un' bei McDonald's. Kuck, was mir Miss Holly gekauft hat." Der Kleine hielt ein gelbes Plastikflugzeug hoch.

Clay schaffte es zu lächeln. Kinder waren so unverwüstlich. Eine Runde auf dem Karussell, ein Hamburger und Plastikspielzeug – und alles war wieder gut.

Schweigend zog Holly ihren Mantel aus und beugte sich nach unten, um Lucas aus seiner Jacke zu schälen. Als sie die Sachen aufhängte, sah Clay, wie sie mit einer Hand über den blauen Nylonstoff strich. Sie hatte den Kopf eingezogen, die Last der Niederlage drückte ihre Schultern herunter. Seine Wut löste sich auf, ließ ihn hilflos und besorgt zurück.

Mit seiner freien Hand rieb Lucas sich die Augen und gähnte. Deshalb schlug Clay vor: „Ich wette, du bist von dem ganzen Herumlaufen ziemlich müde. Warum packe ich dich nicht für ein Nickerchen ins Bett?"

„Das mache ich!", schnappte Holly in einer Mischung aus Panik und Trotz.

„In Ordnung", sagte Clay gleichmütig. „Lucas, ich sehe dich später, wenn du wieder wach bist. Dann können wir mit deinem Flugzeug spielen."

„Okay." Lucas steckte seine kleine Hand in Hollys, und die beiden verschwanden im Flur.

Als Holly nach ein paar Minuten nicht wieder zurückgekommen war, stellte Clay sich vor, wie sie an Lucas' Bett saß. Wie sie wartete, bis er einschlief, um keine kostbare Sekunde zu verschenken. Clay kehrte ins Arbeitszimmer zu seinem Drink zurück.

Dort fand Holly ihn ein paar Minuten später. „Du bist früh zu Hause."

„Catherine hat mich angerufen. Sie hat scheinbar angenommen, ich hätte schon von dir gehört."

Nachdem er den ersten Schock überwunden hatte, hatte er versucht, seinen Ärger einzudämmen. Clay war immer noch nicht sicher, worüber er sich mehr ärgerte: dass Catherine Holly die schlechte Nachricht überbracht hatte, ohne ihn dazuzuholen, oder dass Holly es nicht für nötig gehalten hatte, ihn überhaupt zu informieren. „Du hättest mich anrufen sollen, Holly."

Sie starrte aus dem Fenster, blickte ihn nicht an. „Du kannst auch nichts machen."

Wut stieg wieder in ihm hoch, eine Ablenkung von dem Schmerz, den er fühlte. „Ich verdiene aber doch wenigstens, es zu erfahren. Ich habe vielleicht nicht denselben Anspruch auf Lucas wie du, aber das heißt nicht, dass ich ihn nicht genauso liebe!" Er durchquerte das Zimmer, legte seine Hände auf Hollys Schultern und zwang sie, ihn anzuschauen. Sein Zorn verrauchte, als er die Tränen in ihren Augen sah.

„Ich dachte, er gehört zu uns." Bei diesen Worten brach ihre Stimme. „Ich dachte, wir können ihn behalten, aber das war nur ein Traum." Sie machte eine wegwerfende Bewegung mit der Hand, tat damit mehr als nur die Wohnung ab. Tat damit ihr ganzes gemeinsames Leben ab. „Es war alles nur ein Traum."

Panik stieg in ihm auf. „Du irrst dich." Seine Finger umklammerten Hollys Oberarme, und er zwang sich, seine verkrampften

Muskeln zu entspannen. „Die letzten paar Wochen sind echt, sind wirklich gewesen."

„Echt?" Ihr Lachen klang etwas hysterisch. „Du hattest die Chance, den Helden zu spielen, indem du mich geheiratet hast. Dem konntest du nicht widerstehen. Du warst der weiße Ritter, der die Jungfrau in Nöten gerettet hat. Aber das ist reine Fantasie."

„Was ich für dich fühle, ist echt. Unsere *Ehe* ist echt!"

Sie schüttelte den Kopf, strafte seine Worte Lügen ... strafte seine Gefühle Lügen. „Du hast mich geheiratet, damit ich Lucas adoptieren kann. Wenn wir ihn jetzt doch nicht adoptieren ..."

„Sag es nicht!" Er unterbrach sie, bevor sie es aussprechen konnte. Er redete schnell, hoffte, sie mit Logik zu überzeugen. „Du bist erregt, du leidest, aber es hilft dir nicht, wenn du mich wegstößt."

„Nichts hilft", schoss sie zurück.

Die Tränen, mit denen sie gekämpft hatte, flossen endlich. Er nahm sie in die Arme und fürchtete schon, sie würde ihn zurückweisen. In seiner Umarmung wurde sie schwach. Sie klammerte sich an sein Hemd und weinte an seiner Brust. Abgehackte Schluchzer ließen ihre Schultern beben. Ihre heißen Tränen brannten sich bei ihm bis in die Seele. „Er war unser Kind, Clay, unser Junge!"

„Ich weiß, Holly." Er rieb ihr sanft den Rücken und half ihr auf die einzige Weise, die ihm möglich war: Er hielt sie fest, während sie weinte.

13. Kapitel

Lucas blickte über die Schulter zurück, als Catherine ihn aus der Wohnung führte. Er erwartete, dass Clay und Holly mit ihm kämen. Sie gingen alle zusammen hinaus, und Holly sah zu, wie die Sozialarbeiterin Lucas im Kindersitz festschnallte. Holly schlang die Arme um sich, ein nutzloser Versuch, sich gegen die Kälte und die seelische Qual zu schützen. Lucas' Gesicht war im Fenster zu erkennen. Holly winkte ihm zu und winkte immer noch weiter, als der Wagen schon längst aus der Straße verschwunden war … aus ihrem Leben verschwunden war.

Holly würde ihn bald verlassen. Clay starrte aus seinem Bürofenster und beobachtete den Berufsverkehr. Es überraschte ihn, dass sie nicht längst gegangen war. Nachdem er Lucas' Zimmer ausgeräumt hatte, war er sicher gewesen, dass sie weglaufen würde. Wahrscheinlich glaubte sie, ihm noch ein bisschen Zeit *schuldig* zu sein.

Er fluchte und stützte beide Hände gegen das Fenster. Als die Tür geöffnet wurde, drehte er sich nicht um.

„Clay?", fragte Marie zögernd. „Kevin Hendrix hat angerufen. Schon wieder. Er sagt, du hättest nicht auf seine Nachrichten reagiert."

Der Letzte, mit dem er sprechen wollte, war der Mann, der für die Schließung von Hopewell House verantwortlich war. „Ich will keine Geschäfte mehr mit ihm machen."

„Na ja, Hendrix lässt sich nicht so leicht abwimmeln, vor allem, wenn er glaubt, dass dabei Geld rauszuholen ist."

„Wenn er das nächste Mal anruft, stell ihn durch“, sagte er grimmig. „Ich werde es ihm schon mehr als deutlich machen.“

„Okay, aber er hat schon angedroht, hier vorbeizukommen, um mit dir persönlich zu sprechen.“

„Umso besser.“

„Brauchst du noch etwas?“

„Geh nach Hause, Marie. Wir sehen uns morgen.“

Der Briefumschlag zitterte in Hollys Hand. Sie starrte auf ihren Namen, der auf der Vorderseite stand, als hätte sie vergessen, dass der Inhalt des Briefes das wirklich Wichtige war.

„Willst du ihn nicht öffnen?“, fragte Clay.

„Ich … natürlich.“ Mit einem Finger schlitzte sie den Umschlag auf und zog das zusammengefaltete Blatt heraus. Überraschenderweise hielt sie ihm den Brief hin. „Willst du ihn lesen?“

Dass sie ihm dieses letzte Stück aus ihrem gemeinsamen Leben mit Lucas anvertraute, berührte Clay zutiefst. Er betete darum, dass die Großmutter des Jungen die Worte gefunden hatte, an denen es ihm mangelte. Worte, die in irgendeiner Weise helfen würden, Holly zu heilen.

Er überflog den Brief, bevor er ihn laut vorlas.

Liebe Holly, ich hoffe, Sie finden mich nicht zu vertraulich. Aber ich fühle mich Ihnen sehr verbunden durch den kleinen Jungen, den Sie als Lucas kennen und das Baby, an das ich mich als Daniel erinnere. Ich kann Ihnen und den Hopewell-Schwestern gar nicht genug danken. Als Daniels Mutter verschwand, habe ich gebetet, dass er gut aufgehoben ist und man sich um ihn kümmert. Nach dem, was Catherine Hopkins mir erzählt hat, waren Sie und die Hopewells die Antwort auf meine Gebete. Ich danke Ihnen, dass Sie meinem Enkel Ihr Herz geöffnet und ihm ein Zuhause gegeben haben.

Er sah auf. „Er ist mit Laura und Daniel unterschrieben."

Unvergossene Tränen zitterten auf Hollys Wimpern. Sie blinzelte, und eine Träne lief über ihre Wange. Mit einem zittrigen Seufzer stieß sie den Atem aus. Sie konnte ihn nicht ansehen, bemühte sich, ihre Fassung zu bewahren und den Schmerz zu verbergen.

Ihre Tränen schnitten ihm ins Herz, hinterließen unsichtbare Spuren wie auf ihren Wangen und würden trotzdem tiefe Wunden schlagen. So gerne er Hollys Schmerz erleichtert hätte – es gab nur eins, was jetzt half: Sie musste all den Kummer endlich aus sich herauslassen.

Clay legte den Brief beiseite und schlang die Arme um sie. Sie ließ es bereitwillig zu und legte den Kopf an seine Brust. „Sosehr es auch wehtut, ich würde das Gleiche wieder tun."

Diese Worte waren das Ermutigendste, das er von ihr gehört hatte, seit Catherine Hopkins Lucas mitgenommen hatte. Wenn Holly Schmerz und Kummer überwinden konnte, hatten sie vielleicht noch eine Chance. „Versuche, dich an die guten Zeiten zu erinnern."

So geschützt in seinen Armen wollte Holly sich nicht erinnern. Sie wollte überhaupt nicht denken. Das Einzige, was sie wollte, war süßes Vergessen unter Clays Berührungen. Es war unfair, ihn emotional auf Abstand zu halten und trotzdem körperliche Intimität zu erwarten. Aber sie fühlte sich so leer und verloren. Und Clay konnte diese Gefühle vertreiben, wenigstens für kurze Zeit.

„Liebe mich, Clay."

Sein Hemd dämpfte ihre Worte, er hörte sie dennoch. Sein Körper spannte sich, als er zurücktrat, um ihrem Blick zu begegnen. „Holly, warte …"

Sie gab ihm keine Zeit, noch mehr zu sagen. Hochgereckt auf Zehenspitzen umschloss sie mit einer Hand seinen Nacken und küsste Clay. Er erstarrte und widerstand ihren Annäherungsversuchen, aber Holly zog sich nicht zurück. Ihre Lippen liebkosten seinen

Mund. Ihre Zunge reizte, neckte, lockte, bis er mit einem Stöhnen kapitulierte. An den Hüften zog er sie zu sich heran. Seine Zunge tauchte in ihren Mund und setzte ihren Körper in Flammen.

Holly wartete darauf, dass ihr Lustempfinden jeden Gedanken ausradieren würde, aber das passierte nicht. Sie dachte an Clay. Wie er zum ersten Mal ins Hopewell House gekommen war, als Santa Claus. Er war so einfühlsam gewesen … so großzügig … obwohl sie ihm so wenig dafür geboten hatte.

Aber dies hier war ein Geschenk, das sie sich gegenseitig gaben. Seit ihrer Hochzeit hatten sie sich oft geliebt, aber diesmal würde es anders sein. Seine Küsse waren hungriger, seine Stimme klang rauer, wenn er ihren Namen flüsterte, seine Berührungen hatten etwas Verzweifeltes.

Er ließ seine Hand unter ihren Pullover gleiten, seine Fingerspitzen reizten ihre zitternden Bauchmuskeln, als er ihr das Kleidungsstück auszog. Sein Blick streichelte sie, und ihre Erregung steigerte sich. „Jetzt bin ich dran", flüsterte sie rau, während sie an seiner Krawatte zog, den Knoten lockerte und sie ihm über den Kopf zog.

Gemeinsam taumelten und stolperten sie durch die Diele. Hollys BH fiel zu Boden, als sie gerade im Schlafzimmer angekommen waren. Dann folgte Clays Hemd. Bis sie das Bett erreicht hatten, war auch der Rest ihrer Kleidung gefallen.

Holly glitt aufs Bett und wartete auf Clay. „Stimmt etwas nicht?"

„Ich habe gerade gedacht, wie schön du bist."

Sie hörte die Wehmut in seiner Stimme, als hätte er Angst, Holly könne verschwinden. Vielleicht hatte er wirklich Angst. Schließlich hatte sie ihm keine Versprechungen gemacht. „Clay!"

Es klang wie eine Bitte, aber sie wusste nicht, worum sie ihn gebeten hatte. Zeit? Verständnis? Was immer sie auch brauchte – jetzt ging er auf ihre drängenderen Bedürfnisse ein. Er beugte sich über sie, stützte sich rechts und links von ihr mit den Händen ab und senkte den Kopf.

An seine muskulösen Arme geklammert, saugte sie seinen Geschmack auf, stöhnte leise auf, als er den Kuss abbrach, um sie zu betrachten. Jede Berührung, jede Zärtlichkeit nahm ihr ein wenig von ihrem Kummer. Und als er seine Lippen an ihr Herz drückte – ein Kuss, der alles besser machen, alles heilen sollte, rann eine einzelne Träne aus ihrem Auge und trug ihr Leid davon.

„Liebe mich, Clay!“, flehte sie ihn an.

„Das werde ich, Holly.“ Sein Gesichtsausdruck war leidenschaftlich und zärtlich zugleich. „Das werde ich.“

Er wischte mit dem Daumen die Träne ab und führte sie an seinen Mund, teilte den Schmerz mit ihr. Wieder küsste er sie, das Salz ihrer Tränen brannte auf seiner Zunge. Als er sie bis an den Rand der Ekstase getrieben, sie mit heißen, erregenden Worten verführt hatte, hielt Holly ihn zurück.

Mit einer Hand auf seiner muskulösen Brust rollte sie ihn auf den Rücken. Ihre Lippen und Hände folgten demselben sinnlichen Kurs auf seinem Körper, den Clay auf ihrem schon so oft vorgezeichnet hatte. Sie fühlte, wie er schluckte, während ihre Zunge über seine Kehle glitt. Mit ihren Lippen streifte sie sein Schlüsselbein, erreichte schließlich seine Brust. Sein Herz klopfte in demselben wilden Rhythmus, in dem das Verlangen in ihren Venen pulsierte.

Clay murmelte ihren Namen und wühlte in ihren Haaren. Sein Griff verstärkte sich unmerklich, während sie den Mund immer tiefer wandern ließ. Schließlich hob er sie an, um sie rittlings auf seinen Körper zu setzen, der hart und bereit für sie war.

Seine Hände führten ihre Hüften, und das Gefühl der Einsamkeit löste sich auf. Nicht in sexuelle Selbstvergessenheit, sondern in eine wunderbare gemeinsamen Verbindung. Jeder Stoß brachte sie einander näher … und näher … bis sie eins waren in Körper und Seele. Das leere, hohle Gefühl verschwand, wurde ersetzt durch eine Empfindung von Vollständigkeit. Und dem Wissen, dass sie nach all ihrem Suchen endlich den Platz gefunden hatte, an den sie gehörte.

Clays Körper spannte sich an, nur noch einen Schritt vom Gipfel der Lust entfernt. Holly hielt sich an seinen Schultern fest, knetete seine Muskeln im selben schnellen Rhythmus, in dem ihre Körper sich bewegten. Und gerade als sie zum Höhepunkt kam und die Augen schloss, flüsterte Clay: „Holly, sieh mich an!"

Seine Bitte drang zu ihr durch, führte sie aus der Dunkelheit wieder ins Licht. Als sie die Liebe in seinen Augen sah, zersprang ihr Universum in ein Prisma voller leuchtender Farben.

Ihr Körper spannte sich an – einen Moment lang oder eine Ewigkeit – bis sie auf Clays Brust zusammensank, als er ein letztes Mal zustieß und dann erschauerte. Holly bedeckte seine feuchte Haut mit Küssen. Sein Herzschlag hämmerte gegen ihre Lippen, und sie legte den Kopf an seine Brust, bis der Rhythmus wieder langsam und gleichmäßig war.

Holly wachte am nächsten Morgen erst spät auf. Sie fühlte einen kleinen Stich von Enttäuschung, als ihre Hand über das leere Kopfkissen neben ihr glitt. Clay musste schon vor Stunden ins Büro gegangen sein.

Zum ersten Mal, seitdem Lucas weg war, schien das unerträgliche Gewicht auf ihrer Brust leichter geworden zu sein.

Was ich für dich fühle, ist echt. Unsere Ehe ist echt!

Sie konnte zusammen mit Clay eine Familie haben, wenn sie sich ihre Liebe nicht von ihren Ängsten zerstören ließ. Sie liebte ihn, und es war höchste Zeit, die Wahrheit zu sagen. Und auch Zeit, herauszufinden, weshalb er sie wirklich geheiratet hatte.

Ihre Nerven flatterten, als sie die Lobby von Clays Bürohaus betrat. Sie hatte sich extra schick zurechtgemacht. Wadenlanger schwarzer Rock, dazu ein smaragdgrüner Pullover. Ihr Haar trug sie offen, wie Clay es liebte.

Das Blumengeschäft fiel ihr ins Auge, und sie trat ein, genoss den vertrauten Duft.

„Holly, wie geht's dir? Wir haben dich vermisst."

„Ich euch auch."

„Willst du Blumen mitnehmen, wenn du schon mal hier bist?", fragte Marilyn.

„Ich hätte gerne einen Strauß bestellt, der morgen ausgeliefert werden soll."

Holly suchte die Blumen aus und dazu eine kleine Karte. Sie überlegte, was sie schreiben könnte. Auf die Karte, die nicht größer als eine Streichholzschachtel war, passte längst nicht alles, was sie sagen wollte. Schließlich schrieb sie nur ein paar Worte – und fühlte sich plötzlich glücklich und frei.

„Danke, Marilyn."

Holly ging zu den Aufzügen und lächelte freundlich den gut gekleideten blonden Mann an, der die Türen aufhielt. Als sie den Knopf für Clays Etage drückte, fragte er: „Haben Sie ein Meeting mit Clay Forrester?"

Enttäuscht schüttelte Holly den Kopf. Sie hatte vorher Marie anrufen wollen, um sich zu erkundigen, ob Clay Zeit für sie hatte. Aber irgendetwas war wohl dazwischengekommen. „Nein, Clay ist mein Mann. Ich wollte nur kurz Guten Tag sagen."

Der Mann zog die Augenbrauen hoch, und Holly spürte voller Unbehagen seinen abschätzenden Blick. „Stimmt, ich habe gehört, dass Clay während der Feiertage geheiratet hat. Herzlichen Glückwunsch!"

„Vielen Dank, Mr …"

Der Mann schüttelte den Kopf. „Clay und ich sind alte Freunde. Nennen Sie mich Kevin." Er lächelte. „Kevin Hendrix."

Eine kalte Faust schloss sich um Hollys Herz, sie schauderte. „Hendrix?", wiederholte sie. Nein. Das konnte nicht sein. Das war einfach nicht möglich. „Wie in ‚Hendrix Properties'?"

Sein Lächeln ließ weiße, überkronte Zähne aufblitzen. „Sie kennen meine Firma? Schön zu wissen, dass Werbung sich lohnt."

Wut kochte in ihr hoch, und sie konnte es kaum erwarten, von diesem Mann wegzukommen. Sie drückte sich durch die Aufzugstüren, die noch nicht ganz geöffnet waren, eilte an Maries Schreibtisch vorbei, ohne auf ihren freundlichen Gruß zu reagieren, und riss die Tür zum Büro ihres Mannes auf.

Clay sah auf und lächelte – bis er Holly genauer ansah. Ihre grünen Augen sprühten Funken, ihr Gesicht war blass bis auf zwei rote Flecken auf ihren Wangen. „Was ist los?" Er kam um den Schreibtisch herum und streckte die Arme nach ihr aus.

Sie warf ihre Hände hoch, als müsse sie einen tödlichen Schlag abwehren. „Rühr mich nicht an!"

Angst kroch in ihm hoch. „Holly, sag mir, was los ist."

„Warum ist er hier, Clay? Warum ist dieser Mann hier?"

„Wer?"

Holly ging an seinen Schreibtisch und schlug auf die Gegensprechanlage. „Marie, sagen Sie Clay, wer eben gekommen ist, um ihn zu sprechen."

„Äh ja, sicher." Maries Erstaunen war sogar über den Lautsprecher offensichtlich. „Kevin Hendrix ist hier."

Clay holte tief Luft. „Du weißt, dass ich Geld in Firmen investiere, die Probleme haben, um sie vor dem Konkurs zu retten. ‚Hendrix Properties' war eine der Gesellschaften, denen ich in der Vergangenheit geholfen habe."

„In der Vergangenheit? Wie vor, sagen wir mal, ein paar Monaten, als Hendrix beschlossen hat, Hopewell House auf Kosten von einem halben Dutzend Pflegekindern zu verkaufen?"

„Holly, ich wusste es nicht."

„Und wenn du es gewusst hättest, hätte das alles geändert, stimmt's? *Alles!*"

„Holly, hör mir zu", sagte er, während ihm die Angst langsam die Kehle zuschnürte. „Ich habe in Kevin Hendrix' Firma investiert. Und ich habe ihm geraten, größere Häuser in Mietwohnungen umzuwandeln. Wenn ich gewusst hätte …"

„Du hast es gewusst", klagte sie ihn an. „Du hast es genau gewusst. Deshalb hast du versucht, einen Ersatz für Hopewell House zu finden."

„Ich wusste es wirklich nicht. Und als ich es erfuhr, war es zu spät."

Holly machte weiter, als hätte sie ihn nicht gehört. „Alles, was du getan hast, für mich, für Lucas … Ich habe wirklich geglaubt, du hast es getan, weil du dich um uns kümmern wolltest." Sie lachte spöttisch. „Du hast mich reingelegt. Es war kein Mitgefühl, es war dein schlechtes Gewissen."

Sie hatte recht, musste Clay zugeben. Sein schlechtes Gewissen war der Grund für seine Handlungen gewesen. Zumindest am Anfang. Später ging es ihm nicht mehr darum, sich besser zu fühlen. Nur Hollys Glück war ihm wichtig. „Du irrst dich, Holly. Es hat nichts mit mir zu tun. Ich habe alles nur für dich getan."

„Ich glaube dir nicht. Du hast mich von Anfang an belogen."

„Ich habe einen Fehler gemacht." Das konnte Clay nicht bestreiten, aber damit mussten er und Holly fertigwerden. Unbedingt. „Ich gebe zu, dass ich nicht der Held bin, für den du mich gehalten hast. Ich bin ein Mann, der etwas vermasselt hat und alles versucht hat, es wiedergutzumachen."

Holly schüttelte den Kopf. Sie wollte nicht hören, was Clay getan hatte, um den Schaden zu beheben. Sie hatte ihn dummerweise als Helden gesehen. Und sie war so naiv gewesen, auf seine Tricks reinzufallen.

Sie war ins Büro gekommen, um herauszufinden, warum Clay sie geheiratet hatte. Jetzt wusste sie es.

„Holly." Er nahm sie an den Schultern, bevor sie die Gelegenheit hatte, auf Abstand zu gehen. „Es tut mir leid. Ich hatte nie die Absicht, dir wehzutun."

„Du hattest nie die Absicht, mir die Wahrheit zu sagen.“

Clay verstärkte seinen Griff, und Holly sah den Kummer in seinen Augen. Doch in ihrer Wut nahm sie nur noch ihren eigenen Schmerz wirklich wahr. „Du musst mir glauben. Du musst mir *verzeihen.*“

„Hier geht es nicht um Vergebung, Clay. Es geht nur darum, dein schlechtes Gewissen zu beruhigen. Wirf doch noch ein bisschen Geld auf das Problem. Dann fühlst du dich gleich viel besser.“

„Sag das nicht, Holly“, bat er. „Ich habe dich nicht aus Schuldgefühlen geheiratet. Lass nicht zu, dass dein Zorn uns zerstört, nur weil du zu viel Angst hast, auf das zu vertrauen, was wir haben.“

„Vertrauen?“ Sie lachte bitter. „Wie kannst du noch erwarten, dass ich dir vertraue?“

„Weil ich dich liebe!“, rief Clay.

Holly befreite sich aus seinem Griff. „Ich höre mir deine Lügen nicht länger an.“ Sie legte ihre Hand auf den Türgriff, wollte nur noch aus diesem Büro … aus seinem Leben verschwinden.

„Holly …“

Sie machte den Fehler, sich noch einmal umzudrehen.

„Ich liebe dich.“ Er wiederholte seine Worte. Sie noch einmal zu hören, war nicht weniger verheerend als beim ersten Mal.

Auf diesen einen einfachen Satz hatte sie ihr ganzes Leben gewartet, aber sie vertraute Clay nicht mehr genug, um ihm zu glauben. Sie öffnete die Tür und ging. Ihre Hoffnungen und Träume ließ sie zurück.

14. Kapitel

Clay betrat die Wohnung und wusste sofort, dass Holly fort war. Er spürte ihre Abwesenheit so stark wie das Fehlen von Sauerstoff. Ihm fiel nicht auf, dass irgendetwas verschwunden war, trotzdem war er sicher, dass sie gegangen war.

Widerwillig ging er ins Schlafzimmer. Außer einer oder zwei leeren Schubladen und den kahlen Bügeln im Kleiderschrank wies kaum etwas darauf hin, dass sie hier gelebt hatte und ebenso wenig, dass sie gegangen war.

Clay ließ sich aufs Bett fallen und fuhr sich mit den Fingern durchs Haar. Er hatte Holly Zeit geben wollen, damit sie sich beruhigen konnte. Stattdessen hatte sie die Zeit dazu genutzt, ihn zu verlassen. Es war ein Fehler von vielen. Und der erste war gewesen, dass er ihr die Wahrheit verschwiegen hatte.

Er hatte nicht die geringste Ahnung, wo sie sein konnte. Nach ihrer Hochzeit hatte sie sowohl ihren Job als auch ihr altes Apartment aufgegeben. Ihre einzigen Freundinnen, die er kannte, waren die Hopewell-Schwestern.

Natürlich! Wohin sonst würde Holly gehen? Sie war wütend auf ihn. Die perfekte Weise, ihre Wut vor sich hinköcheln zu lassen, war, im Hopewell House zu bleiben, bis es geschlossen wurde.

An der Tür klopfte es, und für einen Moment setzte sein Herzschlag aus. Hatte Holly es sich anders überlegt? Würde sie ihm vielleicht doch die Chance geben, alles zu erklären? Mit großen Schritten eilte er durch den Flur und riss die Tür auf.

Seine Mutter blinzelte überrascht, und Clay versuchte, seine Enttäuschung zu verbergen. „Hallo, Mutter!“

Jillian runzelte die Stirn. „Ist alles in Ordnung, Clay?“

„Sicher. Alles bestens.“ Seine Worte klangen hohl und wenig überzeugend.

„Willst du mich nicht hineinbitten?“

Gesellschaft war das Letzte, was er jetzt brauchte, trotzdem öffnete er die Tür und führte seine Mutter ins Wohnzimmer. „Möchtest du etwas zu trinken?“

„Nein danke.“

Das hielt Clay jedoch nicht davon ab, sich einen Scotch einzuschenken.

Jillian stellte ihre Handtasche auf den Tisch und nahm in einem Sessel Platz. „Wo ist Holly?“

„Sie ist im Hopewell House.“

Es gab ein kurzes Schweigen. „Es tut mir sehr leid, dass es mit Lucas nicht geklappt hat, aber dafür wird er jetzt mit seiner Großmutter und seinem Vater zusammen sein. Ich kann mir gar nicht vorstellen, wie schrecklich es für die beiden gewesen sein muss, nicht zu wissen, wo er steckte. Nichts ist stärker als die Liebe zu seinem Kind.“ Jillian machte eine Pause. „Hast du mit Holly über eigene Kinder gesprochen?“

Klirrend knallte Clay sein Glas auf den Tisch. „Mutter!“

Kurzerhand schnitt sie seinen Protest ab. „Nun, Clay, ich bin deine Mutter. Es ist mein gutes Recht, diese Frage zu stellen. Darauf habe ich fast dreißig Jahre gewartet.“

Spontan wollte er darauf antworten, hielt jedoch seine Zunge im Zaum. Ein paar Sekunden lang ließ er die Eiswürfel im Glas kreisen. In den Worten seiner Mutter stieß ihm etwas auf, und er sah hoch. „Als ich mit Victoria verheiratet war, hast du nie nach Kindern gefragt.“

Seine Mutter sah ihn von der Seite an. „Du und Victoria, ihr wart zu jung. Ein Kind wäre für euch nur eine weitere Komplikation gewesen.“

„Aber du glaubst, Holly und ich …"

Clay sprach den Satz nicht zu Ende. Bilder von Holly, die ein Baby wiegt, *sein* Baby, zogen vor ihm auf. Sein Inneres verkrampfte sich, und er nahm einen Schluck von dem Scotch, um den Magen zu beruhigen. Nichts hätte er sich mehr gewünscht, als dass diese Bilder Teil seiner Zukunft wären.

„Holly wünscht sich eine Familie, genau wie jede andere Frau", beharrte seine Mutter.

Er schüttelte den Kopf. „Tut mir leid, Mutter, aber da täuschst du dich. Holly wollte nie eine Familie, sie wollte nur Lucas."

Jillian stand auf und spielte an ihren Ringen. „Das ist Unsinn." Sie warf ihm einen scharfen Blick zu. „Holly ist in dich verliebt."

So gerne er das geglaubt hätte – Clay schüttelte den Kopf. Er hatte seine Empfindungen für Holly an diesem Nachmittag herausgeschrien. Wenn sie seine Gefühle erwidert hätte, wäre sie nicht gegangen. „Du verstehst nicht", erklärte er seiner Mutter. „Der Grund, warum du keine Chance hattest, Holly vor der Hochzeit kennenzulernen, war, dass ich sie selbst kaum kannte. Wir haben geheiratet, damit sie Lucas adoptieren konnte. Jetzt ist Lucas weg – und Holly ebenso." So. Damit war die Wahrheit raus. Diese Worte waren das Ende ihrer Beziehung.

„Willst du damit sagen, du hast Holly geheiratet, damit sie Lucas adoptieren kann?", fragte seine Mutter.

„Nein!" Clay nahm das Glas wieder in die Hand, nur um festzustellen, dass es leer war. Er stand auf, aber Jillian hielt ihn fest, bevor er wieder an die Hausbar gehen konnte.

„Warum dann, Clay?"

„Weil ich sie liebe." Diesmal flüsterte er die Worte.

Trotzdem hörte seine Mutter ihn und runzelte die Stirn. „Und trotzdem lässt du sie gehen?"

„So einfach ist das nicht." Clay holte tief Luft und erzählte ihr von „Hendrix Properties“, Hopewell House und seinem Anteil an der Schließung.

„Aber das hast du doch nicht gewusst!“, protestierte Jillian.

„Dass es ein Kinderheim ist? Nein, das habe ich nicht.“ Dennoch klang er schuldbewusst. „Aber es war ein Geschäft …“

Jillian musterte ihn schweigend. Schließlich sagte sie: „Du fürchtest, du hättest ihm denselben Rat erteilt, selbst wenn du über Hopewell House Bescheid gewusst hättest.“

„Ich weiß es nicht.“ Voller Kummer ließ Clay den Kopf hängen.

„Nun, ich schon.“ Jillian nahm ihm das Glas aus der Hand und stellte es beiseite. „Du bist nicht dein Vater, Clay. Du hättest das getan, was du für richtig gehalten hättest.“

Du bist nicht dein Vater. Sein Kopf fuhr hoch. „Du hast Bescheid gewusst? Über Dad und wie er seine Geschäfte geführt hat?“

Sie warf ihm einen Blick von der Seite zu. „Ich war mit dem Mann fünfunddreißig Jahre verheiratet. Natürlich weiß ich das. Was nicht heißt, dass ich damit einverstanden war.“

„Ich habe mich sehr bemüht, nicht wie Dad zu sein. Dabei habe ich so oft dieselben Fehler gemacht und meine eigenen auch noch wiederholt.“

Er war wieder in die alte Gewohnheit verfallen, seine Arbeit als Entschuldigung zu benutzen, um Eheproblemen auszuweichen. Und genau das war es, was es immer gewesen war: eine Entschuldigung. Seine erste Ehe war gescheitert, weil er sich völlig auf das Geschäft konzentriert hatte. Und er hatte sich in die Arbeit gestürzt, um dem Scheitern seiner Ehe auszuweichen.

Er musste sofort einen Ersatz für Jensen einstellen und … Clay hielt kurz inne. Verdammt, als ob ihm die einzig wahre Lösung die ganze Zeit nicht schon beinahe ins Gesicht gesprungen wäre!

Nachdem er ihr seine Idee dargelegt hatte, lächelte Jillian. „Das ist eine wunderbare Idee! Eine Idee, die dein Vater unglücklicherweise nie in Betracht gezogen hätte.“

„Nun ja …"

„Clay, glaubst du wirklich, dass du Geschäftliches jemals vor die Fürsorge für Kinder stellen würdest?"

Clays Antwort kam aus tiefster Seele. Ohne die Last einer Schuld oder dem Gewicht der Verantwortung. „Nein, das würde ich nicht!"

„Nun – da hast du deine Antwort."

„Was letztlich aber keine Rolle spielt, jedenfalls nicht für Holly."

„Dann ist es vielleicht auch nicht der wirkliche Grund, weshalb sie dich verlassen hat", überlegte Jillian.

„Es ist der Grund. Holly hasst mich wegen meiner Geschäfte mit Hendrix."

„Sie ist verstört, Clay. Wie du gesagt hast, kennt ihr einander nicht besonders gut. Holly wollte Lucas adoptieren, und du musst für sie ein Geschenk des Himmels gewesen sein." Seine Mutter berührte Clays Kinn. „Aber dann hat sie erkannt, dass du nur ein Mann bist. Ein wunderbarer Mann."

Er lachte auf. „Glaub mir, das ist das Letzte, was Holly denkt."

„Nicht, nachdem sie das mit Hendrix erfahren hat. Bis dahin hattest du ihr Herz im Sturm erobert. Sie hat festgestellt, dass die Wirklichkeit sogar noch besser ist als ihr Traum, und das hat ihr Angst gemacht."

Schon bevor Holly über Hendrix Bescheid wusste, hatte Clay gespürt, dass sie ihn verlassen wollte. Vielleicht hatte sie solche Angst gehabt, ihre Beziehung würde nicht funktionieren, dass sie nach der erstbesten Entschuldigung gegriffen hatte, um zu gehen. Natürlich war es nicht nur Hollys Fehler. Mit Sicherheit hatte er ihr verdammt gute Gründe geliefert, ihn zu verlassen.

„Rede mit ihr!", drängte Jillian.

Clay schaute seine Mutter neugierig an. „Ich hätte nicht gedacht, dass du damit einverstanden bist."

„Ich muss gestehen, ich hatte meine Zweifel. Aber nachdem du mir jetzt alles erzählt hast, glaube ich es zu verstehen." Tadelnd blickte Jillian ihn an. „Du kannst bei einer Ehe keine Bedingungen stellen und dann erwarten, dass deine Frau dich bedingungslos liebt.“

Holly starrte aus dem Fenster. Der bewölkte Himmel, kahle Bäume und der graue Schneematsch am Straßenrand spiegelten ihre depressive Stimmung wider.

„Wie lange, meinst du, kannst du hierbleiben?“

Holly wandte ihren Blick vom Fenster den Hopewell-Schwestern zu und beantwortete Sylvias Frage: „Ich habe die Absicht, mich an die Eingangstür zu ketten. Meint ihr, damit kann ich Hendrix’ Bautrupp erst mal stoppen?“

„Ich glaube, was Sylvia wirklich wissen will, ist, wann du wieder nach Hause zurückkehrst.“

„Ich habe kein Zuhause“, erklärte Holly.

„Du hast ein Zuhause *und* einen Ehemann“, korrigiert Eleanor.

Holly starrte die beiden Frauen an, die immer zu ihr gehalten hatten. Wie zur Verteidigung kreuzte sie die Arme vor der Brust. „Wie könnt ihr bloß von mir erwarten, dass ich dorthin zurückkehre? Ich habe euch doch erzählt, was Clay getan hat.“

„Du hast uns auch erzählt, er hätte von Hendrix’ Plänen nichts gewusst, bis es zu spät war“, erinnerte Sylvia sie.

„Warum sollte ich ihm das glauben? Warum sollte ich überhaupt noch *irgendetwas* glauben, was er sagt?“

Eleanor legte den Arm um ihre Schultern und führte sie zur Couch. „Was hat er denn sonst noch gesagt?“

Holly sank auf die Polster und nahm den Tee, den Sylvia ihr anbot. Sie umklammerte den Becher mit beiden Händen, um sich zu wärmen. „Er hat gesagt, dass er mich liebt“, flüsterte sie, „aber er hat mich von Anfang an belogen.“ Neben ihr saß Eleanor und fragte: „Woher weißt du, dass er gelogen hat? Vielleicht hat Clay die Wahrheit gesagt?“

„Nein!“ Tasse und Untertasse klirrten bei dieser heftigen Äußerung. Sylvia nahm sie ihr aus den zitternden Händen. Holly kuschelte sich noch tiefer in die Polster und wiederholte beharrlich: „Er hat gelogen! Er liebt mich nicht. Keiner …“

„Keiner hat dich jemals geliebt“, beendete Eleanor sanft den Satz für sie. Zum ersten Mal laut ausgesprochen in diesem heimeligen Wohnzimmer, legten diese Worte Hollys tiefste Ängste bloß. Sie spürte, wie der Schmerz in ihr wuchs, bis er sich schließlich in einem herzzerreißenden Schluchzen entlud. Sie presste die Hand vor den Mund, aber sie konnte es nicht unterdrücken. Eleanor legte den Arm um ihre zuckenden Schultern, und Sylvia kniete mit Papiertaschentüchern neben ihr.

„Ich … ich liebe ihn so sehr“, flüsterte Holly, „aber er mich nicht … er kann nicht.“

„Ich dachte nach all der Zeit, die du hier verbracht hast, wüsstest du es besser“, sagte Eleanor.

Nachdem sie ihre Augen damit getrocknet hatte, zerknüllte Holly das Taschentuch in ihrer Faust. „Ich weiß, dass ihr beiden euch um mich sorgt.“

„Natürlich tun wir das“, bestätigte Sylvia und stellte die Schachtel mit den Taschentüchern auf den Tisch, „aber ich glaube nicht, dass Eleanor das gemeint hat.“

Ihre Schwester seufzte und drehte sich so, dass sie Holly ins Gesicht sehen konnte. „Es stimmt, dass Kevin Hendrix die Arbeit, die wir hier geleistet haben, nicht respektiert. Aber ich hätte nie gedacht, dass du das abwertest, was wir hier vollbracht haben.“

„Abwerten?“ Holly erstarrte bei dem unerwarteten Angriff. „Wie könnt ihr auch nur denken, dass ich das jemals tun würde?“

Eleanor zuckte betont lässig die Achseln. „Nun ja, wir haben immer versucht, jedem Kind, das bei uns war, zu zeigen, dass es Liebe verdient. Egal, ob sie verlassen, missbraucht oder vernachlässigt waren: Wir haben ihnen immer gesagt, sie seien etwas ganz Besonderes. Aber du glaubst das nicht."

„Natürlich tue ich das!"

Herausfordernd sagte Eleanor: „Und du bist genauso etwas Besonderes wie jedes Kind, um das wir uns gekümmert haben. Warum fällt es dir dann so schwer zu glauben, dass Clay dich liebt?"

Sie hätte es kommen sehen sollen. Holly saß in der Falle, ohne sich vor ihren Ängsten verstecken zu können. *War es möglich, dass Clay sie liebte? Und wenn er es tat …*

Wenn er sie liebte, musste sie ihm aus ganzem Herzen vertrauen. Sie musste all die schmerzhaft erlernten Lektionen vergessen. Musste zum ersten Mal in ihrem Leben daran glauben, dass sie gut genug, klug genug, hübsch genug war, dass jemand sie liebte.

Und nicht nur *irgendjemand*. Sondern Clay – der Mann, den sie liebte, der Mann, dessen Lügen das Fundament ihres Vertrauens erschüttert hatten.

„Ich kann es kaum glauben, dass du mit mir zusammenarbeiten willst!"

Clay lächelte über die Aufregung seiner Schwester, die seinen Stuhl einfach besetzt und die Füße auf den Schreibtisch gelegt hatte. „Irgendetwas sagt mir, dass du dich an diese Idee gewöhnen wirst."

Die Antwort auf seine Personalprobleme war ihm plötzlich zugeflogen, als er sich mit seiner Mutter unterhalten hatte. Anne war der perfekte Ersatz für Albert Jensen. Ihr mochte geschäftliche Erfahrung fehlen, aber sie hatte die entsprechende Ausbildung und – was noch wichtiger war – den Antrieb, sich selbst zu beweisen.

„Ich sollte dich warnen", sagte Anne, und ihre Augen blitzten übermütig. „Ich werde alles tun, um dir Marie abzuluchsen. Jeder weiß, dass sie das wahre Genie ist."

„Sie mir abzuluchsen? Du machst wohl Scherze." Clay saß auf der Schreibtischkante. „Auf diese Gelegenheit, mich zu verlassen, wird sie sich geradezu stürzen." Er sagte es in beiläufigem, neckendem Ton, aber dieser einfache, unbeabsichtigte Satz traf ihn mitten ins Herz.

Anne schwang ihre Füße vom Schreibtisch und stand auf. „Clay, es tut mir so leid. Das Jobangebot hat mich völlig überrascht, aber ich hätte nicht …"

„Ist schon okay." Geschäftliche Probleme waren so viel einfacher, als sich mit seinem katastrophalen Liebesleben auseinanderzusetzen. „Ich hatte gehofft, dass du davon begeistert bist."

„Aber du solltest nicht hier sein. Du musst zu Holly gehen", forderte Anne ihn auf. „Sie liebt dich nämlich."

„Das sagt mir jeder!" Er verzog den Mund zu einer Grimasse. „Jeder außer Holly."

Ein kurzes Klopfen unterbrach sie. Mit einem hoffnungsvollen Lächeln im Gesicht und Blumen in der Hand betrat Marie das Büro. „Entschuldigt die Störung."

„Kein Problem, komm rein!", forderte Anne sie auf.

Clay konnte seinen Blick nicht von dem Strauß wenden, den Marie auf den Schreibtisch gestellt hatte. Rote Gartennelken, Sonnenhut und einige Sonnenblumen – das Arrangement sah sehr nach Holly aus.

Er spürte, wie Anne und Marie den Atem anhielten, während er die Karte zwischen den duftenden Blumen herauszog.

Sein Körper kribbelte in freudiger Erwartung, als er die Karte aus dem Umschlag nahm. Er starrte auf die handgeschriebenen Worte, sein Herz hämmerte. Holly musste diese Blumen vor ihrem Gespräch mit Hendrix bestellt haben, aber auch das konnte seine Gefühle nicht bremsen.

Danke, dass du mir Mut gemacht hast zu träumen. In Liebe, Holly

„Ich muss mit ihr reden.“ Mit sehr viel mehr Hoffnung als in den Tagen zuvor nahm er seine Jacke und zog sie über. An der Tür warf er einen Blick zurück. „Ach ja, Anne, du bist der Boss, solange ich weg bin.“

„Warte! Ich bin *was*?“

Noch als er den Aufzugknopf drückte, musste Clay über die Panik seiner Schwester lachen. Aber er machte sich keine Sorgen. Jetzt konnte er nur hoffen, bei Holly die richtige Entscheidung zu treffen.

Wenn sie ihn liebte, konnten sie die Sache wieder einrenken. Wenn sie ihn liebte, war alles möglich.

Ohne zu wissen, welchen Empfang man ihm bereiten würde, holte Clay noch einmal tief Luft, bevor er an der Eingangstür von Hopewell House klopfte. Einen Moment später öffnete ihm Eleanor und winkte ihn hinein. „Mr. Forrester, wir haben Sie schon erwartet.“

Überrascht von der freundlichen Begrüßung, fragte er: „Haben Sie?“

„Seitdem Holly zu uns gekommen ist. Es geht ihr ganz furchtbar schlecht“, vertraute die alte Dame ihm flüsternd an.

Clay verspürte einen Anflug von Schuld, gemischt mit einer gewissen perversen Befriedigung. Er wollte, dass Holly glücklich war – aber nicht *ohne* ihn. „Hat sie Ihnen von meiner Geschäftsverbindung mit Hendrix erzählt?“

Eleanor seufzte. „Das hat sie. Und ich kann ihr nicht zum Vorwurf machen, dass sie aufgebracht ist.“

Clay folgte ihr den Flur hinunter bis zur letzten Tür auf der linken Seite. Mit der Hand berührte er die Nelke in seinem Revers, die ihm hoffentlich Glück bringen würde, und klopfte an die Tür.

„Komm rein!“ Hätte Holly gefragt, wer draußen war, wäre ihre Antwort sicher anders ausgefallen. So nutzte Clay seinen Vorteil und trat ein.

Ihre Augen weiteten sich. Sie legte ihr Buch beiseite und sprang aus dem Schaukelstuhl. „Was machst du hier, Clay?"

Ich bin gekommen, um dich nach Hause zu holen. Es gelang ihm, diese Worte zurückzuhalten. „Ich möchte dir für den Blumenstrauß danken."

Holly schrak zurück. „Ich habe ganz vergessen …"

„Das habe ich mir schon gedacht, aber jetzt ist es zu spät", sagte er. Holly hatte ihm ihre Liebe geschenkt, und er würde nicht zulassen, dass sie ihm die wieder wegnahm.

„Clay, das kann einfach nicht funktionieren", seufzte sie.

„Schau mal, ich weiß, dass du verstört bist."

„Verstört?" Ihre Wangen röteten sich.

„Ja, verstört. Du willst mit mir verheiratet bleiben, aber es macht dir Angst."

Sie schüttelte den Kopf. „Du irrst dich. Wir haben aus den falschen Gründen geheiratet. Wenn wir verheiratet bleiben, würde es dadurch nicht richtiger werden."

„Holly", setzte Clay an, aber er wusste nicht, was er noch sagen sollte, um sie zu überzeugen. Während er sich durch die Haare fuhr, ließ er seinen Blick durchs Zimmer schweifen. Ein vertrauter Gegenstand auf der Fensterbank erregte seine Aufmerksamkeit. „Du hast nicht viel mitgenommen, als du gegangen bist."

„Es waren nicht meine Sachen."

„Du hast sie nicht zu deinen Sachen gemacht. Dadurch fiel es dir viel leichter zu gehen." Clay trat an das Fenster. Er stand kerzengerade, die strengen, klaren Linien seines Anzuges unterstrichen noch sein Image von Unnahbarkeit. Holly sehnte sich danach, seine breiten Schultern noch ein letztes Mal zu streicheln. Stattdessen ballte sie die Hände zu Fäusten.

„Ich will nichts aus dem Penthouse." Jede Erinnerung an ihre gemeinsame Zeit wäre für Holly unerträglich gewesen.

„Das ist mir schon klar." Er drehte sich um, damit er ihr ins Gesicht sehen konnte. „Deswegen wundert es mich, dass du das mitgenommen hast."

Holly starrte auf das Karussellpferdchen in seiner Hand. Nachdem sie ihre wenigen Besitztümer, die sie zu Clay mitgenommen hatte, zusammengepackt hatte, hatte sie die Schublade zum letzten Mal geschlossen. Die Bewegung hatte ausgereicht, um die Spieluhr noch einmal erklingen zu lassen. Als sie die Melodie hörte, war sie nicht in der Lage, das Pony zurückzulassen.

Clay warf das zerbrechliche Keramikfigürchen von einer Hand in die andere, und Holly kämpfte gegen den Drang, es ihm zu entreißen. „Ich wollte … wollte nur …"

„Du wolltest was? Mich jedenfalls nicht, das steht fest." Seine Worte klangen bitter. „Warum hast du dann das hier aufgehoben?"

Clay stellte das Pferdchen beiseite und zog Holly in die Arme. „Es tut mir leid wegen Lucas. Und es tut mir leid, dass ich jemals mit Kevin Hendrix Geschäfte gemacht habe", flüsterte er voller Leidenschaft und streifte mit den Lippen ihre Schläfe. „Holly, du hast mich nicht verloren. Du hast mich verlassen. Aber ich liebe dich viel zu sehr, um dich gehen zu lassen, und ich weiß, dass auch du mich liebst. Wenn du mir verzeihen kannst, werde ich den Rest meines Lebens damit verbringen, es wiedergutzumachen. Ich schwöre dir, dass ich von Hopewell House nichts gewusst habe."

„Das weiß ich." Holly zog sich von ihm zurück und wischte sich über die Augen. „Aber du hättest es mir *sagen* sollen." Sie lachte bitter. „Okay, ich hätte wissen müssen, dass du einen anderen Grund hattest, mich zu heiraten, aber ich habe dir geglaubt. Ich dachte, du wolltest mich wirklich. Stattdessen hast du nur versucht, deine Schuld abzutragen."

„Das ist nicht wahr." Clay umfasste ihr Gesicht, seine Daumen strichen sanft über ihre tränenfeuchten Wangen. „Du solltest mich inzwischen besser kennen. Ich beruhige mein schlechtes Gewissen nicht mit Geld. Ich habe dich geheiratet, weil ich mich schon in dich verliebt hatte."

„Das hast du nie gesagt", murmelte sie.

„Nicht nur du hast Angst gehabt. Ich habe noch niemals so empfunden. Ich hatte Angst, dich zu lieben, Angst davor, was passieren würde, wenn du die Wahrheit erfährst. Ich war nicht sicher, ob du mir glauben würdest, dass ich mich in dich verliebt hatte." Er beugte den Kopf tiefer, um ihr in die niedergeschlagenen Augen zu schauen. „Ich bin immer noch nicht sicher, ob du mir glaubst."

Holly hatte gedacht, Clay zu verlassen, wäre das Schwierigste in ihrem Leben gewesen. Aber als sie die Aufrichtigkeit in seinen Augen sah, wusste sie, es gab noch etwas, das viel schwieriger war: bei ihm zu bleiben. Das wäre das größte Risiko, das sie jemals eingehen würde. Doch warum sollte sie diese Chance nicht nutzen, wenn seine Liebe der Lohn dafür war?

„Ich glaube dir wirklich." Sie nahm einen tiefen Atemzug. „Und ich liebe dich wirklich."

Als Clay sie in die Arme nahm und herumwirbelte, lachte sie auf. Er küsste sie, und sie antwortete mit aller Liebe, die sie im Laufe ihres Lebens in sich angesammelt hatte. Sie sehnte sich so verzweifelt nach seinem Geschmack, seiner Berührung, als läge ihr letzter Kuss Jahre zurück. Als er schließlich versuchte, sich zurückzuziehen, stellte sie sich auf die Zehenspitzen und schmiegte sich an ihn.

Als sie sich schließlich voneinander lösten, war Holly außer Atem, und in Clays Augen schimmerten Lust und Sinnlichkeit.

„Holly", seine Stimme klang heiser, und er musste sich erst räuspern, bevor er weitersprechen konnte, „wir haben jeden Schritt in unserer Beziehung überstürzt. Ich möchte sicher sein, dass es wirklich das ist, was du willst. Wenn du mehr Zeit brauchst, werde ich warten." Die Geduld, die er versprach, stand im Gegensatz zu seinem hungrigen Blick.

„Bring mich nach Hause, Clay", bat sie.

Langsam breitete sich auf seinem Gesicht ein Lächeln aus, trotzdem fragte er: „Bist du sicher? Du hast keine Angst mehr?"

„Doch, ganz schreckliche!" Sie lachte. „Das Einzige, wovor ich noch größere Angst habe, ist der Gedanke an ein Leben ohne dich."

Clay drückte seine Stirn gegen ihre. „Das ist etwas, worüber du dir keine Sorgen zu machen brauchst. Gib mir die nächsten fünfzig, sechzig Jahre, und ich werde es dir beweisen."

Epilog

„Waren in der Post noch mehr Weihnachtskarten? Die würde ich gerne dazuhängen." Holly wies auf eine Reihe verschiedenster Karten, die an der Wand hingen.

„Ich glaube, eine oder zwei waren noch dabei."

„Dann mach sie auf."

Clay öffnete einen der Umschläge. Ein Foto. „Holly, komm, und sieh dir das an."

„Stimmt was nicht?"

„Nein, nein." Er reichte es ihr und beobachtete aufmerksam ihre Reaktion.

Das Bild zitterte ein bisschen in ihren Händen. Sie strich mit der Fingerspitze über das Hochglanzfoto von Lucas, der mit einem breiten Lächeln auf dem Schoß von Santa Claus saß. „Schau mal, wie groß er geworden ist. Ich kann gar nicht glauben, dass er schon in den Kindergarten geht."

Ein kurzer Brief war beigefügt, den Clay rasch überflog. „Seine Großmutter sagt, dass er die Vorschule liebt und dass er im Frühling T-Ball spielen will."

„Er wird viel Spaß haben." Holly drückte das Foto an ihre Brust. „Ich glaube, das verdient einen Ehrenplatz."

Clay lächelte. „Am Kühlschrank?"

Holly nickte und trug das Foto in die Küche. Sie musste einige neuere Gemälde von Lucas und andere Bilder umsortieren, um Platz zu schaffen. Die Kunstwerke der Kinder und die Fotos bildeten eine Collage über die Zeit, die Lucas im Hopewell House, bei Holly und Lucas und seit zwei Jahren bei seiner Großmutter verbracht hatte.

„Wir brauchen einen zweiten Kühlschrank", stellte Clay fest, legte die Arme um Holly und zog sie an seine Brust. Sie entwand sich seiner Umarmung, nahm seine Hand und zog ihn zurück ins Wohnzimmer. „Komm mal her. Ich möchte dir etwas zeigen."

Zusammen knieten sie vor dem Weihnachtsbaum, und Clay musste lachen, als sie sich durch die Geschenke wühlte. „Holly, Weihnachten ist erst in zwei Wochen! Ich dachte, es ist unsere Tradition, ein Geschenk am Abend zuvor zu öffnen."

„Ich weiß." Sie hatte das Geschenk gefunden, nach dem sie gesucht hatte. Vor Aufregung glühten ihre Wangen. „Aber ich kann nicht warten."

Das Geschenk fühlte sich leicht an und hatte Größe und Form einer kleinen Hemdenschachtel. „Soll ich raten?"

Sie schüttelte den Kopf. „Darauf kommst du nie!"

„Dann packe ich es wohl am besten aus." Er streifte das Geschenkband ab, riss das Papier herunter und öffnete den Deckel. Dann schob er das Seidenpapier beiseite und starrte auf den Inhalt. Er musste schlucken und sah zu Holly auf. Seine Hände zitterten, als er den kleinen Strampelanzug und die Babyschühchen auspackte. „Heißt das …"

Sie nickte, bevor er die Frage beenden konnte. „Wir bekommen ein Baby!" Ihre Worte gingen im Lachen unter, als er sie in die Arme riss, zusammen mit Geschenkpapier, Karton und Babysachen.

„Ich danke dir sehr dafür, dass du so geduldig mit mir warst", sagte sie. „Ich weiß, du hättest es gerne schon früher versucht …"

„Ich wollte, dass du dafür bereit bist. Es spielte keine Rolle, ob jetzt oder erst in ein paar Jahren."

„Acht Monate – wie klingt das?"

„Acht Monate, das hört sich gut an. Einfach perfekt." Seine Miene wurde ernst. „Ich liebe dich, Holly."

Sie umarmte ihn fest. „Ich liebe dich auch. Frohe Weihnachten!"

Er ließ seine Hand zwischen ihre Körper gleiten, streichelte ihren flachen Bauch. „Da kann von meinen Geschenken natürlich keins mithalten."

„Das stimmt nicht." Hollys Augen strahlten. „Du hast mir schon das größte Geschenk gemacht."

– ENDE –

Deutsche Erstveröffentlichung

Jill Shalvis
Lebkuchenmänner und andere Versuchungen

Sechs quirlige Welpen in einer Badewanne, und Willa muss sie bändigen, um sie sauber zu bekommen. Kein Wunder, dass sie inzwischen selbst aussieht, als hätte sie im Schlamm gewühlt. In diesem Moment steht ausgerechnet Keane Winters in ihrem kleinen Laden für Haustierbedarf – der Mann, der ihr einst das Herz brach. Jetzt erkennt er sie nicht einmal wieder! Keinesfalls wird sie Keane den Gefallen tun und sich um seine Katze kümmern. Und doch verliert sie sich sofort wieder in seinen unwiderstehlichen Augen ...

ISBN: 978-3-95649-747-6
9,99 € (D)

Deutsche Erstveröffentlichung

Abby Clements

Das Glück schmeckt nach Zitroneneis

ISBN: 978-3-95649-678-3

9,99 € (D)

Der gebürtige Italiener Matteo und die Engländerin Anna wagen das Abenteuer und ziehen vom nasskalten Brighton ins sonnenverwöhnte Sorrent. Hier wollen sie eine Gelateria eröffnen und ganz Italien mit ihren Eiskreationen verzaubern. Eigentlich eine brillante Idee, wäre da nicht Matteos verrückte, laute Verwandtschaft. Insbesondere Mamma Elisa hat ihre eigenen Vorstellungen, wie italienische Eiscreme zu schmecken hat. Eines steht fest, das wird ein turbulenter Sommer ... Eine zuckersüße Geschichte um Amore und Famiglia.

Deutsche Erstveröffentlichung

Julia Williams

Ein Weihnachten zum Glücklichsein

ISBN: 978-3-95649-784-1
9,99 € (D)

Wie jedes Jahr will Beth mit ihrem Mann und den Kindern ein entspanntes Weihnachtsfest bei ihren Eltern verbringen. Aber diesmal geht alles drunter und drüber: Ihr Bruder Ged steht mit einer neuen und schwangeren Freundin vor der Tür. Beths Schwester Lou ist wieder einmal Single, und auch bei Beth selbst läuft so einiges schief. Zu guter Letzt machen auch ihre Eltern eine überraschende Mitteilung, und plötzlich droht das Band, das die Familie zusammenhält, zu reißen ...